D1566980

MACMILLAN SPANISH SERIES

UNDER THE GENERAL EDITORSHIP OF

FREDERICK BLISS LUQUIENS

YALE UNIVERSITY

AMALIA

17

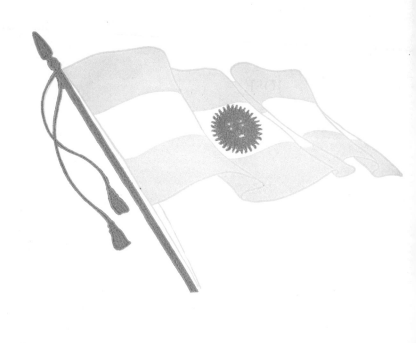

La Bandera Nacional de la República Argentina

AMALIA

POR

JOSÉ MÁRMOL

EDITED WITH EXERCISES, NOTES, AND VOCABULARY

BY

AMES HAVEN CORLEY
ASSISTANT PROFESSOR OF SPANISH IN YALE UNIVERSITY

New York

THE MACMILLAN COMPANY
1942

Set up and electrotyped. Published February, 1918.
Reprinted August, 1919; February, 1920; October, 1920; February,
1921; June, 1921; January, 1922; August, 1922; December, 1922; May,
1924; May, 1925; May, 1926; May, 1927; June, 1928; March, 1936.
June, 1937; January, 1939 ; June, 1942.

PREFACE

THE editor considers it a very great privilege to add to the rapidly increasing amount of Spanish-American material for use in our schools and colleges. It would be futile to discuss here the respective benefits to be derived from the study of the literary output of Spain and that of Spanish America. It is but natural that heretofore the bulk of text-books in Spanish has come from the old world. But teachers and students of Spanish, as well as the American public, are recognizing more and more the growing importance of Spanish-American affairs in the world's work. It is enough to say, in defense of dividing our attention more equally between things Spanish in the two hemispheres, that whereas in the past the old country has won our gratitude and love by word and deed, nevertheless our younger neighbors, who have left, in a sense, the tutelage of the mother country, demand our consideration not only for things already accomplished but especially on account of their future, which is fraught with such wonderful possibilities. To those who would learn the new rather than study the old, the reading of matter dealing with South America will strongly appeal.

Although we believe the book will be used with profit in advanced classes for rapid work, yet, as will be seen, the present edition of the "Amalia" has been prepared with the needs of beginners in Spanish constantly in mind. The notes are intended to be thorough and to leave no difficult passage unexplained. They include two especial features:

a complete presentation of the Spanish verb (adapted from "A Practical Spanish Grammar," by kind permission of its authors, Professor Ventura Fuentes and Professor Victor E. François), and a Table of Numerals. The vocabulary has been made as complete as possible. It does not omit, as do so many vocabularies, words spelled alike in English and Spanish; it includes a large number of idiomatic phrases which might puzzle the beginner; it includes, moreover, separate entries of verb-forms with irregular stems, plurals such as *veces*, and puzzling combinations of verbs and pronouns. With these abundant helps, it is hoped that the "Amalia" may be read with pleasure and profit even by those who may not have the services of a teacher.

Especial attention may be called to the exercises for Oral and Written Work on pages 151 to 172. They are graded both as to length and difficulty. The composition exercises are at first very short, and contain no difficult constructions. They grow gradually longer, and in the later assignments contain enough subjunctives and idiomatic expressions to satisfy the most ambitious teacher. Moreover, they are based on gradually increasing assignments for translation (from about 40 lines for Exercise I to about 250 for Exercise XLIV), so that the teacher will have no trouble in using the composition in conjunction with the work in translation. When the book is used with advanced students, two or more exercises and the corresponding increased amount of translation may easily be assigned as a single lesson.

Nowadays teachers like to use as much spoken Spanish as possible in the classroom. It is hoped that the *Cuestionarios* will enable them to do a great deal of oral work. In this connection it may be added that Mármol's style is unusually clear, and that many pages of the "Amalia" are devoted to

familiar conversation; as a result the student can hardly
fail to increase his practical knowledge of Spanish at the
same time that he is reading one of the most exciting tales in
literature.

Any one who is at all familiar with José Mármol's "Amalia"
will see at a glance how radical has been the method adopted
in the present edition. The narrative has been reduced
from over six hundred pages contained in the original edition
of 1852. Moreover, the text of the shortened story will
show many changes, in all of which, however, our guiding
principle has been the needs of the classroom, and on this
plea alone we must rest our case. We trust that the spirit
of the work has been in no way modified.

Although in this work the editor is solely responsible for
any errors that may occur, he is very greatly indebted to
Professor H. R. Lang for assistance in solving many difficult
points, and to Professor F. B. Luquiens for similar service
and constant advice and untiring effort in rendering as useful
as possible the various features of the book. The editor
wishes also to acknowledge the valuable coöperation of Mr.
E. W. Supple of the Sheffield Scientific School, Dr. Frederick
Anderson of Yale College, and Mr. Achiles Barbieri of Buenos
Aires.

A. H. C.

Yale University,
November, 1917.

CONTENTS

		PAGE
PREFACE		v
INTRODUCTION		xiii
I.	TRAICIÓN	1
II.	EL DOCTOR ALCORTA	21
III.	LA CARTA	40
IV.	JUAN MANUEL DE ROSAS	44
V.	EL COMANDANTE CUITIÑO	60
VI.	EL ÁNGEL Y EL DIABLO	68
VII.	FLORENCIA Y DANIEL	84
VIII.	AMALIA SÁENZ DE OLABARRIETA	95
IX.	LA ROSA BLANCA	102
X.	DOÑA MARÍA JOSEFA EZCURRA	107
XI.	PREÁMBULO DE UN DRAMA	117
XII.	¡DESCUBIERTO!	122
XIII.	EL TERROR	133
XIV.	MR. SLADE	137
XV.	LA BALLENERA	141
XVI.	¡ADIÓS A LA PATRIA!	144
EXERCISES FOR ORAL AND WRITTEN WORK		151
GRAMMATICAL NOTES		173
THE VERB		195
TABLE OF NUMERALS		224
VOCABULARY		227

CONTENTS

Preface

LIST OF ILLUSTRATIONS

Bandera de la República Argentina . . . *Frontispiece*

Buenos Aires en 1840 . . . . . . *Facing page* 1

Monumento de San Martín, Buenos Aires . . " " 25

Gaucho Argentino . . . . . . " " 35

La República Argentina . . . . . *Page* 45

Juan Manuel de Rosas . . . . . *Facing page* 48

El Cabildo Antiguo de Buenos Aires . . . " " 84

Mates y Bombillas . . . . . . " " 108

Trajes Típicos de la Época de Rosas . . . " " 123

Plaza de Mayo Actual . . . . . " " 144

INTRODUCTION

In his "Voyage of the *Beagle*," Charles Darwin writes the following in the account of his visit to Argentina in 1833, seven years before the beginning of the events related in "Amalia":

General Rosas intimated a wish to see me, a circumstance which I was afterwards very glad of. He is a man of an extraordinary character, and has a most predominant influence in the country, which it seems probable he will use to its prosperity and advancement. (Footnote: This prophecy has turned out entirely and miserably wrong. 1845.) He is said to be the owner of seventy-four square leagues of land, and to have about three hundred thousand head of cattle. His estates are admirably managed, and are far more productive of corn than those of others. He first gained his celebrity by his laws for his own *estancias*, and by disciplining several hundred men, so as to resist with success the attacks of the Indians. There are many stories current about the rigid manner in which his laws were enforced. One of these was, that no man, on penalty of being put into the stocks, should carry his knife on a Sunday: this being the principal day for gambling and drinking, many quarrels arose, which from the general manner of fighting with the knife often proved fatal. One day the Governor came in great form to pay the *estancia* a visit, and General Rosas, in his hurry, walked out to receive him with his knife, as usual, stuck in his belt. The steward touched his arm, and reminded him of the law, upon which turning to the Governor, he said he was extremely sorry, but that he must go into the stocks, and that till let out, he possessed no power even in his own house. After a little time the steward was persuaded to open the stocks, and to let him out, but no sooner was this done, than he turned to the steward and said, "You now have broken the laws, so you must take my place in the stocks." Such actions as these delighted the *Gauchos*, who all possess high notions of their own equality and dignity.

General Rosas is also a perfect horseman — an accomplishment of no small consequence in a country where an assembled army elected its general by the following trial: A troop of unbroken horses being driven into a corral, were led out through a gateway, above which was a crossbar: it was agreed whoever should drop from the bar on one of these wild animals, as it rushed out, and should be able, without saddle or bridle, not only to ride it, but also to bring it back to the door of the corral, should be their general. The person who succeeded was accordingly elected; and doubtless made a fit general for such an army. This extraordinary feat has also been performed by Rosas.

By these means, and by comforming to the dress and habits of the *Gauchos*, he has obtained an unbounded popularity in the country, and in consequence a despotic power. I was assured by an English merchant, that a man who had murdered another, when arrested and questioned concerning his motive, answered: "He spoke disrespectfully of General Rosas, so I killed him." At the end of a week the murderer was at liberty. This doubtless was the act of the general's party, and not of the general himself.

The above quotation refers to a time seven years before the date ascribed by our author to the opening scenes of "Amalia." In the meantime General Rosas had lost none of his popularity with the *Gauchos* and had gained in power and the poise that is ever increasing in a leader of men. He ruled Buenos Aires with a rod of iron during twenty-four years of what may be termed the construction period in the history of Argentina. But public men of vigorous thought and action inevitably make enemies for themselves among those with whom they have to deal, and General Rosas was no exception to this rule. His administration has its defenders, it is true, who argue on the basis of the exigencies of his time and the circumstances under which he worked; but if we are to believe the consensus of historical opinion, he far exceeded the limits of a just dictatorship, and aroused enmity by positive and unwarranted acts of aggression against personal liberty.

Among the enemies thus created was José Mármol, author and politician, who was born in Buenos Aires in 1818 and died in the same city in 1871. He was banished by Rosas in 1838, and took up residence in Montevideo, where he devoted himself to literature and hurled back invective against his enemy. Of his various poetic, dramatic, and novelistic work, his best production is undoubtedly "Amalia," an historical novel portraying the political situation in Buenos Aires under the domination of Rosas, and having as its chief object to paint the latter in his blackest colors for the benefit of posterity. Its popularity and immediate success are attested by the fact that three years after its first appearance a second edition was necessary.

Although intensely interesting as a novel, on account of its vividness of portrayal, direct and rugged style, and the fascination of the narrative, it is nevertheless from the historical viewpoint that the work is of the greatest value. It is an important source of information, a document by an eye-witness. Mármol was still a political exile in 1851, when he wrote the preface (*Explicación*) to the first edition of "Amalia," which appeared in 1852; and in the latter year, on the 3d of February, Rosas was finally overthrown by a coalition of hostile neighboring states. Mármol's manner of dealing with the current events incorporated or referred to in the course of the narrative is made plain in his preface:

The majority of the historical personages of this novel are still alive, and occupy the same political or social positions as at the time when the events that will be read occurred. But the author has adopted the fiction of imagining himself to be writing his work after an interval of several generations. This is why the reader will never find the present tense used in speaking of Rosas, his family, his ministers, etc.

The author believes that such a plan is as suitable for greater clearness of narrative as for the future of the work, which is intended to be read by future generations, who will find perfectly natural the method here adopted, that of describing contemporaries retrospectively. — Montevideo, May, 1851.

Mármol also wrote two dramas, "El Cruzado" and "El Poeta," whose value, however, is not great. Considerable poetic genius is accorded him, on the other hand, on account of numerous quatrains, mostly consisting of political invective, and "El Peregrino," a long though incomplete poem of considerable power.

AMALIA

Buenos Aires en 1840

AMALIA

CAPÍTULO I

TRAICIÓN

El 4 de mayo de 1840, a las diez y media de la noche, seis hombres atravesaban el patio de una pequeña casa de la calle de Belgrano, en la ciudad de Buenos Aires.[1]

Llegados al zaguán, obscuro como todo el resto de la casa, uno de ellos se para, y dice a los otros:

5

— Todavía una precaución más.

— Y de ese modo pasaremos toda la noche tomando precauciones, contesta otro de ellos, el más joven de todos, y de cuya cintura pendía una larga espada media cubierta por los pliegues de una capa de paño azul que colgaba de sus hombros. 10

— Por muchas que tomemos, serán siempre pocas, replica el primero que había hablado. Es necesario que no salgamos

[1] *Buenos Aires* es la capital de la República Argentina, y la ciudad más grande de toda la América del Sur. En la época de la presente narración contaba unos 60,000 habitantes, y hoy más de 1,500,000, siendo así, con respecto a su población, la cuarta ciudad del hemisferio. — La República Argentina tiene una superficie de 2,806,400 kilómetros cuadrados, o 1,754,000 millas cuadradas, y una población de unos 10,000,000, siendo así la mayor de todas las repúblicas de habla española de la América del Sur. Es una república federativa, formada por 14 provincias, 10 territorios, y un distrito federal constituido por la ciudad de Buenos Aires. Su historia es sumamente interesante, y gracias a sus extraordinarios recursos naturales y a su gobierno sólido, ha tenido el país un desarrollo muy rápido desde la época de las guerras de la independencia y civiles, y promete un porvenir aun más lisonjero.

todos a la vez. Somos seis; saldremos primeramente tres, tomaremos la vereda de enfrente; un momento después saldrán los tres restantes, seguirán esta vereda, y nuestro punto de reunión será la calle de Balcarce donde cruza con 5 la que llevamos.

— Bien pensado.

— Sea, yo saldré adelante con Merlo y el señor, dijo el joven de la espada a la cintura, señalando al que acababa de hacer la indicación. Y diciendo esto, tiró el pasador de la 10 puerta, la abrió, se embozó en su capa, y atravesando a la vereda opuesta con los personajes que había determinado, enfiló la calle de Balgrano con dirección al río.[1]

Los tres hombres que quedaban salieron dos minutos más tarde, y después de cerrar la puerta, tomaron la misma direc- 15 ción que aquéllos, por la vereda determinada.

Después de caminar en silencio algunas cuadras, el compañero del joven que conocemos por la distinción de una espada a la cintura, dijo a éste, mientras aquel otro, a quien habían llamado Merlo, marchaba delante embozado en su 20 poncho :

— Es triste cosa, amigo mío. Ésta es la última vez quizá que caminamos sobre las calles de nuestro país. Emigramos de él para incorporarnos a un ejército que habrá de batirse mucho, y Dios sabe qué será de nosotros en la guerra.

25 — Demasiado conozco esa verdad, pero es necesario dar el paso que damos. Sin embargo, continuó el joven después de algunos momentos de silencio, hay alguien[2] en este mundo de Dios que cree lo contrario de nosotros.

---

[1] Buenos Aires está en la orilla derecha del Plata, llamado también Río de la Plata, que mide en aquel punto más de treinta millas de ancho.

[2] *Alguien* se refiere a Daniel Bello, personaje importante de este libro, a quien el lector conocerá mejor más adelante.

— ¿Cómo lo contrario?

— Es decir que piensa que nuestro deber de argentinos es el de permanecer en Buenos Aires.

— ¿A pesar de Rosas?[1]

— A pesar de Rosas.

— ¿Y no ir al ejército?

— Eso es.

— ¡Bah, pero ése es un cobarde o un mashorquero![2]

— Ni lo uno ni lo otro. Al contrario, su valor raya en temeridad, y su corazón es el más puro y noble de nuestra generación.

— Pero ¿qué quiere que hagamos, pues?

— Quiere, contestó el joven de la espada, que permanezcamos en Buenos Aires, porque el enemigo a quien hay que combatir está en Buenos Aires y no en los ejércitos, y hace una hermosísima cuenta para probar que menos número de hombres moriremos en las calles el día de una revolución, que en los campos de batalla en cuatro o seis meses, sin la menor probabilidad de triunfo. . . . Pero dejemos esto, porque en Buenos Aires el aire oye, la luz ve, y las piedras o el polvo repiten luego nuestras palabras a los verdugos de nuestra libertad. El joven levantó al cielo unos grandes y rasgados ojos negros, cuya expresión melancólica se convenía perfectamente con la palidez de su semblante iluminado con la hermosa luz de los veinte y seis años de la vida.

A medida que la conversación se había animado sobre aquel tema, y que se aproximaban a las barrancas del río, Merlo

[1] *Rosas* era el gobernador de Buenos Aires. De este notable personaje se sabrá más en las siguientes páginas de este relato.

[2] *Mashorquero* es un sustantivo derivado de *Mashorca*, que es una palabra compuesta de *más* y *horca*. La Mashorca era una sociedad terrorista, establecida durante la tiranía de Rosas en Buenos Aires, y cuyas atrocidades se irán conociendo a medida que el presente relato se desarrolle.

acortaba el paso, o parábase un momento para embozarse en
el poncho que lo cubría.

Llegados a la calle de Balcarce:

— Aquí debemos esperar a los demás, dijo Merlo.

5　　— ¿Está usted seguro del paraje de la costa en que habremos
de encontrar la ballenera? preguntó el joven.

— Muy seguro, contestó Merlo. Yo me he convenido
a ponerlos a ustedes en ella, y sabré cumplir mi palabra,
como han cumplido ustedes la suya, dándome el dinero con-
10 venido; no para mí, porque yo soy tan buen patriótico
como cualquiera otro, sino para pagar los hombres que los
han de conducir a la otra banda, y ¡ ya verán ustedes qué
hombres son!

Clavados estaban los ojos penetrantes del joven en los de
15 Merlo, cuando llegaron los tres hombres que faltaban a la
comitiva.

— Ahora es preciso no separarnos más, dijo uno de ellos.
Siga usted adelante, Merlo, y condúzcanos.

Merlo obedeció, en efecto, y siguiendo la calle de Venezuela,
20 dobló por la callejuela de San Lorenzo, y bajó al río, cuyas
olas se escurrían tranquilamente sobre el manto de esmeralda
que cubre de ese lado la orilla de Buenos Aires.

La noche estaba apacible, alumbrada por el tenue rayo de las
estrellas, y una brisa fresca del sur empezaba a dar anuncio
25 de los próximos fríos del invierno.

Nuestros prófugos caminaban sin cambiarse una sola
palabra, y es ya tiempo de dar a conocer sus nombres.

El que iba delante de todos era Juan Merlo, hombre del
vulgo, de ese vulgo de Buenos Aires que se hermana con la
30 gente civilizada por el vestido, con el gaucho [1] por su antipatía

---

[1] El *gaucho* ha hecho un papel en la historia argentina semejante al del "cow-
boy" en la de Norteamérica.　Véase el grabado opuesto a la página 35.

a la civilización, y con la Pampa [1] por sus habitudes holga-·
zanas.   Merlo, como se sabe, era el conductor de los demás.

A pocos pasos seguíalo el coronel D. Francisco Lynch,
veterano desde 1813,[2] hombre de la más culta y escogida
sociedad, y de una hermosura remarcable.

En pos de él caminaba el joven, D. Eduardo Belgrano,
pariente del antiguo general de este nombre,[3] y poseedor de
cuantiosos bienes que había heredado de sus padres; corazón
valiente y generoso, e inteligencia privilegiada por Dios y
enriquecida por el estudio.   Éste es el joven de los ojos negros
y melancólicos, que conocen ya nuestros lectores.

En seguida de él marchaban Oliden, Riglos, y Maissón,
argentinos todos.

En este orden habían llegado ya a la parte del Bajo [4] que
está cerca de la casa que habitaba el ministro de S. M. B.,
caballero Mandeville.[5]

En ese paraje, Merlo se para y les dice:

— Es por aquí donde la ballenera debe atracar.

Las miradas de todos se sumergieron en la obscuridad,
buscando en el río la embarcación salvadora, mientras que
Merlo parecía que la buscaba en tierra, pues que su vista se
dirigía hacia Barracas,[6] y no a las aguas donde estaba clavada
la de los prófugos.

[1] La *Pampa* es la grande extensión de terreno llano que se halla en el interior de la República Argentina, al sur de las provincias de Córdoba, San Luis, y Santa Fe, y al oeste de la de Buenos Aires.

[2] El año de *1813* fué uno de los años importantes de la Guerra de la Independencia argentina.

[3] Véase la nota 3, página 25.

[4] El *Bajo* es un distrito en las afueras de Buenos Aires, cerca del Río de la Plata.

[5] Como se verá más adelante, el domicilio del ministro inglés se llamaba *la Residencia*.

[6] *Barracas* era un arrabal de Buenos Aires en aquel entonces.

— No está, dijo Merlo; no está aquí, es necesario caminar algo más.

La comitiva le siguió en efecto; pero no llevaba dos minutos de marcha, cuando el coronel Lynch, que iba en pos de Merlo,
5 divisó un gran bulto a treinta o cuarenta varas de distancia, en la misma dirección que llevaban; y en el momento en que se volvía a comunicárselo a sus compañeros, un ¿quién vive? interrumpió el silencio de aquellas soledades, trayendo un repentino pavor al ánimo de todos.

10 — No respondan; yo voy a adelantarme un poco a ver si distingo el número de hombres que es, dijo Merlo, que, sin esperar respuesta, caminó algunos pasos primero, y tomó en seguida una rápida carrera hacia las barrancas, dando al mismo tiempo un agudo silbido.

15 Un ruido confuso y terrible respondió inmediatamente a aquella señal, el ruido de una estrepitosa carga de caballería, dada por cincuenta jinetes, que en dos segundos cayeron como un torrente sobre los desgraciados prófugos.

El coronel Lynch apenas tuvo tiempo para sacar de sus
20 bolsillos una de las pistolas que llevaba, y antes de poder hacer fuego, rodó por tierra al empuje violento de un caballo.

Maissón y Oliden pueden disparar un tiro de pistola cada uno, pero caen también como el coronel Lynch.

Riglos opone la punta de un puñal al pecho del caballo que
25 lo atropella, pero rueda también a su empuje irresistible, y caballo y jinete caen sobre él. Este último se levanta al instante, y su cuchillo, hundiéndose tres veces en el pecho de Riglos, hace de este infeliz la primera víctima de aquella noche aciaga.

30 Lynch, Maissón, y Oliden, rodando por el suelo, ensan-grentados y aturdidos bajo las herraduras de los caballos, se sienten pronto asir por los cabellos; el filo del cuchillo busca

la garganta de cada uno al influjo de una voz aguda e imperante, que blasfemaba, insultaba, y ordenaba allí. Los infelices
se revuelcan, forcejean, gritan; llevan sus manos, hechas
pedazos ya, a su garganta, para defenderla . . . ¡todo es en
vano! El cuchillo mutila las manos, los dedos caen, el cuello 5
es abierto a grandes tajas, y en los borbollones de la sangre
se escapa el alma de las víctimas a pedir a Dios la justicia debida
a su martirio.

Y entretanto que los asesinos se desmontan, y se apiñan en
derredor de los cadáveres para robarles alhajas y dinero; 10
entretanto que nadie se ve ni se entiende en la obscuridad y
confusión de esta escena espantosa, a cien pasos de ella se
encuentra un pequeño grupo de hombres que, cual un solo
cuerpo elástico, tomaba en cada segundo de tiempo, formas y
extensión diferentes: era Eduardo, que se batía con cuatro de 15
los asesinos.

En el momento en que cargaron sobre los prófugos; en aquel
mismo en que cayó el coronel Lynch, Eduardo, que marchaba
tras él, atraviesa casi de un salto un espacio de quince pies en
dirección a las barrancas. Esto sólo le basta para ponerse en 20
línea con el flanco de la caballería, y evitar su empuje; plan
que su rápida imaginación concibió y ejecutó en un segundo,
tiempo que le había bastado también para desenvainar su
espada, arrancarse la capa que llevaba prendida al cuello, y
recogerla sobre su brazo izquierdo.   25

Pero si se había librado del choque de los caballos, no había
evitado el ser visto, a pesar de la obscuridad de la noche. El
muslo de un jinete roza por su hombro izquierdo, y ese hombre
y otro más hacen girar sus caballos con la prontitud del pensamiento, y embisten, sable en mano, sobre Eduardo.   30

Éste no ve; adivina, puede decirse, la acción de los asesinos,
y dando un salto hacia ellos, se interpone entre los caballos,

cubre su cabeza con su brazo izquierdo envuelto en el colchón que le formaba la capa, y hunde su espada hasta la guarnición en el pecho del hombre que tiene a su derecha. Cadáver ya, aun no ha caído ese hombre de su caballo, cuando Eduardo ha
5 retrocedido diez pasos, siempre en dirección a la ciudad.

En ese momento tres asesinos más se reúnen al que acababa de sentir caer el cuerpo de su compañero a los pies de su caballo, y los cuatro cargan entonces sobre Eduardo.

Éste se desliza rápidamente hacia su derecha para evitar el
10 choque, tirando al mismo tiempo un terrible corte que hiere la cabeza del caballo que presenta el flanco de los cuatro. El animal se sacude, se recuesta súbitamente sobre los otros, y el jinete, creyendo que su caballo está herido de muerte, se tira de él para librarse de su caída; y los otros se desmontan
15 al mismo tiempo, siguiendo la acción de su compañero, cuya causa ignoran.

Eduardo entonces tira su capa, y retrocede diez o doce pasos más. La idea de tomar la carrera pasa un momento por su imaginación; pero comprende que la carrera no hará sino
20 cansarlo y postrarlo, pues que sus perseguidores montarán de nuevo y lo alcanzarán pronto.

Esta reflexión, súbita como la luz, sin embargo no había terminádose en su pensamiento, cuando los asesinos estaban ya sobre él, tres de ellos con sables de caballería y el otro
25 armado de un cuchillo de matadero. Tranquilo, valiente, vigoroso, y diestro, Eduardo los recibe a los cuatro, parando sus primeros golpes, y evitando con ataques parciales que le formasen el círculo que pretendían. Los tres de sable lo acometen con rabia, lo estrechan, y dirigen todos los golpes
30 a su cabeza. Eduardo los para con un doble círculo, y haciendo dilatar con cortes de primera y tercera la rueda que le formaban, comienza a ganar hacia la ciudad largas distancias,

conquistando terreno en los cortes con que ofendía, y en los círculos dobles con que paraba.

Los asesinos se ciegan, se encarnizan, no pueden comprender que un hombre solo les resista tanto; y en sus vértigos de sangre y de furor no perciben que se hallan ya a doscientos 5 pasos de sus compañeros, cumpliéndose más en cada momento la intención de alejarlos que desde el principio tuvo Eduardo, para perderse con ellos entre la obscuridad de la noche.

Eduardo, sin embargo, sentía que la fuerza le iba faltando, y que era ya difícil la respiración. Sus contrarios no se cansan 10 menos, y tratan de estrecharlo por última vez. Uno de ellos incita a los otros con palabras de demonio, pero al momento de descargar sus golpes sobre Eduardo, éste tira dos cortes a derecha e izquierda con toda la extensión de su brazo, amaga a todos, y pasa como un relámpago de acero por el centro de 15 sus asesinos, ganándoles algunos pasos más hacia la ciudad.

El hombre del cuchillo acababa de perder éste y parte de su mano al filo de la espada de Eduardo, y otro de los de sable empieza a perder la fuerza en la sangre abundante que se escurría de una honda herida en su cabeza. 20

Los cuatro lo hostigan con tesón, sin embargo. El hombre mutilado, en un acceso de frenesí y de dolor, se arroja sobre Eduardo y lanza sobre su cabeza el inmenso poncho que tenía en su mano izquierda. Este último, que no había entendido la intención de su contrario, cree que lo atropella con el puñal 25 en la mano, y lo recibe con la punta de su espada, que le atraviesa el corazón. El poncho había llegado a su destino; la cabeza y el cuerpo de Eduardo quedan cubiertos en él. No se turba su espíritu, sin embargo. Da un salto atrás; su mano izquierda, libre de su capa, que había arrojado desde el 30 principio del combate, coge el poncho y empieza a desenvolverlo de la cabeza, mientras su diestra describe círculos con

su espada en todas direcciones. Pero en el momento en que
su vista quedaba libre de aquella nube repentina y densa que
la cubrió, la punta de un sable penetra a lo largo de su costado
izquierdo, y el filo de otro le abre una honda herida sobre el
5 hombro derecho.

—¡Bárbaros! dice Eduardo, no conseguiréis llevarle mi
cabeza a vuestro amo sin haber antes hecho pedazos mi
cuerpo.

Y recogiendo todas las pocas fuerzas que le quedaban, para
10 en tercia una estocada que le tira su contrario más próximo, y
desenganchando, se va a fondo en cuarta con toda la extensión
de su cuerpo. Dos hombres caen a la vez al suelo: el contrario de Eduardo, atravesado el pecho, y Eduardo, que no
ha tenido fuerzas para volver a su primera posición, y que cae
15 sin perder, empero, su conocimiento ni su valor.

Los dos asesinos que peleaban aún se precipitan sobre él.

—¡Aun estoy vivo! grita Eduardo con una voz nerviosa y
sonora, la primera voz fuerte que había resonado en ese lugar
e interrumpido el silencio de esa terrible escena, y los ecos de
20 esa voz se repitieron en mucha extensión de aquel lugar solitario.

Eduardo se incorpora un poco, fija el codo de su brazo derecho sobre el vientre del cadáver que tenía a su lado, y tomando
la espada con la mano izquierda, quiere todavía sostener su
25 desigual combate.

Aun en ese estado los asesinos se le aproximan con recelo.
El uno de ellos se acerca por los pies de Eduardo y descarga un
sablazo sobre su muslo izquierdo, que el infeliz no tuvo tiempo,
ni posición, ni fuerza para parar. La impresión del golpe le
30 inspira un último esfuerzo para incorporarse, pero a ese tiempo
la mano del otro asesino lo toma de los cabellos, da con su
cabeza en tierra, e hinca sobre su pecho una rodilla.

—Ya estás, unitario,[1] ya estás agarrado, le dice, y volviéndose al otro, que se había abrazado de los pies de Eduardo, le pide su cuchillo para degollarlo. Aquél se lo pasa al momento. Eduardo hace esfuerzos todavía por desasirse de las manos que le oprimen, pero esos esfuerzos no sirven sino para hacerle perder por sus heridas la poca sangre que le quedaba en sus venas.

Un relámpago de risa feroz, infernal, ilumina la fisonomía del bandido cuando empuña el cuchillo que le da su compañero. Sus ojos se dilatan, sus narices se expanden, su boca se entreabre, y tirando con su mano izquierda los cabellos de Eduardo casi exánime, y colocando bien perpendicular su frente con el cielo, lleva el cuchillo a la garganta del joven.

Pero en el momento que su mano iba a hacer correr el cuchillo sobre el cuello, un golpe se escucha, y el asesino cae de boca sobre el cuerpo del que iba a ser su víctima.

—A ti también te irá tu parte, dice la voz fuerte y tranquila de un hombre que, como caído del cielo, se dirige con su brazo levantado hacia el último de los asesinos que, como se ha visto, estaba oprimiendo los pies de Eduardo, porque, aun estando éste medio muerto, temía acercarse hasta sus manos.

[1] Al conquistar su libertad, la República Argentina había adoptado una forma de gobierno cuyo principio fundamental era la independencia absoluta de cada provincia, excepto en lo que se refería a las relaciones internacionales y a la defensa del país contra las invasiones. Pero después de un largo ensayo, una gran parte del pueblo se convenció de que tal sistema, junto con la demasiada ambición de ciertos hombres, era la causa de las conmociones internas y guerras civiles por las que pasaba el país. De ahí nació el partido *unitario*, que deseaba la unificación de las provincias bajo un gobierno central. Al mismo tiempo se formó otro partido, reaccionario en sus principios, que quería un gobierno menos centralizado que el de los unitarios y que otorgase mayor autonomía a las provincias. Este partido se denominó el partido *federal*. Andando el tiempo, la lucha entre estos dos partidos se hizo tradicional. En la época del presente relato, Rosas, que se llamaba federal, consideraba a los unitarios como un obstáculo a su ambición personal, y había resuelto destruirlos.

El bandido se para, retrocede, y toma repentinamente la huida en dirección al río.

El hombre enviado por la providencia, al parecer, no lo persigue ni un solo paso; se vuelve a aquel grupo de heridos y cadáveres en cuyo centro se encontraba Eduardo.

El nombre de éste es pronunciado luego por el desconocido con toda la expresión del cariño y de la incertidumbre. Toma entre sus brazos el cuerpo del asesino que había caído sobre Eduardo, lo suspende, lo separa de él, e hincando una rodilla en tierra, suspende el cuerpo del joven y reclina su cabeza contra su pecho.

— Todavía vive, dice, después de haber sentido su respiración. Su mano toma la de Eduardo, y una leve presión le hace conocer que vive, y que le ha conocido.

Sin vacilar alza entonces la cabeza, gira sus ojos con inquietud: se levanta luego, toma a Eduardo por la cintura con el brazo izquierdo, y cargándolo al hombro, marcha hacia la próxima barranca, en que estaba situada la casa del Sr. Mandeville.

Su marcha segura y fácil hace conocer que aquellos parajes no eran extraños a su planta.

—¡Ah! exclama de repente, apenas faltará media cuadra . . . y . . . tengo que descansar porque. . . . Y el cuerpo de Eduardo se le escurre de los brazos entre la sangre que a los dos cubría. Eduardo, le dice, poniéndole sus labios en el oído; Eduardo, soy yo, Daniel; tu amigo, tu compañero, tu hermano Daniel.

El herido mueve lentamente la cabeza y entreabre los ojos. Su desmayo, originado por la abundante pérdida de su sangre, empezaba a pasar, y la brisa fría de la noche a reanimarle un poco.

—¡Huye, . . . sálvate, Daniel! fueron las primeras palabras que pronunció.

Daniel lo abraza.

— No se trata de mí, Eduardo; se trata de . . . a ver . . . pasa tu brazo izquierdo por mi cuello, oprime lo más fuerte que puedas . . . pero ¿qué diablos es esto? ¿Te has batido acaso con la mano izquierda, que conservas la espada empuñada con ella? ¡Ah, pobre amigo! esos bandidos te habrán herido la derecha . . . y ¡no haber estado contigo yo! Y mientras hablaba así, queriendo arrancar de los labios de su amigo alguna respuesta, alguna palabra que le hiciese comprender el verdadero estado de sus fuerzas, ya que temblaba de conocer la gravedad de sus heridas, Daniel cargó de nuevo a Eduardo, y lo llevó en sus brazos segunda vez, en la misma dirección que la anterior.

El movimiento y la brisa vuelven al herido un poco de la vida que le había arrebatado la sangre, y con un acento lleno de cariño :

— Basta, Daniel, dice, apoyado en tu brazo creo que podré caminar un poco.

— No hay necesidad, le responde éste, poniéndole suavemente en tierra; ya estamos en el lugar donde quería conducirte.

Eduardo quedó un momento de pie; pero su muslo izquierdo estaba cortado casi hasta el hueso, y al tomar esa posición, todos los músculos heridos se resintieron, y un dolor agudísimo hizo doblar las rodillas del joven.

— Ya me imaginaba que no podrías estar de pie, dijo Daniel, fingiendo naturalidad en su voz, pues que toda su sangre se había helado, sospechando entonces que las heridas de Eduardo eran mortales. Pero felizmente, continuó, ya estamos aquí, aquí donde podré dejarte en seguridad mientras voy a buscar los medios de conducirte a otra parte.

Y diciendo esto, había vuelto a cargar a su amigo, descen-

diendo con él, a fuerza de gran trabajo, a lo hondo de una zanja de cuatro o cinco pies de profundidad, que dos días antes habían empezado a abrir a distancia de veinte pies del muro lateral de una casa sobre la barranca que acababa de subir
5 Daniel con su pesada pero querida carga; casa que no era otra que la del ministro de S. M. B., caballero Mandeville.

Daniel sienta a su amigo en el fondo de la zanja, lo recuesta contra uno de los lados de ella, y le pregunta dónde se siente herido.
10 —No sé; pero aquí, aquí siento dolores terribles, dice Eduardo tomando la mano de Daniel y llevándola a su hombro derecho y a su muslo izquierdo.

Daniel respira entonces con libertad.

—Si solamente estás herido ahí, dice, no es nada, mi querido
15 Eduardo; oprimiéndolo en sus brazos con toda la efusión de quien acaba de salir felizmente de una incertidumbre penosa, pero a la presión de sus brazos Eduardo exhala un ¡ay! agudo y dolorido.

—Debo estar también . . . sí . . . estoy herido aquí, dice,
20 llevando la mano de Daniel a su costado izquierdo . . . pero sobre todo, el muslo izquierdo me hace sufrir horriblemente.

—Espera, dice Daniel, sacando un pañuelo de su bolsillo, con el cual venda fuertemente el muslo herido. Esto a lo menos, continúa, podrá contener algo la hemorragia; ahora
25 venga el pecho. ¿Es aquí donde sientes la herida?

—Sí.

—Entonces . . . aquí está mi corbata, y con ella oprime fuertemente el pecho de su amigo.

Todo esto hace y dice fingiendo una confianza que había
30 empezado a faltarle desde que supo que había una herida en el pecho, que podía haber interesado alguna entraña. Y dice y hace todo esto entre la obscuridad de la noche y en el fondo

de una zanja estrecha y húmeda. Y como un sarcasmo de esa posición terriblemente poética en que se encontraban los dos jóvenes, porque Daniel lo era también, los sonidos de un piano llegaron en ese momento a sus oídos : el señor Mandeville tenía esa noche una pequeña tertulia en su casa.

— ¡ Ah ! dice Daniel, acabando de vendar a su amigo, S. E. inglesa se divierte.

— ¡ Mientras a sus puertas se asesina a los ciudadanos de este país ! exclama Eduardo.

De repente Daniel le pone su mano sobre los labios y le dice al oído, buscando a tientas la espada :

— Siento ruido.

Y en efecto no se había equivocado. El ruido de las pisadas de dos caballos se percibía claramente, y un minuto después el eco de voces humanas llegó hasta los dos amigos.

Todo se hacía más perceptible por instantes, entendiéndose al fin distintamente la voz de los que venían conversando.

— Oye, dice uno de ellos, a diez o doce pasos de la zanja, saquemos fuego y a la luz de un cigarro podremos contar, porque yo no quiero ir hasta la Boca,[1] sino volverme a casa.

— Bajemos entonces, responde aquél a quien se había dirigido, y dos hombres se desmontan de sus caballos, sonando la vaina de latón de sus sables al pisar en tierra.

Cada uno de ellos tomó la rienda de su caballo, y caminando hacia la zanja, vinieron a sentarse a cuatro pasos de Daniel y Eduardo.

Uno de los dos recién llegados sacó sus avíos de fumar, encendió la yesca, luego un grueso cigarro de papel, y dijo al otro :

— A ver, dame los papeles uno por uno.

---

[1] *La Boca* es el nombre que se da al distrito del puerto de Buenos Aires situado en el desembarcadero, o boca, del Riachuelo. El Riachuelo es un arroyo que sirve de límite, al sud, entre la ciudad y la provincia de Buenos Aires.

El otro se quitó el sombrero, sacó de él un rollo de billetes de banco, y dió uno de ellos a su compañero ; quien tomándolo con la mano izquierda lo aproximó a la brasa del cigarro que tenía en la boca, y aspirando con fuerza iluminó todo el billete
5 con los reflejos de la brasa activada por la aspiración.

—¡ Ciento ! dice el del cigarro, arrojando por la boca una gruesa nube de humo.

Y la misma operación que con el primer billete, se hace con treinta de igual valor ; y después de repartirse 1500 pesos cada
10 uno de los dos hombres, mitad de los 3000 que sumaban los treinta billetes de cien pesos, dice el que alumbraba los papeles :

—¡ Yo creía que sería más ! Si hubiésemos degollado al otro, nos habría tocado la bolsa de onzas.

— Y ¿ a dónde se iban esos unitarios ?
15 — Yo no sé.   Por mi parte, yo no los busco.

—¡ Qué buscarlos !   Yo me voy a la Boca, dijo el que había traído los billetes en el sombrero, levantándose y montando tranquilamente en su caballo, mientras el otro se dejó estar sentado.

20 — Bueno, dice éste, ándate no más ; yo voy a acabar mi cigarro antes de irme a casa ; mañana te iré a buscar de madrugada para que nos vayamos al cuartel.

— Entonces, hasta mañana, dice aquél, dando vuelta a su caballo, y tomando al trote el camino de la Boca.

25 Algunos minutos después, el que se había quedado mete la mano al bolsillo, saca una cosa que aproxima a su cigarro en la boca, y la contempla a la claridad que esparcía la brasa.

— Y es de oro el reloj, dice.   Esto nadie me lo vió sacar ; y la plata que me den por él no la parto con ninguno.   Y
30 veía y volvía a ver el reloj a la luz de su cigarro.

—¡ Y está andando ! dice, aplicándoselo al oído, pero yo no sé . . . yo no sé cómo se sabe la hora.   Y volvía a iluminar su preciosa alhaja. Ésta es cosa de unitarios . . . la hora que yo sé es que serán las doce, y que. . . .

— Ésa es la última de tu vida, bribón, dice Daniel dando sobre la cabeza del bandido, que cayó al instante sin dar un solo grito, el mismo golpe que había dado en la cabeza de 5 aquél que puso el cuchillo sobre la garganta de Eduardo; golpe que produjo el mismo sonido duro y sin vibración, ocasionado por un instrumento muy pequeño que Daniel tenía en sus manos, el cual parece que hacía sobre la cabeza humana el mismo efecto que una bala de cañón que se la llevase, pues 10 que los dos que hemos visto caer no habían dado un solo grito.

Daniel, que había salido de la zanja, tomó la brida del caballo, lo trajo hasta la zanja, y sin soltarlo, bajó y dió un abrazo a su amigo.

— ¡ Valor ! ¡ Valor ! mi Eduardo ; ya estás libre . . . salvo 15 . . . la Providencia te envía un caballo, que era lo único que necesitábamos.

— Sí, me siento un poco reanimado, pero es necesario que me sostengas . . . no puedo estar de pie.

— No hagas fuerza, dice Daniel, que carga otra vez a 20 Eduardo y lo sube al borde de la zanja. En seguida salta él, y con esfuerzos indecibles consigue montar a Eduardo sobre el caballo, que se inquietaba con las evoluciones que se hacían a su lado. En seguida recoge la espada de su amigo, y de un salto se monta en la grupa ; pasa sus brazos por la cintura de 25 Eduardo, toma de sus débiles manos las riendas del caballo, y lo hace subir inmediatamente por una barranca inmediata a la casa del señor Mandeville.

— Daniel, no vamos a mi casa porque la encontraríamos cerrada. Mi criado tiene orden de no dormir en ella esta 30 noche.

— No, no por cierto, no he tenido la idea de pasearte por la

c

calle del Cabildo a estas horas, en que veinte serenos alum-
brarían nuestros cuerpos federalmente vestidos de sangre.

— Bien, pero tampoco a la tuya.

— Mucho menos, Eduardo; yo creo que nunca he hecho
5 locuras en mi vida, y llevarte a mi casa sería haber hecho una
por todas las que he dejado de hacer.

— Y ¿ a dónde, pues?

— Ése es mi secreto por ahora. Pero no me hagas más
preguntas. Habla lo menos posible.

10 Daniel sentía que la cabeza de Eduardo buscaba algo en que
reclinarse, y con su pecho le dió un apoyo que bien necesitaba
ya, porque en aquel momento un segundo vértigo le anublaba
la vista y lo desfallecía; pero felizmente le pasó pronto.

Daniel hacía marchar al paso su caballo. Llegó por fin a
15 la calle de la Reconquista, y tomó la dirección a Barracas;
atravesó las del Brasil y Patagones, y tomó a la derecha por
una calle angosta y pantanosa, en cuyos lados no había edificio
alguno.

Llegado a la calle traviesa entre Barracas y la Boca, dobló
20 a la derecha, y recostándose a la orilla del camino, llegó al fin
a la calle Larga de Barracas sin haber hallado una sola
persona en su tránsito. Tomó la derecha de la calle, enfiló
los edificios lo más aproximado a ellos que le fué posible, e
hizo tomar el trote largo a su caballo, como que quisiera salir
25 de ese camino frecuentado de noche por algunas patrullas de
policía.

Al cabo de pocos minutos de marcha, detiene su caballo,
gira sus ojos, y convencido de que no veía ni oía nada, hace
tomar el paso a su caballo, y dice a Eduardo:

30 — Ya estás en salvo; pronto estarás en seguridad y curado.

— ¿ Dónde? le pregunta Eduardo con voz sumamente
desfallecida.

— Aquí, le responde Daniel subiendo el caballo a la vereda de una casa por cuyas ventanas, cubiertas con celosías y los vidrios por espesas cortinas de muselina blanca en la parte interior, se trasparentaban las luces que iluminaban las habitaciones; y al decir aquella palabra, arrima el caballo a las rejas, e introduciendo su brazo por ellas y las celosías, tocó suavemente en los cristales. Nadie respondió, sin embargo. Volvió a llamar segunda vez, y entonces una voz de mujer preguntó con un acento de recelo:

— ¿Quién es?

—Yo soy, Amalia, yo, tu primo.

— ¡Daniel! dijo la misma voz, aproximándose más a la ventana la persona del interior.

— Sí, Daniel.

Y en el momento la ventana se abrió, la celosía fué alzada, y una mujer joven y vestida de negro inclinó su cuerpo hasta tocar las rejas con su mano. Pero al ver dos hombres en un mismo caballo retiróse de esa posición, como sorprendida.

— ¿No me conoces, Amalia? Oye: abre al momento la puerta de la calle; pero no despiertes a los criados; ábrela tú misma.

— Pero, ¿qué hay, Daniel?

— No pierdas un segundo, Amalia, abre en este momento en que está solo el camino; me va la vida, más que la vida, ¿lo entiendes ahora?

— ¡Dios mío! exclamó la joven, que cierra la ventana, que se precipita a la puerta de la sala, de ésta a la de la calle, que abre sin cuidarse de hacer poco o mucho ruido, y que saliendo hasta la vereda dice a Daniel:

— ¡Entra! pronunciando la palabra con ese acento de espontaneidad sublime que sólo las mujeres tienen en su alma sensible y harmoniosa, cuando ejecutan alguna acción de

valor, que siempre es en ellas la obra, no del raciocinio, sino
de la inspiración.

— Todavía no, dice Daniel, que ya estaba en tierra con
Eduardo sostenido por la cintura; y de ese modo, y sin soltar
5 la brida del caballo, llega a la puerta.

— Ocupa mi lugar, Amalia; sostén a este hombre que no
puede andar solo.

Amalia, sin vacilar, toma con sus manos un brazo de
Eduardo, que, recostado contra el marco de la puerta, hacía
10 esfuerzos indecibles por mover su pierna izquierda, que le
pesaba enormemente.

— ¡ Gracias, señorita, gracias! dice con voz llena de sentimiento y de dulzura.

— ¿ Está usted herido?

15 — Un poco.

— ¡ Dios mío! exclama Amalia, que sentía en sus manos la
humedad de la sangre.

Y mientras se cambiaban estas palabras, Daniel había conducido el caballo al medio del camino, y poniéndolo en direc-
20 ción al puente, con la rienda al cuello, dióle un fuerte cintarazo
en la anca con la espada de Eduardo, la que no había abandonado un momento.   El caballo no esperó una segunda señal,
y tomó el galope en aquella dirección.

— Ahora, dice Daniel, ¡ adentro! acercándose a la puerta,
25 levantando a Eduardo por la cintura hasta ponerlo en el
zaguán, y cerrando aquélla.   De ese mismo modo lo introdujo
a la sala, y puso por fin sobre un sofá a aquel hombre a quien
había salvado y protegido tanto en aquella noche de sangre;
aquel hombre lleno de valor moral y de espíritu todavía, y
30 cuyo cuerpo no podía, sin embargo, sostenerse por sí solo un
momento.

CAPÍTULO II

EL DOCTOR ALCORTA

Cuando Daniel colocó a Eduardo sobre el sofá, Amalia, pues ya distinguiremos por su nombre a la joven prima de Daniel, pasó corriendo a un pequeño gabinete contiguo a la sala, separado por un tabique de cristales, y tomó de una mesa de mármol negro una pequeña lámpara de alabastro, a cuya luz la joven leía cuando Daniel llamó a los vidrios de la ventana, y volviendo a la sala, puso la lámpara sobre una mesa redonda de caoba, cubierta de libros y de vasos de flores.

En aquel momento Amalia estaba excesivamente pálida, efecto de las impresiones inesperadas que estaba recibiendo, y los hermosos rizos de su cabeza, echados detrás de la oreja pocos momentos antes, no estorbaron a Eduardo descubrir, en una mujer de veinte años, una fisonomía encantadora, una frente majestuosa y bella, unos ojos pardos llenos de expresión y sentimiento, y una figura hermosa.

Daniel se aproximó a la mesa en el acto en que Amalia colocaba la lámpara, y tomando las pequeñas manos de azucena de su hermosa prima, la dijo:

— Amalia, en las pocas veces que nos vemos te he hablado siempre de un joven con quien me liga la más íntima y fraternal amistad; ese joven, Eduardo, es el que acabas de recibir en tu casa, el que está ahí gravemente herido. Pero sus heridas son oficiales, son la obra de Rosas, y es necesario curarlo, ocultarlo, y salvarlo.

— Pero ¿qué puedo hacer yo, Daniel? le pregunta Amalia
toda conmovida y volviendo sus ojos hacia el sofá donde estaba
acostado Eduardo, cuya palidez parecía la de un cadáver, contrastada por sus ojos negros y relucientes como el azabache,
5 y por su barba y cabellos del mismo color.

— Lo que tienes que hacer, mi Amalia, es una sola cosa.
¿Dudas que yo te haya querido siempre como un hermano?

— ¡Oh, no, Daniel; jamás lo he dudado!

10   — Bien, dice el joven, poniendo sus labios sobre la frente de
su prima, entonces lo que tienes que hacer es obedecerme en
todo por esta noche; mañana vuelves a quedar dueña de tu
casa, y de mí, como siempre.

— Dispón; ordena lo que quieres; yo no podría tampoco
15 concebir una idea en este momento, dijo Amalia, cuya tez iba
volviendo a su rosado natural.

— Lo primero que dispongo es que traigas tú misma, sin
despertar a ningún criado todavía, un vaso de vino azucarado.

20   Amalia no esperó oír concluir la última sílaba y corrió a las
piezas interiores.

Daniel se acercó luego a Eduardo, en quien el momentáneo
descanso que había gozado empezaba a dar expansión a sus
pulmones, oprimidos hasta entonces por el dolor y el cansancio,
25 y le dijo:

— Ésta es mi prima, la linda viuda, la poética tucumana de
que te he hablado tantas veces, y que desde su regreso de
Tucumán,[1] hace cuatro meses, vive solitaria en esta quinta.
Creo que si la hospitalidad no agrada a tus deseos, no sucederá
30 lo mismo a tus ojos.

---

[1] *Tucumán* es la capital de la provincia del mismo nombre en el norte de la
República Argentina.   Tiene la ciudad unos 60,000 habitantes.

Eduardo se sonrió, pero al instante volviendo su semblante a su gravedad habitual, exclamó:

—¡Pero es un proceder cruel; voy a comprometer la posición de esta criatura!

—¿Su posición?

—Sí, su posición. La policía de Rosas tiene tantos agentes cuantos hombres ha enfermado el miedo. Hombres, mujeres, amos y criados, todos buscan la seguridad en las delaciones. Mañana sabrá Rosas dónde estoy, y el destino de esta joven se confundirá con el mío.

—Eso lo veremos, dijo Daniel arreglando los cabellos desordenados de Eduardo. Yo estoy en mi elemento cuando me hallo entre las dificultades. Y si, en vez de escribírmelo, me hubieses esta tarde hablado de tu fuga, ciento contra uno a que no tendrías en tu cuerpo un solo arañazo.

—Pero tú, ¿cómo has sabido el lugar de mi embarque?

—Eso es para despacio, contestó Daniel sonriéndose.

Amalia entró en ese momento trayendo sobre un plato de porcelana una copa de cristal con vino de Burdeos azucarado.

—¡Oh, mi linda prima! dijo Daniel, los dioses habrían despedido a Hebe, y dádote la preferencia para servirles su vino, si te hubiesen visto como te veo yo en este momento. Toma, Eduardo; un poco de vino te reanimará mientras viene un médico. Y en tanto que suspendía la cabeza de su amigo y le daba a beber el vino azucarado, Amalia tuvo tiempo de contemplar por primera vez a Eduardo, cuya palidez y expresión dolorida le daba un no sé qué de más impresionable, varonil, y noble; y al mismo tiempo para poder fijarse en que, tanto Eduardo como Daniel, ofrecían dos figuras como no había imaginádose jamás: eran dos hombres completamente cubiertos de barro y sangre.

— Ahora, dice Daniel, tomando el plato de las manos de Amalia, ¿el viejo Pedro está en casa?

— Sí.

— Entonces vé a su cuarto, despiértalo, y dile que venga.

5 Amalia iba a abrir la puerta de la sala para salir, cuando le dice Daniel:

— Un momento, Amalia, hagamos muchas cosas a la vez para ganar tiempo. ¿Dónde hay papel y tintero?

— En aquel gabinete, responde Amalia señalando el que 10 estaba contiguo a la sala.

— Entonces, anda a despertar a Pedro. Y Daniel pasó al gabinete, tomó una luz de una rinconera, pasó a otra habitación, que era la alcoba de su prima, y allí invadió el tocador, manchando las porcelanas y cristales con la sangre y el lodo, 15 lavándose las manos. Volvió inmediatamente al gabinete, sentóse delante de una pequeña escribanía, y tomando su semblante una gravedad que parecía ajena del carácter del joven, escribió dos cartas, las cerró, púsolas el sobre y entró a la sala donde Eduardo estaba cambiando algunas palabras 20 con Amalia sobre el estado en que se sentía. Al mismo tiempo la puerta de la sala abrióse y un hombre como de sesenta años de edad, alto, vigoroso todavía, con el cabello completamente encanecido, con barba y bigotes en el mismo estado, vestido con chaqueta y calzón de paño azul, entró con el sombrero 25 en la mano y con un aire respetuoso, que cambió en el de sorpresa al ver a Daniel de pie en medio de la sala, y sobre el sofá un hombre tendido, y manchado de sangre.

— Yo creo, Pedro, que no es a usted a quien puede asustarle la sangre. En todo lo que usted ve no hay más que un amigo 30 mío a quien unos bandidos acaban de herir gravemente. Aproxímese usted. ¿Cuánto tiempo sirvió usted con mi tío, el coronel Sáenz, padre de Amalia?

Monumento de San Martín, Buenos Aires

— Once años, señor; desde la batalla de Salta[1] hasta la de Junín,[2] en que el coronel cayó muerto en mis brazos.

— ¿A cuál de los generales que lo han mandado ha tenido usted más cariño y más respeto : a Belgrano,[3] a San Martín,[4] o a Bolívar?[5]

5

[1] *Salta* es la capital de la provincia del mismo nombre al norte de Tucumán. La batalla de Salta fué ganada por el general Belgrano en 1813. Hoy día la ciudad tiene unos 20,000 habitantes.

[2] En *Junín*, ciudad del Perú, tuvo lugar una de las batallas más famosas de la Guerra de la Independencia, nombre dado a la lucha que sostuvieron las colonias españolas de la América del Sur para conquistar su libertad (1808–1824). Esta guerra se divide en dos períodos distintos : en el primero lucharon las varias colonias aisladamente; en el segundo pelearon todas juntas. La victoria de Salta, batalla de la rebelión argentina, pertenece al primer período; la de Junín al segundo, en agosto de 1824. En diciembre del mismo año los patriotas sellaron la independencia sudamericana con la victoria de Ayacucho, ciudad del Perú.

[3] *Manuel Belgrano*, patriota y general argentino, nació en 1770, y murió en 1820.

[4] El general *José de San Martín* nació en la Argentina en 1778, y murió en Francia en 1850. No se debe pasar por alto el papel importantísimo que hizo este gran patriota en la historia de la República Argentina y en la de toda la América del Sur. Sirvió primero en los ejércitos españoles en la guerra entre España y Francia, volviendo luego a la República Argentina. Su país era ya independiente, pero San Martín comprendió que su independencia no quedaría asegurada mientras los españoles estuvieran fuertes en Chile y en el Perú. Formó, pues, el célebre ejército de los Andes, y atravesó la cordillera para salir luego victorioso en aquellos países, coronándose su obra por la independencia de ambos. Fué nombrado Protector del Perú, pero comprendiendo la necesidad de armonía y cansado por las rivalidades, dió su dimisión. Con esta acción magnánima contribuyó, tal vez más que ningún otro, a la liberación y reconstrucción definitivas de los países sudamericanos.

[5] *Simón Bolívar*, llamado por los latinoamericanos el Libertador de America, nació en Caracas, capital de Venezuela, en 1783. Después de recibir una brillante educación en España, volvió a Venezuela en 1810, para tomar parte en la rebelión de la colonia contra la metrópoli. Poco a poco llegó a ser, no sólo el jefe de la revolución venezolana, sino también de las de todas las colonias del norte de la América del Sur. Ganó la batalla de Junín (véase arriba, nota 2), y su lugarteniente, el general Sucre, ganó la de Ayacucho. Bolívar murió en 1830, en Santa Marta, Colombia.

—Al general Belgrano, señor; contestó el viejo soldado sin hesitar.

—Bien, Pedro, aquí tiene usted en Amalia y en mí, una hija y un sobrino de su coronel, y allí tiene usted un sobrino del general Belgrano, que necesita de sus servicios en este momento.

—Señor, yo no puedo ofrecer más que mi vida, y ésa está siempre a la disposición de los que tengan la sangre de mi general y de mi coronel.

—Lo creo, Pedro, pero aquí necesitamos, no sólo valor sino prudencia, y sobre todo secreto.

—Está bien, señor.

—Nada más, Pedro. Yo sé que usted tiene un corazón honrado, que es valiente, y sobre todo, que es patriota.

—Sí, señor, patriota viejo, dijo el soldado alzando la cabeza con cierto aire de orgullo.

—Bien; vaya usted, continuó Daniel, y sin despertar a ningún criado, ensille usted uno de los caballos del coche, sáquelo hasta la puerta con el menor ruido posible, ármese, y venga.

El veterano llevó su mano a la sien derecha, como si estuviese delante de su general, y dando media vuelta marchó a ejecutar las órdenes recibidas.

Cinco minutos después, las herraduras del caballo se sintieron, luego se oyó girar sobre sus goznes el portón de la quinta, y en seguida apareció en la sala, cubierto con su poncho, el viejo soldado de quince años de combates.

—¿Sabe usted, Pedro, la casa del doctor Alcorta?

—Sí, señor.

—Pues irá usted a ella; llamará hasta que le abran, y entregará esta carta, diciendo que, mientras se prepara el doctor, usted va a una diligencia, y volverá a buscarlo. En seguida pasará usted a mi casa; llamará despacio a la puerta; y a mi criado, que ha de estar esperándome, y que abrirá al momento, le dará usted esta otra carta.

— Bien, señor.

— Todo esto lo hará a escape.

— Bien, señor.

— Otra cosa más. Le he dado a usted una carta para el doctor Alcorta; mil incidentes pueden sobrevenirle en el camino, y es necesario que se haga usted matar antes que dejarse arrancar esa carta.

— Bien, señor.

— Nada más, ahora. Son las doce y tres cuartos de la noche, dijo Daniel mirando un reloj que estaba colocado sobre una chimenea; a la una y media usted puede estar de vuelta con el doctor Alcorta.

El soldado hizo la misma venia que anteriormente, y salió. Algunos segundos después sintieron desde la sala la impetuosa carrera de un caballo que conmovía con sus cascos la solitaria calle Larga.

Daniel hizo señal a su prima de pasar al gabinete inmediato, y después de recomendar a Eduardo que hiciese el menor movimiento posible en tanto que llegaba el médico, le dijo:

— Ya sabes cuál ha sido mi elección. ¿A quién otro podría llamar, tampoco, que nos inspirase más confianza?

— Pero, ¡Dios mío, comprometer al doctor Alcorta! exclamó Eduardo. Esta noche, Daniel, te has empeñado en confundir con mi mala suerte el destino de la belleza y del talento. Mi vida vale muy poco en el mundo para que se expongan por ella una mujer como tu prima y un hombre como nuestro maestro.

— ¡Estás sublime esta noche, mi querido Eduardo! Tu sangre se ha escurrido por las heridas, pero tu gravedad y tus desconfianzas se quedaron dueñas de la casa. Alcorta no se comprometerá más que mi prima, y aunque no fuera así, hoy estamos todos en un duelo, en que los buenos nos debemos a los buenos, y los pícaros se deben a los pícaros. La sociedad de nuestro país ha empezado a dividirse en asesinos y víctimas, y es necesario que los que no queramos ser asesinos, si no podemos castigarlos, nos conformemos con ser víctimas.

— Pero Alcorta no se ha comprometido, y sin embargo, con hacerlo venir aquí, puedes comprometerlo gravemente.

— ¡Vaya! ¡vaya! dice Daniel, déjame hacer las cosas a mí solo, que si nos lleva el diablo, nos llevará a todos juntos; y a fe, mi querido Eduardo, que no hemos de estar peor en el infierno que en Buenos Aires. Descansa un momento, mientras hablo con Amalia algunas palabras.

Y diciendo esto, se dirigió al gabinete, pestañeando rápidamente para enjugar con los párpados una lágrima, que, al ver las de su amigo, había brotado de la exquisita sensibilidad de este joven que más tarde haremos conocer mejor a nuestros lectores.

— Amalia, dice a su prima, al entrar en el gabinete, ¿cuáles son los criados en que tienes una perfecta confianza?

— Pedro, Teresa, una criada que he traído de Tucumán, y la pequeña Luisa.

— ¿Cuáles son los demás?

— El cochero, el cocinero, y dos negros viejos que cuidan de la casa.

— ¿El cochero y el cocinero son hombres blancos?

— Sí.

— Entonces, a los blancos por blancos, y a los negros por negros, es necesario que los despidas mañana en cuanto se levanten.

— Pero, ¿crees tú . . .?

— Si no lo creo, dudo. Oye, Amalia : tus criados deben quererte mucho, porque eres buena, rica, y generosa. Pero en el estado en que se encuentra nuestro pueblo, de una orden, de un grito, de un momento de mal humor, se hace de un criado un enemigo poderoso y mortal. Se les ha abierto la⁵ puerta a las delaciones, y bajo la sola autoridad de un miserable, la fortuna y la vida de una familia reciben el anatema de la Mashorca. Sólo hay en la clase baja una excepción, y son los mulatos; los negros están ensoberbecidos, los blancos prostituidos, pero los mulatos, por esa propensión que hay en¹⁰ cada raza mezclada a elevarse y dignificarse, son casi todos enemigos de Rosas, porque saben que los unitarios son la gente ilustrada y culta a que siempre toman ellos por modelo.

— Bien, los despediré mañana.

— La seguridad de Eduardo, la mía, la tuya propia, lo¹⁵ exigen así. Tú no puedes arrepentirte de la hospitalidad que has dado a un desgraciado, y. . . .

—¡Oh, no, Daniel, no me hables de eso! Mi casa, mi fortuna, todo está a la disposición tuya y de tu amigo.

— No puedes arrepentirte, decía, y debes, sin embargo,²⁰ poner todos los medios para que tu virtud, tu abnegación, no dé armas contra ti a nuestros opresores. Del sacrificio que haces en despedir tus criados, te resarcirás pronto. Además, Eduardo no permanecerá en tu casa sino los días indispensables que determine el médico; dos, tres a lo más. ²⁵

—¡Tan pronto! ¡Oh, no es posible! Sus heridas son quizás graves, y sería asesinarlo el levantarlo de su cama. Yo soy libre; vivo completamenta aislada, porque mi carácter me lo aconseja así; recibo rara vez las visitas de mis pocas amigas, y en las habitaciones de la izquierda podremos dis-³⁰ poner un cómodo aposento para Eduardo.

—¡Gracias, gracias, mi Amalia! Bien sé que tienes en tus

venas la sangre generosa de mi madre. Pero quizá no convenga que Eduardo permanezca aquí. Eso dependerá de muchas cosas que yo sabré mañana. Ahora es necesario preparar la cama en que se habrá de acostar después de su primera 5 curación.

— Sí . . . por acá; ven; y tomando una luz pasó con Daniel a su alcoba, y de ésta a su tocador.

Allí había una puerta que se comunicaba con el pequeño aposento en que dormía Luisa, joven destinada por Amalia a su 10 servicio inmediato.

Sigámosla que entra al aposento de Luisa, dormida dulce y tranquilamente, y que, tomando una llave de sobre una mesa, abre la puerta de ese aposento que da al patio, y atravesándolo con Daniel, llega al lado opuesto a sus habitaciones, y abriendo 15 con el menor ruido posible una puerta, entra, siempre con la luz en la mano y con Daniel al lado suyo, a un aposento amueblado.

— Aquí ha estado habitando cierto individuo de la familia de mi esposo, que vino del Tucumán y partió de regreso hace 20 tres días. Este aposento tiene todo cuanto puede necesitar Eduardo. Y diciendo esto, Amalia abrió un ropero, sacó mantas de cama, y ella misma desdobló los colchones, y arregló todo en la habitación, mientras Daniel se ocupaba de examinar con esmero un cuarto contiguo, y el comedor que la 25 seguía, cuya puerta estaba enfrente de aquélla de la sala por donde, una hora antes, había entrado él con Eduardo en los brazos.

— ¿Dónde mira esta ventana? preguntó a su prima, señalando una que estaba en el aposento que iba a ocupar 30 Eduardo.

— Al corredor por donde se entra de la calle a la quinta, por el gran portón. Sabes que todo el edificio está separado, hacia

el fondo, por una verja de hierro; los criados pueden entrar
y salir por el portón sin pasar al interior de la casa. Es por ahí
que ha salido Pedro.

— Es verdad, lo recuerdo . . . pero . . . ¿no oyes ruido?

— Sí. . . .

— Son. . . .

— Son caballos a galope . . . y el corazón de Amalia le
batía en el pecho con violencia.

— Es probable que . . . se han parado en el portón, dijo
Daniel súbitamente, llevando la luz al cuarto inmediato, volviendo como un relámpago, y abriendo un postigo de la ventana
que daba al corredor de la quinta.

— ¡Quién será, Dios mío! exclamó Amalia, pálida y bella
como una azucena en la tarde.

— Ellos, dice Daniel que había pegado su cara a los vidrios
de la ventana.

— ¿Quiénes?

— Alcorta y Pedro. . . . ¡Oh, el bueno, el noble, el generoso Alcorta! Y corrió a traer la luz que había ocultado.

En efecto, era el viejo veterano de la Independencia, y el
sabio catedrático de filosofía, médico y cirujano al mismo
tiempo.

Pedro hízole entrar por el portón, llevó los caballos a la
caballeriza, y luego lo condujo por la verja de hierro de cuya
puerta él tenía la llave.

— ¡Gracias, señor! dice Daniel, saliendo a encontrar al
doctor Alcorta en el medio del patio, y oprimiéndole fuertemente la mano.

— Veamos a Belgrano, amigo mío, dijo Alcorta apresurán-
dose a cortar los agradecimientos de Daniel.

— Un momento, dijo éste, conduciéndole de la mano al
aposento donde permanecía Amalia, mientras el viejo **Pedro**

los seguía con una caja de jacarandá debajo del brazo. ¿Ha traído usted, señor, cuanto cree necesario para la primera curación, como se lo supliqué en mi carta?

— Creo que sí, respondió Alcorta, tomando la caja de ins-
5 trumentos de las manos de Pedro, y colocándola sobre una mesa.

— Pedro, dijo Daniel, espere usted en el patio; o más bien, vaya usted a enseñar a Amalia cómo se cortan vendas para heridas; usted debe saber esto perfectamente. Ahora, señor,
10 ya debo decirle a usted lo que no le he dicho en mi carta: las heridas de Eduardo son oficiales.

Una triste sonrisa vagó por el rostro noble, pálido, y melan-cólico de Alcorta, hombre de treinta y ocho años apenas.

— ¿Cree usted que no lo he comprendido ya? respondió,
15 y una nube de tristeza empañó ligeramente su semblante. . . .
Veamos a Belgrano, Daniel, dijo, después de algunos segundos de silencio.

Y Daniel atravesó con él el patio, y entró a la sala por la puerta que daba al zaguán.

20 En ese momento, Eduardo estaba al parecer dormido, aun-que propiamente no era el sueño sino el abatimiento de sus fuerzas lo que le cerraba sus párpados.

Al ruido de los que entraban, Eduardo vuelve penosamente la cabeza, y al ver a Alcorta de pie junto al sofá, hace un
25 esfuerzo para incorporarse.

— Quieto, Belgrano, dijo Alcorta con voz conmovida y llena de cariño; quieto, aquí no hay otro que el médico. Y sen-tándose a la orilla del sofá, examinó el pulso de Eduardo por algunos segundos.

30 — ¡Bueno! dijo al fin, vamos a llevarlo a su aposento.

A ese tiempo, entraban a la sala por el gabinete Amalia y Pedro.

La joven traía en sus manos una porción de vendas de género de hilo no usado todavía, que había cortado según las direcciones del veterano.

— ¿Le parecen a usted bien de este ancho, doctor? preguntó Amalia.

— Sí, señora. Necesitaré una palangana con agua fría, y una esponja.

— Todo hay en el aposento.

— Nada más, señora, dijo, tomando las vendas de las manos de Amalia, cuyos ojos vieron en los de Eduardo la expresión del reconocimiento a sus oficiosos cuidados.

Inmediatamente Alcorta y Daniel colocaron a Eduardo en una silla de brazos, y ellos y Pedro lo condujeron a la habitación que se le había destinado, mientras Amalia quedó de pie en la sala, sin atreverse a seguirlos.

Pálida, bella, oprimida por las sensaciones que habían invadido su espíritu esa noche, se echó en un sillón y empezó a separar con sus pequeñas manos los rizos de sus sienes, cual si quisiese de ese modo despejar su cabeza de la multitud de ideas que habían puesto en confusión su pensamiento. Hospitalidad, peligros, sangre, abnegación, trabajo, compasión, admiración, todo esto había pasado por su espíritu en el espacio de una hora; y era demasiado para quien no había sentido en toda su vida impresiones tan improvisas y violentas; y a quien la naturaleza, sin embargo, había dado una sensibilidad exquisita y una imaginación poéticamente impresionable, en la cual las emociones y los acontecimientos de la vida podían ejercer, en el curso de un minuto, la misma influencia que en el espacio de un año sobre otros temperamentos.

Y mientras ella comienza a darse cuenta de cuanto acaba de pasar por su espíritu, pasemos nosotros al aposento de Eduardo.

D

Desnudado con gran trabajo, porque la sangre había pegado al cuerpo sus vestidos, Alcorta pudo al fin reconocer las heridas.

— No es nada, dijo, después de sondar la que encontró sobre 5 el costado izquierdo, la espada ha resbalado por las costillas sin interesar el pecho.

— Tampoco es de gravedad, continuó, después de inspeccionar la que tenía sobre el hombro derecho, el arma era bastante filosa y no ha destrozado.

10 — Veamos el muslo, prosiguió. Y a su primera mirada sobre la herida, de diez pulgadas de extensión, la expresión del disgusto se marcó sobre la fisonomía elocuente del doctor Alcorta. Por cinco minutos a lo menos examinó con la mayor prolijidad los músculos partidos en el interior de la herida, que corría a lo 15 largo del muslo.

— Es un hachazo horrible, exclamó, pero ni un solo vaso ha sido interesado; hay gran destrozo solamente. Y en seguida lavó él mismo las heridas, e hizo en ellas la curación que se llama de primera intención, no haciendo uso de las hilas que 20 había traído en su caja de instrumentos, sino simplemente de las vendas.

En este momento se sintieron parar caballos contra el portón, y la atención de todos, a excepción de Alcorta, que seguía imperturbable el vendaje que hacía sobre el hombro derecho de 25 Eduardo, quedó suspendida.

— ¿A él mismo entregó usted la carta? preguntó Daniel dirigiéndose a Pedro.

— Sí, señor, a él mismo.

— Entonces, salga usted a ver. Es imposible que sea otro 30 que mi criado.

Un minuto después, volvió Pedro acompañado de un joven de diez y ocho a veinte años, blanco, de cabellos y ojos negros,

GAUCHO ARGENTINO

de una fisonomía inteligente y picaresca.   Era un hijo legítimo de nuestra campaña; es decir, un perfecto gauchito.

— ¿ Has traído todo, Fermín? le preguntó Daniel.

— No ha de faltar nada, señor, le contestó, poniendo sobre una silla un grueso atado de ropa.

— Daniel se apresuró entonces a sacar del lío la ropa interior que necesitaba Eduardo, y a vestirle con ella, pues en aquel momento el doctor Alcorta terminaba la primera curación. Y en seguida, entre los dos, colocaron a Eduardo sobre su lecho.

Daniel pasó al cuarto inmediato con Pedro y Fermín, y en pocos momentos se lavó y mudó de pies a cabeza con las ropas que le acababan de traer, sin dejar un minuto de dar a Pedro disposiciones sobre cuanto debía de hacer, relativas a los demás criados, a limpiar la sangre de la sala, y a quemar las ropas ensangrentadas.

Eduardo, entretanto, comunicaba a Alcorta en breves palabras los acontecimientos de tres horas antes, y Alcorta, reclinada su cabeza sobre su mano, apoyando su codo en la almohada, oía la horrible relación que le auguraba el principio de una época de sangre y de crímenes, que debía traer el duelo y el espanto a la infeliz Buenos Aires.

— ¿ Cree usted que ese Merlo ignore su nombre? le preguntó a Eduardo.

— No sé si alguno de mis compañeros me nombró delante de él; no lo recuerdo.   Pero si no es así, él no puede saberlo, porque Oliden fué el único que se entendió con él.

— Eso me inquieta un poco, dijo Daniel, que acababa de oír la relación que hacía Eduardo, pero todo lo aclararemos mañana.

— Es precisa mucha circunspección, amigos míos, dijo Alcorta, y sobre todo, la menor confianza posible con los criados. A este acontecimiento pueden sobrevenir muchos otros.

— Nada sobrevendrá, señor. Sólo Dios ha podido conducirme al lugar en que Eduardo iba a perder la vida, y Dios no hace las cosas a medias. Él acabará su obra tan felizmente como la ha empezado.

— ¡ Sí, creamos en Dios y en el porvenir! dijo Alcorta, paseando sus miradas de Eduardo Belgrano a Daniel Bello, dos de sus más queridos discípulos de filosofía, tres años antes, y en quienes veía en ese momento brotar los frutos de virtud y de abnegación que en el espíritu de ellos habían sembrado sus lecciones.

— Es necesario que Belgrano descanse, continuó. Antes del día sentirá la fiebre natural en estos casos. Mañana al mediodía volveré, dijo, pasando la mano por la frente de Eduardo como pudiera hacerlo un padre con un hijo, y tomando y oprimiendo su mano izquierda.

Después de esto, salió al patio acompañado de Daniel.

— ¿ Cree usted, señor, que no corre peligro la vida de Eduardo ?

— Ninguno absolutamente; pero su curación podrá ser larga.

Y cambiando estas palabras llegaron a la sala, donde Alcorta había dejado su sombrero.

Amalia estaba en el mismo sillón en que la dejamos, apoyada su cabeza en su pequeña mano, cuyos dedos de rosa se perdían entre los rizos de su cabello castaño claro.

— Señor, esta señora es una prima hermana mía, Amalia Sáenz de Olabarrieta.

— En efecto, dijo Alcorta, después de cambiar con Amalia algunos cumplimientos, y sentándose al lado de ella, en la fisonomía de entrambos hay muchos rasgos de familia, y cre no equivocarme al asegurar que entre ustedes hay también mucha afinidad de alma, pues observo, señora, que usted sufre en este momento porque ve sufrir; y esta impresiona-bilidad del alma, esta propensión simpática, es especial en Daniel.

Amalia se puso colorada sin comprender la causa, y respondió con palabras entrecortadas.

Daniel aprovechó el momento en que aquélla recibía de Alcorta las instrucciones higiénicas relativas al enfermo para ir de un salto al aposento de éste.

— Eduardo, yo necesito retirarme, y voy a acompañar a Alcorta. Pedro va a quedarse en este mismo aposento, por si algo necesitas. No podré volver hasta mañana a la noche. Es forzoso que me halle en la ciudad todo el día, pero mandaré a mi criado a saber de ti. ¿Me permites que dé al tuyo todas las instrucciones que considere necesarias?

— Haz cuanto quieras, Daniel, con tal que no comprometas a nadie en mi mala fortuna.

— ¿Volvemos? Tú tienes más talento que yo, Eduardo, pero hay ciertas cosas en que yo valgo cien veces más que tú. Déjame hacer. ¿Tienes algo especial que recomendarme?

— Nada. ¿Has hecho que tu prima se recoja?

— ¡Adiós! ¿Ya empezamos a tener cuidados por mi prima?

— ¡Loco! dijo Eduardo sonriendo. Véte y consérvate para mi cariño.

— Hasta mañana.

— Hasta mañana.

Y los dos amigos se dieron un beso como dos hermanos.

Daniel hizo señas a Pedro y a Fermín, que permanecían en un rincón del aposento, y salió al patio con ellos.

— Fermín, toma esa caja del doctor, y ten listos los caballos.

Pedro, dejo al cuidado de mi prima la asistencia de Eduardo, y dejo confiada al valor de usted la defensa de su vida si sobreviniese algún accidente. Puede ser que los que asaltaron a Eduardo sean miembros de la Sociedad Popular;[1] y puede ser también que algunos de ellos quieran vengar a los que ha muerto Eduardo, si por desgracia supiesen su paradero.

— Puede ser, señor, pero a la casa de la hija de mi coronel no se entra a degollar a nadie, sin matar primero al viejo Pedro, y para eso es necesario pelear un poco.

— ¡ Bravo ! así me gustan los hombres, dijo Daniel, apretando la mano del soldado. Ciento como usted y yo respondería de todo. Hasta mañana, pues. Cierre usted la verja y el portón cuando hayamos salido; hasta mañana.

Alcorta estaba ya de pie despidiéndose de Amalia cuando volvió Daniel.

— ¿ Nos vamos ya, señor ?

— Me voy yo ; pero usted, Daniel, debe quedarse.

— Perdón, señor, tengo necesidad de ir a la ciudad, y aprovecho esta circunstancia para que vayamos juntos.

— Bien, vamos, pues.

— Un momento, señor. Amalia, todo queda dispuesto. Fermín vendrá a mediodía a saber de Eduardo, y yo estaré aquí a las siete de la noche. Ahora, recógete. Muy temprano haz lo que te he prevenido, y nada temas.

—¡ Oh ! yo no temo sino por ti y por tu amigo, le contestó Amalia, llena de animación.

— Lo creo, pero nada sucederá.

—¡ Oh ! el señor Daniel Bello tiene grande influencia, dijo Alcorta con una graciosa ironía, fijos sus ojos dulces y expre-

[1] La *Sociedad Popular* era una organización creada por los agentes de Rosas, y a la que éste confiaba la ejecución de toda clase de crueldades.

sivos en la fisonomía de su discípulo, chispeante de imaginación y de talento.

— Protegido de los señores Anchorenas,[1] consejero de S. E. el señor Ministro D. Felipe, y miembro corresponsal de la Sociedad Popular,[2] dijo Daniel con tan afectada gravedad que no pudieron menos de soltar la risa Amalia y el doctor Alcorta.

— Ríanse ustedes, continuó Daniel, pero yo no, que sé prácticamente lo que esas condecoraciones en mí sirven para. . . .

— Vamos, Daniel.

— Vamos, señor. Amalia, hasta mañana. Él imprimió un beso en la mano que le extendió su prima.

— Buenas noches, doctor, dijo Amalia, acompañándolos hasta el zaguán, de donde atravesaron el patio, y salieron por la puerta de hierro que daba al interior de la casa, doblando luego a la izquierda, y llegando al corredor del portón donde Fermín los esperaba con los caballos. Al pasar Daniel por la ventana del aposento de Eduardo, paróse, y vió al viejo veterano de la Independencia sentado a la cabecera del herido.

---

[1] Los señores *Anchorenas* y el señor Don *Felipe Arana* (véase el renglón 4) eran amigos de Rosas. Se está haciendo claro, a medida que el cuento se desarrolla, que Daniel es un espía unitario.

[2] Véase la nota, página 38.

CAPÍTULO III

LA CARTA

En el patio de su casa, Daniel dió su caballo a Fermín y orden de no acostarse, y esperar hasta que le llamase.

En seguida, alzó el picaporte de una puerta que daba al patio, y entró en un vasto aposento alumbrado por una lámpara de bronce; y tomándola, pasó a un gabinete inmediato, cuyas paredes estaban casi cubiertas por los estantes de una riquísima librería: eran el aposento y el gabinete de estudio de Daniel Bello.

Este joven, de veinte y cinco años de edad; de mediana estatura, pero perfectamente bien formado; de tez morena y habitualmente sonrosada; de cabello castaño y ojos pardos; frente espaciosa, nariz aguileña; labios un poco gruesos, pero de un carmín reluciente que hacía resaltar la blancura de unos lindísimos dientes; este joven de una fisonomía en que estaba el sello elocuente de la inteligencia, como en sus ojos la expresión de la sensibilidad de su alma, era el hijo único de D. Antonio Bello, rico hacendado del sur.

A la edad en que lo conocemos, Daniel había llegado en sus estudios al segundo año de jurisprudencia. Pero hacía ya algunos meses que no asistía a la universidad. Vivía completamente solo en su casa, a excepción de aquellos días en que, como al presente, tenía huéspedes de la campaña que le recomendaba su padre.

Después de entrar en su gabinete, y colocar la lámpara sobre un escritorio, se dejó caer en un sillón, echó atrás su cabeza, y quedó sumergido en una profunda meditación por espacio de un cuarto de hora.

Y luego, sin precipitación, pero como ajeno a la mínima duda ni hesitación, sentóse a su escritorio, y escribió la siguiente carta, que leyó con atención después de concluirla: 5

> 5 de mayo, a las dos de la mañana.
> Hoy tengo necesidad de tu talento, Florencia mía, como tengo siempre necesidad de tu amor, de tus caprichos, de tus enojos y reconciliaciones. Tú me has dicho, en algunos momentos en que sueles hablar con seriedad, 10 que yo he educado tu corazón y tu cabeza; vamos a ver qué tal ha salido la discípula.
> Necesito saber cómo se explica en lo de Da. María Josefa Ezcurra,[1] un suceso ocurrido anoche cerca de la casa del señor Mandeville; qué nombres se mezclan a él; 15 de qué incidentes lo componen; de todo, en fin, cuanto sea relativo a ese acontecimiento.
> A las dos de la tarde yo estaré en tu casa, donde espero encontrarte de vuelta de tu misión diplomática.
> Ten cuidado de Da. María Josefa; especialmente, no 20 dejes delante de ella asomar el menor interés en conocer lo que deseas, y que harás que te revele ella misma: hé ahí tu talento.
> Tú comprendes ya, alma de mi alma, que algo muy serio envuelve este asunto para mí; y tus enojos de 25 anoche, tus caprichos de niña, no deben hacer parte en lo que importa al destino de
>
> DANIEL.

—¡ Mi pobre Florencia ! exclamó el joven después de leer esta carta. ¡Oh! pero ella es viva como la luz, y nadie pene- 30 tra en su pensamiento cuando ella no lo quiere. Y poniendo la carta bajo sobre, la colocó bajo su tintero de bronce, y tiró el cordón de una campanilla.

---

[1] Doña *María Josefa Ezcurra* era cuñada de Rosas.

Fermín apareció en el acto.

— Fermín, dijo Daniel, has nacido en la estancia de mi padre, y te has criado a mi lado con todas las comodidades posibles. Y creo que nunca te he dado que sentir.

5 — ¡Qué sentir, señor! dijo Fermín, con lágrimas en los ojos.

— Te tengo a mi servicio inmediato porque deposito en ti una completa confianza. Tú eres en mi casa el amo de mis criados; gastas cuanto dinero quieres; y yo creo que nunca
10 te he reconvenido, ¿ no es verdad?

— Es verdad, señor.

— Nunca hago venir un caballo para mí sin pedir a mi padre otro para Fermín, y hay pocos hombres en Buenos Aires que no tengan envidia de los caballos que montas. Así
15 es que tendrías que sufrir mucho si me abandonases.

— Usted tiene razón, señor. Primero me hago matar que dejar a usted.

— ¿ Y te harías matar por mí en cualquier trance apurado en que yo me encontrase?

20 — ¿ Y cómo no, señor? contestó Fermín, con el acento más cándido y sincero de un joven de diez y ocho años, y que tiene en su pecho esa conciencia de su valor que parece innata a los que han respirado con la vida el aire de la pampa.

— Así lo creo, dijo Daniel, y si yo no hubiese penetrado en
25 el fondo de tu corazón hace mucho tiempo, sería bien digno de una mala fortuna, porque los tontos no deben conspirar. Y pronunciando Daniel como para sí mismo esas últimas palabras, tomó la carta que había escrito, y continuó: Bien, Fermín; oye lo que voy a decirte: mañana a las nueve llevarás
30 un ramo de flores a Florencia, y cuando salga a recibirlo, le pondrás en la mano esta carta.

— No hay cuidado, señor.

— Bien, véte ahora.

Y Daniel cerró la puerta de su aposento que daba al patio, a una hora muy avanzada de esa noche en que su espíritu y su cuerpo habían trabajado tanto por sus amigos.

CAPÍTULO IV

JUAN MANUEL DE ROSAS

A la vez que ocurrían los sucesos que se acaban de conocer, en la noche del 4 de mayo, otros de mayor importancia tenían lugar en una célebre casa en la calle del Restaurador. Pero a su más completa inteligencia, es necesario hacer revivir en la 5 memoria del lector el cuadro político que representaba la república en esos momentos.

Era la época de crisis para la dictadura del general Rosas; y de ella debía bajar a su tumba, o levantarse más robusta y sanguinaria que nunca, según el desenlace futuro de los acon- 10 tecimientos.

Las victorias del general Lavalle[1] le habían llevado a imprimir el movimiento revolucionario en Corrientes[2]; y en efecto, el 6 de octubre de 1839, Corrientes se alzó como un solo hombre, y proclamó la revolución contra Rosas.

15 De otra parte la tempestad revolucionaria centelleaba en Tucumán, Salta, La Rioja, Catamarca, y Jujuy.[3]

Así pues, de las catorce provincias[4] que integran la república, siete de ellas estaban contra Rosas.

La provincia de Buenos Aires presentaba otro aspecto.

20 El sur de la provincia estaba debilitado por la copiosa emi-

[1] El general *Juan Lavalle* era el jefe militar del partido unitario. Los unitarios le llamaban el general libertador.

[2] *Corrientes* es una provincia al nordeste de la República Argentina.

[3] *Tucumán:* véase la nota, página 22; *Salta:* véase página 25, nota 1. *La Rioja, Catamarca,* y *Jujuy* son otras tres provincias del noroeste.

[4] *Catorce provincias:* véase la nota, página 1.

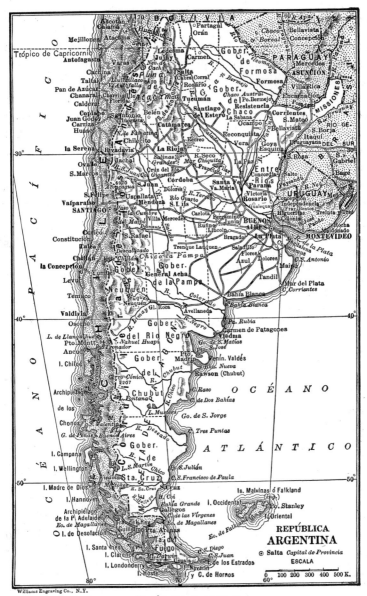

REPÚBLICA ARGENTINA

gración que sucedió al desastre de la revolución, y por las sangrientas venganzas de que acababa de ser víctima.

Acabó por tirar el guante a la paciencia del pueblo de Buenos Aires, y en los meses de marzo y abril hizo ejecutar 5 esa escandalosa leva de ciudadanos de todas las clases, de todas las edades, de todas las profesiones, que no fuesen federales conocidos; y que debían elegir entre marchar al ejército como soldados veteranos, o pagar una cantidad considerable de dinero; debiendo, entretanto, permanecer en las cárceles o 10 en los cuarteles. La época del terror comenzó.

La ciudad estaba desierta. Los que huían de los personeros se ocultaban; los que tenían valor y medios emigraban a Montevideo.[1]

Para resistir a Lavalle, vencedor en dos batallas, Rosas 15 tenía apenas unos restos de ejército encajonados contra el Paraná,[2] en la provincia de Entre-Ríos.

Y para aterrorizar la capital, sólo contaba con la Mashorca.

Otros peligros todavía mayores le amenazaban aún, hasta la época en que nos encontramos.

20 El general Rivera[3] no hacía sino pasearse con su ejército de un punto al otro en la república uruguaya, sin ir a buscar sobre el territorio de su enemigo los resultados provechosos de sus victorias. Pequeñeces de carácter, quizá, que la historia sabrá revelar más tarde, estorbaban la unidad de acción entre 25 los dos generales[4] a quienes la victoria acababa de favorecer. Pero el pronunciamiento del pueblo oriental[5] era inequívoco.

---

[1] La ciudad de *Montevideo*, de unos 310,000 habitantes, y capital del Uruguay está situada en frente de Buenos Aires, al otro lado del Plata.

[2] El río *Paraná* forma el límite occidental de la provincia de Entre-Ríos.

[3] El general *Rivera*, presidente del Uruguay de 1830 a 1834, murió en 1854.

[4] Es decir, Lavalle y Rivera.

[5] El *pueblo oriental* quiere decir el pueblo uruguayo. El Uruguay se llama comúnmente la Banda Oriental, a causa de su situación al este del río Uruguay.

Desde el primer hombre de estado hasta el último ciudadano, comprendían la necesidad de obrar enérgicamente contra Rosas; y el noble deseo de contribuir a la libertad argentina no entusiasmaba menos a los orientales en esos momentos, que a los mismos hijos de la república. Era sólo el general 5 Rivera el responsable de su inacción. Pero aquella opinión tan pronunciada hacía esperar que de un momento a otro se diese principio a la simultaneidad de las operaciones militares, y Rosas no podía menos de creerlo así.

Últimamente, estaba el poder de la Francia delante del 10 dictador. Desde la ascensión del general Rivera a la presidencia de la República Oriental, empezó a establecerse, primero la amistad, y después una alianza de hecho, entre ese general y las autoridades francesas en el Plata, para resistir y hostilizar al enemigo común.

La República Oriental, pues, la emigración argentina, y el poder francés en el Plata, obraban de acuerdo en sus operaciones contra Rosas.

De una situación semejante sólo la fortuna podía libertar a Rosas, pues de aquélla no se podía deducir lógica y natural- 20 mente sino su ruina próxima.

Él trabajaba sin embargo; acudía a todas partes con los elementos y los hombres de que podía disponer. Pero se puede repetir que sólo esa reunión de circunstancias prósperas e inesperadas que se llama fortuna era lo único con que 25 podía contar Rosas en los momentos que describimos; pues tal era su situación en la noche en que acaecieron los sucesos que se conocen ya. Y es durante ellos, es decir, a las doce de la noche del 4 de mayo de 1840, que nos introducimos con el lector al cuarto de una casa en la calle del Restaurador. 30

En derredor de una mesa cuadrada estaban sentados cuatro hombres.

El primero era un hombre grueso, como de cuarenta y ocho años de edad, sus mejillas carnudas y rosadas, labios contraídos, frente alta pero angosta, ojos pequeños y encapotados por el párpado superior, y de un conjunto, sin embargo, más bien
5 agradable.[1] Este hombre estaba vestido con un calzón de paño negro, muy ancho, una chapona color pasa, una corbata negra con una sola vuelta al cuello, y un sombrero de paja cuyas anchas alas le cubrían el rostro, a no estar en aquel momento enroscada hacia arriba la parte que daba sobre su
10 frente.

Los otros tres hombres eran jóvenes de veinte y cinco a treinta años, vestidos modestamente, y dos de ellos excesivamente pálidos y ojerosos.

El hombre del sombrero de paja leía un montón de cartas
15 que tenía delante, y todos los jóvenes escribían.

En un ángulo de esta habitación, hacia espaldas del hombre del sombrero de paja, había en el suelo el cuerpo de un hombre enroscado como una boa.   Era ese hombre un mulato gordo y bajo al parecer, pero indudablemente vestido con el
20 manteo de un sacerdote, y que dormía, pegando sus rodillas contra el pecho, un sueño profundísimo y tranquilo.

El silencio era sepulcral.   Pero de repente uno de los escribientes levanta la cabeza y pone la pluma en el tintero.

— ¿Acabó usted? dice el hombre del sombrero de paja
25 dirigiéndose al joven.

— Sí, Excelentísimo Señor.

— A ver, lea usted.

— En la provincia de Tucumán : Marco M. de Avellaneda, José Toribio del Corro, José Colombres.   Por la provincia de
30 Salta : Toribio Tedín, Juan Francisco Valdez, Bernabé López.

— ¿No hay más?

[1] Véase la página opuesta.

JUAN MANUEL DE ROSAS

— No, Excelentísimo Señor. Ésos son los nombres de los salvajes unitarios que firman los documentos de 7 y 10 de abril, de la provincia de Tucumán; y 13 del mismo, de la provincia de Salta.

— ¡ En que se me desconoce por Gobernador de Buenos Aires, y se me despoja del ejercicio de las relaciones exteriores ! dijo con una sonrisa indefinible ese hombre a quien daban el título de Excelentísimo, y que no era otro que el general D. Juan Manuel Rosas,[1] dictador argentino.

— Lea usted los extractos de las comunicaciones recibidas hoy, continuó.

— De la Rioja, con fecha 15 de abril, se comunica que los traidores Brizuela, titulado Gobernador, y Francisco Ersilbengoa, titulado Secretario, en logia con Juan Antonio Carmona y Lorenzo Antonio Blanco, titulados Presidente y Secretario de la Sala de Representantes, se preparan a sancionar una titulada ley en la cual se desconocerá en el carácter de Gobernador de Buenos Aires, al Ilustre Restaurador de las Leyes,[2] Gobernador y Capitán General de la Provincia de

---

[1] Don *Juan Manuel Ortiz de Rosas* nació en Buenos Aires en 1793. Se hizo proclamar gobernador de la provincia de Buenos Aires en 1828, y ejerció durante 24 años una sangrienta dictadura. Su conducta provocó al fin una coalición del Brasil, del Estado Oriental, del Paraguay, y de las provincias de Entre-Ríos y Corrientes, cuyos ejércitos combinados le derrotaron en Caseros, el 3 de febrero de 1852, obligándole a huir del país. Se dirigió a Inglaterra donde vivió hasta el año 1877, en que murió. — José Mármol era contemporáneo de Rosas, y no hay razón de pensar que la representación gráfica que tenemos del famoso dictador en las páginas de "Amalia" no sea verídica, pues casi la totalidad del juicio histórico que tenemos le atribuye una grande ambición personal, que le conducía a toda clase de brutalidades para con los que osaban oponerse a su voluntad. Sin embargo, se debe tener en cuenta lo difícil que sería el comprobar en todos sus detalles los hechos que entran en la composición de una novela histórica como la presente.

[2] *Restaurador de las Leyes* era el título que había tomado Rosas al hacerse dictador.

Buenos Aires, Brigadier D. Juan Manuel de Rosas; y todo esto por sugestiones del cabecilla unitario Marco Avellaneda, titulado Jefe de la Liga del Norte.

—¡ Brizuela! ¡ Ersilbengoa! ¡ Carmona! ¡ Blanco! repitió 5 Rosas con los ojos clavados en la carpeta colorada, como si quisiera grabar con fierro en su memoria los nombres que acababa de oír y repetir. . . . Continúe usted, dijo después de un momento de silencio.

— De Catamarca, con fecha 16 de abril, comunican que el 10 salvaje unitario Antonio Dulce, titulado Presidente de la Sala, y José Cubas, titulado Gobernador, se proponen publicar una titulada ley en la que se llamará tirano al Ilustre Restaurador de las Leyes, Gobernador y Capitán General de la Provincia de Buenos Aires, Brigadier D. Juan Manuel de 15 Rosas.

—¡ Yo les daré dulces! exclamó Rosas, contrayendo sus labios, y dilatándose las ventanas de su nariz. A ver, continuó dirigiéndose a otro de los escribientes que acababa de poner la pluma sobre el tintero; a ver, déme usted el acta de Jujuy, 20 de 13 de abril. Muy bien; lea usted ahora la copia de los nombres que la firman.

Y el escribiente leyó los nombres, mientras Rosas hacía el cotejo con los que estaban en el acta que tenía en su mano.

25 — Está bien, dijo Rosas volviendo el acta al escribiente. ¿ Bajo qué rótulo va usted a poner esto?

— "Comunicaciones de las provincias dominadas por los unitarios," como Vuecelencia lo ha dispuesto.

— Yo no he dispuesto eso; vuelva usted a decirlo.

30 — "Comunicaciones de las provincias dominadas por los traidores unitarios," dijo el joven empalideciendo hasta los ojos.

— Yo no he dicho eso; vuelva usted a repetirlo.

— Pero, señor. . . .

— ¡Qué señor! a ver, diga usted fuerte para que no se le olvide más: "Comunicaciones de las provincias dominadas por los salvajes unitarios."

— "Comunicaciones de las provincias dominadas por los salvajes unitarios," repitió el joven con un acento nervioso y metálico.

— Así quiero que se llamen en adelante; así lo he mandado ya, salvajes, ¿oye usted?

— Sí, Excelentísimo Señor, salvajes.

— ¿Las comunicaciones de Montevideo están extractadas? preguntó Rosas dirigiéndose al tercer escribiente.

— Sí, Excelentísimo Señor.

— ¿Los avisos recibidos por la policía?

— Están apuntados.

— ¿A qué hora debía ser el embarque esta noche?

— A las diez.

— Son las doce y cuarto, dijo Rosas mirando su reloj y levantándose. Habrán tenido miedo. Pueden ustedes retirarse. Pero ¿qué diablos es esto? exclamó, reparando en el hombre que dormía enroscado en un rincón del cuarto, envuelto en un manteo. ¡Ah! ¡Padre Viguá! Recuérdese Su Reverencia, dijo, dando una fuertísima patada sobre los lomos del hombre a quien llamaba Su Reverencia, que, dando un chillido espantoso, se puso de pie enredado en el manteo. Y los escribientes salieron uno en pos de otro.

Rosas quedó cara a cara con un mulato de baja estatura, gordo, ancho de espaldas, de cabeza enorme, frente plana y estrecha, carrillos carnudos, nariz corta, y en cuyo conjunto de facciones informes estaba pintada la degeneración de la inteligencia humana y el sello de la imbecilidad.

Este hombre, tal como se acaba de describir, estaba vestido de clérigo, y era uno de los estúpidos con que Rosas se divertía.

Dolorido y estupefacto, el pobre mulato miraba a su amo y se rascaba la espalda, y Rosas se reía al contemplarlo, cuando 5 entró un viejecito de setenta a setenta y dos años de edad, de fisonomía enjuta, escuálida, sobre la que caían los cadejos de un desordenado cabello casi blanco. Era el General Corvalán, uno de los edecanes del Restaurador.

— ¿Qué le parece a usted? le preguntó Rosas. Su Pater- 10 nidad estaba durmiendo mientras yo trabajaba.

— Muy mal hecho, contestó el edecán.

— Y porque lo he despertado se ha puesto serio.

— Me pegó, dijo el mulato con voz ronca y quejumbrosa, abriendo dos labios color de hígado, dentro de los cuales se 15 veían unos dientes pequeños y puntiagudos.

— Eso no es nada, Padre Viguá. Ahora que vamos a comer, se ha de mejorar Su Paternidad. . . . ¿Cómo está la casa, Corvalán?

— Hay ocho hombres en el zaguán, tres ayudantes en la 20 oficina, y cincuenta hombres en el corralón.

— Está bueno; retírese a la oficina.

— ¿Si viene el jefe de policía?

— Que le diga usted lo que quiere.

— Si viene. . . .

25 — Si viene el diablo, que le diga usted lo que quiere, le interrumpió Rosas bruscamente.

— Está muy bien, Excelentísimo Señor.

— Oiga usted.

— ¿Señor?

30 — Si viene Cuitiño,[1] avíseme.

---

[1] El comandante *Cuitiño*, jefe militar de Buenos Aires en aquel entonces, es a quien se refiere. Había comandado a los asesinos en la lucha del primer capítulo.

— Está muy bien.

— Retírese. . . . ¿Quiere comer?

— Doy las gracias a Su Excelencia; ya he cenado.

— Mejor para usted.

Y Corvalán fuése a aquel cuarto al que acababa de dar el nombre de oficina; tal vez porque al principio de su administración Rosas había instalado en ese cuarto la comisaría de campaña, aun cuando al presente sólo servía para fumar y dormitar.

— Manuela, gritó Rosas, luego que salió Corvalán, entrando en el cuarto contiguo donde había una vela de sebo cuya pavesa carbonizada dejaba esparcir apenas una débil y amarillenta claridad.

— Tatita, contestó una voz que venía de una pieza interior. Un segundo después apareció una joven de veinte y dos a veinte y tres años, alta, algo delgada, de un talle y de unas formas graciosas, y con una fisonomía que podría llamarse bella, si la palabra interesante no fuese más análoga para clasificarla.

— Ya estabas durmiendo, ¿no? dijo Rosas a su hija. ¿Estuvo María Josefa? [1]

— Sí, tatita, estuvo hasta las diez y media.

— ¿Nadie más ha venido?

— No, tatita.

— Bien, pide la comida.

Y Manuela volvió a las piezas interiores, mientras Rosas se sentó a la orilla de una cama, que era la suya, y con las manos se sacó las botas, poniendo en el suelo sus pies sin medias, tales como habían estado dentro de aquéllas; se agachó, sacó un par de zapatos debajo de la cama, volvió a sentarse, y después de acariciar con sus manos sus pies desnudos, se calzó los zapatos.

[1] Véase la nota, página 41.

No tardó en aparecer la joven hija de Rosas, a prevenir a su padre que la comida estaba en la mesa.

En efecto, estaba servida en la pieza inmediata, y se componía de un grande asado de vaca, un pato asado, una fuente 5 de natas, y un plato de dulce. En cuanto a vinos, había dos botellas de Burdeos delante de uno de los cubiertos. Y una mulata vieja, que no era otra que la antigua y única cocinera de Rosas, estaba de pie para servir a la mesa.

Rosas llamó con un fuerte grito a Viguá, que había quedado 10 durmiéndose contra la pared del gabinete de Su Excelencia, y fué a sentarse con su hija a la mesa de su comida nocturna.

— ¿Quieres asado? dijo a Manuela cortando una enorme tajada que colocó en su plato.

— No, tatita.

15 — Entonces come pato.

Y mientras la joven cortó un alón del ave y lo descarnaba, más bien por entretenimiento que otra cosa, su padre comía tajada sobre tajada de carne, rociando los bocados con repetidos tragos.

20 — Siéntese Su Paternidad, dijo a Viguá, que con los ojos devoraba las viandas, y que no esperó segunda vez la invitación que se le hacía.

— Sírvelo, Manuela.

Y ésta puso en un plato una costilla de asado, que pasó al 25 mulato, quien al tomarla, miró a Manuela con una expresión de enojo salvaje, que no pasó inapercibida de Rosas.

— ¿Qué tiene, padre Viguá? ¿Por qué mira a mi hija con cara tan fea?

— Me da un hueso, contestó el mulato, metiéndose a la 30 boca un enorme pedazo de pan.

— ¿Cómo es eso? ¿tú no cuidas al que te ha de echar la bendición cuando te cases con el Ilustrísimo Señor Gómez de

Castro, hidalgo portugués, que le dió ayer dos reales a Su Paternidad? Has hecho muy mal, Manuela; levántate y bésale la mano para desenojarlo.

— Bueno, mañana le besaré la mano a Su Paternidad, dijo Manuela sonriendo.

— No, ahora mismo.

— ¡Qué ocurrencia, tatita! replicó la joven entre seria y risueña, como dudando de la verdadera intención de su padre.

— Manuela, dale un beso en la mano a Su Paternidad.

— Yo, no.

— Tú, sí.

— ¡Tatita!

— Padre Viguá, ordeno que se levante Su Reverencia y le dé un beso en la boca.

— El mulato se levantó, arrancando con los dientes un pedazo de carne de la costilla que tenía en sus manos, y Manuela clavó en él sus ojos chispeantes de altanería, de despecho, de rabia; ojos que habrían fascinado aquella máquina de estupidez y abyección, sin la presencia alentadora de Rosas. El mulato se acercó a la joven, y ella, pasando de la primera inspiración del orgullo al abatimiento de la impotencia, escondió su rostro entre sus manos para defenderlo con ellas de la profanación a que lo condenaba su padre. Pero esta débil y pequeña defensa de su rostro no alcanzaba hasta su cabeza, y el mulato, que tenía más gana de comer que de besar, se contentó con poner sus labios grasientos sobre el fino y lustroso cabello de la joven.

— ¡Qué bruto es Su Reverencia! exclamó Rosas riéndose a carcajada suelta. Así no se besa a las mujeres. ¿Y tú? ¡Bah, la mojigata! Si fuera un buen mozo, no le tendrías asco. Y se echó un vaso de vino a la garganta, mientras su hija, colorada hasta las orejas, enjugaba con los párpados una lágrima que el despecho le hacía brotar por sus claros y vivísimos ojos.

Rosas comía entretanto con un apetito tal, que revelaba bien las fibras vigorosas de su estómago, y la buena salud de 5 aquella organización privilegiada, en que las tareas del espíritu suplían la actividad que le faltaba al presente.

Luego del asado comióse el pato, la fuente de natas, y el dulce.

Y siempre cambiando palabras con Viguá, a quien de vez 10 en cuando tiraba una tajada, acabó por dirigirse a su hija que guardaba silencio con los labios, mientras bien claro se descubría, en las alteraciones fugitivas de su semblante la sostenida conversación que entretenía consigo misma.

— Te ha disgustado el beso, ¿no?

15 — ¿Y cómo podrá ser de otro modo? Parece que usted se complace en humillarme con la canalla más inmunda. ¿Qué importa que sea un loco? Loco es también Eusebio, y por él he sido el objeto de la risa pública, empeñado que estuvo, como usted lo sabe, en abrazarme en la calle, sin que nadie se 20 atreviese a tocarlo, porque era el loco favorito del Gobernador, dijo Manuela con un acento tan nervioso, y con una tal animación de semblante y de voz, que ponía en evidencia el esfuerzo que había hecho en sufrir sin quejarse la humillación por que acababa de pasar.

25 — Sí, pero has visto ya que le he hecho dar veinte y cinco azotes, y que le tendré en la cárcel hasta la semana que viene.

— ¿Y qué importa? ¿Es por ese castigo que se olvidarán del ridículo en que me puso ese imbécil? Porque usted le manda dar veinte y cinco azotes, no dejarán, y con razón, de 30 hacerme el objeto de las conversaciones y la burla. Yo bien comprendo que usted se divierte con sus locos, que son, puede decirse, las únicas distracciones que usted tiene; pero la liber-

tad que usted les consiente conmigo en su presencia, les da la
idea que están autorizados para desmandarse dondequiera que
me hallen. Yo consentiría en que me dijesen cuanto quisieran, pero ¿qué diversión halla usted en que me toquen y me
irriten?

— Son tus perros que te acarician.

— ¡Mis perros! exclamó Manuela, en quien la animación
se aumentaba a medida que se desprendían las palabras de sus
labios, rojos como el carmín. Los perros me obedecerían;
un perro le sería más útil que ese estúpido, porque siquiera
un perro cuidaría de la persona de usted, y le defendería si
llegase ese caso horrible que todos se empeñan en profeti-
zarme con palabras ambiguas, pero cuyo sentido yo comprendo
sin dificultad.

Manuela cesó de hablar, y una nube sombría cubrió la frente
de Rosas con las últimas palabras de su hija.

— Y ¿quiénes te lo dicen? preguntó con calma después de
algunos instantes de silencio.

— Todos, señor, contestó Manuela, volviendo su espíritu
a su natural estado, todos cuantos vienen a esta casa parece
que se complotan para infundirme temores sobre los peligros
que rodean a usted.

— ¿De qué clase?

— ¡Oh! nadie me habla, nadie se atreve a hablar de peligros de guerra, ni de política, pero todos pintan a los unitarios
como capaces de atentar en cada momento a la vida de usted
. . . todos me recomiendan que le vele, que no le deje solo,
que haga cerrar las puertas; acabando siempre por ofrecerme
sus servicios; pero nadie tiene, quizá, la sinceridad de ofrecérmelos con lealtad, pues sus comedimientos son más una jactancia que un buen deseo.

— ¿Y por qué lo crees?

— ¿Por qué lo creo? ¿Piensa usted que Garrigós, que Torres, que Arana, que García, que todos esos hombres que el deseo de ponerse bien con usted trae a esta casa, son capaces de exponer su vida por ninguna persona de este mundo? Si temen que suceda una desgracia, no es por usted, sino por ellos mismos.

— Puede ser que no te equivoques, dijo Rosas con calma, y haciendo girar sobre la mesa el plato que tenía por delante, pero si los unitarios no me matan en este año, no me han de matar en los que vienen. Entretanto, tú has cambiado la conversación. Te has enojado porque Su Paternidad te quiso dar un beso, y yo quiero que hagas las paces con él. Fray Viguá, continuó, dirigiéndose al mulato, que tenía pegado el plato de dulce contra la cara, entreteniéndose en limpiarlo con la lengua; Fray Viguá, déle un abrazo y dos besos a mi hija para desenojarla.

— ¡No, tatita! exclamó Manuela levantándose, y con un acento de temor y de irresolución, difícil de definir porque era la expresión de la multitud de sentimientos que en aquel momento se agitaban en su alma de mujer y de joven, a la presencia de aquel objeto repugnante a cuya monstruosa boca quería su padre unir los labios delicados de su hija, sólo por el sistema de no ver torcido un deseo suyo por la voluntad de nadie.

— Bésela, Padre.

— Déme un beso, dijo el mulato, dirigiéndose a Manuela.

— No, dice Manuela corriendo.

— Déme un beso, repite el mulato.

— Agárrela, Padre, le grita Rosas.

— ¡No, no! exclamaba Manuela con un acento lleno de indignación. Pero en medio de las carreras de la hija, de las carcajadas del padre, y de la persecución que hacía el mulato a su presa, que siempre se le escapaba de entre las manos, pálida, despechada, impotente para defenderse de otro modo que con la huida, el rumor estrepitoso que hacían sobre las piedras de la calle las herraduras de un crecido número de caballos, suspendió de improviso la acción y la atención de todos.

CAPÍTULO V

EL COMANDANTE CUITIÑO

Los caballos pararon a la puerta de la casa de Rosas, y después de un momento de silencio, Rosas hizo una seña con la cabeza a su hija, que comprendió al momento que su padre la mandaba a saber qué gente había llegado. Y salió, en efecto, por el cuarto de escribir, alisando con sus manos el cabello de sus sienes, cual si quisiese con esa acción despejar su cabeza de cuanto acababa de pasar, para entregarse, como era su costumbre, a cuidar y velar por los intereses y la persona de su padre.

— ¿Quién es, Corvalán? le dijo al encontrarse con el edecán en el pasadizo oscuro que daba al patio.

— El comandante Cuitiño,[1] señorita.

Y volvió Manuela con Corvalán a donde estaba su padre.

— El comandante Cuitiño, dijo Corvalán, luego que pisó la puerta del comedor.

— ¿Con quién viene?

— Con una escolta.

— No le pregunto eso. ¿Cree usted que soy sordo para no haber oído los caballos?

— Viene solo, Excelentísimo Señor.

— Hágalo entrar.

Rosas permaneció sentado en una cabecera de la mesa; Manuela se sentó a su derecha en uno de los costados de ella,

[1] Véase la nota, página 52.

dando la espalda a la puerta por donde había salido Corvalán; Viguá frente a Rosas, en la cabecera opuesta; y la criada,
poniendo otra botella de vino sobre la mesa a una señal
que le hizo Rosas, se retiró para las habitaciones interiores.

Las espuelas de Cuitiño se sintieron bien pronto sobre el 5
suelo desnudo del gabinete y de la alcoba de Rosas; y este
célebre personaje de la federación apareció luego en la puerta
del comedor, trayendo en la mano su sombrero de paisano con
una cinta roja de dos pulgadas de ancho, luto oficial que hacía
vestir el gobernador por su finada esposa, y cubierto con un 10
poncho azul que no permitía descubrir su vestido sino de la
rodilla al pie. Su cabello desgreñado caía sobre su tostado
semblante, haciendo más horrible aquella cara redonda y car-
nuda, donde se veían dibujadas todas las líneas con que la
mano de Dios distingue las propensiones criminales sobre las 15
facciones humanas.

— Entre, amigo, le dice Rosas examinándolo con una mirada
fugitiva como un relámpago.

— Muy buenas noches. Con permiso de Vuecelencia.

— Entre. Manuela, ponle una silla al comandante. Re- 20
tírese, Corvalán.

Y Manuela puso una silla en el ángulo de la mesa, quedando
así Cuitiño entre Rosas y su hija.

— ¿Quiere tomar alguna cosa?

— Muchas gracias, Su Excelencia. 25

— Manuela, sírvele un poco de vino.

A tiempo que Manuela extendía su brazo para tomar la
botella, Cuitiño sacó su mano derecha, doblando la halda del
poncho sobre el hombro, y tomando un vaso, se lo presentó a
Manuela sin soltarlo, para que le echase el vino; pero al poner 30
ésta sus ojos en el vaso, un movimiento nervioso le hizo temblar el brazo, y temblando hasta hacer golpear la botella contra

el vaso, echó una parte del vino en éste y otra en la mesa : la mano y el brazo de Cuitiño estaban enrojecidos de sangre. Rosas lo echó de ver inmediatamente y un relámpago de alegría animó súbito aquella fisonomía encapotada siempre bajo 5 la noche eterna y misteriosa de la conciencia. Manuela estaba pálida como un cadáver, y maquinalmente retiró su silla del lado de Cuitiño cuando acabó de derramar el vino.

—¡A la salud de Vuecelencia y de Doña Manuelita! dijo Cuitiño haciendo una profunda reverencia y tomándose el 10 vino, mientras Viguá se desesperaba haciendo señas a Manuela para que se fijase en la mano de Cuitiño.

—¿Qué anda haciendo? preguntó Rosas con una calma estudiada, y con los ojos fijos en el mantel.

—Como Vuecelencia me dijo que volviese a verlo después 15 de cumplir mi comisión.

—¿Qué comisión?

—¡Pues! como Vuecelencia me encargó. . . .

—¡Ah! sí, que se diese una vuelta por el Bajo.[1] Es verdad, Merlo nos contó no sé qué cosas de unos que se iban al 20 ejército del salvaje unitario Lavalle, y ahora recuerdo que le dije a usted que vigilase un poco.

—¡Pues!

—¿Y usted anduvo por el Bajo?

—Fuí por ese lado de la Boca[2] después de haber convenido 25 con Merlo lo que teníamos que hacer.

—¿Y los halló?

—Sí, fueron con Merlo, y a la seña que me hizo, los cargué.

—¿Y los trae presos?

30 —¡Y que los traía! ¿No se acuerda Vuecelencia de lo que me dijo?

[1] Véase página 5, nota 4.   [2] Véase la nota, página 15.

—¡Ah! es verdad. Como estos salvajes me tienen la cabeza como un horno.

—¡Pues!

— Yo estoy ya cansado; no sé ya qué hacer con ellos. Hasta ahora no he hecho más que arrestarlos y tratarlos como un padre trata a sus hijos calaveras. Pero no escarmientan; y yo dije a usted que era preciso que los buenos federales los tomasen por su cuenta, porque al fin, es a ustedes a los que han de perseguir si triunfa Lavalle.

—¡Qué ha de triunfar!

— A mí no me harán sino un favor en sacarme del mando. Yo estoy en él porque ustedes me obligan.

— Su Excelencia es el padre de la federación.

— Y, como le decía, a ustedes es a quienes toca ayudarme. Hagan lo que quieran con esos salvajes, que no les asusta la cárcel. Ellos han de fusilar a ustedes si triunfan.

—¡Qué han de triunfar, señor!

— Y ya le he dicho que esto mismo les diga, como cosa suya, a los demás amigos.

— Se lo digo siempre, Su Excelencia.

— Y ¿eran muchos?

— Eran cinco.

—¿Y los ha dejado con ganas de volver a embarcarse?

— Ya los llevaron en una carreta a la policía, pues Merlo me dijo que así se lo había encargado el jefe de la policía.

— A eso se exponen. Yo bien lo siento, pero ustedes tienen razón; ustedes no hacen sino defenderse, porque si ellos triunfan los han de fusilar a ustedes.

— Éstos no, Su Excelencia, dijo Cuitiño, vagando una satisfacción feroz sobre su repulsiva fisonomía.

—¿Los ha lastimado?

— En el pescuezo.

— Y ¿ vió si tenían papeles ? preguntó Rosas en cuyo semblante no pudo conservarse por más tiempo la careta de la
hipocresía, brillando en él la alegría de la venganza satisfecha,
al haber arrancado con maña la horrible verdad que no le
5 convenía preguntar de frente.

— Ninguno de los cuatro tenía cartas, respondió Cuitiño.

— ¿ De los cuatro ? ¿ Pues no me dijo que eran cinco ?

— Sí, señor, pero como uno se escapó. . . .

— ¡ Se escapó ! exclamó Rosas hinchando el pecho, irguiendo
10 la cabeza, y haciendo irradiar en sus ojos el rayo magnético
de su poderosa voluntad, que dejó fascinados, como el influjo
de una potestad divina o infernal, los ojos y el espíritu del
bandido.

— Se escapó, Excelentísimo, contestó inclinando su cabeza,
15 porque sus ojos no pudieron soportar más de un segundo la
mirada de Rosas.

— ¿ Y quién se escapó ?

— Yo no sé quién era, Su Excelencia.

— ¿ Y quién lo sabe ?

20 — Merlo lo ha de saber, señor.

— ¿ Y dónde está Merlo ?

— Yo no lo he visto después que hizo la seña.

— Pero ¿ cómo se escapó el unitario ?

— Yo no sé. . . . Yo le diré a Su Excelencia. . . .
25 Cuando cargamos, uno corrió hacia la barranca . . . algunos
soldados lo siguieron . . . echaron pie a tierra para atarlo ;
pero dicen que él tenía espada y mató a tres . . . después,
dicen que lo vinieron a proteger . . . y fué por ahí cerca de la
casa del cónsul inglés.

30 — ¿ Del cónsul ?

— Allá por la Residencia.

— Sí ; bien ; ¿ y después ?

— Después vino un soldado a dar aviso, y yo mandé en su persecución por todas partes . . . pero yo no lo ví cuando se escapó.

— ¿ Y por qué no vió ? dijo Rosas con un acento de trueno, y dominando con el rayo de sus ojos la fisonomía de Cuitiño, en que estaba dibujada la abyección de la bestia feroz en presencia de su domador.

— Yo estaba degollando a los otros, contestó sin levantar los ojos.

Y Viguá, que durante este diálogo había ido poco a poco retirando su silla de la mesa, no bien escuchó esas últimas palabras, cuando dió tal salto para atrás, con silla y todo, que hizo dar silla y cabeza contra la pared. En tanto que Manuela, pálida y trémula, no hacía el menor movimiento, ni alzaba su vista, por no encontrarse con la mano de Cuitiño, o con la mirada aterradora de su padre.

El golpe que dió la silla de Viguá hizo volver hacia aquel lado la cabeza de Rosas, y esta fugitiva distracción bastó, sin embargo, para que él imprimiese un nuevo giro a sus ideas, y una nueva naturaleza a su espíritu.

— · Yo le preguntaba todo esto, dijo, volviendo a su anterior calma, porque ese unitario es el que ha de tener las comunicaciones para Lavalle, y no porque me pesa que no haya muerto.

— ¡ Ah ! ¡ si yo lo hubiera agarrado !

— ¡ Si yo lo hubiera agarrado ! Es preciso ser vivo para agarrar a los unitarios. A que no encuentra al que se escapó.

— Yo lo he de buscar aunque esté en los infiernos, con perdón de Vuecelencia y de Doña Manuelita.

— ¡ Que lo ha de hallar !

— Puede que lo encuentre.

F

— Sí, yo quiero que me encuentren ese hombre, porque las comunicaciones han de ser de importancia.

— No tenga cuidado, Su Excelencia; yo lo he de hallar y hemos de ver si se me escapa a mí.

5   — Manuela, llama a Corvalán.

— Merlo ha de saber cómo se llama; si Su Excelencia quiere. . . .

— Váyase a ver a Merlo. ¿Necesita algo?

— Por ahora, nada, señor. Yo le sirvo a Vuecelencia con 10 mi vida, y me he de hacer matar donde quiera. Demasiado nos da a todos Su Excelencia con defendernos de los unitarios.

— Tome, Cuitiño, lleve esto para la familia. Y Rosas sacó del bolsillo de su chapona un rollo de billetes de banco, que Cuitiño tomó ya de pie.

15   — Los tomo porque Vuecelencia me los da.

— Sirva a la federación, amigo.

— Yo sirvo a Vuecelencia, porque Vuecelencia es la federación, y también su hija Doña Manuelita.

— Vaya, busque a Merlo. ¿No quiere más vino?

20   — Ya he tomado suficiente.

— Entonces, vaya con Dios; y extendió el brazo para dar la mano a Cuitiño.

— Está sucia, dijo el bandido, hesitando en dar su mano ensangrentada a Rosas.

25   — Traiga, amigo, es sangre de unitarios. Y como si se deleitase en el contacto de ella, Rosas tuvo estrechada entre la suya, por espacio de algunos segundos, la mano de su federal Cuitiño.

— Me he de hacer matar por Su Excelencia.

30   — Vaya con Dios, Cuitiño.

Y mientras salía del cuarto, con una mirada llena de vivacidad e inteligencia, midió Rosas aquella guillotina humana que se movía al influjo de su voluntad terrible, y cuyo puñal, levantado siempre sobre el cuello del virtuoso y el sabio, del anciano y el niño, del guerrero y la vírgen, caía, sin embargo, a sus plantas, al golpe fascinador y eléctrico de su mirada. Porque esa multitud obscura y prostituida, que él había le- 5 vantado del lodo de la sociedad, para sofocar con su aliento pestífero la libertad y la justicia, la virtud y el talento, había adquirido desde temprano el hábito de la obediencia irreflexiva y ciega, que presta la materia bruta en la humanidad al poder físico y a la inteligencia dominatriz. 10

CAPÍTULO VI

EL ÁNGEL Y EL DIABLO

Ahora daremos un salto desde la noche del 4 de mayo hasta las doce del día siguiente, de uno de esos días en que el azul celeste de nuestro cielo es tan terso y brillante que parece un cortinaje de encajes y de raso; y apresurémonos a seguir un coche amarillo, tirado por dos hermosos caballos negros, que marcan a gran trote sus gruesas herraduras sobre el empedrado de la calle de Potosí.

El coche dobló por la calle de las Piedras, y fué a parar delante de una casa cuya puerta parecía sacada del infierno, tal era el color de llamas que ostentaba.

Entonces una joven bajó del coche, o más bien salvó los dos escalones del estribo, poniendo ligeramente su mano sobre el hombro de su lacayo. Y era esta joven de diez y siete a diez y ocho años de edad, y bella como un rayo del alba, si nos es permitida esta comparación.

Pisó ella el umbral de la puerta, y tuvo que recurrir a toda la fuerza de su espíritu, y a su pañuelo perfumado, para abrirse camino por entre una multitud de negras, de mulatas, de chinas, de patos, de cuanto animal ha criado Dios, incluso una porción de hombres vestidos de colorado de los pies a la cabeza, con toda la apariencia y las señales de estar, más o menos tarde, destinados a la horca, que cuajaba el zaguán y parte del patio de la casa de Doña María Josefa Ezcurra, cuñada de D. Juan Manuel Rosas, donde la bella joven se encontraba.

No con poca dificultad llegó hasta la puerta de la sala, y tocando ligeramente los cristales, entró a ella esperando hallar alguien a quien preguntar por la dueña de casa. Pero la joven no encontró en esa sala sino dos mulatas y tres negras, que, cómodamente sentadas, y manchando con sus pies enlodados la estera de esparto, que cubría el piso, conversaban familiarmente con un soldado de chiripá punzó, y de una fisonomía en que no podía distinguirse dónde acababa la bestia y comenzaba el hombre.

Los seis personajes miraron con ojos insolentes y curiosos a esa recién venida, en quien no veían de los distintivos de la federación, de que ellos estaban cubiertos con exuberancia, sino las puntas de un pequeñito lazo de cinta rosa, que asomaba por bajo el ala izquierda de su sombrero.

Un momento de silencio reinó en la sala.

—¿La señora Doña María Josefa está en casa? preguntó la joven, sin dirigirse a ninguna de las personas que se acaba de describir.

— Está, pero está ocupada, respondió una de las mulatas, sin levantarse de su silla.

La joven vaciló un instante; pero tomando luego una resolución para salir de la situación embarazosa en que se hallaba, llegóse a una de las ventanas que daban a la calle, abrióla, y llamando a su lacayo, dióle orden de entrar a la sala.

El lacayo obedeció inmediatemente, y luego de presentarse en la puerta de la sala, le dijo la joven:

— Llama a la puerta que da al segundo patio de esta casa, y di que pregunten a la señora Doña María Josefa si puede recibir la visita de la señorita Florencia Dupasquier.

El tono imperativo de esta orden y ese prestigio moral que ejercen siempre las personas de clase sobre la plebe, cuando saben sostenerse a la altura de su condición, influyó instantáneamente en el ánimo de los seis personajes que, por una ficción repugnante de la época, osaban creerse, con toda la clase a que pertenecían, que la sociedad había roto los diques en que se estrella el mar de sus clases obscuras, y amalgamádose 5 la sociedad entera en una sola familia.

Florencia, en quien ya habrán conocido nuestros lectores al ángel travieso que jugaba con el corazón de Daniel,[1] esperó un momento.

No tardó, en efecto, en aparecer una criada regularmente 10 vestida que la dijo tuviese la bondad de esperar un momento.

En seguida anunció a las cinco damas de la federación allí sentadas, que la señora no podía oírlas hasta la tarde, pero que no dejasen de venir a esa hora. Ellas obedecieron en el acto; pero al salir, una de las negras no pudo menos de echar 15 una mirada de enojo sobre la que causaba aquel desaire que se les acababa de hacer; mirada que perdióse en el aire, porque, desde su entrada a la sala, Florencia no se dignó volver sus ojos hacia aquellas tan extrañas visitas de la hermana política del gobernador de Buenos Aires, o más bien, a aquellas nubes 20 preñadas de aire malsano, que hacían parte del cielo rojo obscuro de la federación.

La criada salió; pero el soldado, que no había recibido orden ninguna para retirarse, y que estaba allí por llamamiento anterior, creyóse bien autorizado para sentarse cuando menos 25 en el umbral de la puerta del salón, y Florencia quedó al fin completamente sola.

Al instante sentóse en el único sofá que allí había, y oprimiendo sus lindos ojos con sus pequeñas manos, quedóse de ese modo por algunos segundos, como si quisiesen reposar su 30 espíritu y su vista del rato desagradable y violento por que acababan de pasar.

---

[1] Véase arriba, página 41, renglones 8 y 9.

Entretanto, Doña María Josefa se daba prisa, en una habitación contigua a la sala, en despachar dos mujeres de servicio con quienes estaba hablando, mientras ponía, una sobre otras, veinte y tantas solicitudes que habían entrado ese día, acompañadas de sus respectivos regalos, en los que hacían no 5 pequeña parte los patos y las gallinas del zaguán, para que por su mano fuesen presentadas a su Excelencia el Restaurador, aun cuando su Excelencia el Restaurador estaba seguro de no ser importunado con ninguna de ellas. Y se apresuraba, decíamos, porque la señorita Florencia Dupasquier, que se la 10 había anunciado, pertenecía por su madre a una de las más antiguas y distinguidas familias de Buenos Aires, relacionada desde mucho tiempo con la familia de Rosas; aun cuando en la época presente, con pretexto de la ausencia del señor Dupasquier, su señora y su hija aparecían muy rara vez en la sociedad. 15

El lector querría saber qué clase de negocios tenía Doña María Josefa con las negras y las mulatas de que estaba invadida su casa. Más adelante lo sabremos. Basta decir, por ahora, que en la hermana política de Don Juan Manuel Rosas estaban refundidas muchas de las malas semillas que la 20 mano del genio enemigo de la humanidad arroja sobre la especie. Los años 33 y 35 no pueden ser explicados en nuestra historia sin el auxilio de la esposa de Don Juan Manuel Rosas, que, sin ser malo su corazón, tenía sin embargo una grande actividad y valor de espíritu para la intriga política; y 39, 40, y 42, 25 no se entenderían bien si faltase en la escena histórica la acción de Doña María Josefa Ezcurra. Esas dos hermanas son verdaderos personajes políticos de nuestra historia.

La actividad y el fuego violento de pasiones políticas eran el alimento diario del alma de Doña María Josefa. No obraba 30 por cálculo, no; obraba por pasión sincera, por verdadero fanatismo por la federación y por su hermano; y ciega, ardiente, tenaz en su odio a los unitarios, era la personificación más perfecta de esa época de subversiones individuales y sociales, que había creado la dictadura de aquél.

La puerta contigua a la sala abrióse al fin, y la mano de la elegante Florencia fué estrechada entre la mano descuidada de Doña María Josefa: mujer de pequeña estatura, flaca, de fisonomía enjuta, de ojos pequeños, de cabello desaliñado y canoso, donde flotaban las puntas de un gran moño de cinta color sangre, y cuyos cincuenta y ocho años de vida estaban notablemente aumentados en su rostro por la acción de las pasiones ardientes.

—¡Qué milagro es éste! ¿Por qué no ha venido también Doña Matilde? preguntó, sentándose en el sofá a la derecha de Florencia.

—Mamá se halla un poco indispuesta, pero no pudiendo saludar a V. personalmente, me manda ofrecerla sus respetos.

—Si yo no conociera a Doña Matilde y su familia, creería que se había vuelto unitaria, porque ahora se conocen las unitarias por el encerramiento en que viven. ¿Y sabe usted por qué se encierran esas locas?

—¿Yo? no, señora. ¿Cómo quiere usted que yo lo sepa?

—Pues se encierran por no usar la divisa como está mandado, o porque no se la peguen con brea, lo que es una zoncería, porque yo se la remacharía con un clavo en la cabeza para que no se la quitasen ni en su casa, y . . . pero también usted, Florencita, no la trae como es debido.

—Pero al fin la traigo, señora.

—¡La traigo! ¡la traigo! pero eso es como no traer nada. Así la traen también las unitarias, y aunque usted es la hija de un francés, no por eso es inmunda y asquerosa como son todos ellos. Usted la trae, pero. . . .

— Y eso es cuanto debo hacer, señora, dijo Florencia interrumpiéndola y queriendo tomar la iniciativa en la conversación para domar un poco aquella furia humana, en quien la avaricia era una de sus primeras virtudes.

— La traigo, continuó, y traigo también esta pequeña donación que, por la respetable mano de usted, hace mamá al hospital de mujeres, cuyos recursos están tan agotados, según se dice. Y Florencia sacó del bolsillo de su vestido una carterita de marfil, en donde había doblados cuatro billetes de banco, que puso en la mano de Doña María Josefa, y que no era otra cosa que ahorros de la mensualidad para limosnas y alfileres, que desde el día de sus catorce años le pasaba su padre.

Doña María Josefa desdobló los billetes, y dilató sus ojos para contemplar la cifra 100, que representaba el valor de cada uno; y enrollándolos y metiéndolos entre el vestido y el pecho, dijo con gran satisfacción:

— ¡Esto es ser federal! Dígale usted a su mamá que le he de avisar a Juan Manuel de este acto de humanidad que tanto la honra; y mañana mismo mandaré el dinero al señor D. Juan Carlos Rosado, ecónomo del hospital de mujeres; y apretaba con su mano los billetes, como si temiera se convirtiese en realidad la mentira que acababa de pronunciar.

— Mamá quedaría bien recompensada con que tuviese usted la bondad de no referir este acto, que para ella es un deber de conciencia. Sabe usted que el señor gobernador no tiene tiempo para dar su atención a todas partes. La guerra le absorbe todos sus momentos, y si no fuesen usted y Manuelita, difícilmente podría atender a tantas cargas como pesan sobre él.

La lisonja tiene más acción sobre los malos que sobre los buenos, y Florencia acabó de encantar a la señora con esta segunda ofrenda que la hacía.

— ¡ Y bien que le ayudamos al pobre! contestó arrellanándose en el sofá.

— Yo no sé cómo Manuelita tiene salud. Pasa en vela las noches, según se dice, y esto acabará por enfermarla, dijo Florencia con un tono el más condolido del mundo.

— Por supuesto que acabará por enfermarla. Anoche, por ejemplo, no se ha acostado hasta las cuatro de la mañana.

— ¿Hasta las cuatro?

— Y dadas ya.

— Pero ahora, felizmente, creo que no tenemos ocurrencias ningunas.

— ¡ Bah ! ¡ Cómo se conoce que no está usted en la política ! Ahora más que nunca.

— Cierto. Yo no puedo estar en unos secretos que sólo usted y Manuelita poseen muy dignamente; pero pensaba que, estando tan lejos el teatro de la guerra, los unitarios de aquí no molestarían mucho al gobierno.

— ¡ Pobre criatura ! Usted no sabe sino de sus gorras y de sus vestidos. ¿Y los unitarios que quieren embarcarse?

— ¡Oh! eso no se les podrá impedir. La costa es inmensa.

— ¡ Qué no se les puede impedir !

— Me parece que no.

— ¡ Bah, bah, bah ! y soltó una carcajada infernal, mostrando tres dientes chiquitos y amarillos, únicos que le habían quedado en su encía inferior. ¿Sabe usted a cuántos agarraron anoche? preguntó.

— No lo sé, señora, contestó Florencia, ostentando la más completa indiferencia.

— A cuatro, hija mía.

— ¿A cuatro?

— Justamente.

— Pero ésos ya no podrán irse, porque supongo que estarán presos a estas horas.

— ¡ Oh ! de que no se irán yo le respondo a usted, porque se ha hecho con ellos algo mejor que ponerlos en la cárcel.

— ¡ Algo mejor ! exclamó Florencia como admirada, disimulando que sabía ya las desgracias de la noche anterior, aun cuando no sabía ni una palabra sobre el que había tenido la dicha de libertarse de la muerte.

— Mejor, por supuesto. Los buenos federales han dado cuenta de ellos; los han . . . los han fusilado.

— ¡ Ah ! ¡ los han fusilado !

— Y muy bien hecho; ha sido una felicidad, aunque con una pequeña desgracia.

— ¡ Oh ! pero usted dice que es pequeña, señora, y las cosas pequeñas no dan mucho que hacer a las personas como usted.

— A veces. Uno logró escaparse.

— Entonces no tendrán que molestarse mucho para encontrarle, porque la policía es muy activa según creo.

— No mucho.

— Dicen que en ese ramo el señor Victorica[1] es un genio, insistió la traviesa diplomática, que quería picar el amor propio de Doña María Josefa.

— ¡ Victorica ! no diga usted disparates — yo, yo y nadie más que yo, lo hago todo.

— Así lo he creído siempre, y en el caso actual casi estoy segura de que será usted más útil que el señor Jefe de Policía.

— Puede usted jurarlo.

— Aunque por otra parte, las muchas atenciones de usted le impedirán acaso. . . .

— Nada, nada me impiden. Yo no sé muchas veces cómo me basta el tiempo. Hace dos horas que salí de lo de Juan

[1] *Victorica* era el jefe de la policía de Buenos Aires en aquel entonces.

Manuel, y ya sé más sobre el que se ha fugado que lo que ese Victorica que tanto ponderan.

— ¡ Es posible !

— Lo que usted oye.

5 — ¡ Pero eso es increíble . . . en dos horas . . . una señora !

— Lo que usted oye, repitió Doña María Josefa, cuyo flaco era contar sus hazañas, criticar a Victorica, y procurar que la admirasen los que la oían.

10 — Lo creeré porque usted lo dice, señora, continuó Florencia que iba entrando a carrera por la cueva en que aquella fanática mujer guardaba mal velados sus secretos.

— ¡ Oh ! créamelo usted como si lo viera.

— Pero habrá puesto usted cien hombres en persecución del 15 prófugo.

— Nada de eso. ¡ Qué ! Mandé llamar a Merlo, que fué quien los delató ; vino, pero ese animal no sabe ni el nombre ni las señas del que se ha escapado. Entonces mandé llamar a varios de los soldados que se hallaron anoche en el suceso, 20 y allí está sentado en la puerta de la sala el que me ha dado los mejores informes. Y . . . ¡ verá usted qué dato ! ¡ Camilo ! gritó, y el soldado entró a la sala, y se acercó a ella con el sombrero en la mano.

— Dígame usted, Camilo, continuó aquélla : ¿ Qué señas 25 puede usted dar del inmundo asqueroso salvaje unitario que se ha escapado anoche?

— Que ha de tener muchas marcas en el cuerpo, y que una de ellas yo sé dónde está, contestó con una expresión de alegría salvaje en su fisonomía.

30 — ¿ Y dónde ? preguntóle la vieja.

— En el muslo izquierdo.

— ¿ Con qué fué herido ?

— **Con** sable; es un hachazo.

— ¿Está usted cierto de lo que dice?

— ¡Muy cierto! Yo fuí quien le pegué el hachazo, señora.
Florencia se echó atrás, hacia el ángulo del sofá.

— Y ¿lo conocería usted si lo viera? continuó Doña María 5
Josefa.

— No, señora, pero si lo oigo hablar le he de conocer.

— Bien, retírese, Camilo.

— Ya lo ha oído usted, prosiguió la hermana política de
Rosas, dirigiéndose a la señorita Dupasquier, que no había 10
perdido una sola palabra de la declaración del bandido. ¡Ya
lo ha oído usted! ¡herido en un muslo! ¡Oh! es un descubrimiento que vale algunos miles. ¿No le parece a usted?

— ¿A mí? Yo no alcanzo, señora, de qué importancia
puede serle a usted el saber que el que se ha escapado tiene 15
una herida en el muslo izquierdo.

— ¿No lo alcanza usted?

— Ciertamente que no, pues supongo que el herido a estas
horas estará curándose en su casa o en alguna otra, y no se
ven las heridas al través de las casas. 20

— ¡Pobre criatura! exclamó Doña María Josefa riéndose,
alzando y dejando caer su mano descarnada sobre la rodilla
de Florencia. ¡Pobre criatura! esa herida me da tres medios
de averiguación.

— ¿Tres medios? 25

— Justamente. Óigalos usted y aprenda algo: los médicos
que asistan a un herido; los boticarios que despachen medi-
camentos para heridas; y las casas en que se note asistencia
repentina de un enfermo. ¿Qué le parece a usted?

— Si usted los halla buenos, señora, así serán; pero en mi 30
opinión no es gran cosa lo que se podrá adelantar con esos
medios.

—¡Oh! pero tengo otro de reserva para cuando con ésos no logre nada.

—¿Otro medio más?

—¡Por supuesto! Los que he indicado son para las diligencias de hoy y de mañana; pero el lunes ya tendré cuando menos una pluma del pájaro.

—Me parece que ni el color de las plumas ha de ver usted, señora, respondióle Florencia con una sonrisa llena de picantería y de gracia, calculada para irritar y dar movimiento a aquella máquina inhumana que tenía a su lado.

—¿Que no? Ya verá usted el lunes.

—Y ¿por qué el lunes y no otro día cualquiera?

—¿Por qué? ¿Usted cree, señorita, que las heridas de los unitarios no vierten sangre?

—Sí, señora, vierten sangre como las de cualquier otro; quiero decir, deben verterla, porque yo no he visto jamás la sangre de ningún hombre.

—Pero los salvajes unitarios no son hombres, niña.

—¿No son hombres?

—No son hombres; son perros, son fieras, y yo andaría pisando sobre su sangre sin la menor repugnancia.

Un estremecimiento nervioso conmovió toda la organización de la joven, pero se dominó.

—¿Conviene usted, pues, en que sus heridas vierten sangre? continuó Doña María Josefa.

—Sí, señora, convengo.

—Entonces, ¿convendrá usted también en que la sangre mancha las ropas con que están vestidos?

—Sí, señora, también convengo en ello.

—¿Que mancha las vendas que se aplican a las heridas?

—También.

—¿Las sábanas de la cama?

— Así debe ser.

— ¿Las toallas en que se secan las manos los asistentes del enfermo?

— También puede ser.

— ¿Cree usted todo esto?

— Sí, señora, lo creo, pero todas esas cosas me intrigan, y lo que más puedo asegurar a usted es que no entiendo una palabra de lo que usted quiere decirme.

Y en efecto, Florencia, con toda la vivacidad de su imaginación hacía vanos esfuerzos por alcanzar el pensamiento maldito a que precedían aquellos preámbulos.

— ¡ Toma ! Vamos a ver. ¿Qué día reciben la ropa sucia las lavanderas?

— Generalmente el primer día de la semana.

— A las ocho o a las nueve de la mañana, y a las diez van con ella al río, ¿entiende usted ahora?

— Sí, contestó Florencia, asustada de la imaginación endemoniada de aquella mujer, que le sugería recursos que no habrían pasado por la suya en todo el curso de su vida.

— La lavandera no ha de ser unitaria, y aunque lo fuese, ella ha de lavar la ropa delante de otras, y yo daré mis órdenes a este respecto.

— ¡ Ah ! es un plan excelente, dijo la joven que ya hacía un gran esfuerzo sobre sí misma para soportar la presencia de aquella mujer, cuyo aliento le parecía tan envenenado como su alma.

— ¡ Excelente ! y sé que no se le habría ocurrido a Victorica en un año.

— Lo creo.

— Ni mucho menos a ninguno de esos unitarios fatuos y botarates, que creen que todo lo saben y para todo sirven.

— De eso no me cabe la mínima duda, exclamó la señorita

Dupasquier, con tal prontitud y alegría que cualquiera otra
persona que Doña María Josefa habría comprendido la satisfacción que animó a la joven al hacer esa justicia a los unitarios, a esa clase distinguida a que ella pertenecía por su
5 nacimiento y educación.

— ¡ Oh, Florencita, no vaya usted a casarse con ningún
unitario ! Además de inmundos y asquerosos, son unos tontos, que el más ruin federal se puede jugar con todos ellos. Y,
a propósito de casamiento, ¿ cómo está el señor D. Daniel que
10 no se deja ver en parte alguna de algún tiempo a aquí ?

— Está perfectamente bueno de salud, señora.

— Me alegro mucho. Pero ¡ cuidado ! abra usted los ojos ;
mire usted que le doy un buen consejo.

— ¡ Que abra los ojos ! Y ¿ para ver qué, señora ? inte-
15 rrogó Florencia, cuya curiosidad de mujer amante no había
dejado de picarse un poco.

— ¿ Para qué ? ¡ Oh ! usted lo sabe bien. Los enamorados
adivinan las cosas.

— Pero ¿ qué quiere usted que yo adivine ?

20 — ¡ Toma ! ¿ No ama usted a Bello ?

— ¡ Señora !

— No me oculte usted lo que yo sé muy bien.

— Si usted lo sabe. . . .

— Si yo lo sé, debo prevenir que hay moros en la costa ;
25 que tenga cuidado que no la engañen porque yo la quiero a
usted como a una hija.

— ¡ Engañarme ! ¿ quién ? Aseguro a usted, señora, que
no la comprendo, replicó Florencia, algo turbada, pero haciendo
esfuerzos sobre sí misma para arrancar de Doña María Josefa
30 el secreto que le indicaba poseer.

— ¡ Pues es gracioso ! ¿ y a quién he de referirme sino al
mismo Daniel ?

—¡Oh! eso es imposible, señora. Daniel no me ha engañado jamás, contestó con altivez Florencia.

— Yo he querido creerlo así, pero tengo datos.

— ¿Datos?

— Pruebas. ¿No ha pensado usted en Barracas más de una vez? Vamos, la verdad; a mí no me engaña nadie.

— Alguna vez hablo de Barracas, pero no veo qué relación tenga Barracas conmigo.

— Con usted, indirecta; con Daniel, directamente.

— ¿Lo cree usted?

— Y mejor que yo, lo sabe y lo cree una cierta Amalia, prima hermana de un cierto Daniel, conocido y algo más de una cierta Florencia. ¿Comprende usted ahora, mi paloma sin hiel? dijo la vieja riéndose y acariciando con su mano sucia la espalda tersa y rosada de Florencia.

— Comprendo algo de lo que usted quiere decirme, pero creo que hay alguna equivocación en todo esto, contestó la joven con fingido aplomo, pues que su corazón acababa de recibir un golpe para el cual no estaba preparado, aun cuando le era perfectamente conocida la maledicencia de la persona con quien hablaba. ¡Qué mujer no está pronta siempre a creerse engañada y olvidada del ser a quien consagra su corazón y sus amores!

— No me equivoco, no, señorita. ¿A quién ve esa Amalia, viuda, independiente, y aislada en su quinta? A Daniel solamente. ¿Qué ha de hacer Daniel, joven y buen mozo, al lado de su prima, joven, linda, y dueña de sus acciones? No han de ponerse a rezar, según me parece. ¿De qué proviene la vida retirada que hace Amalia? Daniel lo sabrá porque es el único que la visita. ¿Qué se hace Daniel que no se le ve en ninguna parte? Es porque Daniel va todas las tardes a ver a su prima, y a la noche a ver a usted. Ésta es la moda de los mozos de ahora: dividir el tiempo con cuantas pueden. Pero, ¿qué es eso? ¡se pone usted pálida!

— No es nada, dijo Florencia, que en efecto estaba pálida como una perla, porque toda su sangre se detenía en su corazón.

5 — ¡Bah! exclamó Doña María Josefa, soltando una carcajada estridente. ¡Bah! ¡Bah! ¡Bah! Y eso que no lo digo todo; lo que son las muchachas.

— ¡Todo! exclamó Florencia.

— No, no quiero poner mal a nadie, y seguía riéndose a 10 carcajada tendida, gozando de los tormentos con que estaba torturando el corazón de su víctima.

— Señora, yo me retiro, dijo Florencia levantándose casi trémula.

— ¡Pobrecita! Tírele bien las orejas; no se deje engañar; 15 y sin levantarse soltaba de nuevo sus malignas carcajadas, y era la risa del diablo la que estaba contrayendo y dilatando la piel gruesa, floja, y con algunas manchas amoratadas, de la fisonomía de esa mujer, que en ese momento hubiera podido servir de perfecto tipo para reproducir las brujas de las leyen-20 das españolas.

— Señora, yo me retiro, repitió Florencia, extendiendo la mano a quien acababa de enturbiar en su alma el cristal puro y transparente de su felicidad, con la primera sombra de una sospecha horrible sobre la fidelidad de su amante.

25 — Bien, mi hijita, adiós. Memorias a mamá y que se mejore para que nos veamos pronto. Adiós, y abrir los ojos, ¡eh! Y riéndose todavía, acompañó a la señorita Dupasquier hasta la puerta de la calle.

La infeliz joven subió a su carruaje, y tuvo que desprender 30 los broches de su vestido para poder respirar con libertad, pues en ese momento estaba a punto de desmayarse. En Florencia había una de esas organizaciones desgraciadas que carecen de esa triste consolación del llanto, que indudablemente arrebata en sus gotas una gran parte de la opresión física en que ponen el corazón las impresiones improvisas y dolorosas.

— En efecto, se decía Florencia, Daniel monta a caballo con frecuencia; nunca he sabido dónde pasa las tardes. Muchas noches, la de ayer por ejemplo, se ha retirado de mi casa a las nueve. Nunca me ha ofrecido la relación de su prima. Por otra parte, esta mujer que lo sabe todo; que tiene a su servicio todos los medios que le sugiere su espíritu perverso para saber cuanto pasa y cuanto se dice en Buenos Aires; esta mujer que me ha hablado con tal seguridad; que posee pruebas, según me ha dicho. Esta mujer que no tiene ningún motivo para engañarme y aborrecerme. ¡Oh, es cierto, es cierto, Dios mío! exclamaba Florencia, oprimiendo cor una de sus manos su perfilada frente, cuyo color de rosa huía y reaparecía en cada segundo. Y su cabeza se perdía en un mar de recuerdos, de reflexiones, y de dudas.

CAPÍTULO VII

FLORENCIA Y DANIEL

Pocos minutos faltaban para que el gran reloj del cabildo marcase las dos horas de la tarde, cuando Daniel Bello dobló por la calle de la Reconquista. Iba a saber, por la linda boca de su Florencia, lo que decía Doña María Josefa Ezcurra sobre 5 los sucesos de la noche anterior.

Caminaba con ese aire negligente pero elegante que la naturaleza y la educación regalan a los jóvenes de espíritu y de gustos delicados. Con su levita negra abotonada y sus guantes blancos, en la edad más bella de la vida de un hombre, 10 y con su fisonomía distinguida, Daniel era acreedor muy privilegiado a la mirada de las mujeres y a la observación de los hombres de espíritu, que no podían menos de reconocer un igual suyo en aquel joven en cuyos hermosos ojos chispeaban el talento, la seguridad, y la confianza en sí mismo. 15 Llegado a la calle de la Reconquista, nuestro joven no tardó mucho en pisar la casa de la bien amada de su corazón.

De pie junto a la mesa redonda que había en medio del salón, y sus ojos fijos en un ramo de flores que había en ella, colocado en una hermosa jarra de porcelana, Florencia no 20 veía las flores, ni sentía la impresión de sus perfumes, aletargada por la influencia de su propio pensamiento, que la estaba repitiendo, palabra por palabra, cuantas acababa de oír salir de boca de Doña María Josefa; al mismo tiempo que dibujaba a su capricho la imagen de esa Amalia a quien creía estar 25 viendo bajo sus verdaderas formas.

84

El Cabildo Antiguo de Buenos Aires

La abstracción de su espíritu era tal que sólo conoció que habían abierto la puerta del salón a la que daba la espalda, y entrado alguien en él, cuando la despertó de su enajenamiento el calor de unos labios que imprimieron un beso sobre su mano izquierda, apoyada en el perfil de la mesa.

— ¡ Daniel ! exclamó la joven volviéndose y retrocediendo súbitamente.

Y ese movimiento fué tan natural, y tan marcada la expresión, no de enojo, sino de disgusto, que asomó a su semblante, y tan notable la palidez de que se cubrió, que Daniel quedó petrificado por algunos instantes.

— Caballero, mi mamá no está en casa, dijo luego Florencia con un tono tranquilo y lleno de dignidad.

— ¡ Mi mamá no está en casa ! ¡ Caballero ! repitió Daniel, como si le fuera necesario decirse él mismo esas palabras para creer que salían de los labios de su querida. Florencia, continuó, juro por mi honor que no comprendo el valor de esas palabras, ni cuanto acabo de ver en ti.

— Quiero decir que estoy sola, y que espero querrá usted usar para conmigo de todo el respeto que se debe a una señorita.

Daniel se puso colorado hasta las orejas.

— Florencia, por el amor de Dios, dime que estás jugando conmigo, o dime si es verdad que yo he perdido la cabeza.

— La cabeza no, pero ha perdido usted otra cosa.

— ¿ Otra cosa ?

— Sí.

— ¿ Y cuál, Florencia ?

— Mi estimación, señor.

— ¡ Tu estimación ! ¿ Yo ?

— Y ¿ qué le importa a usted el cariño, ni la estimación mía ? dijo Florencia con una fugitiva sonrisa de desdén.

—¡Florencia! exclamó Daniel, dando un paso hacia ella.

—¡Quieto! dijo la joven sin moverse de su puesto y alzando su cabeza y extendiendo su brazo hacia Daniel, que casi tocaba con sus labios la palma de la linda mano de su amada. Pero fué tal la dignidad que acompañó la palabra y la acción de la señorita Dupasquier, que Daniel quedó como clavado en el lugar que pisaba.

Los dos amantes se estuvieron mirando algunos segundos, creyendo tener cada uno el derecho de esperar explicaciones. La escena empezaba a cambiar.

— Creo, señorita, dijo Daniel rompiendo el silencio, que si he perdido la estimación de usted, a lo menos me queda el derecho de preguntar por la causa de esa desgracia.

— Y yo, señor, si no tengo el derecho, tendré la arbitrariedad de no responder a esa pregunta, repuso Florencia con esa altanería regia que es una peculiaridad de las mujeres delicadas cuando están, o creen estar, ofendidas por su amado.

— Entonces, señorita, me tomaré la libertad de decir a usted, que, si en todo esto no hay una burla que ya se prolonga demasiado, hay una injusticia que está ofendiendo a usted en el concepto mío, replicó Daniel con seriedad.

— Lo siento, pero me conformo.

Daniel se desesperaba.

— Florencia, si anoche me retiré a las nueve, fué porque un asunto importante reclamaba mi presencia lejos de aquí.

— Señor, es usted muy libre para entrar a mi casa y retirarse de ella a las horas que mejor le plazca.

— Gracias, dijo Daniel mordiéndose los labios.

— Gracias, caballero.

— ¿De qué, señorita?

— De su conducta.

— ¡De mi conducta!

— ¿Se ha levantado usted sordo, caballero? Repite usted mis palabras como si las estuviera aprendiendo de memoria, dijo Florencia riéndose, y bañando a Daniel con una mirada la más desdeñosa del mundo.

— Hay ciertas palabras que yo necesito repetir para enten- derlas.

— Es un trabajo inútil esa repetición.

— ¿Puedo saber por qué, señorita?

— Porque bien tiene obligación de oír lo que se le dice, y comprender las cosas, aquél que tiene dos oídos, dos ojos, y dos almas.

— ¡Florencia! exclamó Daniel con voz irritada; aquí hay una injusticia horrible, y yo exijo una explicación ahora mismo.

— Exijo, ¿ha dicho usted?

— Sí, señorita, la exijo.

— ¿Me hace usted el favor de volver a repetirlo?

— ¡Florencia!

— ¿Señor?

— ¡Oh, basta! esto ya es demasiado.

— ¿Le parece a usted?

— Me parece, señorita, que esto o es una burla indigna, o es buscar un pretexto de rompimiento; y tres años de constancia y de amor me dan derecho a interrogar por la causa de un procedimiento semejante, y a pedir la razón del modo por que así se me trata.

— ¡Ah! ya no exige usted; pide, ¿no es verdad? Eso es otra cosa, mi apreciable señor, dijo Florencia midiendo a Daniel de pies a cabeza con una mirada la más altiva y despreciativa posible.

Toda la sangre de Daniel subió a su rostro. Su amor propio, su honor, la conciencia de su buena fe, todo acababa de ser herido por la mirada punzadora de Florencia.

— Exijo o pido, como usted quiera; pero quiero ¿entiende usted, señorita? quiero una explicación de esta escena, dijo apoyando su mano en el respaldo de la silla.

— Calma, señor, calma; mucho necesita usted de su voz, 5 y hace mal en gastarla alzándola tanto. Supongo no querrá usted olividar que es a una mujer a quien está hablando.

Daniel se estremeció. Esa reconvención le era más amarga todavía que las anteriores palabras de Florencia.

— Yo estoy loco, debo estar loco, ¡Dios mío! exclamó 10 bajando la cabeza y apretando sus ojos con la mano.

Un momento de silencio volvió a reinar en la sala. Daniel lo interrumpió al fin.

— Pero, Florencia, el proceder de usted es injusto, inaudito. ¿Me negará usted el derecho que tengo para solicitar una 15 explicación?

— ¡Una explicación! ¿Y de qué, señor? ¿De mi proceder injusto?

— Eso es lo que pido, señorita.

— ¡Bah! Eso es pedir una necedad, caballero. En la 20 época en que vivimos no se piden explicaciones de las injusticias que se reciben.

— Sí, eso será muy bueno cuando se trata de asuntos de política, pero creo que ahora. . . .

— ¿Qué cree usted?

25 — Que no tratamos de política.

— Usted se engaña.

— ¡Yo!

— Cierto. Creo que conmigo son los únicos asuntos que le conviene a usted tratar; a lo menos, tengo mis razones de 30 creer que son los únicos para que le sirvo a usted.

Daniel comprendió que Florencia le echaba en cara el servicio que le había pedido en su carta de la víspera, y este

golpe agitó visiblemente sus facciones, mientras que Florencia
lo miraba con una expresión más bien de lástima que de resentimiento.

— Yo pensaba que la señorita Florencia Dupasquier, dijo
Daniel con sequedad, tenía algún interés en el destino de 5
Daniel Bello, para tomarse alguna incomodidad por él cuando
algún peligro amenazaba la existencia de sus amigos, o la
suya propia quizá.

— ¡ Oh ! este último, caballero, no puede inquietar mucho
a la señorita Dupasquier.   10

— ¡ De veras !

— Desde que la señorita Dupasquier sabe perfectamente
que si algún peligro amenaza al señor Bello, no le faltará
algún lugar retirado, cómodo, y lleno de felicidad, donde
ocultarse y evitarlo.   15

— ¡ Yo !

— Me parece que es con usted con quien estoy hablando.

— Un paraje lleno de felicidad donde ocultarme, repitió
Daniel, cada vez más extraviado en aquel laberinto.

— ¿ Quiere usted que hable en francés, señor, ya que en 20
español parece que hoy no entiende usted una palabra ?   He
dicho en muy buen castellano y lo repito, un paraje lleno
de felicidad, una gruta de Armida, un palacio de hadas,
¿ no sabe usted dónde es esto, señor Bello ?

— Esto es insufrible.   25

— Por el contrario, señor, esto es muy ameno.   Le estoy
hablando a usted de lo que más le interesa en este mundo.

— ¡ Florencia, por Dios !

— ¡ Ah !   ¿ no le ha parecido a usted bien la comparación de
la gruta de Armida ?   30

— Por el cielo o por el infierno, ¿ dónde es ese paraje a que
está usted haciendo esas alusiones insoportables ?

— ¿De veras?

— ¡Florencia, esto es horrible!

— No tal, es bien divertido.

— ¿Qué?

5 — Hablo de la gruta. ¿Son muy bellos los jardines, señor?

— ¿Pero dónde, dónde?

— En Barracas, por ejemplo, y diciendo estas palabras, la joven dió la espalda a Daniel, y empezó a pasearse por la 10 sala con el aire más negligente del mundo, mientras en su inexperto corazón ardía la abrasadora fiebre de los celos; esa terrible enfermedad del amor, cuyos mayores estragos se obran a los diez y ocho y a los cuarenta años en la vida de las mujeres.

15 — ¡En Barracas! exclamó Daniel dando precipitadamente algunos pasos hacia Florencia.

— Y bien, ¿no estaría usted perfectamente allí? continuó la joven volviéndose a Daniel. Además, continuó, usted tendría cuidado de que no le hiriesen, para evitar que su 20 retiro fuese descubierto por los médicos, los boticarios, o las lavanderas.

— ¡En Barracas! ¡Herido! Florencia, me matas si no te explicas.

— ¡Oh! no se morirá usted; hará usted lo posible por no 25 morirse en la época más venturosa de su vida. Ni siquiera temo que se deje usted herir en el muslo izquierdo, que debe ser una terrible herida cuando es hecha con un sable enorme.

— ¡Son perdidos, Dios mío! exclamó Daniel cubriéndose el rostro con sus manos.

30 Otro momento de silencio reinó entre aquellos dos jóvenes que, amándose hasta la adoración, estaban sin embargo torturándose el alma, al influjo del genio perverso que había

soplado la llama de los celos en el corazón de una mujer joven y sin experiencia.

Pero ese silencio cesó pronto. Sin dar tiempo a que Florencia lo evitase, Daniel se precipitó a sus pies, y de rodillas oprimió entre sus manos su cintura.

— Por el amor del cielo, Florencia, la dijo alzando los ojos hacia ella, explícame el misterio de tus palabras. Yo te amo. Mujer ninguna es en el mundo más amada que tú. Pero, ¡oh, Dios mío! no es el amor lo que debe ocuparnos en este momento solemne, en que está pendiente la muerte sobre la cabeza de muchos inocentes, y quizá yo entre ellos. Pero no es mi vida, no, lo que me inquieta; hace mucho tiempo que la juego en cada hora del día, en cada minuto; mucho tiempo que sostengo un duelo a muerte contra un brazo infinitamente superior al mío; es la vida de. . . . Oye, Florencia, porque tu alma es la mía, y yo creo hacerlo en Dios cuando deposito en tu pecho mis secretos y mis amores; oye: son las vidas de Eduardo y de Amalia las que peligran en este momento; pero la sangre de ellos no puede correr sino mezclada con la mía, y el puñal que atraviese el corazón de Eduardo ha de llegar también hasta mi pecho.

— ¡Daniel! exclamó Florencia inclinándose sobre su amante y oprimiéndole la cabeza con sus manos, como si temiera que la muerte se lo arrebatase en ese momento. La espontaneidad, la pasión, la verdad estaban reflejándose en la fisonomía y en las palabras de Daniel, y el corazón de Florencia empezaba a regenerarse de la presión de los celos.

— Sí, continuó Daniel teniendo siempre oprimida con sus manos la cintura de Florencia; Eduardo ha debido ser asesinado anoche; yo pude salvarlo moribundo, y era preciso ocultarlo porque los asesinos eran agentes de Rosas. Pero ni mi casa ni la de él podían servirnos.

—¡Eduardo asesinado! ¡Dios mío! ¡Qué día espantoso es éste para mi corazón! Pero, ¿no morirá, no es cierto?

—No, está salvado. Oye; oye todavía: era necesario conducirlo a alguna parte y lo conduje a lo de Amalia. Amalia que es el único resto de la vida de mi madre; Amalia, la única mujer a quien, después de ti, quiero en el mundo, como se quiere a una hermana, como se debe querer a una hija. ¡Gran Dios, yo la habré precipitado a su ruina, a ella que vivía tan tranquila y feliz!

—¡Su ruina! ¿Y por qué, Daniel? ¿por qué? Y Florencia agitaba con sus manos los hombros de Daniel, porque su palidez y sus palabras imprimían el miedo en su corazón.

—Porque para Rosas la caridad es un crimen. Eduardo está en Barracas, y tú has nombrado ese lugar, Florencia; Eduardo está herido en el muslo izquierdo, y. . . .

—¡Nada saben, nada saben! exclamó Florencia radiante de alegría, y palmeándose sus pequeñitas manos; nada saben, pero pueden saberlo todo. ¡Oye!

Y Florencia, que ya no se acordaba de sus celos desde que tantas vidas estaban pendientes de sus palabras, levantó ella misma a su querido, y sentándolo, y ella a su lado, en las primeras sillas que encontró, refirióle en cinco minutos su conversación con Doña María Josefa. Pero a medida que iba llegando al punto de la conversación sobre Amalia, su semblante se descomponía, y sus palabras iban siendo más marcadas.

Daniel la oyó hasta el fin sin interrumpirla, y en su semblante no apareció la mínima alteración al escuchar el episodio sobre sus visitas a Barracas, lo que no escapó a la penetración de la joven.

—¡Infames! exclamó luego que aquélla había concluido

su narración. Toda esa familia es una raza del infierno. Toda ella, y todo el partido que pertenece a Rosas, tiene veneno en vez de sangre, y cuando no mata con el puñal, habla y mata el honor con el aliento. ¡Infame! ¡Complacerse en torturar el corazón de una criatura!

— Florencia, continuó Daniel volviéndose a ésta; cuanto te ha dicho esa mujer no es más que una calumnia con que ha querido martirizarte, porque el martirio de los demás es el placer de cuantos componen la familia de Rosas. Es una calumnia, lo repito, y yo creo que no puedes poner en balanza la palabra de esa mujer y la mía.

— Así es en general; pero en este caso, Daniel, lo más que puedo hacer es suspender mi juicio. Florencia no dudaba ya, pero ninguna mujer confiesa que ha procedido con ligereza en una acusación hecha a su amante.

— ¿Dudas de mí, Florencia?

— Daniel, yo quiero conocer a Amalia, y ver las cosas por mis propios ojos.

— La conocerás.

— Quiero frecuentar su relación.

— Bien.

— Quiero que sea en esta semana el primer día en que nos veamos.

— Bien, ¿quieres más? contestó Daniel con seriedad.

— Nada más, contestó Florencia y extendió su mano a Daniel, que la conservó entre las suyas. En cualquiera otra ocasión habría impreso un millón de besos en esa mano tan querida; pero en ésta, fuerza es decirlo, su espíritu estaba preocupado con los peligros que amenazaban a sus amigos de Barracas.

— Necesito retirarme, Florencia mía, y lo que es más cruel, hoy no podré volver a verte.

— ¿Ni a la noche?

— Ni a la noche.

— ¿Acaso irá usted a Barracas?

— Sí, Florencia, y no regresaré hasta muy tarde. ¿Crees tú que no debo estar al lado de Eduardo, velar por su vida, y por la suerte de mi prima, a quien he comprometido en este asunto de sangre? ¿Que debo abandonar a Eduardo, a mi único amigo, a tu hermano, como tú le llamas?

—Anda, Daniel, contestó Florencia levantándose de la silla y bajando los ojos cuyo cristal acababa de empañarse por una lágrima fugitiva, cosa rarísima en esa joven.

— ¿Dudas de mí, Florencia?

— Anda, cuida de Eduardo; es cuanto hoy puedo decirte.

— ¡Toma! no nos veremos hasta mañana, y quiero que quede en ti lo que jamás se ha separado de mi pecho, y Daniel se quitó del cuello una cadena tejida con los cabellos de su madre y que Florencia conocía bien. Este rasgo de la nobleza de Daniel hizo vibrar la cuerda más delicada de la sensibilidad de su alma; y cubriéndose el rostro mientras Daniel le colocaba la cadena, las lágrimas aliviaron al fin las angustias que acababan de oprimir su tierno corazón. Ya no dudaba; ya no tenía sino amor y ternura por Daniel; porque un instante después de haber llorado en una tierna reconciliación, una mujer ama doblemente a su querido.

Dos minutos después, Florencia, sentada en un sofá, besaba la cadena de pelo, y Daniel volvía a tomar la calle de Venezuela.

CAPÍTULO VIII

AMALIA SÁENZ DE OLABARRIETA

"Tucumán es el jardín del universo, en cuanto a la grandeza y sublimidad de su naturaleza," escribió un viajero inglés en 1827, y no se alejó mucho de la verdad.

Y en ese jardín de pájaros y flores, de luz y perspectivas, nació Amalia, la generosa viuda de Barracas, con quien el lector hizo conocimiento en los primeros capítulos de esta historia; y nació allí como nace una azucena o una rosa, rebosando belleza, lozanía, y fragancia.

El coronel Sáenz, padre de Amalia, murió cuando ésta tenía apenas seis años; y en uno de los viajes que su esposa, hermana de la madre de Daniel Bello, hacía a Buenos Aires, sucedió esa desgracia.

A los diez y siete años de su vida dió Amalia su mano, por insinuación de su madre, al señor Olabarrieta, antiguo amigo de la familia. Más que un esposo, ella tomó un amigo, un protector de su destino futuro.

Pero el de Amalia parecía ser uno de esos destinos, predestinados al dolor, que arrastran la vida a la desgracia, fija, poderosa, irremediablemente, como una vorágine a los impotentes bajeles.

El coronel Sáenz amaba a su pequeña hija con un amor que rayaba en idolatría, y el coronel bajó a la tumba cuando su hija aun no había salido de la niñez.

El señor Olabarrieta amaba a Amalia como su esposa,

como su hermana, como su hija, y el señor Olabarrieta murió un año después de su matrimonio, es decir, año y medio antes de la época en que comienza esta historia.

Ya no le quedaba a Amalia sobre la tierra otro cariño que el de su madre; cariño que suple a todos cuantos brotan del corazón humano; único desinteresado en el mundo, y que no se enerva ni se extingue sino con la muerte; y la madre de Amalia murió en sus brazos tres meses después de la muerte del señor Olabarrieta.

Sola, abandonada en el mundo, Amalia, como esas flores sensitivas que se contraen al roce de la mano o a los rayos desmedidos del sol, se concentró en sí misma, a vivir con las recordaciones de su infancia o con las creaciones de su imaginación.

Sola, abandonada en el mundo, quiso también abandonar su tierra natal, donde hallaba a cada instante los tristísimos recuerdos de sus desgracias, y vino a Buenos Aires a fijar en ella su residencia.

Ocho meses hacía que se encontraba allí, tranquila si no feliz, cuando nos la dieron a conocer los acontecimientos del 4 de mayo. Y veinte días después de aquella noche aciaga, volvemos a encontrarnos con ella en su misma quinta de Barracas.

Eran las diez de la mañana. La luz entraba al primoroso tocador, al través de las dobles cortinas de tul celeste y de batista, e iluminaba todos los objetos con ese colorido suave y delicado que se esparce sobre el oriente cuando despunta el día.

La chimenea estaba encendida, y la llama azul que despedía un grueso leño que ardía en ella, se reflectaba, como sobre el cristal de un espejo, en las láminas de acero de la chimenea; formándose así la única luz brillante que allí había.

En medio de este museo de delicadezas femeniles, donde todo se reproducía al infinito sobre el cristal, sobre el acero, y sobre el oro, Amalia, envuelta en un peinador de batista, estaba sentada sobre un sillón de damasco delante de uno de los magníficos espejos de su guardarropa; sus brazos desnudos, 5 sus ojos cerrados, y su cabeza reclinada sobre el respaldo del sillón, dejando que su espléndida y ondeada cabellera fuese peinada por una niña de diez años, linda y fresca como un jazmín. Perezosa como una azucena del trópico a quien mueve blandamente la brisa de la tarde, Amalia inclinó su cabeza a 10 un lado del respaldo del sillón, fijó sus tiernos ojos en la pequeña Luisa, y con una sonrisa encantadora, la preguntó:

— ¿He dormido, Luisa?

— Sí, señora, le contestó la niña sonriendo a su vez.

— ¿Mucho tiempo? 15

— Mucho tiempo no, pero más que otras veces.

— ¿Y he hablado?

— Ni una palabra; pero ha sonreído usted dos veces.

— Es verdad, sé que no he hablado, y que me he sonreído.

— ¡Cómo! Lo que hace usted dormida, ¿lo recuerda 20 cuando se despierta?

— Pero yo no duermo cuando tú lo piensas, Luisa mía, contestóle Amalia, mirando con una expresión llena de cariño a su inocente compañera.

— ¡Oh! ¡sí que duerme usted! replicó la niña sonriendo 25 otra vez.

— No, Luisa, no. Yo estoy perfectamente despierta cuando tú crees que duermo. Pero una fuerza superior a mi voluntad cierra mis párpados, me domina, me desmaya; no sé nada de cuanto pasa en derredor de mí, y sin embargo no estoy dormida. 30 Veo cosas que no son realidades; hablo con seres que me rodean; siento, gozo, o sufro, según las impresiones que me do-

h

minan, según los cuadros que me dibuja la imaginación, y sin embargo no estoy soñando. Vuelvo de esa especie de éxtasis y recuerdo perfectamente cuanto ha pasado en mí; aun más, conservo por mucho tiempo el influjo poderoso que me ha 5 dominado y creo estar aún en medio de las imágenes que acaba de crear mi fantasía; como en este momento, por ejemplo, creo verlo como hace un instante lo estaba viendo aquí, aquí a mi lado. . . .

—¡Viendo! ¿A quién, señora? preguntó la niña, que no 10 podía explicarse lo que acababa de oír.

—¿A quién?

—Sí, señora; aquí no ha habido nadie más que nosotras, y usted dice que *lo estaba viendo*.

—A mi espejo, contestó Amalia sonriendo y mirándose por 15 primera vez en el espejo que tenía delante.

—¡Ah! ¡pues si no veía usted más que el espejo! . . .

—Sí, Luisa, solamente a mi espejo . . . vísteme pronto . . . y entretanto, dime: ¿qué me referiste al despertarme?

—¿Del señor Don Eduardo?

20 —Sí, eso era; del señor Belgrano.

—¡Pero, señora, todo lo olvida usted! ¡es ésta la cuarta vez que voy a hacer la misma relación!

—¡Ah, la cuarta vez! bien, mi Luisa, después de la quinta no te lo preguntaré más, dijo Amalia.

25 —¡Vaya, pues! prosiguió Luisa. Cuando salí al patio, fuí, como me ha ordenado usted que lo haga todas las mañanas, a preguntar al criado como se hallaba su señor; pero ni el uno ni el otro estaban en sus habitaciones. Yo me volvía cuando al través de la verja los descubrí en el jardín. El señor Don 30 Eduardo cogía flores y hacía un ramillete cuando me acerqué a él. Nos saludamos y estuvimos hablando mucho rato de. . . .

—¿De quién?

— De usted, señora, casi todo el tiempo; porque ese señor es el hombre más curioso que he visto en mi vida. Todo lo quiere saber; si usted lee de noche, qué libros lee, si usted escribe, si le gustan más las violetas que los jacintos, si usted misma cuida de sus pájaros, si . . . ¡ qué sé yo cuántas cosas !

— ¿ Y de todo eso hablaron hoy?

— De todo eso.

— ¿ Y de la salud de él no hablaste nada, tontuela?

— ¡ Pues ! Tonta sería si le hubiese preguntado sobre lo mismo que estaba viendo con mis ojos.

— ¿ Viendo?

— ¡ Pues, no soy ciega ! Me parece que hoy cojea más que ayer, que fué el primer día que salió al patio; y a veces al asentar la pierna izquierda se conoce que sufre horriblemente.

— ¡ Oh, Dios mío ! ¡ Si no debe caminar todavía ! ¡ es terco ! ¡ es terco ! exclamó Amalia, como hablando consigo misma, y dando un golpe con su preciosa mano sobre el brazo aterciopelado del sillón. ¡ Y quiere salir ! continuó Amalia después de un momento de silencio. Este Daniel quiere perderlo, y quiere enloquecerme, está visto. Acaba, Luisa, acaba de vestirme, y después. . . .

— Y después tomará usted su vaso de leche azucarada, porque está usted muy pálida. Ya se ve, está usted en ayunas y ya es tan tarde.

— ¡ Pálida ! ¿ Te parezco muy mal, Luisa? preguntó Amalia delante de su espejo, mirándose de pies a cabeza mientras sujetaba con una cinta azul el cuello de encajes con que pretendía velar el delicado alabastro de su garganta.

— ¿ Mal? no, señora; hoy está usted tan bella como siempre. Está usted un poco pálida, pero está lindísima, que es lo que más interesa.

— Gracias, mi Luisa, gracias, dijo Amalia pasando su mano por la cabeza de la niña. Sin embargo, yo quiero creer lo que me dices, porque por la primera vez de mi vida tengo la pueril ambición de parecer bien a los demás . . . pero, y como arrepintiéndose al momento de lo que acababa de pronunciar, prosiguió : no hablemos de estas tonterías, Luisa. ¿Sabes una cosa?

— ¿Qué, señora?

— Que estoy enojada contigo, respondió Amalia mirando sus jilgueros.

— Será la primera vez, replicó Luisa, entre cierta y dudosa de las palabras de su señora, que jamás la había reconvenido.

— ¿La primera vez? Es verdad, pero es porque ésta es la primera vez que mis pájaros no tienen agua.

— ¡Ah! exclamó Luisa, dándose una palmadita en la frente.

— Y bien, ¿confiesas que tengo razón?

— No, señora.

— ¿Pues, no ves?

— No, señora, no tiene usted razón.

— Pero, ¿y la copa con el agua?

— No está en la jaula.

— Luego.

— ¿Luego qué, señora?

— Luego tú tienes la culpa.

— No, señora; la tiene el señor D. Eduardo.

— ¿Belgrano? Estás loca, Luisa.

— No, señora, estoy en mi juicio.

— Explícate entonces.

— Es muy fácil. Esta mañana cuando fuí a saber de la salud del enfermo, llevaba las copitas para limpiarlas, y como ese señor es tan curioso, quiso saber de quién y para qué eran, y luego que le dije la verdad, las tomó, se puso él mismo a limpiarlas, y ahora recuerdo que mientras su criado traía agua, él las puso junto a una planta de jacintos. En esto fué que sentí la campanilla; vine, y olvidé las copitas.

— ¿Ves? dijo Amalia sin saber lo que decía, pues mientras sus dedos de rosa y leche jugaban con las alas de sus pájaros, su imaginación se había preocupado de mil ideas diversas, al escuchar la sencilla relación de Luisa.

— Ves, ¿qué? señora, insistió ésta. Si el señor Don Eduardo no hubiera sido tan curioso, yo no hubiera olvidado. . . .

— Luisa.

— ¿Señora?

— Oye.

— ¿Me va usted a retar por otra cosa?

— No . . . oye . . . ¿qué horas son?

— Las once.

— Bien, irás a decir al señor Belgrano que dentro de media hora tendré mucha satisfacción en recibirle, si le es posible llegar hasta el salón.

CAPÍTULO IX

LA ROSA BLANCA

Una hora después Amalia estaba sentada en un sofá de su salón, donde los dorados rayos de nuestro sol de mayo penetraban tibios y descoloridos al través de las celosías y las colgaduras.

Su rostro estaba más encendido que de costumbre, y fijos sus ojos en una magnífica rosa blanca que tenía en su mano, y que acariciaba distraída, con sus manos más blancas y suaves que sus hojas.

A su izquierda estaba Eduardo Belgrano, pálido como una estatua.

— ¿Y bien, señora? preguntó él con una voz armoniosa y tímida, después de algunos momentos de silencio.

— Y bien, señor, usted no me conoce todavía, dijo Amalia levantando su cabeza y fijando sus ojos en los de Eduardo.

— ¿Cómo, señora?

— Que usted no me conoce; que usted me confunde con la generalidad de las personas de mi sexo, cuando cree que mis labios pueden decir lo que no siente mi corazón.

— Pero yo no debo, señora. . . .

— Yo no hablo de los deberes de usted, le interrumpió Amalia con una sonrisa encantadora, hablo de mis deberes; he cumplido para con usted una obligación sagrada que la humanidad me impone, y con la cual mi organización y mi carácter se armonizan sin esfuerzo. Buscaba usted un asilo y le he abierto las puertas de mi casa. Entró usted a ella moribundo, y le he asistido. Necesitaba usted atención y consuelos, y se los he prodigado.

— Gracias, señora.

— Permítame usted, no he concluido. En todo esto no he hecho otra cosa que cumplir lo que Dios y la humanidad me imponen. Pero yo cumpliría a medias estos deberes, si consintiese en la resolución de usted : quiere usted retirarse de mi casa y sus heridas se volverán a abrir, mortales, porque la mano que las labró volverá a sentirse sobre su pecho en el momento que se descubra el misterio que la casualidad y el desvelo de Daniel han podido tener oculto.

— Usted sabe, Amalia, que no han podido conseguir ni indicios del prófugo de aquella fatal noche.

— Los tendrán. Es necesario que usted salga perfectamente bueno de mi casa, y quizá será necesario que emigre usted, dijo Amalia, bajando los ojos al pronunciar estas últimas palabras. Y bien, continuó, volviendo a levantar su preciosa cabeza, yo soy libre, señor, perfectamente libre ; no debo a nadie cuenta de mis acciones ; sé que cumplo, y sin el mínimo esfuerzo, un rigoroso deber que me aconseja mi conciencia ; y sin prohibirlo, porque no tengo derecho para ello, digo a usted otra vez que será contra toda mi voluntad si usted se aleja de mi casa como lo desea, sin salir de ella perfectamente bueno y en seguridad.

— ¡ Como lo deseo ! ¡ Oh, no, Amalia, no ! exclamó Eduardo aproximándose a la seductora beldad que se empeñaba en retenerlo ; no, yo pasaría una vida, una eternidad, en esta casa. En los veinte y siete años de mi existencia yo no he tenido vida, sino cuando he creído perderla ; mi corazón no ha sentido placer, sino cuando mi cuerpo ha sido atormentado por el dolor ; no he conocido en fin la felicidad, sino cuando la desgracia me ha rodeado. Amo de esta casa el aire, la luz, el polvo de ella, pero temo, tiemblo por los peligros que usted corre. Si hasta ahora la Providencia ha velado por mí, ese demonio de sangre que nos persigue a todos puede descubrir mi paradero, y entonces . . . ¡oh! Amalia, yo quiero comprar con mi felicidad el sosiego de usted como compraría con toda la sangre de mi cuerpo cada momento de la tranquilidad de su alma.

— Y ¿qué habría de noble y de grande en el alma de una mujer, si no arrostrase también algún peligro por la salvación del hombre a quien . . . a quien ha llamado su amigo?

— ¡Amalia! exclamó Eduardo tomando entusiasmado una de las manos de la joven.

— ¿Cree usted, Eduardo, que bajo el cielo que nos cubre no hay también mujeres que identifiquen su vida y su destino a la vida y el destino de los hombres? ¡Oh! Cuando todos los hombres han olvidado que lo son en la patria de los argentinos, deje usted a lo menos que las mujeres conservemos la generosidad de nuestra alma y la nobleza de nuestro carácter. Si yo tuviera un hermano, un esposo, un amante; si fuese necesario huir de la patria, yo le acompañaría en el destierro; si peligraba en ella, yo interpondría mi pecho entre el suyo y el puñal de sus asesinos; y si le fuese necesario subir al cadalso por la libertad en la tierra [1] que la vió nacer en la América,[2] yo acompañaría a mi esposo, a mi hermano, o a mi amante, y subiría con él al cadalso.

— ¡Amalia! ¡Amalia! Yo seré blasfemo: yo bendeciré las desgracias de nuestra patria desde que ellas inspiran todavía bajo su cielo el himno mágico que acaba de salir de las

---

[1] Es decir, en la Argentina, que ganó su independencia antes de los demás países latinoamericanos.

[2] La palabra *América* se emplea aquí para significar la América del Sur.

inspiraciones de su alma, exclamó Eduardo oprimiendo entre
sus manos la de Amalia. Perdón, yo la he engañado a usted;
perdón mil veces. Yo había adivinado todo cuanto hay de
noble y generoso en su corazón; yo sabía que ningún temor
vulgar podía tener cabida en él. Pero mi separación es acon- 5
sejada por otra causa, por el honor. . . . Amalia, ¿nada
comprende usted de lo que pasa en el corazón de este hombre
a quien ha dado una vida, y un delirio celestial que jamás
hubo sentido?

— ¿Jamás? 10

— Jamás, jamás.

— ¡Oh! repítalo usted, Eduardo; exclamó Amalia, oprimiendo a su vez entre las suyas la mano de Belgrano, y cambiando con los ojos de él una mirada indefinible y magnética.

— Cierto, Amalia, cierto. Mi vida no había pertenecido 15
jamás a mi corazón, y ahora. . . .

— ¿Ahora? le preguntó Amalia.

— Ahora, vivo en él; ahora amo, Amalia. Y Eduardo,
pálido, trémulo de amor y de entusiasmo, llevó a sus labios la
preciosa mano de aquella mujer en cuyo corazón acababa de 20
depositar, con su primer amor, la primera esperanza de felicidad que había conmovido su existencia; y durante esa
acción precipitada, la rosa blanca se escapó de las manos de
Amalia, y deslizándose por su vestido, cayó a los pies de
Eduardo. 25

Dulces, húmedos, aterciopelados, los ojos de Amalia bañaron
con un torrente de luz los ojos de Eduardo. Esa mirada lo
dijo todo.

— ¡Gracias, Amalia! exclamó Eduardo arrodillándose
delante de la diosa de su paraíso hallado. Pero, en nombre 30
de Dios, una palabra, una sola palabra que pueda yo conservar eterna en mi corazón.

Amalia puso la mano sobre el hombro de Eduardo. Sus ojos estaban desmayados de amor. Sus labios, rojos como el carmín, dejaron escurrir una fugitiva sonrisa. Y tranquila, sin volver sus ojos de la contemplación extática en que estaban, su brazo extendióse, y el índice de su mano señaló la rosa blanca que se hallaba en el suelo.

Eduardo volvió sus ojos al punto señalado, y. . . .

—¡ Ah! exclamó, recogiendo la rosa y llevándola a sus labios. No, Amalia, no es la beldad la que ha caído a mis pies, soy yo quien viviré de rodillas; yo que tendré su imagen en mi corazón, como tendré esta rosa, lazo divino de mi felicidad en la tierra.

CAPÍTULO X

DOÑA MARÍA JOSEFA EZCURRA

El lector querrá acompañarnos a una casa donde ha encontrado otra vez, en la calle del Restaurador, escenas de que la imaginación duda, y de que la historia responde.

La cuñada de Su Excelencia el Restaurador de Las Leyes estaba de audencia en su alcoba, y la sala contigua, con su hermosa estera de esparto blanco con pintas negras, estaba sirviendo de galería de recepción, cuajada por los memorialistas de aquel día. Una mulata vieja hacía las veces de edecán, de maestro de ceremonias, y de paje de introducción.

Estaban allí reunidos y mezclados el negro y el mulato, el indio y el blanco, la clase abyecta y la clase media, el pícaro y el bueno. El uno era arrastrado allí por el temor, el otro por el odio; otros por la desesperación de no saber en dónde recurrir en busca de una noticia o de una esperanza sobre la suerte de alguien caído en la desgracia de Su Excelencia.

El pestillo de la puerta fué movido de la parte interior, y en el acto la mulata vieja abrió la puerta y dió salida a una negrilla como de diez y seis a diez y ocho años, que atravesó la sala tan erguida como podría hacerlo una dama de palacio que saliera de recibir las primeras sonrisas de su soberana en los secretos de su tocador.

Inmediatamente la mulata hizo señas a un hombre blanco, vestido de chaqueta y pantalón azul, chaleco colorado, que estaba contra una de las ventanas de la sala, con su gorra de paño en la mano.

Ese hombre pasó lentamente por en medio de la multitud, se acercó a la mulata, habló con ella, y entró a la alcoba, cuya puerta se cerró tras él.

Doña María Josefa Ezcurra estaba sentada en un pequeño sofá de la India, y tomaba un mate[1] que la servía una negrilla joven.

— Entre, paisano; siéntese, dijo al hombre de la gorra de paño, que sentóse todo embarazado en una silla de madera de las que estaban frente al sofá de la India.

— ¿Toma mate amargo, o dulce?

— Como a Usía le parezca, contestó aquél, sentado en el borde de la silla, torciendo su gorra entre las manos.

— No me diga Usía. Tráteme como quiera, no más. Ahora todos somos iguales. Ya se acabó el tiempo de los salvajes unitarios, en que el pobre tenía que andar dando títulos al que tenía un fraque o sombrero nuevo. Ahora todos somos iguales, porque todos somos federales. Y ¿sirve ahora, paisano?

— No, señora. Hace cinco años que el general Pinedo me hizo dar de baja por enfermo, y después que sané, trabajo de cochero.

— ¿Usted fué soldado de Pinedo?

— Sí, señora; fuí herido en servicio y me dieron la baja.

— Pues, ahora Juan Manuel va a llamar a servicio a todo el mundo.

— Así he oído; sí, señora.

— Dicen que va a invadir Lavalle, y es preciso que todos defiendan la federación, porque todos son sus hijos. Juan

---

[1] En la Argentina todo el mundo toma *mate*, que es la infusión de las hojas de un arbolito parecido al acebo. Para tomarlo se echan las hojas en la cáscara de una pequeña calabaza con agua caliente, y se introduce una bombilla, por la cual se aspira el líquido. Cuando se toma sin azúcar, se llama mate amargo. El nombre *mate* se da tanto a la vasija como a la bebida. Véase la página opuesta.

Mates y Bombillas

Manuel ha de ser el primero que ha de montar a caballo, porque él es el padre de todos los buenos defensores de la federación. Pero se han de hacer las excepciones en el servicio,
porque no es justo que vayan a las fatigas de la guerra los que
pueden prestar a la causa servicios de otro género. 5

— ¡ Pues !

— Ya tengo una lista de más de cincuenta a quienes he de
dar papeletas de excepción por los servicios que están pres-
tando. Porque ha de saber, paisano, que los verdaderos ser-
vidores de la causa son los que descubren las intrigas y los 10
manejos de los salvajes unitarios de aquí adentro, que son los
peores, ¿ no es verdad ?

— Así dicen, señora, contestó el soldado retirado, devol-
viendo el mate a la negrilla que lo servía.

— Son los peores, no tenga duda. Por ellos, por sus in- 15
trigas, es que no tenemos paz, y que los hombres no pueden
trabajar y vivir con sus familias, que es lo que quiere Juan
Manuel, ¿ no le parece que ésta es la verdadera federación ?

— Sí, señora.

— Vivir sin que nadie los incomode para el servicio. 20

— Pues.

— Y ser todos iguales, los pobres como los ricos, eso es federación, ¿ no es verdad ?

— Sí, señora.

— Pues eso no quieren los salvajes unitarios ; y por eso 25
todo el que descubre sus manejos es un verdadero federal, y
tiene siempre abierta la casa de Juan Manuel, y la mía, para
poder entrar y pedir lo que le haga falta ; porque Juan Manuel
no niega nada a los que sirven a la patria, que es la federación,
¿ entiende, paisano ? 30

— Sí, señora, y yo siempre he sido federal.

— Ya lo sé, y Juan Manuel también lo sabe ; y por eso lo

he hecho venir, segura de que no me ha de ocultar la verdad, si sabe alguna cosa que pueda ser útil a la causa.

— Y yo ¿qué he de saber, señora, si yo vivo entre federales nada más?

— ¿Quién sabe? Ustedes los hombres de bien se dejan engañar con mucha facilidad. Dígame, ¿dónde ha servido últimamente?

— Ahora estoy conchabado en la cochería del inglés.

— Ya lo sé; pero antes de estar en ella, ¿dónde servía?

— Servía en Barracas, en casa de una señora viuda.

— Que se llama Doña Amalia, ¿no es verdad?

— Sí, señora.

— ¡Oh! ¡si por aquí todo lo sabemos, paisano! ¡Pobre del que quiere engañar a Juan Manuel, o a mí! dijo Doña María Josefa, clavando sus ojitos de víbora en la fisonomía del pobre hombre, que estaba en ascuas, sin saber qué era lo que le iban a preguntar.

— Por supuesto, contestó.

— ¿En qué tiempo entró usted a servir en esa casa?

— Por el mes de noviembre del año pasado.

— Y ¿salió usted de ella?

— En mayo de este año, señora.

— ¿En mayo, eh?

— Sí, señora.

— ¿En qué día, lo recuerda?

— Sí, señora; salí el 5 de mayo.

— ¿El 5 de mayo, eh? dijo la vieja meneando la cabeza, y marcando palabra por palabra.

— Sí, señora.

— El 5 de mayo . . . ¿y por qué salió usted de esa casa?

— Me dijo la señora que pensaba economizar un poco sus gastos, y que por eso me despedía, lo mismo que al cocinero que era un mozo español. Pero antes de despedirnos nos dió una onza de oro a cada uno, diciéndonos que tal vez más adelante nos volvería a llamar, y que fuésemos a ella siempre que tuviésemos alguna necesidad.

— ¡ Qué señora tan buena! ¡ quería hacer economías y regalaba onzas de oro! dijo Doña María Josefa con el acento más socarrón posible.

— Sí, señora, Doña Amalia es la señora más buena que yo he conocido, mejorando lo presente.

Doña María Josefa no oyó estas palabras; su espíritu estaba en tirada conversación con el diablo.

— Dígame, paisano, dijo de repente, ¿a qué horas lo despidió Doña Amalia?

— De las siete a las ocho de la mañana.

— Y ¿ella se levantaba a esas horas siempre?

— No, señora, ella tiene la costumbre de levantarse muy tarde.

— ¿ Tarde, eh?

— Sí, señora.

— Y ¿usted vió alguna novedad en la casa?

— No, señora, ninguna.

— Y ¿sintió usted algo en la noche?

— No, señora, nada.

— ¿ Qué criados quedaron con ella, cuando usted y el cocinero salieron?

— Quedó Don Pedro.

— ¿ Quién es ése?

— Es un soldado viejo que sirvió en las guerras pasadas, y que ha visto nacer a la señora.

— ¿ Quién más?

— Una niña, y dos negros viejos que cuidan de la casa.

— Muy bien: en todo eso me ha dicho usted la verdad;

pero cuidado, mire usted que le voy a preguntar una cosa que importa mucho a la federación y a Juan Manuel, ¿ha oído?

—Yo siempre digo la verdad, señora, contestó el hombre, bajando los ojos, que no pudieron resistir a la mirada encapotada y dura con que acompañó Doña María Josefa sus últimas palabras.

—Vamos a ver: en los cinco meses que usted estuvo en casa de Doña Amalia, ¿qué hombres entraban de visita todas las noches?

—Ninguno, señora.

—¿Cómo ninguno?

—Ninguno, señora. En los meses que he estado, no he visto entrar a nadie de visita de noche.

—Y ¿estaba usted en la casa a esas horas?

—No salía de casa, porque muchas noches, si había luna, enganchaba los caballos y llevaba a la señora a la Boca, donde se bajaba a pasear a orillas del riachuelo.

—Y las noches que no paseaba, ¿no recibía visitas?

—No, señora, no iba nadie.

—¿Estaría rezando?

—Yo no sé, señora, pero a casa no entraba nadie, respondió el antiguo cochero de Amalia, que a pesar de toda la devoción por la santa causa, estaba comprendiendo que se trataba de algo relativo a la honradez o a la seguridad de Amalia, y se estaba disgustando de que lo creyesen capaz de querer comprometerla, por cuanto él estaba persuadido de que en el mundo no había una mujer más buena ni generosa que ella.

Doña María Josefa reflexionó un rato.

—Esto echa por tierra todos mis cálculos, se dijo a sí misma.

—Y dígame usted, ¿de día tampoco no entraba nadie? preguntó.

— Solían ir algunas señoras, una que otra vez.

— No, de hombres le pregunto a usted.

— Solía ir el señor Don Daniel, un primo de la señora.

— ¿Todos los días?

— No, señora, una o dos veces por semana.

— Y después que ha salido usted de la casa, ¿ha vuelto a ella a ver a la señora?

— He ido tres o cuatro veces.

— Vamos a ver: cuando usted ha ido, ¿a quién ha visto en ella a más de la señora?

— A nadie.

— ¿A nadie, eh?

— No, señora.

— ¿No había algún enfermo en la casa?

— No, señora, todos estaban buenos.

Doña María Josefa reflexionaba.

— Bueno, paisano; Juan Manuel tenía algunos informes sobre algo de esa casa, pero yo le diré cuanto usted me ha dicho, y si es la verdad, usted le habrá hecho un servicio a la señora, pero si usted me ha ocultado algo, ya sabe lo que es Juan Manuel con los que no sirven a la federación.

— Yo soy federal, señora; yo siempre digo la verdad.

— Así lo creo; puede retirarse no más.

Inmediatamente a la salida del ex-cochero de Amalia, Doña María Josefa llamó a la mulata de la puerta y le dijo:

— ¿Está ahí la muchacha que vino ayer de Barracas?

— Está, sí señora.

— Que entre.

Un minuto después entró a la alcoba una negrilla de diez y ocho a veinte años, andrajosa y sucia.

Doña María Josefa la miró un rato, y la dijo:

— Tú no me has dicho la verdad: en casa de la señora que

1

has denunciado, no vive hombre ninguno, ni ha habido enfermos.

— Sí, señora, yo le juro a su merced que he dicho la verdad. Yo sirvo en la pulpería que está en la acera de la casa de esa unitaria; y de los fondos de casa yo he visto muchas mañanas un mozo que nunca usa divisa y que anda en el jardín de la unitaria cortando flores. Después, yo los he visto a él y a ella pasear del brazo en el jardín muchas veces, y a la tarde suelen ir a sentarse bajo de un sauce muy grande que hay en el jardín, y allí les llevan café.

— Y ¿de dónde ves esto?

— Los fondos de casa dan a los de la casa de la unitaria, y yo les suelo ir a espiar de atrás del cerco, porque les tengo rabia.

— ¿Por qué?

— Porque son unitarios.

— ¿Cómo lo sabes?

— Porque Doña Amalia, cuando pasa por la pulpería, nunca saluda al patrón, ni a la patrona, ni a mí, sabiendo que el patrón y todos nosotros somos federales; y porque la he visto muchas veces andar con vestido celeste entre la quinta. Y cuando ví estas noches que el ordenanza de usted y otros dos más andaban rondando la casa, y tomando informes en la pulpería, yo vine a contarle a su merced lo que sabía, porque soy buena federal. Es unitaria, sí, señora.

— Y ¿qué más sabes de ella, para decir que es unitaria?

— ¿Qué más sé?

— Sí, ¿qué más sabes?

— Mire, su merced: una comadre mía supo que Doña Amalia buscaba lavandera; fué a verla pero no la quiso y le dió la ropa a una gringa.

— ¿Cómo se llama?

— No sé, señora; pero si su merced quiere, yo lo preguntaré.

— Sí, pregúntalo.

— Y también tengo que decir a su merced que yo la he oído tocar el piano y cantar a media noche.

— Y ¿qué hay con eso?

— Yo digo que ha de ser una canción unitaria.

— Y ¿por qué lo crees?

— Yo digo no más.

— ¿Y no puedes acercarte de noche a la casa, para oír lo que canta?

— Voy a ver, sí, señora.

— Mira, si puedes entrar a la casa, escóndete y no te muevas de allí hasta que venga el día.

— Y ¿qué hago, señora?

— ¿No dices que allí hay un mozo?

— ¡Ah! sí, señora, ya entiendo.

— ¡Pues!

— Yo los he de espiar, sí, señora.

— ¡Cuidado con no hacerlo!

— Sí, lo he de hacer.

— Y ¿qué más has visto en esa casa?

— Ya le dije ayer a su merced todo lo que había visto. Va casi siempre un mozo que dicen que es primo de la unitaria, y estos meses pasados iba casi todos los días el médico Alcorta, y por eso le dije a su merced que allí había algún enfermo.

— ¿Y recuerdas algo más que me has dicho ayer?

— ¡Ah! sí, señora; le dije a su merced que el enfermo debía ser el mozo que anda cortando flores, porque al principio yo le veía cojear mucho.

— Y ¿cuándo es el principio? ¿Cuántos meses hará de esto?

—Hará cerca de dos meses, señora; después ya no cojea, y ya no va el médico; ahora se pasea horas enteras con Doña Amalia, sin cojear.

—¿Sin cojear, eh? dijo la vieja.

5 —Sí, señora, está bueno ya.

—Bien; es necesario que espíes bien cuanto pasa en esa casa, y que me lo digas a mí, porque con eso haces un gran servicio a la causa, que es la causa de ustedes los pobres, porque en la federación no hay negros ni blancos; todos somos 10 iguales, ¿lo entiendes?

—Sí, señora; y por eso yo soy federal, y cuanto sepa se lo he de venir a contar a su merced.

—Bueno, retírate no más.

Y la negra salió muy contenta de haber prestado un servicio 15 a la santa causa de negros y blancos, y por haber hablado con la hermana política de Su Excelencia el padre de la federación.

CAPÍTULO XI

PREÁMBULO DE UN DRAMA

Con el tiempo, este agente poderoso del trastorno de cuanto hay creado, la poética quinta de Barracas había ido poco a poco arrojando las incertidumbres de su recinto de flores, y convirtiéndose en un Edén cuyas puertas, cerradas algún tiempo, se abrieron lentamente, pero al fin se abrieron, a los dos ángeles sin alas arrodillados ante ellas.

Solos, entre el misterio y el peligro, entre la naturaleza y la soledad, almas formadas para lo más sublime y tierno de la poesía y del amor; noble, valiente, y generoso el uno; tierna, poética, y armoniosa la otra, Eduardo y Amalia habían unido para siempre su destino en el mundo.

Sin embargo, estaba convenido que Eduardo volvería a la ciudad, debiendo dentro de pocos meses reunirse con Amalia para siempre. Pero él no estaba perfectamente bueno de su herida en el muslo. Podía caminar sin dificultad, pero conservaba aún gran sensibilidad en la herida, y esto, y los ruegos de Daniel, habían demorado un poco más el día de la separación.

Madama Dupasquier y su hija sentían por Amalia el cariño que ella inspiraba a cuantos tenían la felicidad de acercársele y comprenderla; pero el rigoroso invierno de 1840, que había puesto intransitables los caminos, impedía que Madama Dupasquier fuese a Barracas tan a menudo como lo deseaba.

Por su parte, Daniel, el hombre para quien no había obstáculos en la naturaleza, ni en los hombres, veía a su prima y a

su amigo casi todos los días; y era en Barracas y en lo de su
Florencia donde su corazón y su carácter podían explayarse
tales como la naturaleza los hizo; allí era tierno, alegre, espirituoso, burlón, y mordaz a veces; fuera de allí Daniel era
5 el hombre que ya conocemos.

Además de Daniel, la única persona que frecuentaba la
quinta de Barracas era la señora Doña Agustina Rosas de
Mancilla, hermana menor de Rosas, a la cual Amalia había
conocido por casualidad en la casa de Florencia. Atraída por
10 la belleza de Amalia, le había hecho varias visitas, teniendo la
indulgencia de aceptar las disculpas de Amalia por no haberla
pagado ninguna de sus visitas todavía. Amalia no buscaba
esta relación, que la disgustaba al principio, pero últimamente
había conocido que Agustina era una mujer inofensiva, cuya
15 amistad la divertía al mismo tiempo que la daba ocasión para
admirar una obra casi perfecta de la naturaleza, porque
Agustina era una de las mujeres más hermosas de Buenos
Aires.

Eran las cinco de una tarde fría y nebulosa, y al lado de la
20 chimenea, sentado en un pequeño taburete a los pies de Amalia,
Eduardo la traducía uno de los más bellos pasajes del Manfredo de Byron; y Amalia, reclinado su brazo sobre el hombro
de Eduardo, le oía enajenada, más por la voz que llegaba
hasta su corazón que por los bellos raptos de la imaginación
25 del poeta.

De repente, un coche paró a la puerta, y un minuto después Madama Dupasquier, su hija, y Daniel entraron a la
sala.

Amalia y Eduardo habían conocido el coche al través de las
30 celosías de las ventanas, y como para los que llegaban no
había misterios, Eduardo permaneció al lado de Amalia.

Daniel entró, como entraba siempre, vivo, alegre, cariñoso,

porque al lado de su Florencia o de su prima su corazón sacudía sus penas y sus ambiciones de otro género, y daba expandimiento a sus afectos y a su carácter, en lo que él llamaba su vida de familia.

— Café, mi prima, café, porque nos morimos de frío; nos hemos levantado de la mesa para venirlo a tomar contigo.

— Amalia, yo me empeño porque se lo haga usted servir, dijo la madre de Florencia; de lo contrario no nos va a hablar sino de café toda la tarde.

— Sí, Amalia, déle café, déle cuanto pida, a ver si deja de hablar un poco, porque hoy está insufrible, dijo Florencia, a quien Eduardo estaba mostrando los grabados que ilustran las obras completas de Lord Byron.

Amalia, entretanto, había tirado el cordón de la campanilla y ordenado que se sirviera café. El criado, al servirlo, colocó una hermosa lámpara en la mesa redonda del gabiente, y cerró los postigos de la ventana que daba a la calle Larga, pues que ya comenzaba a anochecer.

Sentados al rededor de la mesa, todos se entretenían en ver a Daniel saborear el café como un perfecto conocedor.

— Es una lástima, dijo Madama Dupasquier, que nuestro Daniel no haya hecho un viaje a Constantinopla.

— Es cierto, señora, contestó el joven; allí se toma el café por docenas de tazas, pero hace poco tiempo que he jurado no hacer más viajes en mi vida.

— Y especialmente, si para ir a Constantinopla fuera necesario hacer el viaje en una ballenera, dijo Amalia.

— Y exponerse a ser recibido por algún oficioso guardacostas que lo tome por contrabandista, observó Eduardo.

— ¡ Hola ! ¿ También tú, mi querido ? ¡ Por supuesto, tú ! el más circunspecto de los hombres para hacer viajes, que eres capaz de embarcarte sin que te cueste un alfilerazo.

—En todo caso contaría contigo, respondió Amalia a su primo, mirando tiernamente a Eduardo. Pero, Daniel, siempre ha sido para nosotros un misterio cómo apareciste cerca de tu amigo en aquella terrible noche, dijo Amalia.

5 —¡Vaya! Hoy estoy de buen humor, y te lo diré, hija mía. Es muy sencillo.

Todos se pusieron a escuchar a Daniel, que prosiguió:

—El 4 de mayo a las cinco de la tarde recibí una carta de este caballero, en que me anunciaba que esa noche dejaría 10 Buenos Aires. Entró en la moda, dije para mí; pero como yo tengo algo de adivino empecé a temer alguna desgracia. Fuí a su casa; nada, cerrada la puerta. Fuí a diez o doce casas de amigos nuestros; nada tampoco. A las nueve y media de la noche fuí a dar un paseo por las barrancas de la 15 Residencia,[1] en donde vive cierto escocés amigo mío, que parece haber hecho sociedad con Rosas en cuanto a querer dejarnos sin hombres en Buenos Aires: él llevando unos a Montevideo, y Rosas mandando otros a otra parte. Pero mi escocés dormía como si estuviese en sus montañas, esperando a que viniese 20 a describirle Walter Scott. Esa noche era de asueto para él. ¿Qué hacer entonces? Acudí a la lógica: nadie se embarca sino por el río; es así que Eduardo va a embarcarse, luego por la costa del río puedo encontrarlo; y bajé la barranca y me eché a andar por la costa del río hacia el Retiro. Al cabo de 25 algunas cuadras, cuando ya me desesperaba la soledad y el silencio, percibí un ruido de armas; me fuí en esa dirección, y a pocos instantes conocí la voz del que buscaba. Después . . . después, ya se acabó el cuento, dijo Daniel, viendo que Amalia y Florencia estaban excesivamente pálidas.

30 Eduardo se disponía a dar un nuevo giro a la conversación, cuando al ruido que se sintió en la puerta de la sala, dieron

---

[1] *Residencia.* Véase arriba, página 5, nota 5.

vuelta todos, y al través del tabique de cristales que separaba el gabinete, vieron entrar a las señoras Doña Agustina Rosas de Mancilla y Doña María Josefa Ezcurra, cuyo coche no se había sentido rodar en el arenoso camino, distraídos como estaban todos con la narración de Daniel.

Eduardo, pues, no tuvo tiempo de retirarse a las piezas interiores, como era su costumbre cuando llegaba alguien que no era de las personas presentes.

CAPÍTULO XII

¡DESCUBIERTO!

De todos cuantos allí había, Amalia era la única que no conocía a Doña María Josefa Ezcurra, pero cuando al pasar al salón vió de cerca aquella fisonomía estrecha, enjuta, y repulsiva, aquella frente angosta sobre cuyo cabello alborotado estaba un inmenso moño punzó, armonizándose diabólicamente con el color de casi todo el traje de aquella mujer, no pudo menos de sentir una impresión vaga de disgusto, un no sé qué de desconfianza y temor, que la hizo dar apenas la punta de sus dedos cuando la vieja le extendió la mano. Pero cuando Agustina la dijo:

— Tengo el gusto de presentar a usted a la señora Doña María Josefa Ezcurra; un estremecimiento nervioso pasó como un golpe eléctrico por la organización de Amalia, y sin saber por qué, sus ojos buscaron los de Eduardo.

— ¿No me esperaría usted con esta tarde tan mala? prosiguió Agustina, dirigiéndose a Amalia, mientras todos se sentaban en redor de la chimenea.

Pero, fuera casual o intencionalmente, Doña María Josefa quedó sentado al lado de Eduardo, dándole la derecha. Amalia se guardó bien de presentar a Eduardo. Todos los demás se conocían desde mucho tiempo.

— En efecto, es una agradable sorpresa, contestó Amalia a la señora de Mancilla.

— Misiá María Josefa se empeñó en que saliéramos, y

Trajes Típicos de la Época de Rosas

como ella sabe cuán feliz estoy cuando vengo a esta casa, ella misma le dió orden al cochero de conducirnos aquí.

Daniel empezó a rascarse una oreja, mirando el fuego como si él solo absorbiese su atención.

— Pero, vamos, prosiguió Agustina, no somos nosotras solas las que se acuerdan de usted; aquí está Madama Dupasquier que hace más de un año que no me visita; aquí está Florencia que es una ingrata conmigo, y por consiguiente aquí está el señor Bello. Además, aquí tengo el gusto de ver también al señor Belgrano, a quien hace años no se le ve en ninguna parte, dijo Agustina, que conocía a toda la juventud de Buenos Aires.

Doña María Josefa miraba a Eduardo de pies a cabeza.

— Es una casualidad; mis amigos me ven muy poco, respondió Amalia.

— Pero usted vive aquí tan perfectamente, que casi es envidiable su soledad, dijo Doña María Josefa dirigiéndose a Amalia.

— Vivo pasablemente, señora.

— ¡ Oh ! Barracas es un punto delicioso, prosiguió la vieja, especialmente para la salud, y señalando a Eduardo, añadió: ¿ El señor se estará restableciendo ?

Amalia se puso encendida.

— Señora, yo estoy perfectamente bueno, la contestó Eduardo.

— ¡ Ah ! dispense usted. ¡ Como le veía tan pálido !

— Es mi color natural.

— Además, como lo veía a usted sin divisa, y con esa corbata de una sola vuelta en un día tan frío, creí que vivía usted en esta casa.

— Mire usted, señora, se apresuró a decir Daniel para evitar una respuesta que por fuerza o había de ser una mentira o una declaración demasiado franca, que convenía evitar, — en esto de frío es según uno se acostumbra; los escoceses viven en un país de hielo y andan desnudos hasta medio muslo.

— Cosas de gringos; pero ¡ como aquí estamos en Buenos Aires! replicó Doña María Josefa.

— Y en Buenos Aires donde este invierno es tan rigoroso, agregó Madama Dupasquier.

— ¿Ha hecho usted poner chimenea, Misiá María Josefa? preguntó Florencia, que, como todos, parecía empeñarse en distraerla de la idea que había tenido sobre Eduardo, y que todos parecían adivinar.

— Demasiado tengo que hacer, hija, para ocuparme de esas cosas; cuando ya no haya unitarios que nos den tanto trabajo, pensaremos un poco en nuestras comodidades. Pero estaremos tranquilos muy pronto. ¿No saben ustedes que hace tres días se está festejando la derrota de los inmundos unitarios en Entre-Ríos? Pues, no hay un solo federal que no lo sepa.

— Precisamente hablábamos de eso cuando ustedes entraron, dijo Daniel; ha sido una terrible batalla.

— En que bien las han pagado.

— ¡ Oh! de eso yo le respondo a usted, dijo Daniel.

— Y yo también, agregó Eduardo; y si no hubiera sido que la noche era tan obscura. . . .

— ¿Cómo la noche? Si la batalla fué de día, señor Belgrano, observó Doña María Josefa.

— Eso es, fué de día, pero quiso decir mi amigo que si no hubiera sido la noche, no se escapa ninguno.

— ¡Ah! por supuesto. ¿Y ha asistido usted a alguna de las fiestas, señor Belgrano?

— Hemos paseado juntos las calles admirando la embanderación, contestó Daniel, que temblaba de que Eduardo hablase.

— ¡ Y qué lindas banderas hay ! ¿ De dónde sacarán tantas, señora ? dijo Florencia, dirigiéndose a Doña María Josefa.

— Las compran, niña, o las hacen las buenas federales.

— Florencia, ¿ por qué no toca usted el piano un momento? interpuso Amalia.

— Ha tenido usted una buena idea, Amalia, dijo Madama Dupasquier. Florencia, vé a tocar el piano.

— Bien, mamá. ¿ Qué le gusta a usted, Doña Josefa?

— Cualquiera cosa.

— Pues bien, venga usted. Yo canto muy mal, pero por usted voy a cantar delante de gente mi canción favorita, que es el *Natalicio del Restaurador*. Venga usted junto al piano, y Florencia se puso de pie delante de Doña María Josefa, para dar más expresión a su invitación.

— ¡ Pero, hija, si ya me cuesta tanto levantarme de donde me siento !

— ¡ Vaya que no es así ! venga usted.

— ¡ Qué niña ésta ! dijo la vieja con una sonrisa satánica. ¡ Vaya ! Vamos pues ; dispense usted, señor Belgrano, y al decir estas palabras la vieja, fingiendo que buscaba un apoyo para levantarse, afirmó su mano huesosa y descarnada sobre el muslo izquierdo de Eduardo, haciendo sobre él tal fuerza con todo el peso de su cuerpo, que, transido de dolor hasta los huesos, porque la mano se había afirmado precisamente en lo más sensible de la profunda herida, Eduardo echó para atrás su cabeza sin poder encerrar entre sus labios esta exclamación :

— ¡ Ay, señora ! quedando en la silla casi desmayado, y pálido como un cadáver.

Daniel llevó su mano a los ojos y se cubrió el rostro.

— Todos, a excepción de Agustina, comprendieron al momento que en la acción de Doña María Josefa podía haber algo de premeditación siniestra, y todos quedaron vacilantes y perplejos.

— ¿Le he hecho a usted mal? Dispense usted, caballero. Si yo hubiera sabido que tenía usted tan sensible el muslo izquierdo, le hubiera pedido el brazo para levantarme. ¡ Lo que es ser vieja ! Si hubiera sido una muchacha, no le habría dolido a usted tanto su muslo izquierdo. Dispense usted, buen mozo, dijo mirando a Eduardo con una satisfacción imposible de ser definida por la pluma de un hombre; y fué luego a sentarse al lado del piano, donde ya estaba Florencia.

Por una reacción natural en su altiva organización, Amalia se despejó súbitamente de todo temor, de toda contemporización con la época y las personas de Rosas que allí estaban. Levantóse, separó bruscamente la silla en que había estado sentada Doña María Josefa, tomó otra, y ocupó el lugar de aquélla al lado de su amado, sin cuidarse de que daba la espalda a la cuñada y amiga del tirano.

Agustina nada había comprendido, y se entretenía en hablar con Madama Dupasquier sobre cosas indiferentes y pueriles, como era su costumbre.

Florencia tocaba y cantaba algo sin saber lo que hacía.

Doña María Josefa miraba a Eduardo y a Amalia, y sonreía y meneaba la cabeza.

Daniel, parado, dando la espalda a la chimenea, tenía en acción todas las facultades de su alma.

— No es nada, ya pasó, no es nada, dijo Eduardo al oído de Amalia, cuando pudo reanimarse un poco.

—Pero, ¡ está endemoniada esta mujer ! Desde que ha entrado no ha hecho otra cosa que hacernos sufrir, le contestó Amalia, bañando con su mirada tan tierna y amorosa la fisonomía de Eduardo.

— Muy bueno está el fuego, dijo Daniel alzando la voz, y mirando con algo de severidad a Amalia.

— Excelente, dijo Madama Dupasquier, pero. . . .

— Pero, perdone usted, señora, lo disfrutaremos solamente hasta las diez o las once, la interrumpió Daniel, alcanzando que Madama Dupasquier iba a hablar de retirarse, dirigiéndola al mismo tiempo una mirada que la inteligente porteña comprendió con facilidad.

— Justamente, ésa es mi idea, repuso la señora, es preciso que saboreemos bien el gusto de esta visita, ya que tan pocas veces nos damos este placer.

— Gracias, señora, dijo Amalia.

— Tiene usted razón, agregó Agustina, y yo también me estaría hasta esas horas, si no tuviese que ir a otra parte.

— ¿ Qué tal ? ¿ Lo he hecho bien ? preguntó Florencia a Doña María Josefa, levantándose del piano.

— ¡ Oh, muy bien ! ¿ Se le pasó a usted el dolor, señor Belgrano ?

— Ya sí, señora, respondió Amalia con prontitud, y sin volver la cabeza para mirar a Doña María Josefa.

— ¿ No me va usted a guardar rencor, eh ?

— Si no hay de qué, señora, dijo Eduardo violentándose en dirigirle una palabra.

— Lo que prometo es no decir a nadie que tiene usted tan sensible el muslo izquierdo.

— ¿ Quiere usted sentarse, señora ? dijo Amalia, girando la cabeza hacia Doña María Josefa sin alzar los ojos, y señalando una silla que había en el extremo del círculo que formaban en rededor de la chimenea.

— No, no, dijo Agustina, ya nos vamos, tengo que hacer una visita y estar en mi casa antes de las nueve de la noche.

Y la hermosa mujer del general Mancilla se levantó, ajustándose las cintas de su gorra de terciopelo negro, que hacía resaltar la blancura y la belleza de su rostro.

En vano quiso Amalia violentarse; no pudo despejar su ánimo de la prevención que la dominaba ya contra Doña María Josefa Ezcurra. Aun no había traslucido la maldad de sus acciones, pero le era bastante la grosería de la parte ostensible de ellas para hacerle repugnante su presencia, y jamás despedida alguna fué hecha con más desabrimiento a esa mujer todopoderosa en aquel tiempo. Amalia la dió a tocar apenas la punta de sus dedos, y ni la dió gracias por su visita, ni la ofreció su casa.

Agustina no pudo ver nada de esto, entretenida en despedirse y mirarse furtivamente en el grande espejo de la chimenea, tomando en seguida el brazo de Daniel, que las condujo hasta el coche. Pero todavía, desde la puerta de la sala, Doña María Josefa volvió su cabeza, y dijo, dirigiéndose a Eduardo :

— ¿No me va usted a guardar rencor, eh?

El coche de Agustina había partido ya, y aun duraba en el salón de Amalia el silencio que había sucedido a la salida de ella y de su compañera.

Amalia fué la primera que la rompió, mirando a todos y preguntando con una verdadera admiración :

— Pero, ¿qué especie de mujer es ésta?

— Es una mujer que se parece a ella misma, dijo Madama Dupasquier.

— ¿Pero qué le hemos hecho? preguntó Amalia. ¿Por qué ha venido a esta casa para mortificar a cuantos en ella había y esto cuando no me conoce, cuando no conoce a Eduardo?

— ¡Ah, prima mía! Todo nuestro trabajo está perdido esta mujer ha venido intencionalmente a tu casa; ha debido tener alguna delación, alguna sospecha sobre Eduardo, y desgraciadamente acaba de descubrirlo todo.

— ¿ Pero qué, qué ha descubierto ?

— Todo, Amalia.   ¿ Crees que haya sido casual el oprimir el muslo izquierdo de Eduardo ?

Las señoras y Eduardo se miraron con asombro.

Daniel prosiguió tranquilo y con la misma gravedad :   5

— Cierto, ésa era la única seña que ella tenía del escapado en los asesinatos del 4 de mayo.   Ella no ha podido venir a esta casa sin algún fin siniestro.   Desde el momento de llegar ha examinado a Eduardo de pies a cabeza ; sólo a él se ha dirigido, y cuando ha comprendido que todos le cortábamos 10 la conversación, ha querido de un solo golpe descubrir la verdad, y ha buscado el miembro herido para descubrir en la fisonomía de Eduardo el resultado de la presión de su mano. Sólo el demonio ha podido inspirarla tal idea.

— Pero, ¿ quién ha podido decírselo ?   15

— No hablemos de eso, mi pobre Amalia.   Yo tengo un perfecto conocimiento de lo que acabo de decir, y sé que ahora estamos todos sobre el borde de un precipicio.   Entretanto, es necesaria una cosa en el momento.

— ¿ Qué ? exclamaron todas las señoras que estaban pen- 20 dientes de los labios de Daniel.

— Que Eduardo deje esta casa inmediatamente y se venga conmigo.

— ¡ Oh, no ! exclamó Eduardo levantándose, iluminados sus ojos por un relámpago de altivez, y parándose al lado de 25 su amigo junto a la chimenea.

— No, prosiguió.   Alcanzo ahora toda la malignidad de las acciones de esa mujer, pero es por lo mismo que me creo descubierto, que debo permanecer en esta casa.

— Ni un minuto, le contestó Daniel con su aplomo habitual 30 en las circunstancias difíciles.

— ¿ Y ella, Daniel ? le replicó Eduardo nerviosamente.

K

— Ella no podrá salvarte.

— Sí, pero yo puedo libertarla de una ofensa.

— Con cuya liberación se perderían los dos.

— No; me perdería yo sólo.

5 — De ella me encargo yo.

— Pero, ¿vendrían aquí? preguntó Amalia toda inquieta, mirando a Daniel.

— Dentro de dos horas, dentro de una, quizá.

— ¡Ah, Dios mío! Sí, Eduardo, al momento váyase usted, 10 yo se lo ruego, dijo Amalia levantándose y aproximándose al joven; acción que instintivamente imitó Florencia.

— Sí, con nosotros, con nosotros se viene usted, Eduardo, dijo la bellísima y tierna criatura.

— Mi casa es de usted, Eduardo, mi hija ha hablado por 15 mí, agregó Madama Dupasquier.

— ¡Por Dios, señoras! no, no. Cuando no fuera más que el honor, él me ordena permanecer al lado de Amalia.

— Yo no puedo asegurar, dijo Daniel, que ocurra alguna novedad esta noche, pero lo temo, y para ese caso Amalia 20 no estará sola, porque dentro de una hora yo volveré a estar a su lado.

— Pero Amalia puede venir con nosotros, dijo Florencia.

— No, ella debe quedar aquí, y yo con ella, replicó Daniel. Si pasamos la noche sin ocurrencia alguna, mañana trabajaré 25 yo, ya que hoy ha trabajado tanto la señora Doña María Josefa. De todos modos no perdamos tiempo; toma, Eduardo, tu capa y sombrero y ven con nosotros.

— No.

— ¡Eduardo! Es la primera cosa que pido a usted en este 30 mundo; entréguese a la dirección de Daniel por esta noche, y mañana . . . mañana nos volveremos a ver, cualquiera que sea la suerte que nos depare Dios.

Los ojos de Amalia, al pronunciar estas palabras, húmedos por el flúido de su sensibilidad, tenía una expresión de ruego tan tierna, tan melancólica, que la energía de Eduardo se dobló ante ella, y sus labios apenas modularon las palabras :

— Bien, iré.   5

Florencia batió las manos de alegría, y atravesó corriendo el salón a tomar del gabinete su sombrero y su chal, repitiendo al volver :

— A casa, a casa, Eduardo.

Daniel la miró encantado de la espontaneidad de su alma, 10 y con una sonrisa llena de cariño y de dulzura, la dijo :

— No, ángel de bondad, ni a tu casa, ni a la de él.   En todas ellas puede ser buscado.   Irá a otra parte ; eso es de mi cuenta.

Florencia quedó triste.   15

— Pero bien, dijo Eduardo, ¿ dentro de una hora estarás al lado de Amalia ?

— Sí, dentro de una hora.

— Amalia, es el primer sacrificio que hago por usted en mi vida, pero créame usted, por la memoria de mi madre, que 20 es el mayor que podría hacer yo sobre este mundo.

— ¡ Gracias, gracias, Eduardo !   ¿ Hay alguien que pudiera creer que en su corazón de usted cabe el temor ?   Además, si se necesita un brazo para defenderme, usted no puede poner en duda que Daniel sabría hacer sus veces.   25

Felizmente Florencia no escuchó estas palabras, pues había ido al gabinete a buscar la capa de su madre.

Algunos minutos después, la puerta de la casa de Amalia estaba perfectamente cerrada ; y el viejo Pedro, a quien Daniel había dado algunas instrucciones antes de partir, se 30 paseaba desde el zaguán hasta el patio, estando acomodadas contra una de las paredes de éste la escopeta de dos tiros de

Eduardo y una tercerola de caballería, mientras a la cintura del viejo veterano de la independencia estaba un hermoso puñal.

El criado de Eduardo, por su parte, estaba sentado en un
5 umbral de las puertas al patio, esperando las órdenes del soldado, quien, según las instrucciones de Daniel, no debía abrir a nadie la puerta de la calle hasta su regreso.

CAPÍTULO XIII

EL TERROR

Una hora después, un coche enfilaba la calle de la Reconquista. Cerca del Retiro dobló a la derecha, y en dos minutos estuvo a la puerta de la hermosa casa donde habitaba el cónsul de los Estados Unidos, el señor Slade.

El cochero abrió la portezuela, y dos hombres bajaron.   5
Eran Daniel y Eduardo.

Pero antes de seguirlos nosotros, es necesario echar una mirada sobre la situación pública de Buenos Aires en estos días.

El espíritu de los porteños no volvía en sí del pasmo que le 10 había causado la noticia de la retirada del ejército libertador, y una lucha febril de la esperanza y el desengaño lo agitaba terriblemente. Todavía se esperaba, en cada semana, en cada día que pasaba, la vuelta del general Lavalle sobre Buenos Aires, después de haber triunfado sobre López.[1] Y 15 esta esperanza era sostenida por los periódicos y las cartas de Montevideo, que llegaban de contrabando dos o tres veces por semana.

Esos periódicos, escritos con una pasión y un entusiasmo, con una perseverancia y una imaginación, que sólo se hallan 20 en rarísimas épocas de la vida de un pueblo, caían como fierro candente en el espíritu público que se enfriaba. Y sobre

---

[1] *López* fué el general de las tropas vencidas por Lavalle en su primera expedición contra Buenos Aires.

hechos falsos, sobre detalles inventados, sobre conjeturas irracionales, se formaba en muchos, sin embargo, una fe positiva, una esperanza robusta.

Pero todo caía vencido por el terrorismo.

Rosas, poseedor del secreto de su triunfo real, ya no pensaba sino en vengarse de sus enemigos, y en acabar de enfermar y postrar el espíritu público a golpes de terror. El dique había sido roto por su mano, y la Mashorca[1] se desbordaba como un río de sangre.

La sociedad estaba atónita, y en su pánico buscaba en las más pueriles exterioridades un refugio, una salvación cualquiera.

En menos de ocho días, la ciudad entera de Buenos Aires quedó pintada de colorado. Hombres, mujeres, niños, todo el mundo estaba con el pincel en la mano pintando las puertas, las ventanas, las rejas, los frisos exteriores, de día y muchas veces hasta en alta noche. Y mientras parte de una familia se ocupaba de aquello, la otra envolvía, ocultaba, borraba, o rompía, cuanto en el interior de la casa tenía una lista azul o verde. Era un trabajo del alma y del cuerpo, sostenido de sol a sol, y que no daba a nadie, sin embargo, la seguridad salvadora que buscaba.

La mayor parte de las casas había quedado sin sirvientes.

La ciudad se había convertido en una especie de cementerio de vivos. Y por encima de las azoteas los vecinos se comunicaban las noticias que sabían de la Mashorca.

Este famoso club de asesinos corría las calles día y noche, aterrando, asesinando, y robando, a la vez que en Santos Lugares,[2] en la cárcel, y en los cuarteles, se le hacía coro con la agonía de las víctimas.

[1] *Mashorca.* Véase arriba, página 3, nota 2.
[2] En *Santos Lugares* estaba el campamento de las fuerzas de Rosas.

La entrada de la Mashorca a una casa representaba una combinación infernal de ruido, de brutalidad, de crimen, que no tiene ejemplo en la historia de los más bárbaros tiranos.

Entraba en partidas de ocho, diez, doce, o más forajidos.

Unos empezaban a romper todos los vidrios, dando gritos. 5

Otros se ocupaban en tirar a los patios la loza y los cristales, dando gritos también.

Unos descerrajaban a golpes las cómodas y los estantes.

Otros corrían de cuarto en cuarto, de patio en patio, a las indefensas mujeres, dándoles con sus grandes rebenques, pos- 10 trándolas y cortándoles con sus cuchillos el cabello; mientras otros buscaban como perros furiosos, por bajo las camas y en cuanto rincón había, el hombre o los hombres dueños de aquella casa, y si allí estaban, allí se les mataba, o de allí eran arrastrados a ser asesinados en las calles; y todo esto en medio 15 de un ruido y una grita infernal, confundida con el llanto de los niños, los ayes de la mujer, y la agonía de la víctima.

En la vecindad el pánico cundía; y sólo Dios sabe las oraciones que se elevaban hasta su trono por madres abrazadas de sus pequeños hijos, por vírgenes de rodillas pidiéndole 20 amparo para su pudor, misericordia para sus padres, misericordia para las víctimas.

El terror ya no tenía límites. El espíritu público estaba postrado, enfermo, muerto. La naturaleza se había divorciado de la naturaleza. La humanidad, la sociedad, la familia, 25 todo se había desoldado y roto.

No había asilo para nadie.

Las puertas se cerraban al prójimo, al pariente, al amigo. Y la víctima corría las calles, golpeaba las casas, los conventos, las legaciones extranjeras, y una mano convulsiva y 30 pálida se le ponía en el pecho, y una voz trémula le decía:

— No, no, ¡por Dios! vendrán aquí y moriremos todos.

No. ¡Atrás! ¡atrás! y el infeliz salía, corría, imploraba, y ni la tierra le abría sus entrañas para guardarlo.

Para el pueblo de Buenos Aires no había esperanza sino en Dios.

5 Las cárceles se llenaban de ciudadanos.

Las calles se teñían de sangre.

El hogar doméstico era invadido.

Cada mirada del padre sobre sus hijos era un adiós del alma, era una bendición que les echaba, esperando a cada ins-
10 tante el ser asesinado en medio a ellos.

Y el aire y la luz llevaban hasta Dios la oración íntima de todo un pueblo, que no tenía sino la muerte sobre su cabeza.

CAPÍTULO XIV

MR. SLADE

Después de dejar en su casa a la señora Dupasquier y su hija, Daniel y Eduardo habían recorrido las calles de Buenos Aires en busca de un asilo. Pero todas las puertas se les cerraban. En vano pidieron albergue a los frailes del convento de Santo Domingo, a los de San Francisco, al ministro inglés. Al fin se habían decidido a pedirlo al cónsul de los Estados Unidos, el señor Slade.

El gran portón de fierro estaba cerrado; y en el edificio, como a cien pasos de la verja, apenas se percibía una luz en las habitaciones del primer piso.

Daniel dió dos fuertes golpes con el llamador.

Al poco rato se vió venir, paso a paso, a un individuo hacia la puerta. Se acercó, miró con mucha flema, y luego preguntó en inglés:

— ¿Qué hay?

Con el mismo laconismo le contestó Daniel:

— ¿Mr. Slade?

El criado, entonces, sacó una llave del bolsillo, y abrió la gran puerta sin decir una palabra. En seguida los introdujo a una pequeña antesala, donde les hizo señas de esperar, y pasó a otra habitación.

Dos minutos después volvió, y empleando la misma lengua de las señas, los hizo entrar.

El salón no tenía más luz que la que despedían dos velas de sebo.

El señor Slade estaba acostado en un sofá de cerda, en mangas de camisa, sin chaleco, sin corbata, y sin botas; y en una silla al lado del sofá había una botella de coñac, otra de agua, y un vaso.

5 Daniel no conocía sino de vista al cónsul de los Estados Unidos. Pero conocía muy bien a su nación.

El señor Slade se sentó con mucha flema, dió las buenas noches, hizo seña al criado de poner sillas, y se puso las botas y la levita como si estuviera solo en su aposento.

10 — Nuestra visita no será larga, ciudadano Slade, le dijo Daniel en inglés.

— ¿Ustedes son argentinos? preguntó el cónsul, hombre como de cincuenta años de edad, alto, de una fisonomía abierta y llana, y de un tipo más bien ordinario que dis-
15 tinguido.

— Sí, señor, contestó Daniel.

— Bueno. Yo quiero mucho a los argentinos, e hizo señas a su criado de servirles coñac.

— Lo creo bien, señor, y vengo a dar a usted una ocasión
20 de manifestarnos sus simpatías.

— Ya lo sé.

— ¿Sabe usted a lo que venía, señor Slade?

— Sí, ustedes vienen a refugiarse a la legación de los Estados Unidos, ¿no es eso?

25 Daniel se encontró perplejo ante aquella extraña franqueza; pero comprendió que debía marchar en el mismo camino que se le abría, y contestó muy tranquilamente, después de tomarse medio vaso de agua con coñac:

— Sí, a eso venimos.

30 — Bueno. Ya están ustedes aquí.

— Pero el señor Slade no sabe aún nuestros nombres, repuso Eduardo.

— ¿Qué me importan sus nombres? Aquí está la bandera de los Estados Unidos y aquí se protege a todos los hombres, como quiera que se llamen, contestó el cónsul, volviéndose a acostar muy familiarmente en el sofá, sin incomodarse cuando Daniel se levantó, y tomando y apretando fuertemente su mano, le dijo:

— Es usted el tipo más perfecto de la nación más libre y más democrática del siglo XIX.

— Y más fuerte, dijo Slade.

— Sí, y la más fuerte, agregó Eduardo, porque no puede dejar de serlo con ciudadanos como los que tiene, y el joven tuvo que irse al balcón que daba al río, para no hacer notable a los demás la expresión de su sensibilidad, que brotó súbitamente de sus ojos.

— Bien, Mr. Slade, continuó Daniel, no somos los dos los que veníamos a pedir asilo, sino únicamente aquel caballero que se ha levantado, y que es uno de los jóvenes más distinguidos de nuestro país, y que se ve actualmente perseguido. No sé si yo también tendré que buscar más tarde esa protección, pero por ahora sólo la buscábamos para el señor Belgrano, sobrino de uno de los primeros hombres de la guerra de nuestra independencia.

— Ah, bueno. Aquí están los Estados Unidos.

— Y ¿no se atreverían a entrar aquí? preguntó Daniel.

— ¿Quién? y al hacer esta interrogación, el señor Slade frunció las cejas, miró a Daniel, y luego se rió. Yo soy muy amigo del general Rosas, continuó. Si él me pregunta quiénes están aquí, yo se lo diré. Pero si manda sacarlos por fuerza, yo tengo aquello; y señaló una mesa donde había un rifle, dos pistolas de seis tiros, y un gran cuchillo; y allí tengo la bandera de los Estados Unidos, y levantó su mano señalando el techo de la casa.

—Y a mí para ayudar a usted, dijo Eduardo que volvía de la ventana.

—Bueno, gracias. Con usted son veinte.

—¿Tiene usted veinte hombres en su casa?

—Sí, veinte refugiados.

—¿Aquí?

—Sí, en las otras piezas y en el piso de arriba, y me han hablado por más de cien.

—¡Ah!

—Que vengan todos. Yo no tengo camas ni con qué mantener a tanta gente, pero aquí está la casa y la bandera de los Estados Unidos.*

—Bien, Mr. Slade, respondió Daniel, pedimos la protección de su país por el señor Belgrano sólo por una noche, y apretó otra vez la mano del cónsul.

Mr. Slade se levantó con pereza, y se despidió en inglés de Daniel.

—Hasta mañana, Eduardo.

Y los dos jóvenes se dijeron elocuentes discursos en el largo y estrecho abrazo que se dieron.

—Para *ella*, fué la última palabra de Eduardo al oprimir a su amigo en sus brazos.

* Nota del Autor. —En algunas de las publicaciones de la época se encuentra la torpe y calumniosa acusación a este noble ciudadano de los Estados Unidos, de que *vendía* la protección que daba. Esto es falso e ingrato. El señor Slade era pobre. Acababa de enviar su familia a los Estados Unidos por no poder sostenerla en Buenos Aires, y se encontró de repente con ciento y tantos huéspedes en los meses de septiembre y octubre. Y como absolutamente no tenía con qué mantenerlos en más de cuarenta días que allí estuvieron, se hizo suscrición entre los asilados para dar al mayordomo lo necesario para la comida de tanta gente. Y muchos había allí que nada dieron porque nada tenían que dar. El señor Slade no recogió un real de la protección que dispensaba, y en todo el cuerpo diplomático y consular nadie hubo que fuese una sombra siquiera del noble y generoso cónsul de los Estados Unidos.

CAPÍTULO XV

LA BALLENERA

La noche estaba nebulosa pero suave; el río tranquilo; una brisa fresca pero suave picaba ligerísimamente las aguas que, en alta marea, cubrían las peñas de las costas, y se derramaban sin rumor en las pequeñas ensenadas de sus orillas. Apenas, de vez en cuando, se dejaba ver una que otra estrella 5 en el firmamento al través de los pardos celajes, como aparece una que otra esperanza en el cristal empañado de una alma desgraciada.

A las nueve de esa noche una embarcación había desprendídose del costado de una de las corbetas bloqueadores, con 10 un joven oficial francés, el patrón, y ocho marineros.

En la primera hora la ballenera corrió con su proa al oeste, mientras que el joven oficial, envuelto en su capa, y tendido sobre un banco, con esa indolencia característica del marino, sólo bajaba su vista de rato en rato, a ver una pequeña carta 15 abierta a sus pies y alumbrada por una linterna, a cuya luz echaba una mirada de vez en cuando a una rosa náutica que sujetaba el pequeño plano, mostrando luego con la mano, y sin hablar una palabra, la dirección que debía dar a la ballenera el patrón que dirigía el timón. Y a la luz también de 20 esa linterna colocada en el fondo de la ballenera, se distinguían los fusiles de los marineros, colocados de babor a estribor.

Como al cabo de una hora el oficial vió su reloj, e hizo en seguida un examen más detenido de la aguja, del plano, y de la dirección de la ballenera; y mandó luego arriar la vela, y 25

seguir a remo en la dirección que indicó, después de colocar
bajo un banco la linterna. La parte superior de los remos
estaba envuelta en lona, y apenas se percibía el débil rumor
de la pala en el agua.

5   Las luces de la ciudad se habían perdido completamente
de la vista; y apenas, hacia la izquierda, se percibía la forma
de la costa indefinible y negra, y que aparecía más y más
elevada a medida que la ballenera avanzaba, con más rapidez
al impulso de los remos que antes a la fuerza del paño.

10   Al cabo, el oficial dijo una palabra al timonero, y la ballenera viró un tercio más hacia la costa; y a otra palabra del
patrón, los marineros empezaron a tocar apenas con la punta
del remo la superficie del agua, y la embarcación perdió más
de la mitad de su marcha.

15   Entonces el joven oficial tomó la linterna, observó con mucha
atención la aguja y las indicaciones del plano, y después de un
rato levantó su brazo, sin quitar los ojos de la aguja y la carta.

A esta acción los marineros dieron, por una sola vez, una
impulsión inversa a los remos, y la ballenera quedó como
20 clavada sobre las aguas, en medio del silencio y de las sombras.

Estaban a una cuadra de la costa.

Entonces el oficial pidió dos sombreros a los marineros.
Colocó la linterna entre los dos sombreros de hule, uno de cada
lado, de manera que la luz se proyectase en línea recta, sin
25 esparcir claridad en redor suyo, y tomándola de este modo
entre sus manos, se paró y la levantó a la altura de su cabeza,
con la luz en dirección a la costa.

Permaneció de este modo algunos minutos, mientras que
la mirada de todos buscaba en tierra la correspondencia de
30 aquel telégrafo misterioso. Pero inútilmente.

El joven meneó la cabeza, y colocando la linterna en su lugar
anterior, dió orden de seguir.

Cinco minutos después volvió a repetirse la misma opera-
ión con las mismas precauciones. Pero inútilmente también.

El oficial, ya con un poco de mal humor, volvió de nuevo a
examinar el plano, y confirmando de que estaba en el mismo
paraje que se marcaba en el plano, dió orden de marchar un 5
poco más a tierra para salir de la sombra que formaba la barranca inmediata.

En efecto, a pocos minutos de marcha, la ballenera pasó por
frente a un pequeño cabo, y como a dos cuadras de su anterior
estación, volvió a funcionar el telégrafo entre las manos del 10
oficial.

No habría pasado un minuto que aquella luz flotante despedía su rayo sigiloso en dirección a la tierra, cuando sobre la
barranca inmediata brilló una luz, algo más viva que la que
parecía requerirse por la luz marítima, que se rodeaba de tan- 15
tas precauciones.

— Allí está, exclamaron todos los de la ballenera, pero con
una voz apenas perceptible de ellos mismos.

La linterna subió y bajó entonces dos veces en las manos
del oficial, y la luz de la tierra extinguióse en el acto. 20

Eran las once de la noche.

CAPÍTULO XVI

¡ADIÓS A LA PATRIA!

Como a las siete de esa misma noche, un carruaje conducido por Fermín había parado a la puerta de la casa de Madama Dupasquier; y poco después subía a él aquella noble señora, pero subía pálida, macilenta, con la expresión de esas enfer-
5 medades del alma que hacen mayores estragos, y más pronto, que las más crueles dolencias de los órganos; y a su lado subía su hija, linda como una promesa de amor, y pura y delicada como un jazmín del aire.

Inmediatamente el coche había atravesado la Plaza del 25
10 de Mayo,[1] y tomado luego la dirección a Barracas.

Llegado el coche a la ya conocida quinta de Barracas, habían subido a él Amalia y Luisa, y los caballos habían partido a gran trote con dirección al norte.

Al pasar por el bajo de la Recoleta,[2] ya muy de noche, dos
15 jinetes habían salido al encuentro del carruaje, y luego de reconocerlo, siguieron su marcha a pocos pasos de él.

De cuando en cuando, y a pesar del aire de la noche, la misma Madama Dupasquier mandaba a su hija que abriese uno de los postigos del coche para ver si venían sus amigos.
20 Y cada vez que la joven cumplía esta orden, bien poco pesada

---

[1] El *25 de mayo* en la República Argentina corresponde a nuestro *Independence Day*, el 4 de julio. El grabado de la página opuesta representa la Plaza de Mayo actual. Es la plaza principal de Buenos Aires.

[2] La *Recoleta* es un cementerio en Buenos Aires.

Plaza de Mayo Actual

para ella, como se comprende, unos ojos llenos de amor y vigilancia divisaban su preciosa cabeza, y en el rápido vuelo de un segundo, uno de los jinetes estaba al lado del estribo y un brevísimo diálogo de las más tiernas interrogaciones tenía lugar entre la niña y el joven, entre la madre y su hijo, por- que el joven, bien se entiende, no era otro que Daniel, el prometido esposo de Florencia.

En una de estas idas y venidas, Daniel, al llegar a su amigo, acercando mucho su caballo, y poniendo la mano en el hombro, le dijo :

— ¿ Quieres que te haga una revelación que a cualquiera otro me daría rubor el hacerla ?

— ¿ Acaso vas a decirme que estás enamorado ? ¡ Qué diablos ! Yo también lo estoy, y no me avergonzaría de contarlo.

— No, no es eso.

— Veamos, pues.

— Que tengo miedo.

— ¡ Miedo !

— Sí, Eduardo, miedo. Yo, que juego mi vida a todas las horas, que desde niño, puedo decirlo, he buscado la noche, las aventuras peligrosas, los pasos arriesgados, temblaría como una criatura si tuviésemos en este momento un accidente cualquiera que nos pusiese en peligro.

— ¡ Pues es un lindo modo de ser valiente ! ¿ Para cuándo quieres el valor sino para los peligros ?

— Sí, pero peligros para mí, no para Florencia. No es el miedo de perder mi vida. Es miedo de hacerla derramar una lágrima, de hacerla sufrir los tormentos horribles por que pasaría su corazón, si nos rodease de repente un conflicto. Es miedo de que quedase sola, con su padre ausente, con su madre casi expirando, y sin mi apoyo en esta tormenta de

L

crímenes que se cierne sobre nuestras cabezas. ¿Me comprendes ahora?

— Sí, y lo peor es que me has inoculado ese miedo, en que no había pensado, a fe mía : miedo de morir, no por morir, 5 sino por los que quedan vivos. ¿No es eso?

— Sí, Eduardo ; cuando uno tiene la conciencia de que es amado, cuando uno ama de veras, la vida se reparte, se encarna con otra vida, y al morir queda un pedazo de uno mismo en la tierra, y esto es lo que se siente.

10 — Pero, en fin, ya estamos cerca, Daniel.

— Tienes razón. Ahí está la casa, dijo Daniel, y se adelantó a dar orden a Fermín de poner el carruaje en la parte opuesta del edificio, luego que bajasen las señoras.

Un minuto después estaban en la puerta de una casa muy 15 vieja. Pero ni una luz, ni una voz, y sólo el rumor de los árboles cercanos.

Sin embargo, no bien el carruaje y los caballeros pararon a la puerta, cuando ésta abrióse, y los ojos de los viajeros, habituados a la obscuridad después de dos horas, pudieron dis- 20 tinguir la figura de Pedro, el viejo veterano, que custodiaba la casa con la misma vigilancia con que veinte años antes guardaba su puesto en los viejos ejércitos de la patria.

Madama Dupasquier bajó casi exánime, pues el viaje la había molestado terriblemente. Pero todo estaba preparado 25 por Pedro, y después de tomar algunos confortativos y reposar un rato, la enferma volvió a hallarse mejor. Además, la idea de que pronto iba a dejar de respirar aquel aire que la asfixiaba, y salvar a su hija, era el mejor tónico para su debilidad presente.

30 Según las instrucciones de Daniel, sólo había luz en un aposento cuya única ventana daba al pequeño patio de la casa. La sala y el comedor, cuyas ventanas daban hacia el

río, y sus puertas hacia el camino, estaban completamente obscuras.

Florencia estaba más pálida que de costumbre, y su corazón latía con esa irregularidad que acompaña a las situaciones inmediatamente precursoras de un desenlace que se anhela y se teme. Un peligro inminente iba a correrse. Pero en el blando espíritu de la mujer no cabe el recuerdo de sí misma cuando peligra también la vida de su madre, la vida de su amante.

La joven sonreía a aquélla. Miraba tierna y amorosamente a su Daniel; y en el cristal bellísimo de sus ojos una humedad celestial se esparramaba.

Daniel salió; habló un buen rato con Fermín, y volvió luego diciendo:

— Van a dar las diez de la noche. Es necesario que vayamos a las ventanas del comedor, a esperar la señal de la ballenera, que no debe tardar. Pero es preciso que Luisa se quede aquí, y que lleve la luz a la sala en el momento en que yo se la pida. ¿Entiendes, Luisa, lo que tienes que hacer?

— Sí, sí, señor, contestó la vivísima criatura.

— Vamos, pues, mamá, dijo Daniel tomando la mano de Madama Dupasquier. Usted también nos ayudará a observar el río.

— Sí, vamos, dijo la aristocrática porteña con una sonrisa que mal pegaba con su cadavérico semblante, y hé aquí lo que no se me había ocurrido jamás.

— ¿Qué cosa, mamá? la preguntó con prontitud Florencia.

— Que yo tuviera que hacerme federal por un momento, empleando mis ojos en espiar entre las sombras. Y sobre todo, no se me había ocurrido que tuviese alguna vez que embarcarme por estos parajes y a estas horas.

A medida que pasaban los minutos, la conversación se cor-

taba y se anudaba con dificultad, porque una misma idea
absorbía la atención de todos : era ya la hora, y la ballenera
no venía.

— Tardan, dijo Amalia, que era quien conservaba más
5 sereno su espíritu, porque no había nada que agitase, ni la
felicidad, ni el peligro, ni la muerte, aquella naturaleza dulce,
tierna, y melancólica.

— El viento quizá, repuso Daniel buscando un pretexto
que algo calmase la inquietud general, y en la que tomaba él
10 la mayor parte.

De repente, Amalia, que estaba parada con Eduardo,
exclamó :

— Allí está, extendiendo su mano en dirección al río.

— ¿ Es ? preguntó Florencia levantándose y dirigiéndose a
15 Daniel.

El joven abrió entonces la ventana, calculó la distancia de
la casa a la orilla del agua, que se dejaba conocer por el rumor
de la ola, y conociendo que la luz estaba en el agua, cerró la
ventana y gritó :

20   — ¿ Luisa ?

El corazón de todos latía con violencia.

Luisa, que había estado con su manecita en el candelero
desde que recibió la orden, llegó con la luz antes que el eco
de su nombre se extinguiese en el aposento.

25 Daniel puso la luz contra el vidrio, y después de haber per-
cibido el movimiento convenido en la luz marítima, cerró los
postigos y dijo :

— Vamos.

Florencia estaba trémula, y pálida como el marfil.

30 Madama Dupasquier, tranquila y serena.

Al salir fuera de la casa, Daniel las hizo parar un momento.

— ¿Qué se espera? preguntó Eduardo.

— Esto, dijo Daniel, señalando un bulto que se veía subir por la barranca.

Daniel dejó el brazo de Madama Dupasquier y se adelantó.

— ¿Hay alguien, Fermín? 5

— Nadie, señor.

— ¿En qué distancia?

— Como en cuatro cuadras de un lado a otro.

— ¿Se ve de tierra la ballenera?

— Ahora sí, señor, porque acaba de atracar a las toscas; 10 el río está muy crecido y se puede subir sin mojarse.

— Bien, pues.

La comitiva ya estaba impaciente e intrigada por la demora de Daniel. Pero éste los tranquilizó luego, y descendieron la barranca. 15

El aire de la noche parecía vigorizar a la enferma, pues que caminaba con una notable serenidad, apoyada en el brazo de su futuro hijo.

Delante de ellos iba Florencia con Eduardo.

Y abriendo la marcha de la comitiva, iba Amalia con la 20 pequeña Luisa de la mano.

Por dos veces la había rogado Eduardo que tomase su otro brazo. Pero ella, queriendo dar valor a todos, contestaba que no.

Cubierta su espléndida cabeza con un pequeño pañuelo de 25 seda negra, cuyas puntas estaban prendidas bajo la barba, sólo se distinguía el perfil de su hechicero rostro, y sus ojos, en los que no faltaba una luz, ni entre las densas sombras de la noche.

En pocos minutos llegaron a la orilla del río, donde la ba- 30 llenera estaba atracada y contenida por dos robustos marineros que habían saltado a tierra con ese objeto.

La embarcación había dado por casualidad con una pequeña abra del río.

Al acercarse las señoras, el oficial francés saltó a tierra con toda la galantería de su nación, para ayudarlas a embarcarse.

5 Había un no sé qué de solemnidad religiosa en ese momento, en medio de las sombras de la noche, y en esas costas desiertas y solitarias.

Había llegado por todos la hora de despedirse de su patria.

A una voz del oficial, la ballenera se desprendió de tierra, 10 viró luego hacia el sur, y se perdió entre las sombras.

Fin

EXERCISES FOR ORAL AND WRITTEN WORK

NOTE : — The answers to the questions of the following *Cuestionarios* will be found in the pages on which they are based. — No English-Spanish vocabulary has been supplied for the composition exercise, for every word in them is to be found either in the basic passage or in the *Cuestionario* of the same lesson. The basic passages and the *Cuestionarios* will also furnish the necessary models for all constructions used in the composition exercises. The student should realize, however, that he must depend on his own grammatical knowledge for such things as agreement and the use of tenses and modes, for the words of the English passages do not always bear the same relation to their sentences as the corresponding words of the Spanish text.

I

Based on page 1, line 1, to page 2, line 15.

(*a*) 1. ¿Cuál es la fecha del principio de esta novela? (*"What is?"* *followed by a noun is translated by "¿Cuál es?" except when a definition is asked for, in which case "¿Qué es?" is used.*) 2. ¿Cuántos hombres salieron de la casa? 3. ¿Cuántos habitantes contaba Buenos Aires en 1840? ¿Cuántos cuenta hoy? 4. ¿Gracias a qué ha tenido la República Argentina un desarrollo tan rápido? 5. ¿Cómo se llama el río que pasa en frente de Buenos Aires? 6. ¿Qué representa el grabado de esta lección? 7. ¿Le gusta a usted el grabado? 8. En el primer término hay un soldado, ¿no? 9. En el fondo hay casas, ¿no? 10. ¿Cuántas banderas hay en el grabado?

(*b*) The night of the fourth of May, 1840, six men left a small house in Buenos Aires. They took many precautions. They did not go out all at the same time.

II

2, 16 — 4, 4

(*a*) 1. ¿Quién marchaba delante? 2. ¿En qué estaba embozado? 3. ¿Para qué iban a emigrar los seis hombres? 4. ¿Pensaba todo el mundo que los jóvenes argentinos debían emigrar? 5. ¿Quién creía lo contrario? 6. ¿Quién era Rosas? 7. ¿Qué era la Mashorca? (*For the use of " qué," see question* 1, *exercise* 1.) 8. ¿Cuántos años tenía el joven de la espada? 9. ¿Tenía los ojos azules? 10. ¿Le gusta a usted el joven de la espada? ¿Por qué? *or* ¿Por qué no?

(*b*) These six men were leaving the country in spite of Rosas. They were going to fight on the battlefield. They were not going to stay in Buenos Aires. The stones repeated their words to their executioners.

III

4, 5 — 5, 13

(*a*) 1. ¿Estaba Merlo seguro de encontrar la ballenera? 2. ¿Iba a cumplir su palabra? 3. ¿Hasta dónde bajaron los seis hombres? 4. ¿Cómo se llamaba el río? 5. ¿Quién era el conductor de ellos? 6. ¿Cómo se llamaba el joven de los ojos negros? 7. ¿De qué nacionalidad eran todos? 8. ¿Cómo se llaman los *cow-boys* de la Argentina? 9. ¿Le gustaría a usted ser gaucho? 10. ¿Qué es la Pampa? (*For the use of " qué," see question* 1, *exercise* 1.)

(*b*) The leader of the six men said he was sure of finding the whale-boat, and that he would keep his promise. The rest were following him at a distance of a few paces. They were all Argentinians.

IV

5, 14 — 7, 8

(*a*) 1. ¿Cerca de qué casa estaban los seis hombres? 2. ¿Qué buscaron todos en el río? 3. ¿A dónde se dirigía la vista de Merlo? 4. ¿Qué interrumpió de repente el silencio de la noche? 5. ¿Qué señal dió Merlo? 6. ¿Cuántos jinetes cayeron sobre los prófugos? 7. ¿Tuvieron tiempo los prófugos para hacer fuego? 8. ¿Quién fué la primera víctima? 9. ¿Cuántos rodaron por el suelo? 10. ¿Murieron éstos?

(*b*) Edward looked for the boat in the river, while Merlo was looking toward the land. The latter gave a sharp whistle, and suddenly fifty horsemen fell upon the fugitives. The victims did not have time to fire

V

7, 9 — 8, 21

(*a*) 1. ¿Cuál de los prófugos evitó el empuje de la caballería?
2. ¿Qué desenvainó? 3. ¿Qué hizo con su capa? 4. ¿Había evitado el ser visto? 5. ¿En qué dirección retrocedió? 6. Al fin, ¿cuántos asesinos cargaron sobre él? 7. ¿Qué tiró Eduardo? 8. ¿Cuántos pasos más retrocedió? 9. ¿Por qué no tomó la carrera? 10. Si hubiera tomado la carrera, ¿le habrían alcanzado sus perseguidores?

(*b*) Edward was able to avoid the horses. He drew his sword and thrust it into the breast of the man on his right. If three more murderers had not joined the other, Edward would have taken flight.

VI

8, 22 — 10, 5

(*a*) 1. ¿Cómo estaban armados los asesinos? 2. ¿Cómo estaba armado Eduardo? 3. ¿En qué dirección retrocedía Eduardo? 4. ¿Les gustó esto a los asesinos? 5. ¿A cuánta distancia de los otros estaban ya? 6. ¿Qué dificultad comenzaba a sentir Eduardo? 7. ¿Quién perdió la mano? 8. ¿Quién lanzó su poncho sobre la cabeza de Eduardo? 9. ¿Le gustó esto a Eduardo? 10. ¿Qué heridas recibió Eduardo a causa del poncho?

(*b*) Edward retreated toward the city. They were two hundred paces from the other murderers. But his strength was failing him, and his opponents were closing in upon him. One of them threw his cloak over Edward's head, and he received two wounds.

VII

10, 6 — 11, 7

(*a*) 1. ¿Quién era el amo de los bárbaros? 2. ¿Por qué cayó Eduardo al suelo? 3. ¿Perdió su conocimiento? 4. ¿Qué gritó a los asesinos? 5. ¿Cómo quería sostener el combate todavía? 6. ¿En dónde recibió otro sablazo? 7. ¿Qué puso uno de los asesinos sobre el pecho de Eduardo? 8. ¿Qué le dijo a Eduardo? 9. ¿Por qué pidió un cuchillo a su compañero? 10. ¿A qué partido político pertenecía Eduardo?

(*b*) Gathering all his strength, Edward pierced his opponent's breast. But he had no strength to recover his first position, and fell to the ground. He raised himself a little, and kept up the unequal fight with his left hand.

VIII

11, 8 — 13, 13

(*a*) 1. ¿Qué le dió su compañero al bandido? 2. ¿Qué iba a hacer éste? 3. ¿Qué se escuchó en este momento? 4. ¿Le gustó el golpe al bandido? 5. ¿Sobre qué cayó? 6. ¿Qué hizo en seguida el último bandido? 7. ¿Qué pronunció el recién llegado? 8. ¿Cómo se llamaba el amigo que salvó a Eduardo? 9. ¿Cuáles fueron las primeras palabras que pronunció Eduardo? 10. ¿Por qué se había batido Eduardo con la mano izquierda?

(*b*) One of the bandits brought his knife to Edward's throat. But at that moment a man sent by Providence saved him. "It is I, your friend," said the new-comer. The night breeze revived Edward, and his first words were: "Save yourself, Daniel!"

IX

13, 14 — 15, 9

(*a*) 1. ¿Qué cosas volvieron al herido un poco de su vida? 2. ¿Podía caminar solo? 3. ¿Podía estar de pie? 4. Daniel temía que las heridas de su amigo fueran mortales, ¿no? 5. ¿A dónde descendió Daniel con su amigo? 6. ¿Cuántos pies de profundidad tenía la zanja? 7. ¿En dónde sentó Daniel a Eduardo? 8. ¿Cuántas heridas tenía Eduardo? 9. ¿Cuál de ellas le hacía sufrir más? 10. ¿Con qué vendó Daniel el muslo herido?

(*b*) Edward could not stand up. The wound in his left thigh was making him suffer terribly. Daniel set him down in the bottom of a ditch, and bandaged his wounds with his handkerchief and necktie. He was afraid that he would not be able to stop the flow of blood

X

15, 10 — 17, 2

(*a*) 1. ¿Qué ruido sintieron Eduardo y su amigo? 2. ¿A cuántos pasos de Daniel y Eduardo se sentaron los dos hombres? 3. ¿Qué le pidió el uno al otro? 4. ¿Qué iluminó con la brasa de su cigarro? 5. ¿Fuma usted? 6. ¿Cuántos pesos sumaban los treinta billetes? 7. Si los bandidos hubiesen degollado a Eduardo, ¿qué les habría tocado? 8. Antes de irse a casa, ¿qué iba a hacer el bandido que fumaba? 9. ¿Qué sacó del bolsillo? 10. ¿Qué hora era?

(*b*) Suddenly they heard a noise, and a minute later human voices. Two men came and sat down four paces from our friends, and by the light of a cigarette divided 3000 dollars. They did not know where the Unitarians had gone.

XI

17, 3 — 18, 26

(*a*) 1. ¿De qué modo mató Daniel al bandido? 2. ¿Le gustó al bandido el golpe que recibió? 3. ¿Gritó? 4. Luego, ¿qué consiguió hacer Daniel? 5. ¿Por qué se inquietaba el caballo? 6. Si la Providencia no les hubiera enviado un caballo, ¿habría muerto Eduardo? 7. ¿Qué orden tenía el criado de Eduardo? 8. ¿Por qué no quería Daniel pasar por la calle del Cabildo? 9. ¿A cuántas personas hallaron los amigos en su tránsito a Barracas? 10. ¿Les gustó esto?

(*b*) Daniel struck one of the bandits a blow on the head. He fell without uttering a single cry. Then Daniel got out of the trench, and brought the bandit's horse to Edward. If Providence had not sent them a horse, Edward would have died in the trench.

XII

18, 27 — 20, 31

(*a*) 1. Al hacer tomar el paso al caballo, ¿qué dijo Daniel a Eduardo? 2. ¿Con qué estaban cubiertas las ventanas de la casa a que llegaron? 3. Al llamar Daniel, ¿quién contestó? 4. ¿Cómo se llamaba la prima

de Daniel? 5. ¿Quería Daniel que los criados abriesen la puerta?
6. ¿Quién la abrió? 7. Al abrir la puerta, ¿qué dijo Amalia?
8. ¿Qué pregunta hizo a Eduardo? 9. ¿Qué respondió éste?
10. Por fin, ¿dónde puso Daniel a Eduardo?

(b) After a few minutes the two men reached the house of Daniel's
cousin and were safe. Amalia opened the door herself, and they went
in. Edward was still full of moral courage, but he could not walk alone.
He was wounded. His left leg hurt him very much.

XIII

21, 1 — 22, 30

(a) 1. ¿Qué hacía Amalia cuando Daniel entró? 2. ¿De qué
estaba cubierta la mesa? 3. ¿Qué clase de heridas tenía Eduardo?
4. Eso era la obra de Rosas, ¿no? 5. ¿Qué era necesario? 6. Daniel
ordenó a Amalia que trajera algo, ¿no? ¿Qué era? 7. ¿Dónde se
halla la provincia de Tucumán? 8. ¿Cuántos habitantes tiene la
ciudad de Tucumán? 9. ¿Quién era Amalia? 10. ¿Era muy fea?

(b) Daniel placed Edward on the sofa. Amalia was very pale, but that
did not prevent Edward from perceiving that she was a charming woman.
Daniel ordered her to bring a glass of wine. Then he told Edward that
Amalia was his cousin. She lived alone in the villa of Barracas.

XIV

23, 1 — 24, 27

(a) 1. ¿Qué temía Eduardo respecto de la prima de Daniel?
2. ¿Cuántos agentes tenía la policía de Rosas? 3. ¿Cómo buscaban
todos la seguridad? 4. ¿Cuándo estaba Daniel en su elemento?
5. ¿Sabemos todavía cómo se había enterado Daniel de la fuga de
Eduardo? 6. ¿De qué estaban cubiertos los dos? 7. Daniel pidió a
su prima que despertara a Pedro, ¿no? 8. ¿Qué edad tenía Pedro?
9. ¿Cómo estaba vestido? 10. ¿Por qué se sorprendió al entrar en
la sala?

(b) When Amalia brought a cup of wine for Edward, she noticed that
he and Daniel were covered with blood. Daniel washed his hands, and
wrote two letters. Then he asked Amalia to wake up Pedro. Th

door opened, and a man about seventy years old entered, with his hat in
his hand.

XV

24, 28 — 26, 23

(*a*) 1. ¿Qué era la Guerra de la Independencia? (*For the use of " qué,"
see question* 1, *exercise* 1.) 2. Nombre usted algunas batallas de esa
guerra. 3. ¿Cuándo nació San Martín? ¿Cuándo murió? 4. ¿Qué
representa el grabado en frente de la página 25? 5. ¿Cómo se llama el
célebre ejército de San Martín? 6. ¿Quién era el Libertador de América? 7. ¿Cómo se llamaba su lugarteniente más célebre? 8. ¿Cuál
era el general favorito de Pedro? 9. ¿Qué ofreció Pedro a Daniel?
10. ¿Le gusta a usted el viejo soldado? ¿Por qué? *or* ¿Por qué no?

(*b*) Bolívar and San Martín played very important rôles in the history
of South America. San Martín crossed the Andes, and came out victorious in Chile and Peru. Bolívar, called by Latin-Americans the
Liberator of America, was the leader of all the revolutions of the north
of South America. He was a Venezuelan.

XVI

26, 24 — 28, 32

(*a*) 1. ¿A quiénes envió Daniel las dos cartas que había escrito?
2. ¿Qué debía hacer Pedro antes que dejarse arrancar la carta del doctor
Alcorta? 3. ¿A qué hora salió Pedro con las cartas? 4. Daniel le
dijo que estuviera de vuelta muy pronto, ¿no? 5. ¿En qué había
empezado a dividirse el país? 6. ¿Con qué región compara Daniel a
Buenos Aires? 7. ¿Cuáles eran los criados en que Amalia tenía más
confianza? 8. ¿De dónde había traído a Teresa? 9. ¿Eran blancos
todos los criados de Amalia? 10. ¿Qué orden dió Daniel respecto de
los criados?

(*b*) Daniel sent one of the letters to Dr. Alcorta. Pedro left at a
quarter to one, and Daniel told him to be back at half-past one. Daniel
said to Amalia that it was necessary to dismiss the coachman and the
cook. It was not necessary for her to dismiss the servants in whom she
had perfect confidence.

XVII

29, 1 — 31, 19

(*a*) 1. ¿Por qué debían quererla los criados de Amalia? 2. ¿Bajo qué autoridad se destruían las familias argentinas? 3. ¿Qué clase de gente eran los unitarios? 4. ¿Quiénes los tomaban por modelo? 5. ¿Qué puso Amalia a la disposición de su primo? 6. ¿Cuántos días había de permanecer Eduardo en casa de Amalia? 7. ¿De qué manera vivía Amalia? 8. ¿Cómo se llamaba la joven destinada a su servicio inmediato? 9. ¿Quién arregló la habitación de Eduardo? 10. Mientras la arreglaba, ¿qué ruido se sintió de repente?

(*b*) The servants of Amalia loved her, but her security demanded that they be sent away. Amalia lived alone. She rarely received visits from her friends. There was a comfortable room in the house for Edward. While Amalia was arranging the room herself, a noise was heard. Pedro and Dr. Alcorta came in.

XVIII

31, 20 — 34, 9

(*a*) 1. ¿A dónde llevó Pedro los caballos? 2. Luego, ¿quién salió a encontrar al doctor Alcorta? 3. ¿Cuáles fueron las primeras palabras del doctor? 4. ¿Qué llevaba el viejo Pedro debajo del brazo? 5. ¿Qué dijo Daniel al doctor respecto de las heridas de Eduardo? 6. ¿Se sorprendió el doctor al recibir tal noticia? 7. ¿Cuántos años tenía Alcorta? 8. Al entrar el médico, ¿qué esfuerzo hizo Eduardo? 9. ¿Qué examinó primero el doctor? 10. ¿A dónde le condujeron a Eduardo después?

(*b*) Daniel met Dr. Alcorta in the courtyard, and led him to the parlor. On seeing Dr. Alcorta, Edward made an effort to rise, but Alcorta said: "Be quiet; there is no one here but the doctor." They carried Edward to his room, and Amalia remained standing in the parlor. She was pale.

XIX

34, 10 — 36, 24

(*a*) 1. ¿Qué expresión se marcó sobre la fisonomía del doctor al examinar el muslo herido? 2. ¿Cómo se llama la curación que hizo en la herida? 3. ¿Quién era el joven que entró un momento después? 4. Se parecía al hombre del grabado en frente de la página 35, ¿no? 5. ¿Qué disposiciones dió Daniel a Pedro mientras se vestía? 6. ¿Qué acontecimientos comunicó Eduardo al señor Alcorta? 7. ¿Ignoraba Merlo el nombre de Eduardo? 8. ¿Quién fué el único que se había entendido con Merlo? 9. ¿Cuáles habían sido las relaciones anteriores entre los dos jóvenes y Alcorta? 10. ¿Cuándo prometió volver el médico?

(*b*) The wound in Edward's thigh was ten inches long. Alcorta washed it himself, and gave it what is called first-aid treatment, simply making use of bandages. A moment later, Pedro returned with Daniel's servant, who brought a bundle of clothing. While Daniel was washing, Edward made known to Alcorta the events of three hours before.

XX

36, 25 — 39, 19

(*a*) 1. ¿Por qué sufría Amalia? 2. ¿Por qué se puso colorada cuando le habló el doctor de su impresionabilidad? 3. ¿Qué instrucciones le dió el médico? 4. ¿Quién iba a quedarse con Eduardo? 5. ¿Por quién ya empezó Eduardo a tener cuidados? 6. ¿Qué era la Sociedad Popular? 7. ¿Por quiénes sólo temía Eduardo? 8. ¿Cómo se despidió Daniel de su prima? 9. ¿Quién tenía listos los caballos de Daniel y Alcorta? 10. Al pasar Daniel por la ventana del aposento de Eduardo, ¿dónde vió sentado a Pedro?

(*b*) Daniel had to return to the city, and took advantage of this fact to accompany the doctor. The two friends kissed each other like two brothers. Daniel left the protection of the house to Pedro, who said no one would get into the house to cut anybody's throat without first killing him.

XXI

40, 1 — 43, 4

(*a*) 1. ¿Cuál era el apellido de Daniel? 2. ¿De qué edad era? 3. Descríbale usted. 4. ¿A quién escribió Daniel una carta? 5. ¿Cuál era la fecha de la carta? 6. ¿Qué necesitaba Daniel saber de su novia? 7. ¿Por qué tenían envidia a Fermín los hombres de **Buenos Aires**? 8. ¿Cuántos años tenía Fermín? 9. Daniel dijo a

Fermín que llevara dos cosas a Florencia, ¿no es verdad? ¿Qué cosas eran? 10. ¿Por quiénes había trabajado Daniel aquella noche?

(b) Daniel went into his study and wrote a letter to his fiancée. He needed to know how General Rosas' sister-in-law explained the events of the fourth of May. He gave the letter to his servant, in whom he placed full confidence, telling him to carry a bouquet of flowers to Florencia and to put the letter into her hands.

XXII

44, 1 — 47, 30

(a) 1. ¿En qué página tenemos un mapa de la República Argentina? 2. ¿Cuántas provincias estaban contra Rosas? 3. ¿Entre qué alternativas debían elegir los habitantes de Buenos Aires? 4. ¿De qué país es Montevideo la capital? 5. ¿Cómo se llama comúnmente el Uruguay? 6. ¿Qué hacían los porteños que tenían valor y medios? 7. ¿Con qué contaba Rosas para aterrorizar la capital? 8. ¿Estaba la Francia de parte de Rosas o de los revolucionarios? 9. ¿Cuáles fueron las tres fuerzas que obraban de acuerdo contra Rosas? 10. Si todos los capítulos de este libro fueran tan aburridos, ¿le gustaría a usted?

(b) The revolutionary storm was raging. Seven of the fourteen provinces that composed the republic were against Rosas. If he had not counted on his luck, he would not have thrown down the gauntlet to the people of Buenos Aires. Such is the situation when we usher ourselves into a house in Buenos Aires, on the night of the fourth of May.

XXIII

47, 31 — 51, 27

(a) 1. Describa Vd. a Rosas. 2. ¿Le gusta a Vd. su retrato? 3. ¿Qué hacían el hombre del sombrero de paja y los jóvenes? 4. ¿Qué se veía en un ángulo de la habitación? 5. ¿Había mucho ruido en la habitación? 6. ¿Quién era el hombre a quien los otros daban el título de Excelentísimo? 7. ¿Dónde y en qué año nació Rosas? 8. ¿Durante cuántos años ejerció su dictadura? 9. ¿Por qué razón debe de ser

verídica la representación de Rosas que tenemos en "Amalia"?
10. ¿Leyó el escribiente el acta de Jujuy como lo quería Rosas?

(*b*) One of the men was about forty-eight years old; the others were younger. They were seated about a square table. In a corner of the room was a man dressed in a priest's cloak. The clerks read the documents to Rosas, who fixed in his memory the names that he heard. He wanted the Unitarians to be called savages in all the documents.

XXIV

51, 28 — 55, 27

(*a*) 1. ¿De qué estatura era el Padre Viguá? 2. ¿Qué papel hacía el Padre Viguá en casa de Rosas? 3. ¿Qué hacía el Padre Viguá mientras Rosas trabajaba? 4. ¿Por qué se había puesto serio el Padre Viguá? 5. ¿A dónde se retiró Corvalán? 6. ¿Para qué servía el cuarto que se llamaba la oficina? 7. ¿De qué edad era la hija de Rosas? 8. ¿Cuál es la mejor palabra para describir la fisonomía de esa joven? 9. ¿Qué se sirvió en la pieza inmediata? 10. ¿Tenía hambre el Padre Viguá?

(*b*) Rosas then amused himself with one of his fools, a poor mulatto. Dinner was served in the next room. There were two bottles of wine and a large roast of beef. Manuela gave Viguá a bone, and Rosas ordered her to get up and kiss his hand in order to appease him. "What an idea!" cried the young woman.

XXV

55, 28 — 59, 6

(*a*) 1. ¿Era Viguá un buen mozo? 2. ¿Tenía Rosas mucha hambre? 3. Luego del asado, ¿qué se comió? 4. ¿Con quién sostenía Manuela una conversación? 5. ¿Cuáles eran las únicas distracciones de Rosas? 6. ¿Qué le habría sido más útil que Viguá? 7. ¿En qué se entretenía el Padre Viguá durante la conversación del padre y la hija? 8. ¿Qué nueva orden dió Rosas a Viguá? 9. ¿Por qué insistió Rosas en esto? 10. Al fin, ¿qué suspendió la atención de todos?

(*b*) Rosas said to his daughter: "If Padre Viguá were a handsome young fellow, the kiss would not displease you." Manuela had suffered

y

without complaining. But finally she told her father that a dog would be more useful to him than his fools; a dog would at least defend his person. The noise of a large number of horses interrupted their conversation.

XXVI

60, 1 — 63, 20

(*a*) 1. ¿Con quién se encontró Manuela al salir del comedor? 2. ¿Quién era Cuitiño? 3. ¿Con qué estaba cubierto el vestido de Cuitiño? 4. ¿Quién sirvió el vino al comandante? 5. ¿Por qué echó Manuela una parte del vino en la mesa? 6. ¿Vieron los otros la sangre en la mano de Cuitiño? 7. ¿Cuándo le había dicho Rosas que volviese? 8. ¿Había convenido Cuitiño con Merlo lo que tenía que hacer? 9. ¿Qué le dijo Rosas a Cuitiño que dijese a sus amigos? 10. ¿A quién llamó Cuitiño el padre de la federación?

(*b*) Upon hearing the horses, Manuela, Rosas' daughter, went out of the dining-room to find out who had arrived. She returned with the aide-de-camp, Corvalán, who told her father that the commandant, Cuitiño, had come with an escort. "Show him in," ordered Rosas, who remained seated at one end of the table. After a moment Cuitiño appeared at the door, and then sat down at the table. Rosas had told him to come back after accomplishing his mission.

XXVII

63, 21 — 67, 10

(*a*) 1. ¿En dónde había lastimado Cuitiño a los unitarios? 2. ¿Cuántos se escaparon? 3. ¿Cómo se llamaba el unitario que se escapó? 4. Después de escapar Eduardo, ¿le siguieron los soldados federales? 5. ¿Por qué no le vió Cuitiño cuando se escapó? 6. ¿Le pesó a Rosas que el unitario no hubiese muerto? 7. ¿Dió Rosas algún dinero a Cuitiño? 8. ¿Por qué no tomó Cuitiño más vino? 9. ¿Por qué hesitó el bandido en dar la mano a Rosas? 10. ¿Contra quiénes estaba levantado siempre el puñal de Cuitiño?

(*b*) Cuitiño replied that one of the five had escaped. He was the one who must have had the letters. "I want you to find him," said

Rosas, "because the communications must be important." "Don't worry. I shall find him," said Cuitiño, "though he be in the infernal regions." Rosas did not hesitate to take the bloody hand of the bandit in his own, and in his eyes shone the joy of satisfied vengeance.

XXVIII

68, 1 — 71, 15

(a) 1. ¿Cuál era el color de la puerta delante de la cual paró el coche? 2. Describa Vd. a la joven que bajó del coche. 3. ¿De quién era la casa en que entró? 4. ¿En qué página de este libro se representa un hombre con chiripá? 5. ¿Qué distintivos federales traía la joven? 6. ¿Quién era esta joven? 7. ¿Qué dijo a Florencia el criado que apareció? 8. ¿Qué dijo a las cinco damas de la federación? 9. ¿En dónde se sentó el soldado? 10. ¿Por qué no quería Doña María Josefa hacer esperar a la señorita Dupasquier?

(b) At twelve o'clock on the following day, Florencia Dupasquier got out of her carriage before the house of Doña María Josefa Ezcurra, and made her way through a crowd of negroes to the vestibule, where she found no one but two mulatto women and three negresses. Doña María was busy. Florencia called her footman, and told him to ask for Doña María Josefa Ezcurra. A servant soon appeared, and told her to wait a moment.

XXIX

71, 16 — 75, 10

(a) 1. ¿Quién era la hermana política de Rosas? 2. ¿A quiénes odiaba sobre todo? 3. ¿Sabe Vd. describir su apariencia? 4. ¿Por qué no podía Madama Dupasquier saludar a Doña María Josefa personalmente? 5. ¿De qué divisa hablaban Doña María Josefa y Florencia? 6. ¿Traía Florencia la divisa como era mandado? 7. ¿Qué puso ella en la mano de Doña María Josefa? 8. ¿Qué hizo Doña María Josefa con los billetes que le dió Florencia? 9. ¿Cuántos pesos sumaban? 10. ¿Eran los billetes de Florencia o de su madre?

(b) The years 1839 to 1842 would not be well understood if Doña María Josefa were not explained. She was a real personage in the history of that epoch.   Florencia brought her a donation for the women's hospital, saying that it was from her mother.   Florencia hid the fact that she knew about the misfortunes of the previous night.   She wanted Doña María Josefa to talk about the Unitarian who had had the good fortune to escape from death.

XXX

75, 11 — 79, 19

(a) 1. ¿A quiénes habían fusilado los federales?   2. Hablando de Victorica, ¿cuál era el objeto de Florencia?   3. ¿Qué dijo Camilo del unitario que se había escapado?   4. ¿Quién fué quien le pegó el hachazo?   5. ¿Cuánto valía el descubrimiento de Doña María Josefa? 6. ¿De qué importancia le era a ésta la herida de Eduardo? 7. ¿Cuáles eran los tres medios de averiguación que tenía Doña María Josefa?   8. ¿Qué día reciben la ropa sucia las lavanderas?   9. ¿A qué hora?   10. ¿Le gusta a usted Doña María Josefa?

(b) Florencia said the police-force of Rosas was very active, and talked about Victorica, the chief of police, in order to arouse Doña María Josefa's self-love.   The latter's weakness was to relate her deeds and criticize Victorica.   Camilo, the man who had wounded Edward, told her he wouldn't know him if he saw him, but that he would recognize him if he heard him talk.   Edward's wound had given the old woman three means of investigation.

XXXI

79, 20 — 83, 17

(a) 1. ¿A qué clase distinguida pertenecía Florencia?   2. ¿De quién comenzó Doña María Josefa a preguntar?   3. ¿La había engañado Daniel a Florencia?   4. ¿Comprendía Florencia lo que Doña María Josefa quería decirle?   5. ¿A quién veía Amalia en su quinta? 6. ¿Cuántas veces por semana iba Daniel a ver a su prima?   7. ¿De qué gozaba Doña María Josefa?   8. ¿Qué consejo le dió a Florencia? 9. Al subir a su carruaje, ¿qué estaba ésta a punto de hacer?   10. ¿Era Florencia una señorita llorosa?

(b) Florencia was making a strong effort to bear that woman's presence The latter said, "Don't go and marry Daniel; he is deceiving you."

She said she loved Florencia like a daughter, and didn't want her to let herself be deceived. Florencia did not know to what she was referring, but she was troubled. Doña María Josefa laughed, and spoke of Daniel's visits to his cousin in Barracas. Florencia was on the point of fainting.

⌐XXXII

84, 1 — 87, 25

(*a*) 1. ¿Qué hora era en el gran reloj del Cabildo? 2. ¿Qué representa el grabado de esta lección? 3. ¿Cuántos bueyes hay en el primer término del grabado? 4. ¿Quién iba a decirle a Daniel lo que decía Doña María Josefa Ezcurra sobre los sucesos de la noche anterior? 5. ¿En qué calle vivía Florencia? 6. Al entrar Daniel, ¿en qué estaban fijos los ojos de Florencia? 7. ¿Se había levantado sordo Daniel aquella mañana? 8. ¿Para qué necesitaba repetir las palabras de su novia? 9. ¿Cuántos oídos tenía Daniel? ¿Cuántos ojos? Y, según Florencia, ¿cuántas almas? 10. Según Daniel, ¿qué le daba derecho a interrogar a Florencia?

(*b*) Daniel wanted to learn from Florencia what Doña María Josefa had said about the events of the previous night. When he entered Florencia's house she was repeating in her mind the words she had just heard. On seeing him, her expression of displeasure was so emphatic that he was petrified. The two lovers looked at each other a few seconds, as if they were waiting for explanations. "Sir," said Florencia, "you are at liberty to leave my house at the hour which best pleases you." It seemed to Daniel that there was either a joke or an injustice in Florencia's words.

⌐XXXIII

87, 26 — 90, 29

(*a*) 1. ¿Exigía o pedía Daniel una explicación? 2. ¿Cuál fué la reconvención más amarga que le hizo Florencia a Daniel? 3. ¿Tenía Daniel el derecho para solicitar una explicación? 4. Según Florencia, ¿para qué asuntos le servía a Daniel? 5. ¿Qué le echaba en cara Florencia al hablar de asuntos políticos? 6. ¿Tenía Florencia algún interés en el destino de Daniel? 7. ¿A qué paraje estaba haciendo alusiones insoportables? 8. ¿Le parecían bien a Daniel las compara-

ciones que hacía su novia? 9. ¿Era justo o injusto el proceder de
Florencia? 10. ¿Quién fué la causa de esta querella entre Florencia y
Daniel?

(*b*) It seemed to Daniel that the behavior of his fiancée was unjust.
It seemed to him that he had the right to demand an explanation. But
she told him that that was asking a foolish thing. She said she wanted to
talk to him of what interested him most. She made many unbearable
allusions to Barracas and Amalia. "Are you afraid that your palace of
happiness will be discovered?" she said. He wanted her to explain her
comparisons, but she turned her back on him. Silence reigned again,
and the young man covered his face with his hands.

XXXIV

90, 30 — 94, 27

(*a*) 1. ¿Qué pidió Daniel que explicase Florencia? 2. ¿Le inquietaba a Daniel su propia vida? 3. ¿Contra qué sostenía Daniel un
duelo a muerte? 4. ¿De quiénes peligraban las vidas en aquel momento?
5. ¿Cómo quería Daniel a Amalia? 6. ¿Qué hizo olvidar a Florencia
sus celos? 7. ¿Qué conversación le refirió a Daniel? 8. ¿Qué
quitó Daniel de su cuello para darla a Florencia? 9. ¿De qué modo se
aliviaron las angustias de Florencia? 10. Después de irse Daniel,
¿qué hizo Florencia?

(*b*) After a silence that soon came to an end, Daniel on his knees asked
Florencia to explain the mystery of her words. He told her that he had
been able to save Edward, whom she called her brother, and that he had
taken him to Barracas. And Florencia told Daniel her conversation with
Doña María Josefa. The eyes of the two young people grew dim, as
if they feared that death was hanging over them. Florencia doubted
no longer, but she wanted to see Amalia with her own eyes. Daniel had
to leave in order to be at Edward's side.

XXXV

95, 1 — 97, 26

(*a*) 1. ¿Qué escribió cierto viajero inglés sobre la provincia de Tucumán? 2. ¿Cuál de los personajes de nuestra novela nació allí? 3. ¿Cómo
se llamaba su padre? 4. ¿Cuántos años tenía Amalia cuando murió

su padre? 5. Por insinuación de su madre, ¿a quién dió Amalia su mano? 6. ¿Cuándo murió su esposo? 7. ¿Por qué quiso Amalia abandonar su tierra natal? 8. ¿En dónde fijó su residencia? 9. ¿En dónde la encontramos por primera vez? 10. ¿Qué edad tenía la pequeña criada de Amalia?

(*b*) Amalia, the noble widow of Barracas, was born in Tucumán, that garden of birds and flowers. Her father died when she was scarcely six years old. At seventeen she gave her hand to Mr. Olabarrieta, an old friend of the family, who died a year after their wedding. Her mother died three months after the death of Amalia's husband. She went to live in Buenos Aires, and we find her in her villa in Barracas in the midst of the creations of her imagination. There we find her, before her mirror, letting her hair be combed by her servant.

XXXVI

97, 27 — 101, 19

(*a*) 1. ¿Con quién hablaba Amalia? 2. ¿De quién hablaban? 3. ¿Cuántas veces le había hecho la niña la misma relación? 4. ¿Qué le prometió Amalia? 5. ¿Qué hacía Eduardo en el jardín? 6. Según la niña, ¿qué quería Eduardo saber de Amalia? 7. ¿Por qué no le habló Luisa de su salud? 8. ¿Por qué estaba Amalia enojada con Luisa? 9. ¿La reconvenía Amalia a Luisa a menudo? 10. Esta vez, ¿quién tenía la culpa?

(*b*) On that day Amalia was talking with Luisa. Amalia had, for the first time in her life, the desire to make a good impression on others; but she did not want to talk about that foolishness. "Let us talk about my birds," she said. She was vexed with Luisa because her birds had no water; but that was Edward's fault, according to Luisa. If he had not taken the little cups from her, she would not have forgotten them when she heard the bell. On hearing the girl's story the fourth time, Amalia believed what she said to her.

XXXVII

102, 1 — 106, 12

(*a*) 1. Según Amalia, ¿con quién la confundía Eduardo? 2. ¿Qué piensa Vd. de la generalidad de las personas del otro sexo? 3. ¿De cúyos deberes quería hablar Amalia? 4. ¿En qué estado quería Amalia que Eduardo saliese de su casa? 5. ¿Cuántos años tenía Eduardo? 6. ¿Por qué peligros temblaba? 7. ¿Tenía Amalia miedo de los peligros? 8. Al llevar Eduardo a sus labios la mano de Amalia, ¿qué cayó a sus pies? 9. ¿Cuántas palabras pidió Eduardo a Amalia? 10. ¿Qué hizo Eduardo con la rosa blanca?

(*b*) An hour later Amalia and Edward were seated on the sofa talking about their separation. Amalia said it was necessary for him to leave her house entirely well. It would be against her will if he left without being well and safe. She did not want him to leave the country yet. Edward asked Amalia for a single word which he could keep forever in his heart. The white rose that Amalia held in her hand fell at Edward's feet. "Let me keep the rose," he said, picking it up and bringing it to his lips; "my life belongs to you."

XXXVIII

107, 1 — 111, 11

(*a*) 1. ¿A dónde quiere el autor que el lector le acompañe? 2. ¿Quién estaba de audiencia allí? 3. ¿Quién hacía las veces de paje de introducción? 4. ¿Qué es mate? 5. En el grabado de esta lección, ¿cuántos mates hay? ¿Cuántas bombillas? 6. ¿Le gustaría a Vd. tomar mate? 7. ¿Cómo quería Doña María Josefa que la gente la tratase? 8. Según Doña María Josefa, ¿cuáles eran los peores unitarios? 9. ¿Dónde había servido el hombre con quien hablaba la vieja? 10. Antes de despedirle, ¿qué le dió Amalia?

(*b*) The author wants us to accompany him to Doña María Josefa's house, where she was giving audience. She was seated on a sofa, drinking Paraguayan tea. A white man, dressed in a blue jacket and trousers, was seated on the edge of a chair. She told him that she wanted people to talk with her just as they wanted to. He said Amalia was a good lady, and that she had told him to come to her whenever he had any need. "She is the best lady I know, present company excepted," he said, but the old woman didn't hear him.

XXXIX

111, 12 — 116, 16

(*a*) 1. ¿Qué criados quedaron en la casa de Amalia después del 5 de mayo? 2. ¿Durante cuántos meses estuvo el cochero en casa de

Amalia? 3. ¿Qué acostumbraba a hacer Amalia en las noches de luna? 4. ¿De qué estaba persuadido el antiguo criado de Amalia? 5. ¿Quién entró en la alcoba de Doña María Josefa después de la salida del criado? 6. ¿Por qué le era fácil a la muchacha espiar a Amalia? 7. ¿Cómo sabía que era unitaria? 8. ¿A qué hora solía Amalia tocar el piano y cantar? 9. Según la espía, ¿qué clase de canción cantaba? 10. ¿Qué cambio había observado la muchacha en Eduardo?

(b) The man told Doña María Josefa the truth. He had seen no one enter the house of Amalia at night; no one went with her when she went walking on the shores of the brook on moonlight nights. This man was a federal, but he did not want to compromise Amalia. After his departure, a little negress came to the door. "Let her come in," said Doña María Josefa. The girl said that she had seen Amalia walk in her garden with a young fellow nearly every day during the past months. They did not enter the house until the night came.

XL

117, 1 — 121, 8

(a) 1. ¿En qué había ido convirtiéndose la quinta de Barracas? 2. ¿Iba Madama Dupasquier a menudo a visitar a Amalia? 3. ¿Qué señora frecuentaba la quinta? 4. ¿Por qué hubiera querido Daniel hacer un viaje a Constantinopla? 5. ¿Qué había jurado Daniel hacía poco? 6. ¿De quién había recibido Daniel una carta el 4 de mayo? 7. ¿A cuántas casas fué en busca de Eduardo? 8. ¿Por qué se acabó el cuento de Daniel? 9. ¿A quiénes vieron entrar luego? 10. ¿Por qué no se retiró Eduardo?

(b) It was agreed between Amalia and Edward that he should return to the city within a few days. One afternoon a carriage stopped at the door, and Daniel came in with Florencia and her mother. Daniel insisted that Amalia should give him all the coffee he asked for. He said it was a pity they were not in Constantinople. There no one prevents your drinking coffee by dozens of cups. Then Daniel began to tell a story. When he had finished, and Edward was getting ready to give a new turn to the conversation, Doña Agustina and Doña María Josefa entered.

XLI

122, 1 — 127, 14

(*a*) 1. ¿Conocían todos los presentes a Doña María Josefa? 2. ¿En dónde quedó sentada ésta? 3. ¿Qué empezó a hacer Daniel? 4. Es probable que Daniel se pareciese al buen mozo del grabado en frente de la página 123, ¿no? 5. ¿Cuál de los personajes de esta novela se parece a la vieja que está sentada en el primer término y a la izquierda del mismo grabado? 6. ¿Quién hizo conocer a Doña María Josefa el nombre de Eduardo? 7. ¿Estaba éste perfectamente bueno? 8. ¿Quién invitó a Doña María Josefa que viniese junto al piano? 9. Al levantarse de su silla, ¿qué hizo Doña María Josefa? 10. ¿Cuál fué el efecto de esa acción?

(*b*) On seeing Doña María Josefa, Amalia could not help feeling a certain distrust. She hardly gave her the tips of her fingers, as if she didn't know what she was doing. She insisted that Florencia should play and sing, and Florencia invited Doña María Josefa to come near the piano. Doña María Josefa, pretending that she was looking for support, rested her hand on Edward's left thigh, and bore down on it so hard that the latter could not help suffering. "Pardon me, sir," said the old woman. "If I had known that you were not entirely well, I should not have hurt you."

XLII

127, 15 — 132, 7

(*a*) 1. ¿Quién condujo a las señoras hasta su coche? 2. ¿Cuáles fueron las últimas palabras que Doña María Josefa dirigió a Eduardo? 3. ¿Por qué había ido Doña María Josefa a casa de Amalia? 4. ¿Qué había descubierto? 5. ¿Quién le había inspirado la idea de que se sirvió para descubrir la verdad? 6. ¿Estaban de acuerdo Daniel y Eduardo sobre lo que tenían que hacer? 7. ¿Qué quería Amalia que Eduardo hiciese? 8. ¿Ante quién se dobló la energía de Eduardo? 9. ¿A dónde tenía Daniel la intención de conducirle a Eduardo? 10. ¿Quiénes se quedaron en casa de Amalia para defenderla?

(*b*) Doña Agustina's carriage had gone, and there was a silence in the parlor. Amalia was the first to break it, asking what sort of woman that

was. All their labor was lost; everything was discovered. It was necessary that Edward should leave the house and go immediately with
Daniel. Amalia did not want him to stay in the house. She was in
accord with Daniel on what was to be done. Daniel said he would
return to Amalia's side within an hour. Old Pedro remained in the
house, with orders to open to no one until Daniel's return.

XLIII ⌣

133, 1 — 140, 22

(*a*) 1. ¿A dónde fué a parar el coche en que estaban Daniel y Eduardo?
2. Antes de seguirlos, ¿qué es necesario hacer? 3. ¿Qué hacían los
asesinos de la Mashorca al entrar en las casas de los unitarios? 4. ¿En
dónde podía hallarse asilo? 5. ¿En quién sólo había esperanza para
el pueblo de Buenos Aires? 6. ¿A quién se decidieron Daniel y Eduardo
a pedir albergue? 7. ¿En qué idioma les habló el individuo que se
acercó a la puerta? 8. ¿Cómo estaba vestido el señor Slade?
9. ¿Cuántos refugiados había en la casa? 10. ¿Le gusta a Vd. el
capítulo que trata del señor Slade? ¿Por qué?

(*b*) The city had been changed into a kind of jail. There was no
refuge for any one. For Edward and Daniel there was no hope except
in the consul of the United States. Mr. Slade gave protection to all
Unitarians. Their names made no difference to him. "Let them all
come," he said. The other consuls did not open their doors to the victims
of Rosas. There was no one who was even a poor imitation of the noble
citizen of the United States. When Edward and Daniel beat upon his
door, a servant ushered them in without saying a word.

XLIV ⌣

141, 1 — 150, 10

(*a*) 1. ¿Cuál es el título del primer capítulo de la lección de hoy?
2. ¿De qué nacionalidad era el oficial de la ballenera? 3. ¿Qué hora
era cuando se descubrió la luz de la tierra? 4. ¿Qué ocurrió en Buenos
Aires a las siete de la misma noche? 5. Al dejar la casa de Madama
Dupasquier, ¿a dónde se dirigió el carruaje? 6. ¿Quiénes acompaña-

ban el carruaje a caballo?   7. ¿Hacia dónde daban las ventanas de la parte obscura de la casa?   8. ¿Qué hizo Daniel al ver la luz marítima? 9. ¿Qué hora había llegado por todos?   10. ¿Se alegra Vd. de despedirse de este libro?

(*b*) At about nine o'clock a whale-boat was running toward the coast, while in Buenos Aires a carriage was crossing the Plaza de Mayo.   Daniel and Edward were following the carriage.   The former said, "If we should have any adventure which made Florencia suffer, I should tremble like a woman."   Ten o'clock was about to strike when they arrived at a house whose windows looked towards the river.   "It is necessary for us to wait for the signal here," said Daniel.   He ordered Luisa to bring a light the moment that he asked her for it.   They saw the whale-boat's light at eleven o'clock.   The hour for saying good-bye to the fatherland had arrived.

GRAMMATICAL NOTES

1, 4. **Llegados al zaguán:** *arrived at the vestibule;* i.e., *when they reached the vestibule.* The use of a phrase beginning with a past participle instead of a temporal adverb is very common.

5. **se para, y dice.** The historical present recurs constantly in the " Amalia " for the sake of graphic narrative.

6. Dashes are commonly used in Spanish instead of quotation marks. The student should note also that sometimes not even dashes are used for setting off direct discourse, as on page 1, line 11, where in English we should expect quotation marks after *pocas*, and again before *Es* in line 12, etc.

9. **una larga espada media cubierta.** The more usual adverb *medio* is here attracted to the feminine form by the words with which it is construed.

11. **Por muchas que tomemos, serán siempre pocas :** *For many that we may take, they will be always few;* i.e., *However many we may take, they will still be too few.* The subjunctive is used in a relative clause referring to an indefinite antecedent.

2, 7. **Sea.** Subjunctive used as imperative: *So be it;* i.e., *Very well.*

8. **al** = *a* + *el.* The *a* is the sign of the personal object.

8. **acababa de hacer la indicación :** *had just made the indication;* i.e., *had just indicated (the place of meeting). Acabar de* in the present means *has* or *have just,* and in the imperfect *had just;* this makes it necessary to translate the dependent infinitive as a past participle.

13. **quedaban salieron.** Compare the use of the imperfect and past definite in these two words.

23. **habrá de.** This future has little more force than the present would have : *is destined to.*

24. **qué será de nosotros :** *what will become of us.*

25. **dar el paso :** *take the step.*

27. **este mundo de Dios :** *this world of ours.*

3, 8.   **mashorquero** is derived from the two words *más* and *horca*, whose literal meaning is *more gallows*.   A *mashorquero* was a member of the *Mashorca*.   See historical footnote 2, page 3.

9.   **Ni lo uno ni lo otro.**   The neuter *lo* here refers, as usual, to a previously expressed idea : *neither the one thing nor the other*.

16.   **menos número de hombres moriremos.**   The verb is in the first person plural because the speaker includes himself in the subject : *less number of men we shall die;* i.e., *fewer of us men will die.*

27.   **que** here stands for *a medida que* at the beginning of the sentence.

4, 1.   **parábase.**   Pronoun objects regularly precede the verb, except when the verb is an infinitive, a present participle, or an affirmative imperative.   But in literary language this rule is often broken, as in this case.   The more natural order would be *se paraba.*

2.   **lo** is very commonly used instead of *le* as pronoun object referring to a person.

3.   **Llegados,** etc.   See note to 1, 4.

5.   **habremos de:** *we are to.*   See note to 2, 23.

10.   **patriótico.**   Any adjective whose meaning permits may be used as a noun : *patriot.*

24.   **dar anuncio de :** *to give notice of;* i.e., *to announce.*

26.   **sin cambiarse una sola palabra :** *without a single word being exchanged.*

5, 15.   **S. M. B.**   See the vocabulary.

20 and 21.   **mientras . . . tierra :** *while Merlo it seemed that he was looking for it on land;* i.e., *while Merlo seemed to be looking for it on land.*

6, 7.   **comunicárselo** = *comunicar + se + lo.*   *Se* here stands for *les*.   It anticipates *a sus compañeros* and is not to be translated : *to tell it to his companions.*

7.   **¿quién vive?** is equivalent to the English "*Who goes there?*"   Translate : *challenge.*

9.   **al ánimo de todos.**   Spanish uses the singular in referring to a number of identical things, one of which belongs to each of a group : *to the souls of all.*

10.   **No respondan** = *No respondan Vds.: Don't answer.*

32.   **se sienten pronto asir.**   A dependent active infinitive is often used in a passive sense : *feel themselves quickly seized.*

8, 3. **Cadáver** is in apposition with *ese hombre.*

11. **que presenta el flanco de los cuatro**: *which represents the flank of the four;* i.e., *on the flank of the four.*

22. **no había terminádose.** The more usual order would be *no se había terminado.* See note to 4, 1.

26. **parando sus primeros golpes**, etc. These and succeeding fencing terms are all translated in the vocabulary.

9, 7. **la intención** is the subject of *cumpliéndose* in line 6.

9. **le iba faltando.** *Ir, venir,* and some other verbs, often replace *estar* as progressive tense auxiliaries: *was failing him.*

17. **éste**: i.e., *el cuchillo.*

10, 6. **conseguiréis.** Note the use of the familiar second person, here expressing contempt.

9. **para** is a verb here. See the vocabulary.

13. **el contrario de Eduardo, atravesado el pecho**: *Edward's opponent, with his breast pierced.*

26. **se le aproximan.** The *se* is reflexive, and, as often in Spanish, does not change the verb's meaning. The *le* is the indirect object: *they approach him.*

11, 3. **se lo.** The *se* here stands for *le*, and is the indirect object. A personal pronoun beginning with *l* is changed to *se* before any other personal pronoun beginning with *l*, *se* assuming the meaning of the pronoun for which it is substituted.

15. **cae de boca**: *falls forward.*

17. **A ti también te irá tu parte.** *A ti* anticipates *te*, and is redundant or superfluous, except for emphasis: *To you also will go your part;* i.e., *You will get your share also.*

12, 3. **al parecer** modifies the preceding clause.

15. **gira sus ojos**: *turns his eyes;* i.e., *looks about.*

25. **tu amigo.** Note the use of the second person denoting very intimate friendship.

26. **hermano** is not to be taken literally, but as a term of endearment: *dear friend.*

13, 2. **a ver**: *to see;* i.e., *let's see.* The expression here marks a break in the speaker's thought.

6. **te habrán herido la derecha.** The verb here is a future of probability. This construction is used to show that the action of the verb is probable in the mind of the speaker, who does not

know the fact absolutely. In Spanish no adverb of probability
is necessary to complete the meaning. The English translation
depends largely on the context: *they will have wounded your
right;* i.e., *they have probably,* or *must have, wounded your right
(hand).* Attention will be called to this construction repeatedly
in the following pages, and also to the conditional of probability,
which offers similar difficulty.

7. ¡**no haber estado contigo yo**! *to think that I was not with
you!*

14, 1. **a lo hondo**: *to the deepness;* i.e., *to the bottom. Lo*
with an adjective is often used to form a sort of abstract noun.

15, 1. **Y como un sarcasmo de**: *And like an ironical contrast to.*

3. **porque Daniel lo era también.** The neuter article *lo* often
refers to a whole idea previously expressed. Here it refers to
jóvenes: for Daniel was young, too.

6. **S. E.** See the vocabulary.

29. **A ver.** For the translation, see note to 13, 2.

16, 13. **nos habría tocado la bolsa de onzas**: *the purse of
doubloons would have touched us;* i.e., *we should have got the purse
of doubloons.*

16. ¡**Qué buscarlos**! *What (do you mean by saying) " look for
them "?* This is a very common construction, used when one
wishes to express surprise at some word or phrase which another
speaker has just used.

18. **el otro se dejó estar sentado**: *the other let himself be seated*,
i.e., *the other remained seated.*

20. **ándate no más**: *go, and have done with it.*

17, 1 and 2. **Ésta es cosa . . . y que.** *Serán* is a future of
probability. See the note to 13, 6. This whole sentence construction is that of an uneducated person: *This is a Unitarian
thing . . . the time that I know is that it must be twelve o'clock
and that . . .*

8. **instrumento muy pequeño.** In another part of the story
not included in this text, Daniel's weapon is described. It was
what is called a " life-preserver," and consisted of a flexible willow
stick about a foot long, with an iron ball at each end, wielded by
grasping one of the balls and striking with the other

9. **el cual parece que**, etc. The verb *parece* is impersonal. Omit *que* in translation: *which, it seems, had the same effect*, etc.

10. **que se la llevase.** This is a subjunctive relative clause, referring to an indefinite antecedent: *which would carry it (la cabeza) away. Se* is a dative of interest (*for itself*), not to be translated.

20. **No hagas fuerza.** The subjunctive is used instead of the imperative in negative second person commands: *Do not exert yourself.*

18, 1. **a estas horas.** The plural is used in a great many Spanish idioms where the English requires the singular: *at these hours;* i.e., *at this hour.*

2. **federalmente**: *like Federals.* Red was the color of the Federal party.

5 and 6. **y llevarte . . . hacer**: *and to take you to my house would amount to committing one foolish act for all those that I have not committed in the past.*

8. **no me hagas.** See note to 17, 20.

13. **le pasó pronto**: *it left him quickly.*

19, 1. **subiendo**, etc. Parenthetical clauses introduced by participles are very numerous. The student must watch the context closely to determine whether the participle is transitive or not. In this case it is transitive, *caballo* being the object.

5. **aquella palabra** refers to *Aquí*, the first word in the paragraph.

24. **me va la vida**: *my life is at stake.*

28. **sin cuidarse**, etc.: *without taking care about making little or much noise;* i.e., *without caring how much noise she made.*

21, 12. **no estorbaron a Eduardo descubrir**: *did not prevent Edward from discovering.*

21. **acabas de recibir.** See second note to 2, 8.

22, 2. **toda.** See note to 1, 9.

4. **contrastada por**: *in contrast with.*

14. **yo no podría tampoco concebir**: *besides, I couldn't conceive.*

15. **iba.** See note to 9, 9.

20. **Amalia no esperó oír concluir la última sílaba.** For *concluir*, see note to 6, 32. *Amalia did not wait to hear the last syllable finished.*

N

23, 14. **ciento contra uno a que no tendrías.** Supply *apostaría* before *ciento* and omit *a* in translation: (*I'd bet*) *a hundred to one that you wouldn't have.*

17. **para despacio**: *for slowly;* i.e., *for another time.*

21. **los dioses habrían despedido a Hebe, y dádote la preferencia.** In compound tenses the object pronoun is usually placed before the auxiliary, but when, as here, the auxiliary is understood, the pronoun is added to the participle.

28. **un no sé qué de más impresionable**: *a certain more emotional appearance.*

31. **no había imaginádose.** See note to 4, 1. The normal order would be *no se había imaginado.*

24, 18. **púsolas el sobre.** See notes to 4, 1 and 6, 9. *Las* is the indirect object: *he put the envelopes to them;* i.e., *he put them into envelopes.*

21. **como de sesenta años de edad**: *of about sixty years of age.*

27, 9 and 10. **que se haga . . . esa carta.** See note to 6, 32: *that you have yourself killed rather than allow this letter to be taken from you.*

24. **tampoco** here means *besides.* It anticipates objections to Daniel's course of action.

28, 1. **quedaron dueñas de la casa**: *have remained in possession.*

6. **los que no queramos.** The subjunctive is used in a relative clause introduced by *que* referring to an indefinite antecedent. The speaker includes himself among those referred to; hence the verb in the first person: *those of us who do not want to be assassins.*

12 and 13. **a fe . . . Buenos Aires**: *on faith, my dear Edward, that we are not destined to be worse in hell than in Buenos Aires;* i.e., *believe me, we shall be no worse off in hell than in Buenos Aires.*

18. **conocer.** See note to 6, 32.

29. **a los blancos por blancos, y a los negros por negros.** The *a* is the sign of the personal direct object: *the whites because they are white and the blacks because they are black.*

32. The dots in this line indicate an unfinished sentence whose thought may be supplied from the following speech by Daniel.

29, 3. **en el estado . . . pueblo**: *in the condition in which our people finds itself;* i.e., *given the present state of mind of our people*

3. **de una orden**: *by a command.*

8. **Sólo hay,** etc. The student should remember that the
Unitarian party is opposed to that of Rosas, the Federal party.
The mulattoes looked up to the Unitarians because they knew they
were a better class of people than the Federals.

18. **no me hables.** See note to 17, 20.

21. **poner todos los medios:** *put all the means;* i.e., *do everything possible.*

30, 11. **que** is a relative pronoun here referring to *la,* but best
rendered as a conjunction: *as.*

11. **entra al.** In Castilian we should expect *entra en el.*
Spanish-American writers often use *a* instead of *en.*

11. **dulce y tranquilamente** = *dulcemente y tranquilamente.*
The suffix *-mente* is added only to the last of two or more adverbs
closely related.

31, 13. **será** is a future of probability. See note to 13, 6.

32, 24 and 25. **hace un esfuerzo para incorporarse.** Edward
instinctively wished to show respect for his former teacher of
philosophy.

34, 14 and 15. **que corría a lo largo del muslo:** *which extended
along the thigh.*

35, 2. **gauchito.** The diminutive here expresses admiration.
For lack of an English equivalent, translate simply *cow-boy.* See
footnote, page 4.

4. **No ha de faltar nada:** *Nothing is destined to be lacking;*
i.e., *I think nothing is lacking.*

14. **debía de hacer:** *he was to do.*

37, 19. **¿Volvemos?** *Do we return?* i.e., *Are we coming back to
that subject again?*

23. **¡Adiós!** This word is often used as a mere exclamation
of surprise, resignation, etc. Translate here: *Well. well!*

38, 11. **Ciento como usted:** *A hundred like you;* i.e., *Give me
a hundred like you.*

25. **nada temas.** If a negative other than *no* precedes a verb,
no other negative is necessary: *fear nothing.* See also note to
17, 20.

39, 6. **no pudieron menos de:** *could not less than;* i.e., *could
not help.*

9. The dots at the end of this line stand for the incompleted part of the sentence; probably Daniel intended to say *para ayudarme en mis trabajos: to help me in my work.*

40, 7. **eran**: *they (the rooms) were.*

19 and 20. **hacía . . . asistía.** This is an example of the common use of *hacer* in time expressions: *for some months he had not attended.* Notice that in such constructions Spanish uses the present where we use the perfect, and the imperfect where we use the pluperfect.

41, 7. **Florencia** is Daniel's fiancée.

13. **en lo de.** This expression is used frequently in the "Amalia" in the sense of *en casa de : at the house of.*

16. The two words **de** in this line are construed with *saber* in line 13: *to know about.*

22. **y que harás que te revele ella misma**: *and which you will make her reveal to you herself.*

23. **hé ahí tu talento**: *behold there your skill;* i.e., *that is the way I want you to use your skill.*

25. **algo muy serio envuelve este asunto.** The student should bear in mind that in Spanish the subject often follows the verb, as here: *this matter involves something very serious.*

42, 4. **nunca te he dado que sentir**: *never have I given you cause for regret.* See note to 38, 25.

5. **¡Qué sentir, señor!** *What do you mean by saying " regret," sir?* See note to 16, 16.

16. **Primero me hago matar que**: *First I make myself to be killed than;* i.e., *I'll let myself be killed rather than.* See note to 6, 32.

23. **con la vida**: *with life;* i.e., *from birth.*

26. **porque los tontos no deben conspirar.** Daniel here alludes to the conspiracy against Rosas, in which he is engaged.

44, 8. **de ella debía bajar.** The pronoun *ella* refers to *época;* the subject of *debía* is *la dictadura* understood.

11. **le** refers to *el general Lavalle.*

46, 3. **Acabó por tirar el guante a la paciencia**: *He ended by throwing down the gauntlet to the patience;* i.e., *He finally challenged the patience.* Note the difference between *acabar por* and *acabar de,* meaning *to end by* and *to have just,* respectively.

20. **no hacía sino pasearse**: *did not do except take a walk;* i.e., *did nothing but parade.*

47, 8.   **se diese principio a la simultaneidad**: *a beginning would be given to coördination;* i.e., *coördination would be decided upon.* See note to 41, 25.

20.   **lógica y naturalmente.**   See third note to 30, 11.

48, 1.   **como de cuarenta y ocho años de edad**: *of about forty-eight years of age.*

8 to 10.   **a no estar . . . sobre su frente**: *except that at that moment the part over his forehead was turned up.*

24.   **¿Acabó usted?**   In Spanish the past definite is often used where we would use the perfect: *Have you finished?*

27.   **A ver.**   See note to 13, 2.

49, 2.   **salvajes unitarios**: *Unitarian savages.*   As will be seen later on, one of Rosas' hobbies was always to refer to his political opponents as *savages.* He insisted on the use of this word in all documents which mentioned the Unitarians.

5.   **En que.**   The *que* refers to *documentos.*

5.   **se me desconoce**: *they refuse to recognize me.*

14.   **titulado** means here *so-called*, and was undoubtedly pronounced by the clerk in a very sarcastic tone of voice.   It was another hobby of Rosas to prefix the word *so-called* to any title which his political opponents assumed, implying that they had no right to those titles.

18.   **al.**   The *a* shows that *Restaurador* is the direct personal object of *desconocerá.*

50, 16.   **¡Yo les daré dulces!** *I'll give them sweetmeats!* i.e., *I'll make it merry for them!*   Notice the pun on the name *Dulce* in the preceding paragraph.

17.   **las ventanas de su nariz**: *his nostrils.*

29.   **vuelva usted a decirlo.**   *Volver a* + an infinitive means to repeat the action of the infinitive: *say it again;* i.e., *repeat it.*

51, 17.   **embarque.**   The reader will realize that Rosas is referring to the attempted embarkation of the fugitives described in Chapter I.

20.   **Habrán tenido miedo.**   The verb is a future of probability.   *They will have had fear;* i.e., *They must have been afraid.*   See note to 13, 6.

53, 21.   **¿Estuvo María Josefa?**   *Estar* is frequent in the sense of *to be present: Was María Josefa here?*

54, 23. **Sírvelo.** See note to 4, 2.

27. **¿Qué tiene?** A very common meaning of *tener* is *to be the matter with: What is the matter with you?*

31. **¿tú no cuidas al que te ha de echar la bendición . . .?** *don't you take care of the man who is to give you his blessing . . .?*

55, 28. **riéndose a carcajada suelta**: *laughing with loud laughter let loose;* i.e., *laughing without restraint.*

56, 13. **conversación** is the subject. See note to 41, 25.

18. **empeñado que estuvo**: *insistent as he was;* i.e., *because he insisted.*

58, 12. **las paces.** See note to 18, 1.

22 to 24. **sólo . . . nadie:** *solely on account of his rule not to allow a desire of his to be opposed by anybody's will.*

59, 5. A comma is often used in Spanish to separate a long subject clause from the verb.

61, 1. **dando la espalda a la puerta**: *with her back to the door.*

9. **que hacía vestir el gobernador.** This is an example of the so-called causative construction common with *hacer, mandar,* etc.: *which the governor caused to be worn.* See also note to 6, 32. When Rosas' wife died, he tried to make every one wear a mourning-band of red, the official color of the Federal party.

28. **sacó**: *drew out;* i.e., *put out.*

30. **al poner,** etc.: *on putting the latter her eyes on the glass;* i.e., *when the latter saw the glass.*

62, 3. **lo echó de ver**: *noticed it.*

12. **¿Qué anda haciendo?** See note to 9, 9.

14. **que volviese a verlo**: *that I should come back to see you.*

19. **no sé qué cosas**: *I do not know what things;* i.e., *something or other.*

22. **Pues** is frequently used to give emphatic assent, meaning *certainly, yes indeed,* etc.

30. **¡Y que los traía!** The expression is elliptical, and negative in force. *And (did anybody tell you) that I was bringing them as prisoners? Of course I'm not!*

63, 1. **Como estos salvajes,** etc. The student must supply the ellipsis before this sentence: *(I had forgotten) because these savages keep my head as hot as a furnace.*

6. **hijos calaveras.** A noun is sometimes used as an adjective in Spanish: *mad-cap sons.*

7. **que los buenos federales los tomasen por su cuenta:** *that good federals should take charge of them.*

10. **¡Qué ha de triunfar!** *What do you mean by saying " he is going to triumph "?* Cuitiño implies that of course Lavalle is *not* going to triumph. See note to 16, 16.

15. **que** as a conjunction frequently stands for *porque,* meaning *for,* as here.

18. **diga.** The subject is *you* (not expressed), and the object is *esto mismo.*

18. **como cosa suya:** *as coming from yourself.*

20. **Se lo** = *les lo* (the *les* referring to *amigos* in line 19). See note to 11, 3.

24. **policía** here means *police headquarters.*

64, 19. **lo** refers to the idea *who he was.*

28. **dicen que lo vinieron a proteger.** The subject of *vinieron* is an indefinite *they, some one.*

28. **fué por ahí cerca de la casa:** *he went by there near the house;* i.e. *he went off in the direction of the house.*

65, 26. **¡Si yo lo hubiera agarrado!** The repetition is ironical.

27. **A que no encuentra,** etc. In expressing a wager the verb *apostar, to bet,* is commonly omitted: *(I'll bet) that you don't find,* etc.

31. **¡Que lo ha de hallar!** Supply some such words as *le digo* before this sentence, and translate: *(I tell you) that you must find him.*

32. **Puede que.** Supply *ser: it may (be) that.*

66, 10. **me he de hacer matar.** See notes to 6, 32 and **61,** 9.

11. **nos da a todos:** *gives to us all;* i.e., *does for us all.*

25. **Traiga:** *Bring (your hand)* ; i.e., *Shake (hands).*

31. **con una mirada llena de vivacidad e inteligencia** modifies *midió* (line 32), not *salía* (line 31).

67, 7. **había adquirido,** etc. The subject of this verb is *esa multitud* (line 5) ; *que* (line 9) refers to *obediencia* and is the object of *presta, materia* being its subject. **la materia bruta en la humanidad** means *the brutish element in humanity.*

68, 4.   **apresurémonos** = *apresuremos* + *nos: let us hasten.*

10.   **color de llamas.**   That is, it was ostentatiously decorated with red, the official color of Rosas' party.

69, 11.   **de los distintivos:**   *of the distinctive marks.*

12.   **de que:** *with which.*

13.   **sino:** *anything but.*   That is, the six Federals saw on Florencia's person only one of the distinctive marks of the Federation, and that one was merely the ends of a small red ribbon.

70, 2.   **creerse.**   The *se* is a dative of interest.

10.   **dijo tuviese:** i.e., *dijo* (*que*) *tuviese.*   The conjunction in such cases is sometimes omitted, contrary to the general rule.

14.   **no pudo menos de:** *could not less than;* i.e., *could not help.*

71, 4.   **solicitudes.**   It is evident from the context that these were *written petitions.*

7.   **presentadas** modifies *solicitudes.*

9.   **de no ser importunado.**   Because Doña María Josefa really did not intend to hand over to Rosas either the petitions or the gifts that accompanied them.

11.   **por su madre:** *on her mother's side.*

22.   **33 y 35:** i.e., *1833 y 1835.*

72, 3.   **aquél** refers to *hermano,* in line 32, page 71.

24.   **porque** with the subjunctive means *in order that.*

24.   **porque no se la peguen:** *in order that they* (i.e., *some one*) *may not stick it on them with pitch.*   *Se* here stands for *les* (see note to 11, 3).   The subject of *peguen* is *they* in the sense of *people, some one or other.*

25.   **yo se la remacharía :** *I should rivet it on them.*   For *se,* see note to 11, 3.

26.   **para que no se la quitasen ni en su casa:** *so that they* (i.e., *the Unitarian women*) *should not take it off of themselves even in the house.*   *Se* is here the dative of the third person plural reflexive pronoun.   Verbs meaning *to take from* often govern as direct object the thing taken, and as indirect object the person from whom it is taken.

27.   **la** refers to *la divisa* (line 23).

29.   **¡ La traigo !**   See note to 65, 26.

73, 27.   **si no fuesen usted y Manuelita:** *if you and Manuelita were not;* i.e., *if it were not for you and Manuelita.*

74, 1. ¡**Y bien que le ayudamos**! After *bien* supply some such ellipsis as *puede usted creer: and well (may you believe) that,* etc.

9. **Y dadas ya.** Supply *las cuatro* before *dadas. Dar la hora* means *to strike the hour: and four o'clock already struck;* i.e., *and even later.*

10. **no tenemos ocurrencias ningunas** : *we have no incidents;* i.e., *nothing is going on now.*

22. ¡**Qué no se les puede impedir**! *What do you mean by saying " they can't be prevented "?* See note to 16, 16.

75, 1. **estarán** is a future of probability. See note to 13, 6.
29. **le** : *you.*
30. **Nada** is adverbial here: *nothing;* i.e., *not at all.*
31. **lo de Juan Manuel.** See note to 41, 13.

76, 4. **Lo que usted oye** : *that which you hear;* i.e., *exactly as I say.*

8. **y procurar que la admirasen los que la oían** : *and to bring it about that those who heard her should admire her;* i.e., *to make those who heard her admire her.*

77, 1. **es un hachazo** : *it is (like a) blow with an ax.*
19. **estará** is a future of probability. See note to 13, 6.
28. **asistencia repentina de** : *sudden attendance upon.*
29. ¿**Qué le parece a usted**? *What seems it to you?* i.e., *What do you think?*
30. **serán** is a future of probability. See note to 13, 6.
31 and 32. **no es . . . medios** : *it is not a great thing that which one will be able to advance by those means;* i.e., *you will not be able to advance a great deal by those means.*

78, 11. ¿**Que no**? This is elliptical for: ¿*Piensa Vd. que no? Do you think not?*

79, 32. **no me cabe la mínima duda** : *the least doubt is not contained in me;* i.e., *I have not the slightest doubt.*

80, 10. **de algún tiempo a aquí** : *from some time to here;* i.e., *for some time back.*
14. ¡**Que abra los ojos**! Supply some such ellipsis as *You tell me : (You tell me) that I should open my eyes !* i.e., *(You tell me) to open my eyes !*

24. **hay moros en la costa.** This expression dates from the time when the Moors from Africa used to raid the Spanish coast: *there are Moors on the coast;* i.e., *there is danger near.*

31. **gracioso** often means *funny*, as here.

81, 9. **indirecta . . . directamente.** See third note to 30, 11.

30. **¿Qué se hace Daniel . . .?** *What does Daniel become?* i.e., *What is Daniel doing with himself?*

82, 6. **Y eso que no lo digo todo:** *And that without my telling it all.*

7. **lo que son las muchachas:** *that which girls are;* i.e., *girls are so queer.*

10. **a carcajada tendida:** *with prolonged laughter;* i.e., *laughing loud and long.*

14. **le** in *Tírele* is a dative of interest, referring to Daniel.

26. **abrir los ojos.** The infinitive is frequent as a mild imperative.

83, 7. **la relación de su prima:** *the acquaintance of his cousin;* i.e., *to make me acquainted with his cousin.*

8. **Por otra parte,** etc. This and the following sentence have no main verb. Supply some such expression as *aquí está* before *esta mujer.*

84, 21. **que la estaba repitiendo.** The *la* is the indirect object, referring to Florencia.

22. **cuantas.** Supply *palabras* from the preceding phrase.

24. **a su capricho:** *as her caprice led her.*

85, 2. **habían** has as its subject the indefinite *they;* **habían abierto la puerta:** *they had opened the door;* or *the door had been opened,* since this impersonal construction is a common substitute for the passive voice.

2. **a la que.** Note that this relative refers to *puerta,* and that *él* (line 3) refers to *salón.*

3. **entrado.** Supply *que había* before this past participle.

19. Notice that, throughout this lovers' quarrel, Florencia uses the formal *usted.* Daniel persists in saying *tú* until he also becomes angry.

87, 9. **lo que se le dice.** *Se dice* is the reflexive commonly used instead of the passive. The *le* is the indirect object, anticipating *aquél* following: *that which says itself to him;* i.e., *what is said to him.*

10. **aquél** is the subject of *tiene* (line 9).

20. **¿Le parece a usted?** *Do you think so?* See note to 77, 29.

22. **rompimiento**: *breaking off (of our engagement).*

88, 28. As subject of **son**, supply *los asuntos de política.*

89, 9. **este último**: i.e., *este último peligro.*

24. **es** does not denote location here, *dónde es esto* really meaning *what place this is.* If the verb did denote location, *estar* would be used.

90, 24. **lo posible**: *the possible;* i.e., *what is possible,* or *everything possible.* The neuter article *lo* is often used before an adjective or a past participle in the sense of *what is, what was,* etc.

91, 12. **hace mucho tiempo que la juego**: *for a long time I have risked it.* See note to 40, 19 and 20.

16. **yo creo hacerlo en Dios**: *I believe I am doing it* (i.e. *depositing my secrets and my love*) *in God.*

29. **Eduardo ha debido ser asesinado anoche**: *Edward was to have been murdered last night.*

92, 4. **a lo de.** See note to 41, 13.

8. **yo la habré precipitado a su ruina.** The verb here is a future of probability: *I have probably hurled her to her destruction.* See note to 13, 6.

26. **iban siendo**: *were becoming.* See note to 9, 9.

93, 20. **Quiero frecuentar su relación**: *I want to frequent her relation;* i.e., *I want to become well acquainted with her.*

95, 18 and 19. **fija, poderosa, irremediablemente.** See third note to 30, 11.

96, 6. **único** and **desinteresado** modify *cariño* understood.

20. **cuando . . . acontecimientos**: *when the events gave her to us for knowing ;* i.e., *when the events introduced her to us.*

97, 25. **¡sí que duerme usted!** *yes, (I say) that you are sleeping;* i.e., *indeed you do sleep.*

98, 7. **creo verlo**, etc.: *I believe to see him as an instant ago I was seeing him here;* i.e., *I think I see him just as I saw him here a moment ago.*

13. **lo** still means *him* here, but Amalia plays on its other possible meaning (*it*) in her next speech.

14. **A mi espejo**: i.e., *estaba viendo a mi espejo.* The *lo* of *lo estaba viendo* (line 7) could mean either *him* or *it.* Of course Amalia really meant *him* (Edward), but she now pretends that she meant *it* (*el espejo*). The personal *a* is used before *espejo* because Amalia jokingly personifies it.

18. **al despertarme**: *on waking me;* i.e., *when you woke me.*

99, 5. **¡qué sé yo cuántas cosas!** *how do I know how many things!*

16. **¡Si no debe caminar todavía!** *Si* is common as a mere expletive. It may often be left untranslated, or taken, as here, as the equivalent of the English *why: Why, he ought not to walk yet!*

21. **está visto**: *it is seen;* i.e., *it is evident.*

100, 7. **una cosa**: *a thing;* i.e., *something.*

18. **¿Pues, no ves?** *Well, don't you see?*

22. **Luego**: *then;* i.e., *therefore.*

25. **la** refers to *culpa.*

29. **a saber de**: *to know of;* i.e., *to inquire about.*

101, 2. **En esto fué que**: *in this it was that;* i.e., *it was then that.*

15. **¿qué horas son?** This expression is usually in the singular: *¿Qué hora es?*

102, 7. **distraída.** Adjectives are sometimes used adverbially: *absent-mindedly.*

16. **Que usted**, etc. The clause is elliptical for *Digo que*, etc.: *I say that*, etc.

104, 6. **con** here means *in exchange for.*

12. **entusiasmado.** See note to 102, 7.

17. **que lo son.** The *lo* refers to *hombres: that they are it;* i.e., *that they are men.*

18. **deje usted**, etc.: *at least leave that the women we keep:* i.e., *at least let us women keep.*

24. **que la vió nacer.** The *la* refers to *libertad: that saw it (liberty) born;* i.e., *in the land where it was born.*

105, 2. **Perdón, yo la he engañado a usted.** Edward means that he had deceived Amalia when he gave Amalia's safety as his reason for wanting to leave the house. His real reason, as is shown in the following lines, is that he has fallen in love with her, and is not sure that she is in love with him.

21. **su** refers to Edward.

106, 5. **el índice de su mano señaló la rosa blanca.** The significance of Amalia's action would be clear to any Spanish-American reader. Throughout Latin America, as well as in Europe, people know the 'language of flowers.' In this language the rose means *love*, and many a Spanish-American lady has informed the object of her affection that he has won her heart by sending or giving him a rose.

107, 8. **hacía las veces de**: *was acting as.*

108, 1. **por en medio de**: *through the midst of.*

11. **Como a Usía le parezca**: *As to your ladyship it may seem to you;* i.e., *As you like.*

13. **Tráteme como quiera, no más**: *Address me just as you like.* *No más* in the sense of *just* is quite common.

14. **se acabó**: *has ended.* See note to 48, 24.

109, 3. **se han de hacer las excepciones**: *exceptions are to be made.* See note to 41, 25.

11. **que son los peores.** Doña María Josefa means that the Unitarians in the city were harder to deal with than those that had emigrated or joined the army.

20. **Vivir**, etc. To complete the meaning of this sentence, add *es la verdadera federación. Vivir* is a verbal noun.

26. **todo el que**: *every one who.*

110, 4. **nada más** here means *only.*

13. **si.** See note to 99, 16.

13. **Pobre del que**: *Woe to him who.*

17. **lo que le iban a preguntar.** The verb *iban* is the indefinite third plural: *what they were going to ask him;* i.e., *what question was going to be put to him.*

111, 9. **mejorando lo presente**: *present company excepted.*

112, 20. **¿Estaría rezando?** is a conditional of probability: *Do you suppose she was praying?* See note to 13, 6.

26. **por cuanto**: *whereas.*

29. **Esto echa por tierra**: *This throws to earth;* i.e., *This destroys.*

113, 1.   **una que otra vez** : *one or another time;* i.e., *now and then.*
23.   **no más:** *without further ado.*

114, 1.   **ha habido** : *it has had;* i.e., *there have been.*   This is the impersonal use of *haber* in the perfect tense.
8.   **pasear del brazo** : *walk arm in arm.*
13.   **les** refers to the two Unitarians upon whom the negress is accustomed to spy.
31.   **gringo** (feminine **gringa**) is the Spanish-American nickname for British and Americans.

115, 6.   **¿qué hay con eso?** *what is there with that?* i.e., *what of that?*
9.   **Yo digo no más** : *I just say so.*   See note to 108, 13.
20.   **¡Cuidado con no hacerlo!** *Beware with not doing it!* i.e., *Beware if you don't do it!*
24.   **que dicen que es** : *who they say that he is;* i.e., *who is, they say.*
31.   **¿Cuántos meses hará de esto?** The verb is a future of probability : *How many months will it make from this?* i.e., *How many months have probably passed since then?*   See note to 13, 6.

116, 12.   **se lo he de venir a contar a su merced** : *I am to come to tell it to your grace;* i.e., *I shall come and tell you.*   See note to 11, 3.
13.   **no más.**   See note to 113, 23.

118, 22.   **reclinado su brazo** : *reclined her arm;* i.e., *with her arm resting.*

119, 7.   **porque** here is equivalent to *que.*
8.   **de lo contrario** : *of the contrary;* i.e., *otherwise.*

120, 5.   **hija** is often used, as here, in the sense of *my dear.*
10.   **Entró en la moda.**   See note to 48, 24.   *He has entered into the fashion;* i.e., *He has become fashionable.*
11.   **tengo algo de adivino** : *I have something of a wizard;* i.e., *I am something of a wizard.*
16.   **que parece haber hecho sociedad con** : *who seems to have made society with;* i.e., *who seems to have joined with.*
17.   **él llevando,** etc.   It is evident that the Scotchman was a boatman who helped the Unitarians to emigrate to Montevideo.
19.   **esperando a que,** etc.: *waiting for Walter Scott to come and describe him.*

24. **me eché a andar.** *Echarse a +* an infinitive means *to begin* the action of the infinitive: *I started to walk.*

28. **ya se acabó el cuento :** *already the story has finished itself;* i.e., *now the story has ended.* See note to 48, 24.

122, 7. **no pudo menos de.** See note to 70, 14.

8. **un no sé qué de :** *a certain.* See note to 23, 28.

15. **esperaría** is a conditional of probability.

18. **fuera casual o intencionalmente.** For the adverbs, see third note to 30, 11. The verb *fuera* is the imperfect subjunctive of *ser : whether it was by chance or by design.*

19. **dándole la derecha :** *giving him her right;* i.e., *at his left.*

20. **se guardó bien de :** *took pains not to.*

123, 10. **a quien hace años no se le ve.** The *le* repeats *quien: whom for years one does not see him;* i.e., *whom we haven't seen for a long time.* For the tense of *ve,* see note to 40, 19 and 20.

22. **estará** is a future of probability.

26. **¡Como le veía tan pálido!** Supply *I said you must be convalescing* before this elliptical sentence.

28. **sin divisa.** The fact that Edward was not wearing a red ribbon proved to Doña María Josefa that he was living in the house, for no one could appear on the streets without the emblem of the Federation.

29. **corbata.** The Argentinians of that day wore neckties which were more like scarfs than neckties, and could be wrapped several times around the neck to afford protection against the cold.

124, 2. **en esto de frío :** *in this matter of cold;* i.e., *so far as cold is concerned.*

3. **hasta medio muslo :** *halfway up the thigh.*

4. **¡como aquí estamos en Buenos Aires!** i.e., *since here we are in Buenos Aires, (what you are saying doesn't fit the case)!*

8. **¿Ha hecho usted poner chimenea?** *Have you made put in a brazier;* i.e., *Have you had a brazier put in?* See note to 11, 9. *Brazier,* rather than *fireplace,* is evidently the meaning of *chimenea* here.

21. **bien las han pagado.** In this very idiomatic construction some such word as *acciones, actions,* is referred to by *las: they have paid well for their actions;* i.e., *they got what was coming to them.*

22. **de eso yo le respondo :** *for that I answer to you;* i.e., *I assure you of that.*

25. **Si.** See note to 99, 16.

27. **Eso es.** This phrase is constantly used in conversation (often in the order: *es eso*) for giving assent to anything; it means *that's so, that's right*, etc.

28. **si no hubiera sido la noche:** *if the night had not been;* i.e., *if it had not been for the night.*

28. **escapa.** The present tense is used here, instead of the conditional, for the sake of vividness.

125. 1. **sacarán** is a future of probability.

15. **si.** See note to 99, 16.

15. **ya** is often to be omitted in translation.

17. **Vaya,** in such constructions as this, represents some expression like *I'm sure, you know*, etc.

25. **en lo más sensible:** *in the most sensitive part.* See note to 90, 24.

126, 6. **¡Lo que es ser vieja!** *What it is to be old!* i.e., *That's what one gets for being old!*

27. **pasó.** See note to 48, 24.

127, 14. **me estaría hasta esas horas:** *I should be until those hours;* i.e., *I should stay until that time.* **Estarse** is often used instead of the simple verb *estar.*

15. **¿Qué tal?** *How did you like it?*

17. **pasó.** See note to 48, 24.

22. **Si no hay de qué:** *Why, there is not concerning which (to bear a grudge)*; i.e., *Why, there is no reason for (bearing a grudge).* See note to 99, 16.

24. **Lo que prometo,** etc., is, of course, sarcastic.

128, 11. **ni la ofreció su casa.** The Spanish custom is to offer the freedom of the house to guests on their departure.

24. **ella misma:** *herself only.*

30. **ha debido tener:** *she must have had.*

129, 6. **el escapado:** *the man who escaped.*

28. **por lo mismo:** *for the same;* i.e., *for the very reason.*

130, 6. **toda.** See note to 1, 9.

16. **Cuando no fuera más que el honor:** *When it were no more than honor;* i.e., *If honor alone were at stake.*

25. **ya que:** *now that;* i.e., *seeing that.*

131, 25. **sabría hacer sus veces**: *would be able to take your place.*

133, 10. **no volvía en sí**: *was not returning into itself;* i.e., *was not recovering.*

134, 6. **acabar de** does not mean *to have just* here. Translate **no pensaba sino . . . en acabar de enfermar . . . el espíritu público**: *he was thinking only of completely weakening the spirit of the people.*

  11. **exterioridades**: *outward appearances,* such as painting the houses red, the color of Rosas' party, as described in the following paragraph.

  19. **azul o verde**, the colors of the Unitarians.

  29. **se le hacía**, etc.: *one made an accompaniment for it with the death throes of the victims;* i.e., *the death throes of the victims furnished the accompaniment.*

135, 10. **dándoles.** The verb *dar* is very common in the sense of *to strike.*

137, 12. **Al poco rato**: *At the little space of time;* i.e., *After a little while* or *Presently.*

  15. **¿Qué hay?** *What is there?* i.e., *What do you want?*

138. 22. **¿Sabe usted a lo que venía?** *Do you know to what I was coming?* i.e., *Do you know what I came for?*

139, 8. **del siglo XIX** = *del siglo diecinueve.* In naming the centuries, the cardinal numbers are much more common than the ordinals, although below eleven either may be used.

  10. **porque**, etc. The subject of *puede* is *it* (i.e., Mr. Slade's country). The *lo* in *serlo* refers to *fuerte* (line 10). *Como* means *like.*

141, 5. **una que otra**: *one or another;* i.e., *an occasional.*

  16. **a cuya luz**: *at whose light;* i.e., *by the light of which.*

  18. **que sujetaba**: *which was holding down.*

  23. **Como al cabo**: *As at the end;* i.e., *At about the end.*

142, 1. **seguir a remo**: *to go ahead, using the oars (instead of the sail).*

  18. **por una sola vez**: *for a single time;* i.e., *just once.*

  o

143, 12. **habría pasado** is a conditional of probability.

15. **la luz marítima**: *the maritime light;* i.e., *the light on the water.*

144, 1. **Como a las siete**: *at about seven.*

14. **ya muy de noche**: *now very of night;* i.e., *when it was quite dark.*

20. **bien poco pesada para ella**: *very little heavy for her;* i.e., *quite agreeable to her.*

145, 12. **la** repeats *que* (line 11) and is not to be translated.

146, 4. **a fe mía**: *by my faith* or *upon my word.*

147, 10. **aquélla**: *that one;* i.e., *the former* (referring to Florencia's mother).

17. **que no debe tardar**: *which ought not to delay;* i.e., *which ought to be here soon.*

148, 5. The object of **agitase** is *naturaleza* (line 6). *Felicidad, peligro,* and *muerte* are in apposition with *nada.*

17. **que se dejaba conocer por el rumor de la ola**: *which let itself be recognized by the noise of the wave;* i.e., *which was distinguishable on account of the noise of the waves.* See note to 6, 32.

149, 8. **cuadras** is here the land measure. See the vocabulary.

THE VERB *

1. In the following sections, all matter relating to the verb, both regular and irregular, is arranged for convenience of reference.

All Spanish verbs, whether regular or irregular, end in –**ar**, –**er**, or –**ir**. This gives a convenient basis for classifying all the verbs, according to their infinitive endings, into three general groups or conjugations. Thus:

FIRST CONJUGATION	SECOND CONJUGATION	THIRD CONJUGATION
comprar	**vender**	**vivir**

2. Differences of person, mode, and tense are indicated in the Spanish verb by adding certain inflectional endings to the root or stem of the verb, or, in some cases, to the whole infinitive.

3. The *stem* or *root*, or *radical* of a verb is what remains after dropping the infinitive ending –**ar**, –**er**, or –**ir**.

4. The Regular Verb. — A regular verb is one in which the regular inflectional endings are added to the stem of the infinitive or the whole infinitive without change in either of the latter. For the future and conditional, the endings are added to the whole infinitive, while throughout the rest of the verb they are added to the stem.

Although three conjugations are always given for convenience of classification, there are really but two full conjugations, the second and third having almost throughout the same endings. They differ in only four forms, namely, the *present infinitive*, the *first* and *second plural* of the *present indicative*, and the *second plural*

* The following paragraphs on the Spanish verb are taken, with some modifications, from the *Practical Spanish Grammar* by Ventura Fuentes and Victor E. François (The Macmillan Company, 1916).

of the *imperative*. In the forms in which they differ the second
conjugation has the distinguishing vowel of that conjugation, **e**
(–er, –emos, –éis, –ed), while the third has the distinctive vowel of
the third, **i** (–ir, –imos, –ís, –id). The paradigms of the three regular conjugations are as follows:

5.   I   II   III

INFINITIVE MODE

compr **ar**, *to buy*   vend **er**, *to sell*   viv **ir**, *to live*

PARTICIPLES
Present

compr **ando**, *buying*   vend **iendo**, *selling*   viv **iendo**, *living*

Past

compr **ado**, *bought*   vend **ido**, *sold*   viv **ido**, *lived*

INDICATIVE MODE
Present

I buy, do buy, am buying, etc.	*I sell, do sell, am selling*, etc.	*I live, do live, am living*, etc.
compr **o**	vend **o**	viv **o**
compr **as**	vend **es**	viv **es**
compr **a**	vend **e**	viv **e**
compr **amos**	vend **emos**	viv **imos**
compr **áis**	vend **éis**	viv **ís**
compr **an**	vend **en**	viv **en**

Imperfect

I was buying, used to buy, bought, etc.	*I was selling, used to sell, sold*, etc.	*I was living, used to live, lived*, etc.
compr **aba**	vend **ía**	viv **ía**
compr **abas**	vend **ías**	viv **ías**
compr **aba**	vend **ía**	viv **ía**
compr **ábamos**	vend **íamos**	viv **íamos**
compr **abais**	vend **íais**	viv **íais**
compr **aban**	vend **ían**	viv **ían**

Past Definite

I bought, did buy, etc.	*I sold, did sell,* etc.	*I lived, did live,* etc.
compr **é**	vend **í**	viv **í**
compr **aste**	vend **iste**	viv **iste**
compr **ó**	vend **ió**	viv **ió**
compr **amos**	vend **imos**	viv **imos**
compr **asteis**	vend **isteis**	viv **isteis**
compr **aron**	vend **ieron**	viv **ieron**

Future

I shall buy, etc.	*I shall sell,* etc.	*I shall live,* etc.
comprar **é**	vender **é**	vivir **é**
comprar **ás**	vender **ás**	vivir **ás**
comprar **á**	vender **á**	vivir **á**
comprar **emos**	vender **emos**	vivir **emos**
comprar **éis**	vender **éis**	vivir **éis**
comprar **án**	vender **án**	vivir **án**

Conditional

I would or *should buy*	*I would* or *should sell*	*I would* or *should live*
comprar **ía**	vender **ía**	vivir **ía**
comprar **ías**	vender **ías**	vivir **ías**
comprar **ía**	vender **ía**	vivir **ía**
comprar **íamos**	vender **íamos**	vivir **íamos**
comprar **íais**	vender **íais**	vivir **íais**
comprar **ían**	vender **ían**	vivir **ían**

IMPERATIVE MODE

buy, etc.	*sell,* etc.	*live,* etc.
compr **a** (tú)	vend **e** (tú)	viv **e** (tú)
compr **ad**	vend **ed**	viv **id**
(vosotros, −as)	(vosotros, −as)	(vosotros, −as)

SUBJUNCTIVE MODE
Present

I may buy, that I may buy, etc.	*I may sell, that I may sell,* etc.	*I may live, that I may live,* etc.
compr **e**	vend **a**	viv **a**
compr **es**	vend **as**	viv **as**
compr **e**	vend **a**	viv **a**
compr **emos**	vend **amos**	viv **amos**
compr **éis**	vend **áis**	viv **áis**
compr **en**	vend **an**	viv **an**

Imperfect (–ra form)

I might or *should buy*, etc.	*I might* or *should sell*, etc.	*I might* or *should live*, etc.
compr ara	vend iera	viv iera
compr aras	vend ieras	viv ieras
compr ara	vend iera	viv iera
compr áramos	vend iéramos	viv iéramos
compr arais	vend ierais	viv ierais
compr aran	vend ieran	viv ieran

Imperfect (–se form)

I might or *should buy*, etc.	*I might* or *should sell*, etc.	*I might* or *should live*, etc.
compr ase	vend iese	viv iese
compr ases	vend ieses	viv ieses
compr ase	vend iese	viv iese
compr ásemos	vend iésemos	viv iésemos
compr aseis	vend ieseis	viv ieseis
compr asen	vend iesen	viv iesen

Future

I shall or *should buy*, etc.	*I shall* or *should sell*, etc.	*I shall* or *should live*, etc.
compr are	vend iere	viv iere
compr ares	vend ieres	viv ieres
compr are	vend iere	viv iere
compr áremos	vend iéremos	viv iéremos
compr areis	vend iereis	viv iereis
compr aren	vend ieren	viv ieren

6. Compound Tenses. — The compound tenses for all verbs, regular and irregular, are formed by the proper form of the auxiliary **haber**, *to have*, and the past participle (not inflected) of the verb to be conjugated. In the following, only the first person is given to serve as examples of the formation of the compound tenses. Examples of the first conjugation only are given, as the method is the same in all three conjugations.

INFINITIVE	PARTICIPLE
Perfect	*Perfect*
haber comprado, *to have bought*	**habiendo comprado,** *having bought*

INDICATIVE

Perfect	*Past Anterior*
he comprado, etc., *I have bought*, etc.	**hube comprado,** etc., *I had bought*, etc.

Pluperfect	*Future Perfect*
había comprado, etc., *I had bought*, etc.	**habré comprado,** etc., *I shall have bought*, etc.

Conditional Perfect

habría comprado, etc., *I would* or *should have bought*, etc.

SUBJUNCTIVE

Perfect

haya comprado, etc., *I may have bought*, etc.

Pluperfect (**–ra** form)	*Pluperfect* (**–se** form)
hubiera comprado, etc., *I might* or *should have bought*, etc.	**hubiese comprado,** etc., *I might* or *should have bought*, etc.

Future Perfect

hubiere comprado, etc., *I shall* or *should have bought*, etc.

7. The Passive Voice. — The passive voice is formed by the proper form of the verb **ser,** *to be*, and the past participle (inflected) of the verb to be conjugated. The following forms of the passive of **amar,** *to love*, will serve as an illustration.

INFINITIVE	PRESENT PARTICIPLE
ser amado, –a, –os, –as, *to be loved*	**siendo amado, –a, –os, –as,** *being loved*

PRESENT INDICATIVE	IMPERFECT SUBJUNCTIVE (–ra form)
I am loved, etc.	*I might* or *should be loved*, etc.
soy amado, –a	fuera amado, –a
eres amado, –a	fueras amado, –a
es amado, –a	fuera amado, –a
somos amados, –as	fuéramos amados, –as
sois amados, –as	fuerais amados, –as
son amados, –as	fueran amados, –as

PERFECT INDICATIVE	PERFECT SUBJUNCTIVE
I have been loved, etc.	*I may have been loved*, etc.
he sido amado, –a	haya sido amado, –a
has sido amado, –a	hayas sido amado, –a
ha sido amado, –a	haya sido amado, –a
hemos sido amados, –as	hayamos sido amados, –as
habéis sido amados, –as	hayáis sido amados, –as
han sido amados, –as	hayan sido amados, –as

8. Progressive Conjugation. — This is made up of the proper form of the auxiliary **estar**, *to be*, and the present participle of the verb to be conjugated. Very often the verbs **ir**, *to go*, and **venir**, *to come*, are used with a present participle in the same way.

estamos estudiando,	*we are studying.*
voy aprendiendo,	*I am learning* (lit.: *I go on learning*).
venía corriendo,	*he was running* (lit.: *he came running*).

9. Orthographic Changes. — A rule of the Spanish verb requires that the consonant at the end of the infinitive stem (*i.e.* immediately preceding the **–ar**, **–er**, or **–ir**) must preserve the same sound throughout the conjugation that it has in the infinitive. Therefore, whenever the initial vowel of a flectional ending affects the sound of a final consonant of a stem, the latter is changed in such a manner as to preserve its original sound. These changes occur in regular or irregular verbs.

In the following, only those forms of the verb that are affected will be given. The changes in spelling are as follows:

10. First Conjugation. — 1. Verbs ending in –c–ar change the c to qu before e. This change occurs in the first singular of the past definite, and throughout the present subjunctive, the only forms in which the flectional ending begins with e. For example, **tocar,** *to touch:*

> *Past Definite 1st sing.:* **toqué.**
> *Pres. Subj.:* **toque, toques, toque, toquemos, toquéis, toquen.**

2. Verbs ending in –g–ar insert u between the g and a follow-ing e. The change occurs in the same forms as in –c–ar verbs. Thus, **pagar,** *to pay:*

> *Past Definite 1st sing.:* **pagué.**
> *Pres. Subj.:* **pague, pagues, pague, paguemos, paguéis, paguen.**

NOTE. In both the above classes, the u is mute, as it always is between q and e or g and e. It serves merely to preserve the hard sound of c or g before e.

3. Verbs ending in –gu–ar must have a diæresis over the u (ü) before e. In the infinitive the u is pronounced. It would be mute when followed by e, hence the necessity of the diæresis to show that it is still pronounced. The changes occur in the same forms as above.

Averiguar, *to ascertain:*

> *Past Definite 1st sing.:* **averigüé.**
> *Pres. Subj.:* **averigüe, averigües, averigüe, averigüemos, averigüéis, averigüen.**

4. Verbs ending in –z–ar change z to c before e. In these verbs there is no change of sound involved, the change being necessary owing to the rule that z must never be followed by e or i. The changes occur as above.

Avanzar, *to advance:*

> *Past Definite 1st sing.:* **avancé.**
> *Pres. Subj.:* **avance, avances, avance, avancemos, avancéis, avancen.**

11. Second and Third Conjugations. — 1. Verbs ending in –c–er and –c–ir, when c is preceded by a consonant, change c to z before **a** or **o** in order to preserve the soft sound of **c**. In this and in the three classes following, the change occurs in the first singular present indicative, and throughout the present subjunctive, the only forms having endings beginning with **a** or **o**.

Vencer, *to conquer:*

Pres. Indic. 1st sing.: **venzo.**
Pres. Subj.: **venza, venzas, venza, venzamos, venzáis, venzan.**

Note. Verbs ending in –c–er or –c–ir with **c** preceded by a vowel are truly irregular. They form a large class and are treated separately (see § **15**).

2. Verbs ending in –**g**–er and –**g**–ir change **g** to **j** before flectional **a** or **o** in order to preserve the soft sound of **g**.

Escoger, *to choose:*

Pres. Indic. 1st sing.: **escojo.**
Pres. Subj.: **escoja, escojas, escoja, escojamos, escojáis, escojan.**

Dirigir, *to direct:*

Pres. Indic. 1st sing.: **dirijo.**
Pres. Subj.: **dirija, dirijas, dirija, dirijamos, dirijáis, dirijan.**

3. Those ending in –**gu**–ir drop the **u** before **a** or **o**. The **u** of the infinitive, being merely the sign of hard **g**, is not needed before **a** or **o**.

Distinguir, *to distinguish:*

Pres. Indic. 1st sing.: **distingo.**
Pres. Subj.: **distinga, distingas, distinga, distingamos, distingáis, distingan.**

4. Verbs ending –**qu**–ir change the **qu** to **c** before **a** or **o**.
Delinquir, *to be delinquent:*

Pres. Indic. 1st sing.: **delinco.**
Pres. Subj.: **delinca, delincas, delinca, delincamos, delincáis, delincan.**

12. When the stem of a verb ends in **ll** or **ñ**, the **i** is dropped from the ending **ió** and from all endings beginning with **ie**. This does not, however, change the pronunciation of the word.

	Bullir, *to boil:*	**Bruñir,** *to polish:*
Pres. Part.:	bullendo	bruñendo
Past Definite 3d *sing.:*	bulló	bruñó
3d *pl.:*	bulleron	bruñeron
Imperfect Subj.		
−ra *form :*	bullera, etc., throughout	bruñera, etc., throughout
−se *form :*	bullese, etc., throughout	bruñese, etc., throughout
Fut. Subj.:	bullere, etc., throughout	bruñere, etc., throughout

13. It is a rule of Spanish orthography that **i** when unstressed cannot stand between two vowels, and must be changed to **y**. Therefore in all verbs whose stem ends with a vowel (like **le-er**), the **i** of the endings that begin with **ie** or **io**, in all of which the **i** is unstressed, must be changed to **y**. The following are the forms affected.

Leer, *to read:*

Pres. Part.:		leyendo
Past Definite	3d *sing.:*	leyó
	3d *pl.:*	leyeron
Imperfect Subj. −ra *form :*		leyera, etc., throughout
−se *form :*		leyese, etc., throughout
Fut. Subj.:		leyere, etc., throughout

Note. Initial **ie** and **ue,** resulting from change of stem (see § 16), become **ye** and **hue** respectively, for no Spanish word can begin with **ie** or **ue.**

Irregular Verbs

14. An irregular verb is one which does not preserve the infinitive stem throughout its conjugation, or which does not have the regular flectional endings. A verb may be irregular in its stem, or its endings, or in both. Many have orthographical irregularities as well.

Many irregular verbs may be grouped into classes, each class presenting certain irregularities. Others defy classification and must be learned singly, as each presents irregularities peculiar to itself. The latter are among the most commonly used in every-day life.

15. Verbs with Inceptive Endings. — This is one of the largest groups of irregular verbs. It consists of verbs whose infinitives end in –**cer** and –**cir**, with the **c** preceded by a vowel. The majority of them are derived from Latin inceptive (–*scere*) verbs. The irregularity is the inserting of **z** before the **c** when the flectional ending begins with **o** or **a**. This change occurs in the first singular of the present indicative and all six forms of the present subjunctive. The rest of the verb is regular.

Conocer, *to know:*

Pres. Ind. 1st sing.: **conozco**
Pres. Subj.: **conozca, conozcas, conozca, conozcamos, conozcáis, conozcan.**

NOTES. 1. **Decir,** *to say,* and **hacer,** *to make, to do,* are irregular verbs, but do not belong to this class (see §§ **44** and **32**).

2. Verbs ending in –**ducir,** like **conducir,** *to conduct,* and **traducir,** *to translate,* are irregular verbs conjugating the present tenses like the inceptive verbs. They have, in addition, other irregularities (see § **43**).

3. **Placer** belongs to this class, but has many irregularities. See § **50**.

16. Radical-changing Verbs. — There is a large number of verbs the only irregularity of which consists of the changing of the root or stem vowel (the last vowel of the stem) under certain conditions of accent. They are otherwise regular in every respect. Only those having stem vowels **e** or **o** are thus affected, but it does not follow that all verbs having stem vowels **e** or **o** belong to the class of radical-changing verbs. As there is nothing in the infinitive to indicate whether a verb is radical-changing or not, or to what class of radical-changing verbs it belongs, references will be given in the vocabulary at the end of the book.

17. The radical-changing verbs may be grouped into three general classes, as follows :

I. Stem vowel **e** is changed to **ie** ⎫
    "   "   **o** "   "   " **ue** ⎬ when stressed.

II.   "   "   **e** "   "   " **ie** ⎫
        "   "   **o** "   "   " **ue** ⎬ when stressed.
        "   "   **e** "   "   " **i** ⎫ when not stressed, if the flectional
        "   "   **o** "   "   " **u** ⎭ ending begins with **a** or **ie** or **io**.

III. "   "   **e** "   "   " **i**: (1) when stressed ; (2) when not stressed, if the flectional ending begins with **a** or **ie** or **io**.

18. First Class of Radical-changing Verbs. — This is the largest class of irregular verbs. They are all of either the first or second conjugation and have stem vowel **e** or **o**. In them the **e** becomes **ie** and the **o** becomes **ue** whenever the stress falls on the syllable containing the stem vowel. The forms in which the change takes place are : all the singular and the third plural of the present indicative and present subjunctive, and the singular of the imperative. The rest of the verb is regular. Below, and hereafter, only those tenses will be given in which changes occur. Tenses not given are regular. The following may be taken as models :

(*a*) **Confesar**, *to confess:*

Pres. Indic.: **confieso, confiesas, confiesa**, confesamos, confesáis, **confiesan**.

Imperative : **confiesa**, confesad.

Pres. Subj.: **confiese, confieses, confiese**, confesemos, confeséis, **confiesen**.

(*b*) **Mostrar**, *to show:*

Pres. Indic.: **muestro, muestras, muestra**, mostramos, mostráis, **muestran**.

Imperative : **muestra**, mostrad.

Pres. Subj.: **muestre, muestres, muestre**, mostremos, mostréis, **muestren**.

(*c*) **Entender**, *to understand:*

Pres. Indic.: **entiendo, entiendes, entiende**, entendemos, entendéis, **entienden**.

Imperative : **entiende**, entended.

Pres. Subj.: **entienda, entiendas, entienda**, entendamos, entendáis, **entiendan**.

(*d*) **Mover**, *to move:*

Pres. Indic.: **muevo, mueves, mueve**, movemos, movéis, **mueven**.

Imperative : **mueve**, moved.

Pres. Subj.: **mueva, muevas, mueva**, movamos, mováis, **muevan**.

NOTES. 1. **Volver**, *to turn, to return*, and other verbs ending in **–olver**, have an irregular past participle ending in **–uelto** in addition to their radical or root changes.

2. **Jugar**, *to play*, although it has stem vowel **u** instead of **o**, is in

cluded in this class. It changes **u** to **ue** in the same forms as **mostrar**. In addition, it is subject to orthographic changes like all verbs ending in –gar (see § **10**, 2).

19. The verbs **errar**, *to err*, and **oler**, *to smell*, belong to this first class of radical-changing verbs. But in Spanish no word can begin with the combinations **ie** or **ue** (see § **13**, Note). Hence their radical-changing forms begin with **ye** and **hue** respectively. Note that these changes do not affect the sound.

Errar, *to err:*

    Pres. Indic.: **yerro, yerras, yerra,** erramos, erráis, **yerran.**
    Imperative : **yerra,** errad.
    Pres. Subj.: **yerre, yerres, yerre,** erremos, erréis, **yerren.**

Oler, *to smell:*

    Pres. Indic.: **huelo, hueles, huele,** olemos, oléis, **huelen.**
    Imperative : **huele,** oled.
    Pres. Subj.: **huela, huelas, huela,** olamos, oláis, **huelan.**

20. Orthographic changes, already described (see § **9** to § **13**) occur in radical-changing verbs as well as in regular verbs. They are governed by the same rules.

21. **Second Class of Radical-changing Verbs.** — These are all of the third (–**ir**) conjugation and have for stem vowel **e** or **o**. In them the **e** becomes **ie**, and the **o**, **ue**, whenever the stress falls on the syllable containing the stem vowel. In addition, the **e** becomes **i**, and the **o** becomes **u**, whenever it is unstressed, if the following syllable contains **a**, **ie**, or **io**. The first irregularity occurs in the same forms of the verb as in the first class; the second occurs in the present participle, the past definite third singular and third plural, the present subjunctive first and second plural, and all of the imperfect and future subjunctive. The rest of the verb is regular. The following will serve as models:

(*a*) **Sentir**, *to feel, to be sorry:*

Pres. Part.: **sintiendo.**
Pres. Indic.: **siento, sientes, siente,** sentimos, sentís, **sienten.**
Past Definite : sentí, sentiste, **sintió,** sentimos, sentisteis, **sintieron.**
Imperative : **siente,** sentid.
Pres. Subj.: **sienta, sientas, sienta, sintamos, sintáis, sientan**.

Imperfect Subj., –ra *form* : sintiera, sintieras, sintiera, etc.
Imperfect Subj., –se *form* : sintiese, sintieses, sintiese, etc.
Fut. Subj.: sintiere, sintieres, sintiere, etc.

(*b*) **dormir**, *to sleep:*

Pres. Part.: **durmiendo**.
Pres. Ind.: **duermo, duermes, duerme**, dormimos, dormís, **duermen**.
Past Definite : dormí, dormiste, **durmió**, dormimos, dormisteis, **dur-mieron**.
Imperative : **duerme**, dormid.
Pres. Subj.: **duerma, duermas, duerma, durmamos, durmáis, duerman**.
Imperfect Subj., –ra *form* : **durmiera, durmieras, durmiera**, etc.
Imperfect Subj., –se *form* : **durmiese, durmieses, durmiese**, etc.
Fut. Subj.: **durmiere, durmieres, durmiere**, etc.

Notes. 1. **Morir**, *to die*, which belongs to this class, has an irregular past participle **muerto**.

2. **Adquirir** and **inquirir** belong to this class, but have only the first irregularity. The past definite, and tenses derived from it, are regular.

3. **Erguir**, may be conjugated in either the second or third class of radical-changing verbs. If conjugated in the second class, however, the stressed **e** becomes **ye**, not **ie** (see § **13**, Note).

22. Third Class of Radical-changing Verbs. — All these are of the third conjugation, and all have root-vowel **e**. The **e** is changed to **i** whenever the root-vowel syllable is stressed. The same change takes place when the root-vowel syllable is unstressed provided the following syllable contains **a** or **ie** or **io**. In other words, this class has its single irregularity in the same forms that class II has either of its irregularities. The following will illustrate the class :

(*a*) **Pedir**, *to ask for:*

Pres. Part.: **pidiendo**.
Pres. Indic.: **pido, pides, pide**, pedimos, pedís, **piden**.
Past Definite : pedí, pediste, **pidió**, pedimos, pedisteis, **pidieron**.
Imperative : **pide**, pedid.
Pres. Subj.: **pida, pidas, pida, pidamos, pidáis, pidan**.
Imperfect Subj., –ra *form* : **pidiera, pidieras, pidiera**, etc.
Imperfect Subj., –se *form* : **pidiese, pidieses, pidiese**, etc.
Fut. Subj.: **pidiere, pidieres, pidiere**, etc.

(*b*) Orthographic changes occur in some of these verbs, as, for example, **seguir**, *to follow*, **elegir**, *to elect*. These changes are governed by the rules already laid down (see § **11** to § **13**).

(*c*) A number of verbs ending in –**eír**, belonging to this class, have several peculiarities. They change **e** to **i** in the same cases as **pedir**, but the **i** of the stem causes the disappearance of the **i** of endings that begin with **ie** or **io**.

Reír, *to laugh:*

Pres. Part. : **riendo** (*for* ri–iendo). *Past Part.:* reído.

Pres. Indic.: **río, ríes, ríe,** reímos, reís, **ríen.**

Past Definite: reí, reíste, **rió** (*for* ri–ió), reímos, reísteis, **rieron** (*for* ri–ieron).

Imperative : **ríe,** reíd.

Pres. Subj.: **ría, rías, ría,** riamos, riais, **rían.**

Imperfect Subj., –**ra** *form :* **riera, rieras, riera,** etc.

Imperfect Subj., –**se** *form :* **riese, rieses, riese,** etc.

Fut. Subj.: **riere, rieres, riere,** etc.

23. –uir Verbs.

Verbs ending in –**uir**, in which the **u** is pronounced (therefore excluding those in –**guir** and –**quir**), insert **y** after the **u** when the latter is stressed ; also in the first and second plural present subjunctive. In addition, the **i** of all endings beginning with **ie** or **io** becomes **y**, but this is not an insertion of **y**. It only represents, in these cases, the unaccented **i** of the **ie** and **io** endings which happens to come between two vowels (see § **13**).

Huir, *to flee:*

Pres. Part.: **huyendo.**

Pres. Ind.: **huyo, huyes, huye,** huimos, huis, **huyen.**

Past Definite : huí, huiste, **huyó,** huimos, huisteis, **huyeron.**

Imperative : **huye,** huid.

Pres. Subj.: **huya, huyas, huya, huyamos, huyáis, huyan.**

Imperfect Subj., –**ra** *form :* **huyera, huyeras, huyera,** etc.

Imperfect Subj., –**se** *form :* **huyese, huyeses, huyese,** etc.

Fut. Subj.: **huyere, huyeres, huyere,** etc.

NOTE. Verbs in –**güir**, like **argüir,** *to argue*, require the diæresis only before an **i** that is retained. It is not written before **y**. Thus, **arguyo,** *argue;* **argüí,** *I argued.*

24. Certain verbs in –iar and –uar take an accent on the **i** or **u** throughout the singular and in the third person plural of the present indicative and of the present subjunctive, and in the singular of the imperative. Other verbs in –iar and –uar do not take this accent. It is only by practice that one can determine whether the accent falls on the **i** and the **u** or not.

(*a*) **Enviar**, *to send:*

Pres. Ind.: **envío, envías, envía,** enviamos, enviáis, **envían.**
Pres. Subj.: **envíe, envíes, envíe,** enviemos, enviéis, **envíen.**
Imperative: **envía.**

(*b*) **Anunciar**, *to announce:*

Pres. Ind.: **anuncio, anuncias, anuncia,** anunciamos, anunciáis, **anuncian.**
Pres. Subj.: **anuncie, anuncies, anuncie,** anunciemos, anunciéis, **anuncien.**
Imperative : **anuncia**.

25. Irregular Verbs that cannot be Classified. — The following verbs defy classification, and each must be learned by itself. Of all it may be said :

1. The imperfect indicative is regular except in **ir, ser,** and **ver.**

2. The root of the third plural past definite is the root of the entire imperfect subjunctive, both forms, and of the future subjunctive.

3. When the first person of the present indicative of an irregular verb ends in –**go,** the present subjunctive ends in –**ga,** –**gas,** etc.

NOTES. 1. In the future and conditional of the following irregular verbs note that a **d** has been added between the root and the stem.

> poner, **pondré, pondría** ;
> tener, **tendré, tendría** ;
> valer, **valdré, valdría** ;
> salir, **saldré, saldría** ;
> venir, **vendré, vendría.**

2. In the first person singular of the past definite, one verb of the first conjugation (**dar**) ends with **í** instead of **é** ; nine of the second (**saber, haber, hacer, poder, poner, querer, saber, tener, traer**), and three of the third (**conducir, decir, venir**) end with **e** instead of **í.**

First Conjugation

PRESENT INFINITIVE	PRESENT INDICATIVE	IMPERFECT	PAST DEFINITE	FUTURE
26. andar,[2] *to go, to walk*	ando	andaba	**anduve**	andaré
PRESENT PARTICIPLE	andas	andabas	**anduviste**	andarás
andando	anda	andaba	**anduvo**	andará
PAST PARTICIPLE	andamos	andábamos	**anduvimos**	andaremos
andado	andáis	andabais	**anduvisteis**	andaréis
	andan	andaban	**anduvieron**	andarán
27. PRESENT INFINITIVE				
dar, *to give*	**doy**	daba	**dí**	daré
PRESENT PARTICIPLE	**das**	dabas	**diste**	darás
dando	**da**	daba	**dió**	dará
PAST PARTICIPLE	**damos**	dábamos	**dimos**	daremos
dado	**dais**	dabais	**disteis**	daréis
	dan	daban	**dieron**	darán
28. PRESENT INFINITIVE				
estar,[4] *to be*	**estoy**	estaba	**estuve**	estaré
PRESENT PARTICIPLE	**estás**	estabas	**estuviste**	estarás
estando	**está**	estaba	**estuvo**	estará
PAST PARTICIPLE	estamos	estábamos	**estuvimos**	estaremos
estado	estáis	estabais	**estuvisteis**	estaréis
	están	estaban	**estuvieron**	estarán

[1] The Future Subjunctive is not given. It is always formed by replacing
–res, –re, –remos, –reis, –ren.

[2] There are two verbs *to go* in Spanish, **andar** and **ir**. **Andar** means *to go in*
ot definite destination or purpose. **El vapor va a Europa,** *The steamer goe*

[3] The first and third persons singular of the present subjunctive carry the

[4] **Estar** is from the Latin **stare**, *to stand*. Note the written accent on vari

First Conjugation — *Continued*

CONDITIONAL	IMPERATIVE	PRESENT SUBJUNCTIVE	IMPERFECT SUBJUNCTIVE[1]	
andaría		ande	anduviera	anduviese
andarías	anda	andes	anduvieras	anduvieses
andaría		ande	anduviera	anduviese
andaríamos		andemos	anduviéramos	anduviésemos
andaríais	andad	andéis	anduvierais	anduvieseis
andarían		anden	anduvieran	anduviesen
daría		dé[3]	diera	diese
darías	da	des	dieras	dieses
daría		dé	diera	diese
daríamos		demos	diéramos	diésemos
daríais	dad	deis	dierais	dieseis
darían		den	dieran	diesen
estaría		esté	estuviera	estuviese
estarías	está	estés	estuvieras	estuvieses
estaría		esté	estuviera	estuviese
estaríamos		estemos	estuviéramos	estuviésemos
estaríais	estad	estéis	estuvierais	estuvieseis
estarían		estén	estuvieran	estuviesen

the –ron of the ending of the third person plural of the past definite by **–re.**

a general sense.   **El reloj anda,** *the watch goes.*   **Ir** means *to go* with the idea
to Europe.

written accent to distinguish them from the preposition **de,** *of.*

ous persons of the present indicative, imperative, and present subjunctive.

Second Conjugation

PRESENT INFINITIVE	PRESENT INDICATIVE	IMPERFECT	PAST DEFINITE	FUTURE
29. caber, *to fit, to be able, to be contained*	quepo	cabía	**cupe**	**cabré**
	cabes	cabías	**cupiste**	**cabrás**
PRESENT PARTICIPLE	cabe	cabía	**cupo**	**cabrá**
cabiendo	cabemos	cabíamos	**cupimos**	**cabremos**
PAST PARTICIPLE	cabéis	cabíais	**cupisteis**	**cabréis**
cabido	caben	cabían	**cupieron**	**cabrán**
30. PRESENT INFINITIVE	caigo	caía	caí	caeré
caer,[1] *to fall*	caes	caías	caíste	caerás
PRESENT PARTICIPLE	cae	caía	**cayó**	caerá
cayendo	caemos	caíamos	caímos	caeremos
PAST PARTICIPLE	caéis	caíais	caísteis	caeréis
caído	caen	caían	**cayeron**	caerán
31. PRESENT INFINITIVE	**he**	había	**hube**	**habré**
haber, *to have*	**has**	habías	**hubiste**	**habrás**
PRESENT PARTICIPLE	**ha**[2]	había	**hubo**	**habrá**
habiendo	**hemos**	habíamos	**hubimos**	**habremos**
PAST PARTICIPLE	habéis	habías	**hubisteis**	**habréis**
habido	**han**	habían	**hubieron**	**habrán**
32. PRESENT INFINITIVE	**hago**	hacía	**hice**	**haré**
hacer,[3] *to do, to make*	haces	hacías	**hiciste**	**harás**
PRESENT PARTICIPLE	hace	hacía	**hizo**	**hará**
haciendo	hacemos	hacíamos	**hicimos**	**haremos**
PAST PARTICIPLE	hacéis	hacíais	**hicisteis**	**haréis**
hecho	hacen	hacían	**hicieron**	**harán**

[1] Note that the written accent must be placed over the **i** in certain forms **cayese**, etc. (imperfect subjunctive), see § **13**.

[2] When used impersonally the third singular of the present indicative is

[3] Derivatives of **hacer** are conjugated on the same model.   Some of them

Second Conjugation — *Continued*

CONDITIONAL	IMPERATIVE	PRESENT SUBJUNCTIVE	IMPERFECT SUBJUNCTIVE	
cabría		quepa	cupiera	cupiese
cabrías	cabe	quepas	cupieras	cupieses
cabría		quepa	cupiera	cupiese
cabríamos		quepamos	cupiéramos	cupiésemos
cabríais	cabed	quepáis	cupierais	cupieseis
cabrían		quepan	cupieran	cupiesen
caería		caiga	cayera	cayese
caerías	cae	caigas	cayeras	cayeses
caería		caiga	cayera	cayese
caeríamos		caigamos	cayéramos	cayésemos
caeríais	caed	caigáis	cayerais	cayeseis
caerían		caigan	cayeran	cayesen
habría		haya	hubiera	hubiese
habrías	hé	hayas	hubieras	hubieses
habría		haya	hubiera	hubiese
habríamos		hayamos	hubiéramos	hubiésemos
habríais	habed	hayáis	hubierais	hubieseis
habrían		hayan	hubieran	hubiesen
haría		haga	hiciera	hiciese
harías	haz	hagas	hicieras	hicieses
haría		haga	hiciera	hiciese
haríamos		hagamos	hiciéramos	hiciésemos
haríais	haced	hagáis	hicierais	hicieseis
harían		hagan	hicieran	hiciesen

of this verb.   For the use of **y** in **cayó, cayeron** (past definite), **cayera**, etc.,

hay instead of **ha**.

like **satisfacer,** *to satisfy,* retain the original **f** of the Latin **facere**.

Second Conjugation — *Continued*

PRESENT INFINITIVE	PRESENT INDICATIVE	IMPERFECT	PAST DEFINITE	FUTURE
33. poder, *to be able, can*	**puedo**	podía	**pude**	**podré**
PRESENT PARTICIPLE	**puedes**	podías	**pudiste**	**podrás**
pudiendo	**puede**	podía	**pudo**	**podrá**
PAST PARTICIPLE	podemos	podíamos	**pudimos**	**podremos**
podido	podéis	podíais	**pudisteis**	**podréis**
	pueden	podían	**pudieron**	**podrán**
34. PRESENT INFINITIVE				
poner, *to place, to put*	**pongo**	ponía	**puse**	**pondré**
PRESENT PARTICIPLE	pones	ponías	**pusiste**	**pondrás**
poniendo	pone	ponía	**puso**	**pondrá**
PAST PARTICIPLE	ponemos	poníamos	**pusimos**	**pondremos**
puesto	ponéis	poníais	**pusisteis**	**pondréis**
	ponen	ponían	**pusieron**	**pondrán**
35. PRESENT INFINITIVE				
querer,[2] *to wish, to want*	**quiero**	quería	**quise**	**querré**
PRESENT PARTICIPLE	**quieres**	querías	**quisiste**	**querrás**
queriendo	**quiere**	quería	**quiso**	**querrá**
PAST PARTICIPLE	queremos	queríamos	**quisimos**	**querremos**
querido	queréis	queríais	**quisisteis**	**querréis**
	quieren	querían	**quisieron**	**querrán**
36. PRESENT INFINITIVE				
saber, *to know*	**sé**	sabía	**supe**	**sabré**
PRESENT PARTICIPLE	sabes	sabías	**supiste**	**sabrás**
sabiendo	sabe	sabía	**supo**	**sabrá**
PAST PARTICIPLE	sabemos	sabíamos	**supimos**	**sabremos**
sabido	sabéis	sabíais	**supisteis**	**sabréis**
	saben	sabían	**supieron**	**sabrán**

[1] Notice that this verb has no imperative.

[2] The present tenses and the imperative of **querer** have the same vowel

Second Conjugation — *Continued*

CONDITIONAL	IMPERATIVE	PRESENT SUBJUNCTIVE	IMPERFECT SUBJUNCTIVE	
podría		pueda	pudiera	pudiese
podrías	(*missing*)[1]	puedas	pudieras	pudieses
podría		pueda	pudiera	pudiese
podríamos		podamos	pudiéramos	pudiésemos
podríais	(*missing*)	podáis	pudierais	pudieseis
podrían		puedan	pudieran	pudiesen
pondría		ponga	pusiera	pusiese
pondrías	pon	pongas	pusieras	pusieses
pondría		ponga	pusiera	pusiese
pondríamos		pongamos	pusiéramos	pusiésemos
pondríais	poned	pongáis	pusierais	pusieseis
pondrían		pongan	pusieran	pusiesen
querría		quiera	quisiera	quisiese
querrías	quiere	quieras	quisieras	quisieses
querría		quiera	quisiera	quisiese
querríamos		queramos	quisiéramos	quisiésemos
querríais	quered	queráis	quisierais	quisieseis
querrían		quieran	quisieran	quisiesen
sabría		sepa	supiera	supiese
sabrías	sabe	sepas	supieras	supieses
sabría		sepa	supiera	supiese
sabríamos		sepamos	supiéramos	supiésemos
sabríais	sabed	sepáis	supierais	supieseis
sabrían		sepan	supieran	supiesen

changes as those of radical-changing verbs of the first class (see § **18**, *c*).

Second Conjugation — *Continued*

PRESENT INFINITIVE	PRESENT INDICATIVE	IMPERFECT	PAST DEFINITE	FUTURE
37. ser, *to be*	soy	era	fuí	seré
PRESENT PARTICIPLE	eres	eras	fuiste	serás
siendo	es	era	fué	será
PAST PARTICIPLE	somos	éramos	fuimos	seremos
sido	sois	erais	fuisteis	seréis
	son	eran	fueron	serán
38. PRESENT INFINITIVE				
tener, *to have*	tengo	tenía	tuve	tendré
PRESENT PARTICIPLE	tienes	tenías	tuviste	tendrás
teniendo	tiene	tenía	tuvo	tendrá
PAST PARTICIPLE	tenemos	teníamos	tuvimos	tendremos
tenido	tenéis	teníais	tuvisteis	tendréis
	tienen	tenían	tuvieron	tendrán
39. PRESENT INFINITIVE				
traer, *to bring, to carry*	traigo	traía	traje	traeré
PRESENT PARTICIPLE	traes	traías	trajiste	traerás
trayendo [1]	trae	traía	trajo	traerá
PAST PARTICIPLE	traemos	traíamos	trajimos	traeremos
traído	traéis	traíais	trajisteis	traeréis
	traen	traían	trajeron	traerán
40. PRESENT INFINITIVE				
valer, *to be worth*	valgo	valía	valí	valdré
PRESENT PARTICIPLE	vales	valías	valiste	valdrás
valiendo	vale	valía	valió	valdrá
PAST PARTICIPLE	valemos	valíamos	valimos	valdremos
valido	valéis	valíais	valisteis	valdréis
	valen	valían	valieron	valdrán

[1] The **y** of the present participle represents unstressed **i** between two

Second Conjugation — *Continued*

CONDITIONAL	IMPERATIVE	PRESENT SUBJUNCTIVE	IMPERFECT SUBJUNCTIVE	
sería		sea	fuera	fuese
serías	sé	seas	fueras	fueses
sería		sea	fuera	fuese
seríamos		seamos	fuéramos	fuésemos
seríais	sed	seáis	fuerais	fueseis
serían		sean	fueran	fuesen
tendría		tenga	tuviera	tuviese
tendrías	ten	tengas	tuvieras	tuvieses
tendría		tenga	tuviera	tuviese
tendríamos		tengamos	tuviéramos	tuviésemos
tendríais	tened	tengáis	tuvierais	tuvieseis
tendrían		tengan	tuvieran	tuviesen
traería		traiga	trajera	trajese
traerías	trae	traigas	trajeras	trajeses
traería		traiga	trajera	trajese
traeríamos		traigamos	trajéramos	trajésemos
traeríais	traed	traigáis	trajerais	trajeseis
traerían		traigan	trajeran	trajesen
valdría		valga	valiera	valiese
valdrías	val *or* vale	valgas	valieras	valieses
valdría		valga	valiera	valiese
valdríamos		valgamos	valiéramos	valiésemos
valdríais	valed	valgáis	valierais	valieseis
valdrían		valgan	valieran	valiesen

vowels (see § 13).

Second Conjugation — *Continued*

PRESENT INFINITIVE	PRESENT INDICATIVE	IMPERFECT	PAST DEFINITE	FUTURE
41. ver,[1] *to see*	**veo**	**veía**	ví	veré
PRESENT PARTICIPLE	ves	**veías**	viste	verás
viendo	ve	**veía**	vió	verá
PAST PARTICIPLE	vemos	**veíamos**	vimos	veremos
visto	veis	**veíais**	visteis	veréis
	ven	**veían**	vieron	verán

Third Conjugation

PRESENT INFINITIVE	PRESENT INDICATIVE	IMPERFECT	PAST DEFINITE	FUTURE
42. asir, *to grasp, to seize*	**asgo**	asía	así	asiré
	ases	asías	asiste	asirás
PRESENT PARTICIPLE	ase	asía	asió	asirá
asiendo	asimos	asíamos	asimos	asiremos
PAST PARTICIPLE	asís	asíais	asisteis	asiréis
asido	asen	asían	asieron	asirán
43.				
PRESENT INFINITIVE	**conduzco**	conducía	**conduje**	conduciré
conducir,[2] *to conduct, to lead*	conduces	conducías	**condujiste**	conducirás
	conduce	conducía	**condujo**	conducirá
PRESENT PARTICIPLE	conducimos	conducíamos	**condujimos**	conduciremos
conduciendo	conducís	conducíais	**condujisteis**	conduciréis
PAST PARTICIPLE	conducen	conducían	**condujeron**	conducirán
conducido				

[1] Derivatives of **ver** are conjugated on the same model, but **proveer**, *to* like a regular verb of the second conjugation. It has, however, both **pro-**

[2] There are a number of verbs ending in –**ducir**. Having a vowel before before the **c** whenever the ending begins with **o** or **a** (see § **15**). Such verbs *produce*, **reducir**, *to reduce*, **traducir**, *to translate*, etc.

Second Conjugation — *Continued*

CONDITIONAL	IMPERATIVE	PRESENT SUBJUNCTIVE	IMPERFECT SUBJUNCTIVE	
vería		**vea**	viera	viese
verías	ve	**veas**	vieras	vieses
vería		**vea**	viera	viese
veríamos		**veamos**	viéramos	viésemos
veríais	ved	**veáis**	vierais	vieseis
verían		**vean**	vieran	viesen

Third Conjugation — *Continued*

CONDITIONAL	IMPERATIVE	PRESENT SUBJUNCTIVE	IMPERFECT SUBJUNCTIVE	
asiría		**asga**	asiera	asiese
asirías	ase	**asgas**	asieras	asieses
asiría		**asga**	asiera	asiese
asiríamos		**asgamos**	asiéramos	asiésemos
asiríais	asid	**asgáis**	asierais	asieseis
asirían		**asgan**	asieran	asiesen
conduciría		**conduzca**	condujera	condujese
conducirías	conduce	**conduzcas**	condujeras	condujeses
conduciría		**conduzca**	condujera	condujese
conduciríamos		**conduzcamos**	condujéramos	condujésemos
conduciríais	conducid	**conduzcáis**	condujerais	condujeseis
conducirían		**conduzcan**	condujeran	condujesen

provide, which still retains the original infinitive stem (**veer**), is conjugated **veído** and **provisto** as past participles.

the **c**, they conjugate their present tenses like inceptive verbs by interposing **z** are **conducir**, *to conduct*, **deducir**, *to deduce*, **inducir**, *to induce*, **producir**, *to*

Third Conjugation — *Continued*

PRESENT INFINITIVE	PRESENT INDICATIVE	IMPERFECT	PAST DEFINITE	FUTURE
44. decir,[1] *to say, to tell*	digo	decía	dije	diré
PRESENT PARTICIPLE	dices	decías	dijiste	dirás
diciendo	dice	decía	dijo	dirá
PAST PARTICIPLE	decimos	decíamos	dijimos	diremos
dicho	decís	decíais	dijisteis	diréis
	dicen	decían	dijeron	dirán
45. PRESENT INFINITIVE				
ir, *to go*	voy	iba	fuí [2]	iré
PRESENT PARTICIPLE	vas	ibas	fuiste	irás
yendo	va	iba	fué	irá
PAST PARTICIPLE	vamos	íbamos	fuimos	iremos
ido	vais	ibais	fuisteis	iréis
	van	iban	fueron	irán
46. PRESENT INFINITIVE				
oír,[3] *to hear*	oigo	oía	oí	oiré
PRESENT PARTICIPLE	oyes	oías	oíste	oirás
oyendo	oye	oía	oyó	oirá
PAST PARTICIPLE	oímos	oíamos	oímos	oiremos
oído	oís	oíais	oísteis	oiréis
	oyen	oían	oyeron	oirán
47. PRESENT INFINITIVE				
salir,[4] *to go out, to come out*	salgo	salía	salí	**saldré**
	sales	salías	saliste	**saldrás**
PRESENT PARTICIPLE	sale	salía	salió	**saldrá**
saliendo	salimos	salíamos	salimos	**saldremos**
PAST PARTICIPLE	salís	salíais	salisteis	**saldréis**
salido	salen	salían	salieron	**saldrán**

[1] The past definite of **decir** has a **j** in its root, and, as in all such verbs, the mon derivatives of **decir** are **bendecir**, *to bless*, **maldecir**, *to curse*, **contradecir**, in that the past participle, the future, and the conditional are regular, and The last two differ from **decir** only in the last respect, that of having full

[2] The past definite and the imperfect subjunctive are conjugated exactly

[2] It should be noted that stressed **i** after **o** requires the written accent.

Third Conjugation — *Continued*

CONDITIONAL	IMPERATIVE	PRESENT SUBJUNCTIVE	IMPERFECT SUBJUNCTIVE	
diría		diga	dijera	dijese
dirías	di	digas	dijeras	dijeses
diría		diga	dijera	dijese
diríamos		digamos	dijéramos	dijésemos
diríais	decid	digáis	dijerais	dijeseis
dirían		digan	dijeran	dijesen
iría		vaya	fuera [2]	fuese [2]
irías	vé	vayas	fueras	fueses
iría		vaya	fuera	fuese
iríamos		vayamos	fuéramos	fuésemos
iríais	id	vayáis	fuerais	fueseis
irían		vayan	fueran	fuesen
oiría		oiga	oyera	oyese
oirías	oye	oigas	oyeras	oyeses
oiría		oiga	oyera	oyese
oiríamos		oigamos	oyéramos	oyésemos
oiríais	oíd	oigáis	oyerais	oyeseis
oirían		oigan	oyeran	oyesen
saldría		salga	saliera	saliese
saldrías	sal	salgas	salieras	salieses
saldría		salga	saliera	saliese
saldríamos		salgamos	saliéramos	saliésemos
saldríais	salid	salgáis	salierais	salieseis
saldrían		salgan	salieran	saliesen

j absorbs the **i** of all endings beginning with **io** or **ie**. Some of the com-
to contradict, and **predecir**, *to predict*. Of these the first two differ from **decir**
in having the full form of the imperative singular (**bendice** and **maldice**)
forms in the imperative singular (**contradice, predice**).
like the corresponding tenses of **ser**, *to be* (see § 37).

[4] **Salir** has the same irregularities as **valer**, which see, § **40**.

Third Conjugation — *Continued*

PRESENT INFINITIVE	PRESENT INDICATIVE	IMPERFECT	PAST DEFINITE	FUTURE
48. venir, *to come*	**vengo**	venía	**vine**	vendré
PRESENT PARTICIPLE	**vienes**	venías	**viniste**	vendrás
viniendo	**viene**	venía	**vino**	vendrá
PAST PARTICIPLE	venimos	veníamos	**vinimos**	vendremos
venido	venís	veníais	**vinisteis**	vendréis
	vienen	venían	**vinieron**	vendrán

49. Defective Verbs are verbs which are wanting in some of their forms. Such, for instance, are the verbs that denote weather conditions, like **nevar**, *to snow*, and **llover**, *to rain*. Most of them are verbs that are but little used.

50. Placer, *to please*, and the less common **aplacer**, *to please*, are used only in the third singular forms of their tenses. **Placer** is conjugated as follows:

INDICATIVE		SUBJUNCTIVE
Pres.:	place	**plega, plegue,** *or* **plazca**
Imperfect :	placía	–ra *form* { **pluguiera** *or* placiera
		–se *form* { **pluguiese** *or* placiese
Past Definite :	**plugo** *or* plació	
Future :	placerá	**pluguiere** *or* placiere
Conditional :	placería	

51. Soler, *to be accustomed*, *to be wont*, is used only in the present and imperfect indicative. In the present it changes **o** to **ue** when the stress falls on the stem.

Pres. Indic.: **suelo, sueles, suele,** solemos, soléis, **suelen.**
Imperfect : solía, solías, solía, solíamos, solíais, solían.

Third Conjugation — *Continued*

CONDITIONAL	IMPERATIVE	PRESENT SUBJUNCTIVE	IMPERFECT SUBJUNCTIVE	
vendría		venga	viniera	viniese
vendrías	ven	vengas	vinieras	vinieses
vendría		venga	viniera	viniese
vendríamos		vengamos	viniéramos	viniésemos
vendríais	venid	vengáis	vinierais	vinieseis
vendrían		vengan	vinieran	viniesen

52. Concernir, *to concern*, is used only in the third persons. It changes **e** to **ie** in the present when stressed.

	3d sing.	3d plural
Pres. Indic.:	**concierne**	**conciernen**
Imperfect :	concernía	concernían
Past Definite :	concernió	concernieron
Future :	concernirá	concernirán
Conditional :	concerniría	concernirían
Pres. Subj.:	**concierna**	**conciernan**
Imp. Subj., –ra form :	concerniera	concernieran
Imp. Subj., –se form :	concerniese	concerniesen
Future Subj.:	concerniere	concernieren

53. Yacer, *to lie*, is rarely used except in epitaphs. Its use is confined to the third person forms. In the present subjunctive it has the following forms : **yazca, yazcan ; yazga, yazgan ; yaga, yagan.** All other forms are regular.

54. Irregular Past Participle. — The following verbs, and their compounds, have irregular past participles, but are otherwise regular :

abrir, *to open*	**abierto**	**cubrir**, *to cover*	**cubierto**
escribir, *to write*	**escrito**	**imprimir**, *to print*	**impreso**

55. Four regular verbs, two of the second and two of the third conjugation, have two past participles, one regular and one irregular:

prender, *to catch, to arrest*	prendido and preso
romper, *to break*	rompido and roto
oprimir, *to oppress*	oprimido and opreso
suprimir, *to suppress*	suprimido and supreso

Compounds of **prender** and **romper** only have regular past participles.

TABLE OF NUMERALS

CARDINALS

1, un(o), una	50, cincuenta
2, dos	60, sesenta
3, tres	70, setenta
4, cuatro	80, ochenta
5, cinco	90, noventa
6, seis	100, cien(to)
7, siete	101, ciento un(o)
8, ocho	121, ciento veinte y un(o)
9, nueve	200, doscientos(–as)
10, diez	300, trescientos(-as)
11, once	400, cuatrocientos(-as)
12, doce	500, quinientos(-as)
13, trece	600, seiscientos(-as)
14, catorce	700, setecientos(-as)
15, quince	800, ochocientos(-as)
16, diez y seis (dieciséis)	900, novecientos (-as)
17, diez y siete (diecisiete)	1000, mil
18, diez y ocho (dieciocho)	2000, dos mil
19, diez y nueve (diecinueve)	1492, mil cuatrocientos noventa y dos
20, veinte	
21, veinte y un(o) (veintiún *or* veintiuno)	1918, mil novecientos diez y ocho
22, veinte y dos (veintidós)	1,000,000, un millón
30, treinta	2,000,000, dos millones
40, cuarenta	

Note. In compound numbers, **y**, *and*, is placed before the last numeral, provided the numeral that immediately precedes is less than 100. Thus: **ciento noventa y cinco**, 195; but **doscientos cinco**, 205.

ORDINALS

1st, primero, -a, -os, -as	7th, séptimo, *etc*.
2d, segundo, *etc*.	8th, octavo, *etc*.
3d, tercero, *etc*.	9th, noveno *or* nono, *etc*.
4th, cuarto, *etc*.	10th, décimo, *etc*.
5th, quinto, *etc*.	11th, undécimo, *etc*.
6th, sexto, *etc*.	12th, duodécimo, *etc*.

N.B. In naming chapters, pages, centuries, etc., the ordinals are generally used up to *ten* inclusive ; from *eleven* on the cardinals are more common.

VOCABULARY

ABBREVIATIONS

adj.,	adjective	*interr.*,	interrogative	*prep.*,	preposition
adv.,	adverb	*m.*,	masculine	*pres.*,	present
conj.,	adjective	*part.*,	participle	*pron.*,	pronoun
f.,	feminine	*pl.*,	plural	*prop.*,	proper
interj.,	interjection	*p. p.*,	past participle		

NOTE :— Numbers after infinitives refer to the paragraphs on the verb, pages 195 to 224. If there is no number after an infinitive, it may be inferred that the verb is entirely regular. — Proper names are not included in this vocabulary unless the English form of the name is different from the Spanish form.

A

a, *prep.*, to, at, in, into, for, on, of, by, with, according to, before; *as personal object sign not to be translated.*

abandonado, **–a**, abandoned.

abandonar, to abandon, drop, let go.

abastecedor, *m.*, caterer, purveyor.

abatido, **–a**, broken, bent down.

abatimiento, *m.*, exhaustion, depression, dejection.

aberración, *f.*, aberration, mistake.

abierto, **–a**, *p. p. of* **abrir**, opened, open.

abnegación, *f.*, self-denial.

abolición, *f.*, abolition.

aborrecer (**15**), to abhor, detest.

abotonado, **–a**, buttoned.

abra, *f.*, bay, cove.

abrasador, **–a**, burning.

abrazado, **–a**, embraced, clasped; — **de**, clasping.

abrazar (**10**, 4), to clasp, embrace; **—se de**, to fasten upon.

abrazo, *m.*, embrace; **dar un — a**, to embrace.

abril, *m.*, April.

abrir (**54**), to open, dig; **—se camino**, to make one's way.

absolutamente, *adv.*, absolutely.

absoluto, **–a**, absolute.

absorber, to absorb, occupy, take.

absorto, **–a**, absorbed.

abstracción, *f.*, abstraction, concentration.

abundante, *adj.*, abundant, copious.

abundar, to abound.

aburrido, **–a**, weary, bored. uninteresting, dry.

abyección, *f.*, abjectness, servility.

abyecto, -a, abject, lower.

acá, *adv.*, here, hither; por —, this way.

acabar, to finish, end; — de, to have just . . .

acaecer (15), to occur, take place, happen.

acaecido, -a, occurred, come to pass.

acariciar (24, *b*), to pet, smooth, rub, fondle, caress.

acaso, *adv.*, perhaps, perchance.

acceder, to accede, grant.

accesible, *adj.*, accessible.

acceso, *m.*, access, fit.

accidente, *m.*, accident.

acción, *f.*, act, action, activity, effect, share; *pl.*, stocks.

acebo, *m.*, holly-tree.

acento, *m.*, expression, tone, accent.

acentuación, *f.*, accentuation, inflection.

acentuar (24, *a*), to accent, emphasize.

aceptación, *f.*, acceptation.

aceptar, to accept.

acera, *f.*, sidewalk, row of houses.

acercar (10, 1), to draw near, approach; —se, to draw near.

acercársele = acercar + se + le, *see* acercar.

acero, *m.*, steel.

acerqué, *see* acercar.

acerquen, *see* acercar.

acérquese = acerque + se, *see* acercar.

acertadamente, *adv.*, correctly, keenly.

acertar (18), to be right.

aciago, -a, sad.

acíbar, *m.*, bitterness.

aclarar, to explain, verify, clear up.

acometer, to attack.

acomodado, -a, arranged, in readiness.

acompañado, -a, accompanied.

acompañar, to accompany.

aconsejado, -a, advisable.

aconsejar, to advise, counsel.

acontecimiento, *m.*, event.

acordar (18), to agree upon; —se, to remember.

acortar, to shorten.

acostado, -a, lying, reclining.

acostar (18), to lay down; —se, to lie down, retire, go to bed.

acostumbrado, -a, accustomed, usual.

acostumbrar, to accustom.

acreedor, -a, creditor, recipient; — a, recipient of.

acta, *f.*, act, record.

actitud, *f.*, attitude.

activado, -a, enlivened, made brisk.

actividad, *f.*, activity.

activo, -a, active.

acto, *m.*, act; en el —, at once, immediately; en el — en que, when, just when.

actual, *adj.*, actual, present, modern.

actualidad, *f.*, current events, present.

actualmente, *adv.*, at present.

acudir, to run to, hasten to, give assistance to, have recourse to, resort to.

acuerda, *see* acordar.

acuerdan, *see* acordar.

acuerdo, *m.*, accord; de —, in accord, harmoniously, agreed.

acusación, *f.*, accusation.

adelantado, -a, set forward, advanced.

adelantar, to go ahead, advance;
—se, to go forward.

adelante, *adv.*, ahead, forward;
en —, henceforth, in the future;
más —, later, farther on, below
(*in a book*).

además, *adv.*, moreover, besides;
— de, besides.

adentro, *adv.*, within, inside.

adiós, *m.*, adieu; *interj.*, good-by!

adivinar, to divine, guess.

adivino, *m.*, wizard.

administración, *f.*, administration.

admiración, *f.*, admiration, wonder,
surprise.

admirado, -a, astonished.

admirar, to admire.

¿adónde? *adv.*, whither? where?

adoptar, to adopt.

adoración, *f.*, adoration.

adorno, *m.*, adornment, accomplishment.

adquirir (21, *Note* 2) to acquire.

aéreo, -a, airy.

afán, *m.*, eagerness, readiness.

afectación, *f.*, affectation.

afectado, -a, affected.

afectar, to affect.

afecto, *m.*, affection, fancy.

afinidad, *f.*, affinity, sympathy.

afirmar, to affirm, rest, press, plant.

afocar (10, 1), to focus, center.

afrontar, to face.

afuera, *adv.*, outside; afueras, *f.*
pl., suburbs.

agachar, to lower; —se, to stoop.

agarrado, -a, caught, held.

agarrar, to seize, lay hold of, catch.

agente, *m.*, agent.

agitado, -a, excited.

agitar, to agitate, disturb, shake,
move.

agonía, *f.*, agony, death throes.

agotado, -a, exhausted.

agradable, *adj.*, agreeable.

agradablemente, *adv.*, agreeably,
pleasantly.

agradar, to please; — a, to please.

agradecer (15), to thank for.

agradecimiento, *m.*, thanks.

agravar, to make worse; —se, to
grow worse.

agregar (10, 2), to add.

agua, *f.*, water.

agudísimo, -a, very sharp, very
shrill.

agudo, -a, sharp, shrill.

águila, *f.*, eagle.

aguileño, -a, aquiline.

aguja, *f.*, needle.

Agustina, *prop. noun, f.*, Augustina.

¡ah! *interj.*, ah! oh!

ahí, *adv.*, there; de —, hence,
therefore.

ahora, *adv.*, now; por —, for the
present.

ahorro, *m.*, saving.

aire, *m.*, air, bearing, attitude,
look, appearance.

aisladamente, *adv.*, separately.

aislado, -a, isolated, alone.

ajeno, -a, strange, foreign, un-
natural, belonging to another,
uninformed; — a, foreign to,
not having, without.

ajustar, to arrange, adjust.

al = a+el, at the, to the, on the, by
the; al + *inf.*, on + *pres. part.*

ala, *f.*, wing, brim.

alabastro, *m.*, alabaster.

alambre, *m.*, wire, cage.

alarde, *m.*, show, ostentation:
hacer —, to boast.

alarmar, to alarm.

alba, *f.*, dawn.

albergue, *m.*, shelter.

alborotado, –a, restless, disheveled.

alborozado, –a, pleased.

alcance, *m.*, reach, disposition, command.

alcanzar (10, 4), to comprehend, succeed, overtake, reach.

alcoba, *f.*, bedroom, alcove.

alegrar, to rejoice, light up, cheer; —se, to be glad.

alegre, *adj.*, gay, merry.

alegría, *f.*, joy, happiness.

alejar, to draw off, remove; —se, to go away, leave.

alemán, –a, German.

alentado, –a, encouraged.

alentador, –a, encouraging.

aletargado, –a, motionless.

aletargar (10, 2), to make drowsy, intoxicate.

alfiler, *m.*, pin; *pl.*, pin-money.

alfilerazo, *m.*, pin-prick.

algo, *pron.*, some, something, anything, somewhat; *adv.*, somewhat, a little.

alguien, *pron.*, some one, any one, somebody.

algún, *contraction of* alguno.

alguno, –a, some, any; *pron.*, some one, any one.

alhaja, *f.*, jewel.

alianza, *f.*, alliance.

aliento, *m.*, breath.

alimento, *m.*, food.

alisar, to smooth.

aliviar (24, *b*), to alleviate.

alma, *f.*, soul, spirit, heart.

almohada, *f.*, pillow.

alón, *m.*, wing (*of fowl*).

altanería, *f.*, haughtiness.

altanero, –a, haughty.

alteración, *f.*, change.

alterar, to alter; —se, to change, fail.

alternativa, *f.*, alternative.

altivez, *f.*, pride, hauteur; con —, haughtily.

altivo, –a, proud.

alto, –a, high, tall, late; hasta en alta noche, until far into the night.

altura, *f.*, height.

alumbrado, –a, lighted.

alumbrar, to illumine, light.

alusión, *f.*, allusion.

alzado, –a, raised.

alzar (10, 4), to raise, lift, hoist; —se, to rise.

allá, *adv.*, there, thither.

allí, *adv.*, there.

ama, *f.*, mistress.

amable, *adj.*, amiable, agreeable.

amado, –a, loved; *m. and f.*, lover, sweetheart.

amagar (10, 2), to threaten.

amalgamar, to unite, fuse.

amante, *adj.*, loving.

amante, *m.*, lover.

amar, to love.

amargo, –a, bitter.

amarillento, –a, yellowish.

amarillo, –a, yellow.

ambición, *f.*, ambition, desire.

ambicioso, –a, aspiring.

ambiguo, –a, ambiguous, of doubtful meaning.

ambos, *pron.*, both.

amenazado, –a, menaced.

amenazar (10, 4), to menace.

ameno, –a, agreeable, pleasant.

americano, –a, American.

amiga, *f.*, friend; muy — de, a very good friend of.

amigo, *m.*, friend; **muy — de**, a very good friend of.

amistad, *f.*, friendship.

amo, *m.*, chief, master, leader.

amor, *m.*, love; *pl.*, love, love-affairs; — **propio**, pride, conceit.

amoratado, -a, purplish.

amorosamente, *adv.*, lovingly.

amoroso, -a, loving.

amparo, *m.*, protection.

amueblado, -a, furnished.

análogo, -a, analogous, exact, suitable.

anarquía, *f.*, anarchy, disorder.

anarquista, *m.*, anarchist.

anatema, *m. or f.*, anathema, curse.

anca, *f.*, haunch, rump, hindquarters.

anciano, -a, ancient, old.

ancho, -a, broad, ample; *m.*, breadth, width.

anchura, *f.*, breadth.

andar (26), to walk, march, go, progress; —se, to go away; — a gatas, to creep.

andrajoso, -a, ragged.

anduve; *see* andar.

anduvo; *see* andar.

angel, *m.*, angel.

angelicado, -a, angelic.

anglo-, Anglo-.

angosto, -a, narrow.

angulo, *m.*, angle, corner.

angustia, *f.*, anguish.

anhelar, to desire eagerly.

animación, *f.*, animation, life, activity.

animado, -a, animated, stirred.

animal, *m.*, animal, brute, blockhead.

animar, to animate, enliven; —se, to become animated, lively.

ánimo, *m.*, mind, heart.

anoche, *adv.*, last night.

anochecer (15), to grow dark.

anonadar, to annihilate, subdue.

ante, *prep.*, before, with.

antecámara, *f.*, anteroom.

antecedente, *m.*, preceding event, precedent.

anterior, *adj.*, former, last, past, previous.

anteriormente, *adv.*, before, previously.

antes, *adv.*, before, previously, formerly, first; — **de**, before; — **que**, rather than.

antesala, *f.*, anteroom.

antiguo, -a, former, old, ancient.

antipatía, *f.*, antipathy, dislike.

antojarse, to long for, take a notion.

Antonio, *prop. noun*, *m.*, Anthony.

anublar, to becloud, dim.

anudar, to join, resume.

anunciar (24, *b*), to announce.

anuncio, *m.*, notice, warning, announcement, foretaste.

añadir, to add.

año, *m.*, year; **tener . . . —s**, to be . . . years of age.

apacible, *adj.*, peaceful.

aparecer (15), to appear.

aparentar, to appear, make an impression.

aparezca, *see* aparecer.

apariencia, *f.*, appearance.

apellido, *m.*, family name, last name.

apenas, *adv.*, hardly, scarcely, with difficulty.

apetito, *m.*, appetite.

apiñar, to join; —se, to crowd.

aplicándoselo = aplicando + se + lo, *see* aplicar.

aplicar (10, 1), to apply, put, put on, hold.

aplomo, *m.*, self-possession, poise.

aposento, *m.*, room, apartment.

apostar (18), to bet; — a que, to bet that.

apoyado, -a, leaning, supported.

apoyar, to lean, depend, support, lend aid.

apoyo, *m.*, aid, support.

apreciable, *adj.*, esteemed.

apreciar (24, *b*), to appreciate, weigh, judge.

aprender, to learn.

apresurar, to hasten; —se, to hasten.

apresurémonos = apresuremos + nos, *see* apresurar.

apretar (18), to tighten, clutch, press, act with vigor.

aprisionar, to imprison.

aprontar, to get ready.

aprovechar, to profit by, take advantage of.

aproximado, -a, near, close.

aproximar, to draw near, approach; —se, to approach; —se más, to approach nearer.

apuntado, -a, noted, recorded.

apurado, -a, dangerous, critical.

aquel, aquella, *adj.*, that, the former.

aquél, aquélla, aquello, aquéllos, aquéllas, *pron.*, that one, the one, that, those, the ones, the former.

aquellas, *see* aquel.

aquéllas, *see* aquél.

aquí, *adv.*, here; por —, here, hereabouts.

araña, *f.*, spider.

arañazo, *m.*, scratch.

arbitrariedad, *f.*, arbitrariness.

árbol, *m.*, tree.

arbolito, *m.*, small tree.

arco, *m.*, arch.

arder, to burn.

ardiente, *adj.*, burning, enthusiastic, ardent.

arenoso, -a, sandy.

argentino, -a, Argentinian, of Argentina.

aristocrático, -a, aristocratic.

arma, *f.*, arm, weapon.

armado, -a, armed.

armar, to arm, put together; —se, to arm oneself.

Armida, *prop. noun*, *f.*, Armida (*one of the most fascinating heroines of Italian poetry*).

armonía, *f.*, harmony.

armonioso, -a, harmonious, sympathetic.

armonizar (10, 4), to harmonize.

arrabal, *m.*, suburb.

arrancar (10, 1), to drag, draw snatch, tear, take from, remove quickly, jerk off.

arrastrado, -a, dragged.

arrastrar, to draw, drag, influence.

arrebatar, to carry away, take from

arreglar, to arrange, put in order.

arrellanarse, to make oneself comfortable.

arrepentirse (21), to repent, regret

arrepintiéndose = arrepintiendo + se, *see* arrepentirse.

arrestar, to arrest.

arriar (24, *a*), to lower.

arriba, *adv.*, above; de —, above.

arriesgado, -a, dangerous, risky.

arrimado, -a, drawn up.

arrimar, to approach, guide, direct.

arrinconar, to corner, drive into corner.

arrodillado, –a, kneeling.

arrodillarse, to kneel.

arrojado, –a, cast forth.

arrojar, to hurl, throw, throw away, cast, subject.

arrostrar, to meet, face.

arroyo, *m.*, brook, small stream.

artificio, *m.*, design, purpose.

asado, –a, roasted.

asaltar, to assault.

ascensión, *f.*, ascension, promotion.

asco, *m.*, loathing.

ascua, *f.*, live coal; estar en —s, to be on pins and needles.

asegurado, –a, assured.

asegurar, to assure, assert.

asentar (18), to set down.

aseo, *m.*, care, neatness.

asesinar, to assassinate, murder.

asesinato, *m.*, assassination, murder.

asesino, *m.*, assassin, murderer, cut-throat.

asfixiar (24, *b*), to suffocate.

así, *adv.*, thus, so.

Asia, *prop. noun, f.*, Asia; — Menor, Asia Minor.

asilado, –a, sheltered; *m.*, refugee.

asilo, *m.*, refuge.

asir (42), to seize.

asistencia, *f.*, care, attendance, presence.

asistente, *m.*, attendant.

asistir, to attend, be present.

asomar, to peep, appear, look out (*of a window*).

asombro, *m.*, astonishment.

aspecto, *m.*, aspect, appearance.

aspiración, *f.*, aspiration, drawing.

aspirar, to breathe, draw, suck up, puff.

asqueroso, –a, disgusting.

astucia, *f.*, astuteness.

asueto, *m.*, vacation.

asunto, *m.*, matter, affair.

asustar, to frighten.

atado, *m.*, bundle.

ataque, *m.*, attack; — parcial, feint.

atar, to attach, tie, bind, stop.

atención, *f.*, attention, duty.

atender (18), to attend, give attention to.

atentar (18), to attempt injury; — a, to make an attempt on.

atento, –a, attentive.

aterciopelado, –a, velvety, soft, velvet-covered.

aterrador, –a, terrifying.

aterrar, to terrify.

aterrorizar (10, 4), to terrorize.

atónito, –a, astonished.

atormentado, –a, tormented.

atracado, –a, drawn up.

atracar (10, 1), to haul in, draw close, approach.

atraído, –a, attracted.

atrás, *adv.*, back, backward; para —, backward; echar para —, to throw backward.

atravesar (18), to cross, pierce.

atraviesa, *see* atravesar.

atreverse, to dare.

atribuir (23), to attribute.

atribuye, *see* atribuir.

atrocidad, *f.*, atrocity.

atropellar, to trample, knock down, attack, charge.

aturdido, –a, stunned.

audacia, *f.*, audacity, nerve.

audiencia, *f.*, audience, hearing; estar de —, to give audience.

augurar, to foretell.

aumentado, –a, augmented, increased.

aumentar, to increase, grow.

aun *or* **aún,** *adv.*, yet, still, even; **aun cuando,** even though, although.

aunque, *conj.*, although, though, even if.

ausencia, *f.*, absence.

ausente, *adj.*, absent.

autonomía, *f.*, autonomy, self-government, freedom in government.

autor, *m.*, author.

autoridad, *f.*, authority, official.

autorización, *f.*, authority.

autorizado, -a, authorized.

auxiliado, -a, aided.

auxiliar (24, *b*), to aid.

auxilio, *m.*, aid.

avanzado, -a, advanced, late.

avanzar (10, 4), to advance.

avaricia, *f.*, avarice.

avasallado, -a, enslaved.

avasallar, to subjugate.

ave, *f.*, bird, fowl.

aventura, *f.*, adventure.

aventurar, to venture.

avergonzar (10, 4 *and* 18), to shame.

averiguación, *f.*, investigation.

avío, *m.*, material, provision; **—s de fumar,** necessaries for smoking, smoking outfit.

avisar, to give notice, inform, notify.

aviso, *m.*, notice, information, warning.

¡ay! *interj.*, alas! oh! **¡ — de!** alas for! *m.*, exclamation, cry.

ayer, *adv.*, yesterday.

ayudante, *m.*, assistant, aide-de-camp.

ayudar, to aid, help, assist.

ayuno, -a, fasting; **en ayunas,** fasting; *m.*, fast, abstinence.

azabache, *m.*, jet.

azar, *m.*, chance, hazard.

azote, *m.*, stripe, lash.

azotea, *f.*, flat roof.

azúcar, *m.*, sugar.

azucarado, -a, sugared, sweetened.

azucena, *f.*, white lily; **de —,** lily-white.

azul, *adj.*, blue.

B

babor, *m.*, port; **de — a estribor,** athwart ship.

¡bah! *interj.*, bah!

bailar, to dance.

baile, *m.*, dance, ball.

baja, *f.*, discharge; **dar de —,** discharge.

bajalato, *m.*, office of a pasha.

bajar, to go down, descend, get out lower, carry down.

bajel, *m.*, vessel, ship.

bajo, -a, low, lower, short; *m.* lower end.

bajo, *prep.*, under, beneath; **por —** under.

bala, *f.*, ball.

balanza, *f.*, balance, scale.

balcón, *m.*, balcony.

ballenera, *f.*, whale-boat.

banco, *m.*, bank, bench.

banda, *f.*, bank, shore.

bandera, *f.*, flag, emblem.

bandido, *m.*, bandit, rascal, ruffian, outlaw.

bañar, to bathe, flood.

barba, *f.*, beard, chin.

bárbaro, -a, barbarous, barbari savage.

barra, *f.*, bar, rod.

barranca, *f.*, gorge, ravine, depression, hollow.

barriga, *f.*, abdomen, paunch.

barro, *m.*, mud, clay.

Bartolomé, *prop. noun, m.*, Bartholomew.

base, *f.*, base, basis, foundation.

bastante, *adv.*, sufficiently, quite; *adj.*, enough.

bastar, to suffice, be enough.

batalla, *f.*, battle.

batallar, to struggle.

batir, to beat, clap, palpitate; —se, to fight.

batista, *f.*, cambric.

batón, *m.*, dressing-gown.

bayeta, *f.*, baize, thick flannel.

beber, to drink.

bebida, *f.*, beverage.

beldad, *f.*, beauty.

belleza, *f.*, beauty.

bellísimo, -a, very beautiful, most beautiful.

bello, -a, beautiful, fine, handsome.

bendecir (44, *but see footnote* 1), to bless.

bendición, *f.*, blessing.

beneplácito, *m.*, approbation, consent.

Bernardo, *prop. noun, m.*, Bernard.

besar, to kiss.

beso, *m.*, kiss.

bestia, *f.*, beast.

bien, *adv.*, well, indeed, very, quite, very well, all right: **más** —, rather; **está** —, all right; **hombre de** —, honest man; **no** — . . . , hardly . . . ; *m.*, piece of property, estate, property; *pl.*, goods, belongings.

bigote, *m.*, mustache.

billete, *m.*, bill, ticket; — **de banco**, bank-note.

blanco, -a, white.

blancura, *f.*, whiteness.

blandamente, *adv.*, gently.

blando, -a, gentle.

blanquísimo, -a, very white.

blasfemar, to blaspheme, curse, swear.

blasfemo, -a, blasphemous; *m.*, blasphemer.

bloqueador, -a, blockading.

bloqueo, *m.*, blockade.

boa, *f.*, boa.

boca, *f.*, mouth.

bocado, *m.*, mouthful.

bolsa, *f.*, purse.

bolsillo, *m.*, pocket.

bombilla, *f.*, small tube (*for drinking Paraguay tea*).

bondad, *f.*, kindness, goodness.

bonito, -a, pretty.

borbollón, *m.*, jet, spurt.

borde, *m.*, edge.

bordo, *m.*, edge, board (*side of boat*).

borrar, to erase, rub off.

bota, *f.*, boot, riding-boot, shoe.

botado, -a, condemned, cast.

botarate, *adj.*, harebrained.

bote, *m.*, boat.

botella, *f.*, bottle.

boticario, *m.*, pharmacist.

brasa, *f.*, coal, spark, glow.

Brasil, *prop. noun, m.*, Brazil.

brasileño, -a, Brazilian.

bravo, -a, sturdy, fierce, rough; ¡—! good! fine! bravo!

brazo, *m.*, arm.

brea, *f.*, pitch, tar.

breve, *adj.*, short, brief; **en —s palabras**, briefly.

brevísimo, -a, very brief.

bribón, *m.*, rascal, scoundrel, knave.

brida, *f.*, bridle, bridle reins.

brigadier, *m.*, brigadier.

brillante, *adj.*, brilliant.

brillar, to shine, gleam.
brisa, *f.*, breeze.
británico, **-a**, Britannic, British.
broche, *m.*, clasp, brooch.
bronce, *m.*, bronze.
brotar, to spring, spring forth, gush, sprout, bud.
bruja, *f.*, witch.
bruscamente, *adv.*, roughly, suddenly, rudely.
brutalidad, *f.*, brutality.
bruto, **-a**, brute, brutal, brutish, crude, raw.
buen, *see* **bueno**.
bueno, **-a**, good, all right, very well, well; **buenas noches**, good-night; **— de salud**, well.
buey, *m.*, ox.
bulto, *m.*, object, indistinct object, mass, bundle.
bullicioso, **-a**, busy, noisy.
buque, *m.*, ship, boat.
Burdeos, *prop. noun*, *m.*, Bordeaux.
burla, *f.*, derision, jest.
burlar, to ridicule, scoff; **—se de**, to laugh at.
burlón, **-a**, witty, jocose.
busca, *f.*, search.
buscado, **-a**, searched for.
buscar (**10**, **1**), to seek, look for.

C

cabal, *adj.*, right.
cabalgar (**10**, **2**), to ride horseback.
caballería, *f.*, cavalry.
caballeriza, *f.*, stable.
caballero, *m.*, gentleman, rider; *title*, Sir, Mr.
caballito, *m.*, little horse, hobby-horse; *pl.*, merry-go-round.
caballo, *m.*, horse; **a —**, on horseback.

cabecear, to nod.
cabecera, *f.*, head, head of a bed, end.
cabecilla, *m.*, chieftain, ring-leader.
cabellera, *f.*, hair.
cabello, *m.*, hair; *pl.*, hair.
caber (**29**), to be contained, have room, fit, be possible.
cabeza, *f.*, head.
cabezada, *f.*, nod.
cabida, *f.*, room; **tener —**, to have a place.
cabildo, *m.*, city hall.
cabo, *m.*, end, extremity, cape; **al —**, finally; **al — de**, at the end of, after.
cada, *adj.*, each, every; **— uno** *pron.*, each, each one.
cadalso, *m.*, scaffold.
cadáver, *m.*, cadaver, dead man, corpse.
cadavérico, **-a**, deathlike, deathly pale.
cadejo, *m.*, tangled hair, wisp.
cadena, *f.*, chain.
caer (**30**), to fall; **— de boca**, to fall on one's face.
café, *m.*, coffee.
caída, *f.*, fall.
caído, **-a**, *p. p. of* **caer**, fallen.
caja, *f.*, box, case.
calabaza, *f.*, gourd, pumpkin.
calavera, *m.*, madcap.
calculado, **-a**, calculated, intended.
calcular, to estimate.
cálculo, *m.*, calculation.
calidad, *f.*, quality, condition.
caliente, *adj.*, hot.
calma, *f.*, calm, tranquillity.
calmar, to calm.
calor, *m.*, heat, warmth.
calumnia, *f.*, calumny, slander.

calumnioso, -a, slanderous.
calvo, -a, bald.
calzar (10, 4), to put on shoes.
calzón, m., trousers.
calzoncillos, m. pl., underdrawers.
callar, to be silent, be quiet; —se, to become silent, be silent.
calle, f., street.
callejuela, f., small street, alley.
cama, f., bed.
cambiar (24, b), to change, exchange; —se, to be exchanged.
cambio, m., change.
caminar, to travel, walk, go.
camino, m., road, way.
camisa, f., shirt.
campamento, m., encampment.
campanilla, f., hand-bell, bell.
campaña, f., level country, countryside, country, campaign, action.
campeón, m., champion, spokesman.
campo, m., country, field.
canalla, f., rabble, scoundrel.
canción, f., song, hymn.
candelero, m., candlestick.
candente, adj., burning, red-hot.
candidamente, adv., plainly.
candido, -a, candid, frank.
canelón, m., fringe.
canoso, -a, gray.
cansado, -a, tired.
cansancio, m., fatigue.
cansar, to tire, fatigue.
cantar, to sing.
cantidad, f., quantity, number, amount, sum.
cantor, m., singer, minstrel.
caña, f., cane, reed.
cañón, m., cannon.
caoba, f., mahogany.
capa, f., cloak.
capaces, see capaz.

capacidad, f., capacity, ability.
capaz, adj., capable.
capital, f., capital city; m., fortune, capital.
capitán, m., captain.
capítulo, m., chapter.
capricho, m., caprice.
caprichoso, -a, capricious, imaginative.
cara, f., face.
carácter, m., character, nature.
característico, -a, characteristic, peculiar.
carbonizado, -a, burned.
carcajada, f., loud laughter.
carcamán, m., tub, ungainly boat.
cárcel, f., prison, jail.
carecer (15), to be lacking; — de, to lack.
careta, f., mask.
carga, f., load, burden, charge, duty.
cargar (10, 2), to load, lift, charge, charge upon.
cargué, see cargar.
caridad, f., charity, love.
carillo, m., cheek.
cariño, m., affection, endearment.
cariñoso, -a, loving, affectionate, tender, soft, gentle.
Carlos, prop. name, m., Charles.
carmín, m., red, carmine, wild rose.
carne, f., meat.
carnicero, m., butcher.
carnudo, -a, fleshy, heavy, thick.
carpeta, f., table-cover.
carrera, f., run, running, race, flight, girder, career, profession; tomar —, to take flight; a —, swiftly.
carreta, f., cart.
carruaje, m., carriage.
carta, f., letter, chart, map.

cartera, *f.*, portfolio, letter-case.

carterita, *f.*, small purse.

casa, *f.*, house; **a** —, home; **en** —, at home.

casaca, *f.*, coat.

casamiento, *m.*, marriage.

casar, to marry; —**se con**, to marry.

cáscara, *f.*, rind, shell.

casco, *m.*, hoof.

casi, *adv.*, almost, nearly.

caso, *m.*, case; **en todo** —, in any case.

castaño, –a, hazel.

castellano, –a, Castilian, Spanish; *m.*, Castilian *or* Spanish (*language*).

castigar (10, 2), to punish, chastise.

castigo, *m.*, punishment.

casual, *adj.*, accidental.

casualidad, *f.*, circumstance, coincidence, chance.

catedrático, *m.*, professor.

catorce, fourteen.

caudillo, *m.*, chief, ringleader.

causa, *f.*, cause; **a** — **de**, because of.

causar, to cause.

cayeron, *see* **caer.**

cayó, *see* **caer.**

caza, *f.*, hunt, search.

cedulilla, *f.*, slip of paper, ticket.

cegar (18 *and* 10, 2), to blind; —**se**, to go blind.

ceja, *f.*, eye-brow.

celador, *m.*, warden, watchman.

celaje, *m.*, cloud effect; *pl.*, light clouds.

celebración, *f.*, celebration.

célebre, *adj.*, famous, celebrated.

celeste, *adj.*, celestial, beautiful, sky-blue, sky.

celestial, *adj.*, heavenly.

celo, *m.*, zeal; *pl.*, jealousy.

celosía, *f.*, Venetian blind.

celoso, –a, jealous, zealous.

cementerio, *m.*, cemetery.

cenar, to take supper, sup.

centellear, to flash, rage.

centenar, *m.*, hundred.

centinela, *m. and f.*, sentinel, post.

central, *adj.*, central.

centralizado, –a, centralized.

centro, *m.*, center.

cerato, *m.*, cerate.

cerca, *adv.*, near; — **de**, near, about.

cercanía, *f.*, proximity, approach.

cercano, –a, near-by.

cerco, *m.*, wall.

cerda, *f.*, horse-hair.

ceremonia, *f.*, ceremony.

cernerse (18), to hover, soar.

cerrado, –a, closed, locked.

cerrar (18), to close, shut; — **una carta**, to fold a letter.

cesar, to cease, stop.

cesáreo, –a, imperial.

ciegan, *see* **cegar.**

ciego, –a, blind.

cielo, *m.*, sky, heavens, Heaven.

cien, *see* **ciento.**

ciento, a hundred.

cierne, *see* **cerner.**

cierra, *see* **cerrar.**

ciertamente, *adv.*, certainly.

cierto, –a, certain, a certain, sure; **por** —, certainly, surely, of course; *adv.*, certainly.

cifra, *f.*, cipher, figure.

cigarro, *m.*, cigarette; — **de papel**, cigarette.

cinco, five.

cincuenta, fifty.

cínico, –a, cynical.

cinta, *f.*, ribbon, band.

cintarazo, *m.*, slap, sword-slap.

cintita, *f.*, little ribbon.

cintura, *f.*, waist, girdle, belt.

círculo, *m.*, circle; — doble, double swing.

circundar, to encircle.

circunspección, *f.*, prudence.

circunspecto, -a, circumspect, cautious.

circunstancia, *f.*, circumstance.

cirujano, *m.*, surgeon.

cisne, *m.*, swan.

citar, to make an appointment.

ciudad, *f.*, city.

ciudadano, *m.*, citizen.

cívico, -a, civic.

civil, *adj.*, civil.

civilización, *f.*, civilization.

civilizado, -a, civilized.

claramente, *adv.*, clearly.

claridad, *f.*, light, glow, brightness, clearness.

claro, -a, clear, bright, shining, light; *adv.*, clearly.

clase, *f.*, class, rank, kind.

clasificar (10, 1), to describe, classify.

clausura, *f.*, closing.

clavado, -a, fixed, nailed.

clavar, to nail, fasten, fix.

clavo, *m.*, nail.

clérigo, *m.*, clergyman, cleric.

club, *m.*, club, society.

coalición, *f.*, coalition.

cobarde, *m.*, coward.

cobre, *m.*, copper.

cobrizo, -a, coppery, copper-colored.

cocina, *f.*, kitchen.

cocinera, *f.*, cook.

cocinero, *m.*, cook.

coche, *m.*, coach, carriage.

cochería, *f.*, coach-house.

cochero, *m.*, coachman, driver.

codo, *m.*, elbow.

coger (11, 2), to catch, seize, pluck, gather.

cojear, to limp.

colchón, *m.*, mattress, pad.

colgadura, *f.*, hanging, drapery.

colgar (18 *and* 10, 2) to hang.

colocado, -a, placed.

colocar (10, 1), to put, place, set.

Colón, *prop. noun, m.*, Columbus.

colonia, *f.*, colony.

Colonia, *prop. noun, f.*, Cologne.

color, *m.*, color.

colorado, -a, red, flushed; pintado de —, painted red.

colorear, to color.

colorido, *m.*, tint.

columna, *f.*, column, pillar.

comadre, *f.*, friend, chum, gossip.

comandante, *m.*, commandant.

comandar, to command.

combate, *m.*, fight, struggle, combat, battle.

combatir, to fight, oppose.

combinación, *f.*, combination.

combinado, -a, combined, mixed.

combinar, to combine, make arrangements.

comedimiento, *m.*, politeness, kindness.

comedor, *m.*, dining-room.

comenzamiento, *m.*, beginning.

comenzar (18 *and* 10, 4), to commence, begin.

comer, to eat; la hora de —, the dinner hour, dinner time.

comercio, *m.*, commerce.

comida, *f.*, dinner, eating, sustenance, feeding.

comienza, *see* comenzar.

comisaría, *f.*, commissary department, commissariat.

comisario, *m.*, deputy, agent.
comisión, *f.*, mission, errand.
comitiva, *f.*, company.
como, *adv. and conj.*, as, about, like, because, as if; — de, of about; — a, at about; — quiera que, however, whatever; — que, as if; ¿cómo? how? what?; ¿Cómo se llama? What is the name of?
cómoda, *f.*, bureau.
cómodamente, *adv.*, comfortably.
comodidad, *f.*, convenience, comfort.
cómodo, -a, comfortable.
compadecer (15), to pity.
compañera, *f.*, companion.
compañero, *m.*, companion.
comparación, *f.*, comparison.
comparar, to compare.
compasión, *f.*, compassion, pity.
competencia, *f.*, competition.
competente, *adj.*, sufficient, corresponding.
competer, to appertain, concern.
complacer (15), to please, delight, oblige; — se en, to enjoy.
complementar, to complete.
completamente, *adv.*, completely, entirely.
completo, -a, complete, full, absolute.
complotar, to conspire.
componer (34), to compose.
composición, *f.*, composition.
comprado, -a, bought.
comprar, to buy.
comprender, to understand, know.
comprimido, -a, repressed.
comprobar (18), to prove.
comprometer, to compromise, jeopardize, involve; — se, to bring oneself under suspicion.

compuesto, -a, composed.
común, *adj.*, general, common.
comunicación, *f.*, communication, report.
comunicar (10, 1), to tell, make known, report, communicate, lead to.
comunicárselo = comunicar + se + lo, *see* comunicar.
comúnmente, *adv.*, commonly.
con, *prep.*, with, by, for, in, towards.
concebir (22), to conceive, form.
conceder, to grant.
concentrar, to concentrate; — se en sí mismo, to withdraw into oneself.
concepto, *m.*, estimation.
concesión, *f.*, concession.
concibe, *see* concebir.
concibió, *see* concebir.
conciencia, *f.*, conscience, realization, consciousness.
concluido, -a, ended.
concluir (23), to conclude, finish.
conclusión, *f.*, conclusion.
concluyo, *see* concluir.
concurrir, to attend.
conchabado, -a, attached, employed.
condecoración, *f.*, decoration, insignia.
condenar, to condemn.
condición, *f.*, condition.
condoler (18), to condole, sympathize; — se de, to regret.
condolido, -a, sympathetic.
conducido, -a, driven.
conducir (43, *and see footnote* 2) to take, lead, conduct, bring.
conducta, *f.*, conduct, system.
conducto, *m.*, channel, agent, agency.

conductor, *m.*, guide, leader.

conduje, *see* conducir.

condujeron, *see* conducir.

condujo, *see* conducir.

condúzcanos = conduzca + nos, *see* conducir.

confederación, *f.*, confederation.

conferir (21), to confer, grant.

confesar (18), to confess.

confiado, -a, intrusted.

confianza, *f.*, confidence; de —, trusted.

confiar (24, *a*), to intrust, confide.

confiesas, *see* confesar.

confirmar, to verify.

confiscación, *f.*, confiscation.

conflicto, *m.*, conflict, struggle.

conformar, to conform; —se, to agree, resign oneself.

confortativo, *m.*, cordial.

confundir, to confound, confuse, involve, mix up, mingle.

confusión, *f.*, confusion.

confuso, -a, confused.

conjetura, *f.*, conjecture.

conjunto, *m.*, whole, ensemble, general appearance.

conmemorar, to commemorate.

conmigo, with me; para —, towards me.

conmoción, *f.*, disturbance, commotion, upheaval.

conmover (18), to disturb, shake.

conmovido, -a, agitated, stirred, moved, affected, trembling.

conocedor, *m.*, expert, connoisseur.

conocer (15), to know, be acquainted with, recognize; dar a —, to make known.

conocido, -a, acquainted, known, recognized; *m. and f.*, acquaintance.

conocimiento, *m.*, consciousness, acquaintance, knowledge.

conozco, *see* conocer.

conque, *adv.*, so then, then.

conquistar, to win, gain, conquer.

consagración, *f.*, consecration.

consagrar, to devote, consecrate.

conseguir (22 *and* 11, 3), to succeed, accomplish, obtain.

consejero, *m.*, counselor.

consejo, *m.*, council, cabinet, advice.

consentir (21), to consent, allow; — en, to consent to.

conservación, *f.*, safety, protection.

conservar, to keep, hold, preserve, retain; —se, to maintain *or* take care of oneself.

considerable, *adj.*, considerable, large.

considerar, to consider, deem.

consiente, *see* consentir.

consigna, *f.*, countersign.

consigo, with himself, with herself, with itself, with themselves.

consigue, *see* conseguir.

consiguiente, *m.*, consequence; por —, consequently.

consiguió, *see* conseguir.

consintiese, *see* consentir.

consintió, *see* consentir.

consolación, *f.*, consolation.

consolidar, to strengthen.

conspirar, to conspire, plot.

constancia, *f.*, constancy, fidelity.

constantemente, *adv.*, constantly.

Constantinopla, *prop. noun, f.*, Constantinople.

constar, to be clear, be evident.

constituido, -a, constituted, made up.

consuelo, *m.*, consolation, sympathy.

ᴿ

cónsul, *m.*, consul.
consular, *adj.*, consular.
consultar, to consult.
consumir, to consume.
contacto, *m.*, contact, touch, influence.
contar (18), to count, number, tell, relate; — con, to count on, depend on, have.
contemplación, *f.*, contemplation.
contemplar, to contemplate, study, gaze, look at, examine.
contemporáneo, -a, contemporaneous.
contemporización, *f.*, temporizing, compliance.
contendor, *m.*, fighter, warrior, soldier.
contener (38), to contain, curb, check, stop, repress, hold.
contenido, -a, held.
contentamiento, *m.*, contentment, satisfaction.
contentar, to content, satisfy.
contento, -a, happy, contented.
contestar, to answer; — que no, to answer no.
contigo, with you.
contiguo, -a, contiguous, adjoining, next.
continuación, *f.*, continuation.
continuar (24, *a*), to continue.
contra, *prep.*, against, at.
contrabandista, *m.*, smuggler.
contrabando, *m.*, contraband; de —, as contraband.
contraer (39), to contract, tighten.
contrahecho, -a, deformed.
contraído, -a, contracted, drawn, thin.
contrario, -a, contrary, opposite, opposing; *m.*, opponent, enemy;

por el —, on the contrary; de lo —, if not.
contrastado, -a, contrasted, set off; — por, in contrast with.
contrastar, to contrast.
contratiempo, *m.*, mishap, misfortune.
contrayendo, *see* contraer.
contribuir (23), to contribute.
contribuyó, *see* contribuir.
convencer (11, 1), to convince; —se, to be convinced.
convencido, -a, convinced; — de que, convinced that.
convencimiento, *m.*, conviction.
convencional, *adj.*, conventional, predetermined.
convendrá, *see* convenir.
convenga, *see* convenir.
convengo, *see* convenir.
convenido, -a, agreed, agreed upon.
convenir (48), to agree, be fitting, be necessary, be of advantage; —se con, to suit; —se, to agree.
convento, *m.*, convent *or* monastery.
conversación, *f.*, conversation.
conversar, to converse, talk.
convertir (21), to convert, change, transform.
convidar, to invite.
conviene, *see* convenir.
conviniendo, *see* convenir.
convino, *see* convenir.
convirtiéndose = convirtiendo + se, *see* convertir.
convirtiese, *see* convertir.
convulsión, *f.*, convulsion.
convulsivo, -a, convulsive, unsteady, trembling.
coñac, *m.*, cognac.
cooperación, *f.*, coöperation.
copa, *f.*, cup, goblet.

copia, *f.*, copy.
copioso, –a, numerous, abundant, copious.
copita, *f.*, little cup.
corazón, *m.*, heart.
corbata, *f.*, cravat, necktie.
corbeta, *f.*, corvette.
cordillera, *f.*, mountain-chain.
Córdoba, *prop. noun, f.*, Cordova.
cordón, *m.*, cord, rope.
coro, *m.*, chorus, accompaniment.
coronar, to crown.
coronel, *m.*, colonel.
corralón, *m.*, yard.
corredor, *m.*, corridor, hall.
correr, to run, run through, hasten, flow, pass; — peligro, to be in danger.
correspondencia, *f.*, answer.
corresponder, to repay, correspond.
correspondiente, *adj.*, corresponding.
corresponsal, *adj.*, corresponding.
corriente, *adj.*, current, present.
cortado, –a, cut.
cortar, to cut, cut off, break off, interrupt.
corte, *m.*, cut, slash, thrust; — de primera, thrust in prime (*fencing term*); — de tercera, thrust in tierce.
corte, *f.*, courtship; hacer la —, to court, woo.
cortesano, –a, polite, courteous, courtly.
cortesía, *f.*, courtesy.
cortina, *f.*, curtain.
cortinaje, *m.*, curtain.
corto, –a, short.
cosa, *f.*, thing, matter, situation.
costa, *f.*, coast, shore, bank.
costado, *m.*, side.
costar (18), to cost.

costilla, *f.*, rib, chop.
costumbre, *f.*, custom, habit; de —, usual, usually.
costurera, *f.*, seamstress.
cotejo, *m.*, comparison.
creación, *f.*, creation, creature.
creado, –a, created.
créamelo = crea + me + lo, *see* creer.
crear, to create.
crecido, –a, large, swollen, high.
creencia, *f.*, belief.
creer (13), to believe, think; — que sí, to think so.
creyendo, *see* creer.
creyesen, *see* creer.
creyóse = creyó + se, *see* creer.
criada, *f.*, servant-girl, servant, woman.
criado, *m.*, servant.
criar (24, *a*), to rear, create.
criatura, *f.*, creature, child.
crimen, *m.*, crime.
criminal, *adj.*, criminal.
crisis, *f.*, crisis.
cristal, *m.*, crystal, looking-glass, mirror, pane, light; *pl.*, glassware.
criticar (10, 1), to criticize.
cruel, *adj.*, cruel.
crueldad, *f.*, cruelty.
cruzado, –a, crossed.
cruzar (10, 4), to cross, fold; — con, to cross.
cuadra, *f.*, block, 100 meters (*as a land measure*), quarter of a ship's length.
cuadrado, –a, square.
cuadrar, to square, adjoin, form a side of, correspond.
cuadro, *m.*, picture, tableau.
cuajado, –a, crowded.

cuajar, to fill full, adorn.

cual, *conj.*, as, like, as if; **tal** —, such as; **el** —, **la** —, *etc.*, *relative pron.*, who, whom, which.

¿cuál? *interr. pron.*, what? which? who?

cualesquiera, *see* **cualquiera**.

cualquier, *see* **cualquiera**.

cualquiera, *pron. and adj.*, any, any one, anything; — **que**, whatever.

cuan and **cuán**, *see* **cuanto** *and* **cuánto**.

cuando, *adv.*, when, if; **aun** —, even though; — **menos**, at least; **de** — **en** — *or* **de vez en** —, from time to time, occasionally.

¿cuándo? *interr. adv.*, when?

cuantioso, -a, great, numerous.

cuanto, -a, *adj. and pron.*, as much . . . as, all the . . . that, everything that, whatever; *pl.*, as many . . . as, all those . . . which; **todo** —, all that which; **todos** —s, all those who, whoever; **tantos** . . . —s, as many . . . as; **en cuanto**, as soon as; **en cuanto a**, as for, with regard to; **por cuanto**, for, because, inasmuch as.

¿cuánto, -a? *interr. adj. and pron.*, how much? *pl.*, how many?

cuarenta, forty.

cuartel, *m.*, quarters, barracks.

cuarto, -a, fourth; **en cuarta**, in carte (*i.e. in the fourth position in fencing*).

cuarto, *m.*, room.

cuatro, four.

cubierto, -a, *p. p. of* **cubrir**, covered.

cubierto, *m.*, cover, plate, place (*at table*).

cubrir (54), to cover

cucaña, *f.*, greased pole.

cuchillo, *m.*, knife.

cuello, *m.*, neck, collar.

cuenta, *see* **contar**.

cuenta, *f.*, account, calculation, statement, bill, benefit; **de mi** —, my duty; **darse** — **de**, to take account of, realize, think about; **dar** — **de**, to account for, take care of; **tener en** —, to take into consideration; **ser de su** —, to be one's look-out.

cuento, *m.*, story.

cuerda, *f.*, chord.

cuero, *m.*, leather.

cuerpo, *m.*, body.

cuesta, *see* **costar**.

cueste, *see* **costar**.

cuestión, *f.*, question, problem.

cueva, *f.*, cave, cavern, recess.

cuidado, -a, cared for.

cuidado, *m.*, care, attention, anxiety, fear; **tener** —s **por**, to be concerned about; **no hay** —, *or* **no tenga** —, don't worry; *interj.*, take care!

cuidar, to take care of, guard, take heed; — **de**, to take care of; — **a**, to be mindful of; —**se**, to be careful, worry; —**se de que**, to concern oneself about the fact that.

culpa, *f.*, blame; **tener la** —, to be the fault of, be to blame for.

cultivar, to cultivate.

culto, -a, cultivated, enlightened, genteel.

cumplimiento, *m.*, civility, compliment, performance, fulfillment.

cumplir, to fulfill, realize, keep, execute, perform; —**se**, to be accomplished.

cuna, *f.*, cradle.
cundir, to spread, grow.
cuñada, *f.*, sister-in-law.
curación, *f.*, treatment, healing, convalescence.
curado, –a, cured, restored.
curar, to cure; —se, to recover.
curiosidad, *f.*, curiosity.
curioso, –a, curious, inquisitive.
curso, *m.*, course, duration.
custodiar (24, *b*), to guard.
cutis, *m.*, skin.
cuyo, –a, whose, of which, which.

CH

chal, *m.*, shawl.
chaleco, *m.*, vest, waistcoat.
chanza, *f.*, jest.
chapona, *f.*, dressing sack, house robe.
chaqueta, *f.*, jacket, sack-coat.
charretera, *f.*, epaulet.
chico, –a, little.
chillido, *m.*, scream.
chimenea, *f.*, fire-place, brazier; poner —, to put a brazier in.
chino, –a, Chinese.
chiquito, –a, very small.
chiripá, *m.*, cowboy's trousers (*see illustration facing page* 35).
chispeante, *adj.*, sparkling, gleaming.
chispear, to glitter.
chocante, *adj.*, striking, shocking.
choque, *m.*, shock, collision, rush, charge.

D

D., *see* Don.
Da., *see* Doña.
dado, –a, given, made, struck.
dama, *f.*, lady.
damasco, *m.*, damask.

dame = da + me, *see* dar.
damos, *see* dar.
dando, *see* dar.
dar (27), to give, deliver, take, beat, strike, utter; — con *or* sobre, to strike; — a, to open upon, face; — vuelta, to turn; — un paseo, to take a walk; — a conocer, to make known; — de baja, to discharge; —se prisa, to hurry.
darla = dar + la, *see* dar.
darles = dar + les, *see* dar.
dato, *m.*, datum, fact.
de, *prep.*, of, from, on account of, on, in, at, with, to, by, than.
dé, *see* dar.
debajo, *adv.*, beneath; — de, *prep.*, under.
deber, to owe, be obliged, be destined, ought, must, should, *etc.*; —se a, to be under obligation to.
deber, *m.*, duty, obligation.
debido, –a, due, owed, required.
débil, *adj.*, weak, frail, faint.
debilidad, *f.*, weakness.
debilitado, –a, weakened.
decididamente, *adv.*, decidedly, actively.
decidido, –a, determined.
décimo, –a, tenth.
decir (44), to say; —se, to be said; es —, that is to say; quiero —, I mean; — para sí, to say to oneself.
decírselo = decir + se + lo, *see* decir.
declaración, *f.*, declaration.
declarante, *m.*, deponent, witness.
declarar, to declare.
decrépito, –a, decrepit, worn.
decreto, *m.*, decree.

dedo, *m.*, finger.

deducir (43, *and see footnote* 2), to deduce, conclude.

deduzca, *see* **deducir**.

defender (18), to defend, protect.

defensa, *f.*, defense.

defensor, *m.*, defender.

defiendan, *see* **defender**.

definido, –a, described, definite.

definir, to define, distinguish.

definitivo, –a, definite, final.

degeneración, *f.*, degeneration.

degollar (18), to cut the throat of.

dejar, to leave, let, allow, permit; — **de**, to cease, fail to; —**se caer**, to drop.

del = **de** + **el**, *see* **de**.

delación, *f.*, denunciation, accusation, information.

delante, *adv.*, ahead, in advance, before; — **de**, ahead of, before, confronting; **tener por** —, to have before one.

delatar, to accuse, denounce.

déle = **dé** + **le**, *see* **dar**.

deleitar, to delight; —**se**, to enjoy; —**se en**, to enjoy.

delgado, –a, slender.

delicadeza, *f.*, delicacy.

delicado, –a, delicate.

delicioso, –a, delightful.

delirio, *m.*, delirium.

demás, *adj.*, remaining, other; **los** —, the others, the rest.

demasiado, –a, too much, too great; *adv.*, too, too much, too well.

déme = **dé** + **me**, *see* **dar**.

democrático, –a, democratic.

demonio, *m.*, demon, devil.

demora, *f.*, delay.

demorar, to tarry, postpone, wait, delay, sojourn.

demostración, *f.*, exposition, explanation.

den, *see* **dar**.

denominar, to name, call.

denso, –a, dense, thick, heavy, dark.

dentro, *adv.*, within, inside; — **de**, *prep.*, inside of.

denunciar (24, *b*), to denounce.

deparar, to offer, furnish, present, give.

dependencia, *f.*, dependence, charge.

depender, to depend.

deponer (34), to depose.

depositar, to deposit, place, repose.

derecho, –a, right; **la derecha**, the right hand.

derecho, *m.*, privilege, right.

derivado, –a, derived.

derramar, to pour, shed; —**se**, to overflow.

derredor, *m.*, circumference; **en** — **de**, round about.

derrota, *f.*, defeat, rout.

derrotado, –a, defeated, routed.

derrotar, to defeat.

desabrimiento, *m.*, indifference, lack of politeness.

desagradable, *adj.*, disagreeable.

desaire, *m.*, rebuff.

desaliñado, –a, disarranged.

desaparecer (15), to disappear.

desarrollar, to develop, unfold.

desarrollo, *m.*, development.

desasir (42), to loosen, unfasten; —**se**, to free oneself.

desastre, *m.*, disaster.

desatar, to unfasten, untie.

desbordar, to overflow.

descansar, to rest.

descanso, *m.*, rest, repose.

descargar (10, 2), to discharge, deliver.

descarnado, -a, emaciated, wrinkled, skinny.

descarnar, to strip of flesh.

descender (18), to descend, go down.

descerrajar, to break the locks of.

descolorido, -a, pale.

descomponer (34), to disturb.

descompuesto, -a, disturbed, ill at ease.

desconfianza, *f.*, distrust, suspicion.

desconocer (15), to repudiate, refuse to recognize, disown, ignore.

desconocido, -a, unknown, strange.

descontento, -a, discontented.

describir (54), to describe.

descubierto, -a, *p. p. of* descubrir, discovered, uncovered, open, frank.

descubrimiento, *m.*, discovery.

descubrir (54), to discover, uncover, show, distinguish, perceive, see; —se, to be visible.

descuidado, -a, careless, uncared for, slovenly.

descuidar, to neglect.

desde, *prep.*, since, from, of; — que, since.

desdén, *m.*, disdain.

desdeñoso, -a, disdainful.

desdoblar, to unfold.

desear, to desire, wish, want.

desembarcadero, *m.*, quay, landing-place.

desempeñarse, to take care of oneself, pay one's debts.

desenfreno, *m.*, lawlessness.

desenganchar, to disengage, get clear.

desengaño, *m.*, disillusionment.

desenlace, *m.*, development, unfolding, outcome, conclusion.

desenojar, to appease.

desenvainar, to draw, unsheath.

desenvolver (18, *Note* 1), to unwrap, unfold, disengage, evolve, develop; —se, to break up.

deseo, *m.*, desire, wish.

desertar, to desert.

desesperación, *f.*, desperation.

desesperado, -a, in despair.

desesperar, to despair; —se, to despair, be in despair.

desfallecer (15), to faint, throw into a faint, exhaust.

desfallecido, -a, weakened, exhausted, in a faint.

desgracia, *f.*, misfortune, disfavor.

desgraciadamente, *adv.*, unfortunately.

desgraciado, -a, unhappy, unfortunate.

desgreñado, -a, disheveled.

desierto, -a, deserted.

desigual, *adj.*, unequal.

desinteresado, -a, disinterested.

deslizar (10, 4), to slip; —se, to slip.

desmandar, to repeal; —se, to be impertinent.

desmayado, -a, pale, dimmed, in a faint.

desmayar, to lose courage, unnerve; —se, to faint.

desmayo, *m.*, fainting fit, unconsciousness.

desmedido, -a, excessive.

desmontar, to dismount; —se, to dismount.

desnudado, -a, undressed, laid bare.

desnudo, -a, bare, naked, shorn.

desoldar (18), to upset, unsolder.

desordenado, –a, disarranged, disheveled.

despacio, *adv.,* slowly, gently, softly.

despachar, to dispatch, send.

despechado, –a, enraged, despairing.

despecho, *m.,* hatred, dismay.

despedida, *f.,* leave-taking.

despedir (22), to emit, dismiss, send away, send out, give, shed; **—se,** to take leave, say good-by.

despejar, to clear, free.

despertar (18), to awaken, arouse.

despidas, *see* **despedir.**

despidiéndose = despidiendo + se, *see* **despedir.**

despidió, *see* **despedir.**

despierta, *see* **despertar.**

despiértalo = despierta + lo, *see* **despertar.**

despierte, *see* **despertar.**

despiertes, *see* **despertar.**

despierto, –a, awake.

despojar, to despoil, deprive.

déspota, *m.,* despot.

despreciativo, –a, depreciatory, contemptuous.

desprecio, *m.,* scorn.

desprender, to loose, loosen, emit, cast off; **—se,** to fall from, leave, draw away.

después, *adv.,* later, afterwards; **— de,** *prep.,* after, since, for; **— que,** *conj.,* after.

despuntar, to dawn.

desquite, *m.,* revenge, satisfaction, retaliation.

destierro, *m.,* exile.

destinado, –a, destined, reserved.

destinar, to destine, intend.

destino, *m.,* fate, destiny, destination.

destrozar (10, 4), to destroy, mutilate.

destrozo, *m.,* destruction, laceration.

destructor, –a, destructive.

destruir (23), to destroy.

desvelar, to keep awake; **—se, to** be watchful.

desvelo, *m.,* vigilance.

desvestir (22), to undress.

detallar, to detail.

detalle, *m.,* detail.

detener (38), to detain, stop, hold back.

detenido, –a, careful, slow.

deteriorar, to deteriorate.

determinado, –a, determined upon.

determinar, to determine, establish, choose, outline.

detiene, *see* **detener.**

detrás, *adv.,* back, backwards; **— de,** *prep.,* behind.

devoción, *f.,* devotion.

devolver (18, *Note* 1), to restore, return.

devorar, to devour.

di, *see* **decir.**

día, *m.,* day; **hoy —,** at the present time; **de —,** in the day-time; **ocho —s,** a week; **todos los —s,** every day.

diablo, *m.,* devil; ¡**Qué —s!** What the devil!

diabólicamente, *adv.,* diabolically.

diáfano, –a, clear.

diálogo, *m.,* dialogue.

diario, –a, daily.

dibujado, –a, depicted.

dibujar, to draw, sketch, picture.

dice, *see* **decir.**

dicen, *see* decir.

dices, *see* decir.

diciembre, *m.*, December.

diciendo, *see* decir.

diciéndola = diciendo + la.

dictador, *m.*, dictator.

dictadura, *f.*, dictatorship.

dicha, *f.*, good fortune, happiness.

dicho, -a, *p. p. of* decir, said.

diecinueve, nineteen.

diente, *m.*, tooth.

dieron, *see* dar.

diese, *see* dar.

diesen, *see* dar.

diestra, *f.*, right hand.

diestro, -a, skillful.

diez, ten.

diferencia, *f.*, difference.

diferente, *adj.*, different.

difícil, *adj.*, difficult, hard.

difícilmente, *adv.*, with difficulty.

dificultad, *f.*, difficulty.

dificultoso, -a, difficult.

diga, *see* decir.

dígale = diga + le, *see* decir.

dígame = diga + me, *see* decir.

digamos, *see* decir.

digas, *see* decir.

digerir (21), to digest.

dignamente, *adv.*, worthily.

dignarse, to deign.

dignidad, *f.*, dignity.

dignificar (10, 1), to dignify; —se, to become worthy.

digno, -a, worthy.

digo, *see* decir.

dije, *see* decir.

dijeron, *see* decir.

dijese, *see* decir.

dijésemos, *see* decir.

dijesen, *see* decir.

dijo, *see* decir.

dilatar, to dilate, spread, open wide.

dile = di + le, *see* decir.

diligencia, *f.*, activity, diligence, errand, task, stage-coach; ir a una —, to go on an errand.

dime = di + me, *see* decir.

dimensión, *f.*, dimension.

dimisión, *f.*, resignation.

dinero, *m.*, money.

dió, *see* dar.

Dios, *m.*, God; ¡ — mío! Heavens!

diosa, *f.*, goddess.

diplomacia, *f.*, diplomacy.

diplomático, -a, diplomatic; la traviesa diplomática, the shrewd diplomatist.

diputado, *m.*, congressman.

dique, *m.*, dike.

dirá, *see* decir.

diré, *see* decir.

dirección, *f.*, direction, guidance; con *or* en — a, in the direction of.

directamente, *adv.*, directly.

dirigido, -a, directed.

dirigir (11, 2), to direct, address; —se, to go; —se a, to address, speak to, go to, betake oneself to; — la vista, to look.

disciplina, *f.*, discipline.

discípula, *f.*, pupil.

discípulo, *m.*, pupil.

disculpa, *f.*, excuse.

disculpar, to excuse.

discurso, *m.*, discourse, communication, speech.

discutir, to discuss.

disfrazado, -a, masked, underhanded.

disfrutar, to enjoy.

disgustado, -a, displeased, vexed.

disgustar, to disgust, vex, displease; —se, to be displeased.

disgusto, *m.,* displeasure, disgust, horror.

disimular, to dissimulate, pretend, take no notice; **— que,** to hide the fact that.

disimulo, *m.,* dissimulation, pretense.

disparar, to discharge, shoot, fire.

disparate, *m.,* foolishness; *pl.,* foolish things.

dispensar, to excuse, bestow, grant, furnish; **dispense usted,** pardon me.

dispón, *see* **disponer.**

disponer (34), to dispose, plan, order, arrange, prepare, make ready, command; **— de,** to use, command; **—se,** to make ready.

dispongo, *see* **disponer.**

disposición, *f.,* disposal, order, command, arrangement, measure, intention, condition, temper.

dispuesto, *-a, p. p. of* **disponer,** disposed, ready, ordered.

dispusieron, *see* **disponer.**

dispuso, *see* **disponer.**

distancia, *f.,* distance.

distinción, *f.,* distinction, distinctive mark, rank.

distingo, *see* **distinguir.**

distinguido, *-a,* distinguished.

distinguir (11, 3), to distinguish, make out, perceive, see, differentiate, designate.

distintamente, *adv.,* distinctly.

distintivo, *m.,* characteristic, distinctive mark.

distinto, *-a,* distinct, different.

distracción, *f.,* distraction, amusement, diversion.

distraer (30), to distract.

distraído, *-a,* absent-minded, absorbed, distraught.

distrito, *m.,* district.

diversión, *f.,* amusement.

diverso, *-a,* different.

divertido, *-a,* amusing.

divertir (21), to divert, amuse; **—se,** to amuse oneself.

dividir, to divide; **—se,** to be divided.

divierte, *see* **divertir.**

divinizado, *-a,* divine.

divino, *-a,* divine.

divisa, *f.,* device, emblem.

divisar, to perceive.

división, *f.,* division.

divorciar (24, *b*), to divorce, separate.

doblado, *-a,* folded.

doblar, to double, bend, turn; **—se,** to give way; **— por,** to turn into.

doble, *adj.,* double; **— círculo,** double swing.

doblemente, *adv.,* doubly.

doce, twelve; **son las —,** it is twelve o'clock.

docena, *f.,* dozen.

doctor, *m.,* doctor, Dr.

documento, *m.,* document.

dolencia, *f.,* ailment.

doler (18), to pain.

dolor, *m.,* pain, grief, sorrow.

dolorido, *-a,* painful, pained, sore, aching, suffering.

doloroso, *-a,* painful.

domador, *m.,* trainer, master.

domar, to calm, break in, master.

doméstico, *-a,* domestic, of the home.

domicilio, *m.,* domicile, residence.

dominado, *-a,* dominated.

dominar, to dominate.

dominatriz, *adj.*, dominating.
Domingo, *prop. noun, m.*, Dominic.
Don, *title*, Don.
donación, *f.*, donation, gift.
donde, *adv.*, where; **por —**, through which; **de —**, from where, whence; **en —**, where.
¿dónde? *interr. adv.*, where?
dondequiera, *adv.*, wherever, anywhere.
Doña, *title*, Doña.
dorado, -a, golden.
dormido, -a, asleep, sleeping.
dormir (21), to sleep.
dormitar, to sleep, nap.
dormitorio, *m.*, dormitory, sleeping apartment.
dos, two.
doscientos, -as, two hundred.
doy, *see* dar.
drama, *m.*, drama.
duda, *f.*, doubt.
dudar, to doubt; **— de**, to doubt.
dudoso, -a, doubtful.
duelo, *m.*, sorrow, affliction, grief, duel, combat.
dueña, *f.*, mistress, owner.
dueño, *m.*, owner.
duerma, *see* dormir.
duerman, *see* dormir.
duerme, *see* dormir.
dulce, *adj.*, sweet, gentle, kind, kindly; *m.*, sweetmeat, bonbon.
dulzura, *f.*, sweetness, gentleness.
durante, *prep. and adv.*, during, while.
durar, to last, continue.
durmiendo, *see* dormir.
durmiéndose = durmiendo + se, *see* dormir.
duro, -a, hard, harsh, dry.

E

e, *conj.*, and.
eco, *m.*, echo.
economía, *f.*, economy.
economizar (10, 4), to economize.
ecónomo, *m.*, trustee, manager, director.
echar, to toss, throw, put, cast, brush, bestow, pour; **—se**, to start out, lean back, throw oneself, fall; **— de menos**, to miss; **— en cara**, to reproach; **— por tierra**, to overthrow, upset; **— pie a tierra**, to dismount; **— para atrás**, to throw back; **— a**, to begin.
edad, *f.*, age; **¿Qué — tenía?** How old was he? **¿De qué —?** How old?
edecán, *m.*, aide-de-camp.
Edén, *prop. noun, m.*, Eden, Garden of Eden.
edificio, *m.*, edifice, building.
Eduardito, *prop. noun, m.*, dear Edward.
Eduardo, *prop. noun, m.*, Edward.
educación, *f.*, education.
educar (10, 1), to educate.
efecto, *m.*, effect; **en —**, in effect, in fact, in truth.
efectuar (24, *a*), to effect, accomplish.
eficaces, *see* eficaz.
eficaz, *adj.*, efficacious, able.
efusión, *f.*, effusion.
egoísmo, *m.*, selfishness, egoism.
¡eh! *interj.*, eh!
ejecución, *f.*, execution.
ejecutar, to execute, carry out, perform.
ejemplar. *m.*, example-

ejemplo, *m.*, example.

ejercer (11, 1), to exercise, work, act, influence, produce, employ.

ejercicio, *m.*, exercise, employment, profession, administration.

ejército, *m.*, army.

el, la, lo, los, las, the; el que, la que, los que, las que, he who, she who, those who, the ones who; el de, *etc.*, that of, the one of, *etc.*; lo que, that which; en lo de, at the house of.

él, *pron.*, he, him, it.

elástico, -a, elastic.

elección, *f.*, choice, decision.

eléctrico, -a, electric.

elegante, *adj.*, elegant.

elegir (22 *and* 11, 2), to elect, choose.

elemento, *m.*, element; *pl.*, supplies.

elevación, *f.*, elevation.

elevado, -a, elevated.

elevar, to elevate, raise; —se, to rise, improve.

elige, *see* elegir.

elocuente, *adj.*, eloquent.

ella, *pron.*, she, her, it.

ellas, *pron.*, they, them.

ello, *pron.*, it.

ellos, *pron.*, they, them.

embanderación, *f.*, display of flags.

embarazado, -a, embarrassed.

embarazoso, -a, embarrassing.

embarcación, *f.*, boat.

embarcar (10, 1), to embark; —se, to embark.

embargo, *m.*, embargo, seizure; sin —, nevertheless, however.

embarque, *m.*, embarkation.

embelesado, -a, delighted.

embestir (22), to rush against, attack.

embisten, *see* embestir.

embozado, -a, muffled.

embozar (10, 4), to muffle.

emigración, *f.*, emigration.

emigrado, *m.*, emigrant.

emigrar, to emigrate, go away, leave the country (*used of political refugees*).

eminente, *adj.*, eminent, important, outstanding, serious, grave.

emisario, *m.*, emissary.

emoción, *f.*, emotion.

empalidecer (15), to grow pale.

empañado, -a, blurred, tarnished.

empañar, to cloud, blemish, blur, dim; —se, to grow dim.

empapar, to dampen, saturate.

empecé, *see* empezar.

empedrado, -a, paved.

empedrado, *m.*, pavement.

empeñado, -a, insistent, determined.

empeñar, to engage; —se, to insist persist, intercede; —se en, t insist on; —se porque *or* en que to insist that.

empeño, *m.*, eager desire, zeal pains.

emperador, *m.*, emperor.

emperatriz, *f.*, empress.

empero, *conj.*, however.

empezar (18 *and* 10, 4), to begin commence.

empinado, -a, steep, deep.

empleado, *m.*, employee.

emplear, to employ, use.

emprender, to undertake.

empresa, *f.*, enterprise, undertak ing.

empuje, *m.*, push, rush, onslaught.

empuñado, -a, grasped.

empuñar, to grasp.

en, *prep.*, in, into, on, at, with, by, among, during.

enajenado, –a, absent-minded, enraptured, charmed.

enajenamiento, *m.*, absent-mindedness, preoccupation, rapture.

enamorado, –a, enamored, in love; *m.*, lover.

encabezado, –a, headed, led.

encaje, *m.*, lace.

encajonado,–a,boxed up, hemmed in.

encaminar, to guide; —se, to go.

encanecido, –a, gray.

encantado, –a, charmed.

encantador, –a, charming.

encantar, to charm.

encanto, *m.*, charm, enchantment.

encapotado, –a, capped, overhung, shaded, cloaked, veiled, dark.

encargado, –a, in charge of.

encargar (10, 2), to charge, intrust, order; —se, to take charge.

encarnar, to incarnate, unite.

encarnizar (10, 4), to provoke, irritate; —se, to grow violent.

encender (18), to light.

encendido, –a, glowing, kindled, lighted, glistening, highly colored, flushed, red in the face.

encerrado, –a, locked up.

encerramiento, *m.*, retirement.

encerrar (18), to shut in, inclose, repress.

encía, *f.*, gum; en su — inferior, in one's lower jaw.

encierran, *see* encerrar.

encima, *adv.*, above, over; — de, on; por — de, on, on top of.

encontrar (18), to find, meet; —se, to be found, be situated, be; —se con, to meet, meet with.

encuentra, *see* encontrar.

encuentre, *see* encontrar.

encuentren, *see* encontrar.

encuentro, *m.*, meeting; salir al — de, to go to meet.

endemoniado, –a, fiendish, perverse.

enemigo, *m.*, enemy.

energía, *f.*, energy.

enérgicamente, *adv.*, energetically.

enervar, to weaken; —se, to grow weary.

enfermar, to sicken, weaken, affect, infect.

enfermedad, *f.*, ailment, infirmity, sickness.

enfermizo, –a, unhealthy, delicate.

enfermo, –a, sick, ailing.

enfilar, to skirt, enter upon, go along.

enfrente, *adv.*, opposite; — de, opposite.

enfriar (24, *a*), to grow cold.

engalanar, to embellish.

enganchar, to harness.

engañar, to deceive.

englobar, to englobe.

engreír (22, *c*), to encourage, make conceited.

enjugar (10. 2), to dry.

enjuto, –a, thin, wrinkled, lean, dried up, slender.

enlodado, –a, muddy.

enloquecer (15), to drive mad.

ennegrecido, –a, blackened.

enojado, –a, vexed.

enojar, to anger, vex; —se, to become angry *or* vexed.

enojo, *m.*, fretfulness, anger, vexation.

enorme, *adj.*, enormous.

enormemente, *adv.*, enormously, exceedingly, very much.

enredado, -a, involved, enveloped.

enredo, m., entanglement, plot.

Enrique, prop. noun, m., Henry.

enriquecido, -a, enriched.

enrojecido, -a, reddened.

enrolado, -a, enrolled, listed.

enrolamiento, m., enrollment, draft.

enrollar, to roll up.

enroscado, -a, turned, curled up.

ensangrentado, -a, bleeding, bloody, blood-stained.

ensayo, m., trial.

ensenada, f., cove.

enseñar, to show, teach.

ensillar, to saddle.

ensoberbecido, -a, made arrogant.

entender (18), to understand; —se, to have an understanding, make an agreement, be heard, be understood.

enterado, -a, informed.

enterar, to inform; —se de, to learn about.

entero, -a, entire, whole.

entiende, see entender.

entiendes, see entender.

entonación, f., intonation.

entonces, adv., then, at the time, in that case; en aquel —, at that time.

entrada, f., entrance.

entrambos, -as, both, between the two.

entraña, f., vital, vital organ, recess, secret place; pl., bosom.

entrar, to enter, go in; —se, to enter; —se a, to get into; hacer —, to usher in.

entre, prep., in, between, among, within; por —, through, past; — tanto, meanwhile.

entreabrir (54), to open partly.

entrecortado, -a, broken, interrupted, hesitating.

entregar (10, 2), to deliver, hand over, give up, give; —se, to devote oneself, give oneself up.

entréguese = entregue + se, see entregar.

entretanto, adv., meanwhile; — que while.

entretener (38), to keep up, maintain, entertain, amuse, hold (a conversation).

entretenido, -a, engaged, amusing.

entretenimiento, m., entertainment.

entrevista, f., interview.

enturbiar (24, b), to disturb.

entusiasmado, -a, enthusiastic.

entusiasmar, to enthuse, animate.

entusiasmo, m., enthusiasm.

enumerar, to enumerate.

envenenado, -a, poisonous, venomous, envenomed.

enviado, -a, sent.

enviado, m., envoy.

enviar (24, a), to send.

envidia, f., envy; tener — a, to be jealous of.

envidiable, adj., enviable.

envidiar (24, b), to envy.

envolver (18, Note 1), to involve wrap up.

envuelto, -a, p. p. of envolver wrapped, wrapped up.

envuelve, see envolver.

episodio, m., episode.

época, f., epoch.

equilibrio, m., balance.

equivocación, f., mistake.

equivocar (10, 1), to mistake; —se, to be wrong, be mistaken.

equivoques, see equivocar.

era. see ser.

eran, *see* **ser.**

eres, *see* **ser.**

erguido, –a, upright, straight.

erguir (21, *Note* 3 *and* 11, 3), to raise, straighten up.

error, *m.*, mistake.

es, *see* **ser.**

esa, that; *pl.*, those.

ésa, that one, that; *pl.*, those.

escalón, *m.*, step.

escandaloso, –a, scandalous, shameful.

escapado, –a, escaped.

escapar, to escape; —se, to be freed, escape.

escape, *m.*, escape; a —, at full speed.

escarmentar (18), to punish, torture, take warning.

escarmienten, *see* **escarmentar.**

escaso, –a, scant, dim.

escena, *f.*, scene.

escenario, *m.*, stage.

esclavo, *m.*, slave.

escocés, –a, Scotch; *m.*, Scotchman.

escogido, –a, select, chosen.

escolta, *f.*, escort, guard.

escoltar, to escort, accompany.

esconder, to hide.

escopeta, *f.*, shotgun; — de dos tiros, double-barreled shotgun.

escribanía, *f.*, writing desk.

escribiente, *m.*, clerk.

escribir (54), to write.

escribírmelo = escribir + me + lo, *see* **escribir.**

escrito, –a, *p. p. of* **escribir,** written.

escritorio, *m.*, writing desk.

escrupuloso, –a, scrupulous, careful.

escuadra, *f.*, squadron, fleet.

escuálido, –a, weak, languid.

escuchar, to listen, listen to, hear: —se, to be heard.

escudriñador, –a, scrutinizing.

escurrir, to slip, escape; —se, to escape, slip, glide, trickle, flow.

ese, esa, *adj.*, that; *pl.*, those.

ése, ésa, eso, *pron.*, that one, that; *pl.*, those; eso es, that's it, that's right; por eso, therefore.

esforzar (18 *and* 10, 4) to strengthen; —se, to make an effort.

esfuerzo, *m.*, effort.

esmalte, *m.*, enamel, adornment.

esmeralda, *f.*, emerald, green.

esmero, *m.*, care.

eso, *see* **ése.**

espacio, *m.*, space, distance.

espacioso, –a, spacious, broad, wide, ample.

espada, *f.*, sword.

espadín, *m.*, rapier.

espalda, *f.*, back, shoulder; —s, back; dar la — a, to turn one's back on.

espanto, *m.*, terror.

espantoso, –a, frightful, terrible.

España, *prop. noun, f.*, Spain.

español, –a, Spanish; *m.*, Spaniard, Spanish (*language*).

esparcir (11, 1), to spread, scatter, shed, throw.

esparramar, to spread, scatter.

esparto, *m.*, esparto-grass, matweed.

especial, *adj.*, especial, peculiar, unusual.

especialmente, *adv.*, especially.

especie, *f.*, kind, sort, species, race.

espejo, *m.*, mirror, looking-glass.

esperanza, *f.*, hope.

esperar, to wait, wait for, hope, await, expect.

espeso, -a, thick, heavy, bushy.

espía, *m. or f.*, spy.

espiar (24, *a*), to spy upon, watch.

espinazo, *m.*, spine.

espíritu, *m.*, spirit, mind.

espirituoso, -a, lively, gay, ardent.

espléndido, -a, brilliant.

esponja, *f.*, sponge.

espontaneidad, *f.*, spontaneity, naturalness.

espontáneo, -a, spontaneous.

esposa, *f.*, wife.

esposo, *m.*, husband.

espuela, *f.*, spur.

esta, *see* este.

ésta, *see* éste.

está, *see* estar.

establecer (15), to establish.

establecido, -a, established.

estación, *f.*, position, season.

estado, *m.*, state, condition; **Estado Oriental**, Uruguay; **Estados Unidos**, United States.

estallar, to break out.

estancia, *f.*, farm, ranch.

estanciero, *m.*, farmer.

estante, *m.*, shelf, bookcase.

estar (28), to be; —se, to be, remain; — de pie, to stand.

estas, *see* este.

éstas, *see* éste.

estás, *see* estar.

estatua, *f.*, statue.

estatura, *f.*, height, stature.

este, *m.*, east.

este, esta, estos, estas, *adj.*, this, these.

éste, ésta, esto, éstos, éstas, *pron.*, this one, this, these, the latter; *f. pl.*, these things, such things, such affairs.

estera, *f.*, rug, carpet, mat.

estimación, *f.*, esteem.

esto, *see* éste.

estocada, *f.*, thrust, lunge.

estómago, *m.*, stomach.

estorbar, to hinder, disturb.

estos, *see* este.

éstos, *see* éste.

estoy, *see* estar.

estrago, *m.*, waste, havoc, damage.

estrechado, -a, pressed.

estrechar, to press, close in upon, bind, tighten.

estrecho, -a, narrow, small, close.

estrella, *f.*, star.

estrellar, to break.

estremecer (15), to make tremble; —se, to tremble.

estremecimiento, *m.*, shiver, shudder.

estrepitoso, -a, clamorous, loud, clanging.

estribo, *m.*, stirrup, carriage step.

estribor, *m.*, starboard.

estridente, *adj.*, hoarse.

estudiado, -a, studied.

estudiante, *m.*, student.

estudiar (24, 6), to study.

estudio, *m.*, study.

estupefacto, -a, stupefied.

estupidez, *f.*, stupidity.

estúpido, -a, stupid, foolish; *m.*, fool.

estuviera, *see* estar.

estuvieron, *see* estar.

estuviese, *see* estar.

estuvimos, *see* estar.

estuvo, *see* estar.

etc. = etcétera, *adv.*, and so forth.

etéreo, -a, ethereal.

eternidad, *f.*, eternity.

eterno, -a, eternal; conservar — to keep forever.

Europa, *prop. noun, f.,* Europe.

europeo, -a, European.

evaporar, to dissipate; **—se,** to vanish, disappear.

evidencia, *f.,* evidence.

evitar, to avoid, prevent.

evolución, *f.,* movement.

exactamente, *adv.,* exactly.

examen, *m.,* examination.

examinar, to examine.

exánime, *adj.,* lifeless, unconscious, exhausted.

excelencia, *f.,* excellence, excellency.

excelente, *adj.,* excellent.

excelentísimo, -a, most excellent.

excepción, *f.,* exception, exemption.

excepto, *prep.,* except.

excesivamente, *adv.,* excessively, very.

excitación, *f.,* excitement.

exclamación, *f.,* exclamation.

exclamar, to exclaim.

exclusivamente, *adv.,* exclusively.

ex-cochero, *m.,* former coachman.

exhalar, to exhale, utter.

exigir (11, 2), to demand.

exijo, *see* **exigir.**

existencia, *f.,* existence, life.

existir, to exist.

expandimiento, *m.,* expansion.

expandir, to expand, dilate; **—se,** to dilate.

expansión, *f.,* expansion.

expedición, *f.,* expedition.

experiencia, *f.,* experience.

expirar, to expire, die.

explayar, to expand.

explicación, *f.,* explanation.

explicado, -a, explained.

explicar (10, 1), to explain.

expliques, *see* **explicar.**

exponer (34), to expose, risk; **—se,** to run a risk.

expongan, *see* **exponer.**

ex-presidente, *m.,* ex-president.

expresión, *f.,* expression.

expresivo, -a, expressive, emphatic.

exquisito, -a, exquisite, fine, tender, very delicate.

éxtasis, *m.,* ecstasy.

extático, -a, ecstatic.

extender (18), to extend, hold out, spread, draw up.

extensión, *f.,* size, extent, length, reach.

exterior, *adj.,* foreign, exterior.

exterioridad, *f.,* outward appearance, superficiality, demeanor, behavior.

extinguir (11, 3), to extinguish.

extractado, -a, abstracted, epitomized.

extracto, *m.,* abstract, summary.

extranjero, -a, foreign.

extraño, -a, strange, unknown, unfamiliar.

extraordinario, -a, extraordinary.

extraviado, -a, lost.

extremidad, *f.,* extremity.

extremo, *m.,* outer extremity.

exuberancia, *f.,* abundance, excess.

F

facción, *f.,* feature.

fácil, *adj.,* easy.

facilidad, *f.,* ease.

facilitar, to furnish.

facultad, *f.,* faculty, power.

faja, *f.,* sash, girdle.

falda, *f.,* lap, border, skirt.

falso, -a, false, untruthful.

falta, *f.,* lack, need; **hacer — a,** to need.

faltar, to lack, need, be lacking, fail.
familia, *f.*, family.
familiarmente, *adv.*, familiarly, without ceremony.
famoso, –a, famous.
fanático, –a, fanatical.
fanatismo, *m.*, fanaticism.
fantasía, *f.*, fancy, imagination.
farol, *m.*, lantern, street lamp.
fascinado, –a, fascinated.
fascinador, –a, fascinating.
fascinar, to fascinate.
fatiga, *f.*, fatigue, hardship, toil.
fatigoso, –a, tiresome.
fatuo, –a, fatuous, conceited.
favor, *m.*, favor.
favorecer (15), to favor.
favorecido, –a, favored.
favorito, –a, favorite.
faz, *f.*, face.
fe, *f.*, faith, belief; **a — mía**, upon my word.
febrero, *m.*, February.
febricitante, *adj.*, feverish.
febril, *adj.*, feverish.
fecha, *f.*, date.
federación, *f.*, federation.
federal, *adj.*, federal.
federalista, *m.*, federalist.
federalmente, *adv.*, federally, after the manner of the Federals, in the name of the Federals.
federativo, –a, federative.
felicidad, *f.*, happiness, piece of luck, good fortune.
feliz, *adj.*, happy.
felizmente, *adv.*, happily, fortunately.
femenil, *adj.*, feminine.
feo, –a, ugly.
ferocidad, *f.*. ferocity.

feroz, *adj.*, ferocious, fierce, savage, cruel.
festejar, to court, celebrate.
fiado, –a, trusted, trusting.
fiar (24, *a*), to trust, intrust, guarantee; **—se**, to trust.
fibra, *f.*, fiber, vigor, strength.
ficción, *f.*, fiction, false situation.
fidelidad, *f.*, fidelity.
fiebre, *f.*, fever, fervor.
fiel, *adj.*, faithful.
fielmente, *adv.*, faithfully.
fiera, *f.*, beast, wild beast.
fierro, *m.*, iron, brand.
fiesta, *f.*, holiday, celebration, feast, festivity.
figura, *f.*, form, physique, figure, face, countenance, picture.
figurádose = **figurado** + **se**, *see* **figurar**.
figurar, to form, sketch; **—se**, to imagine.
fijar, to fix, fasten, establish, place; **—se en**, to notice.
fijo, –a, fixed, fastened.
filo, *m.*, edge.
filoso, –a, sharp.
filosofía, *f.*, philosophy.
fin, *m.*, end, object, purpose; **al —** finally, after all; **por —**, finally.
finado, –a, deceased, dead, late.
fingido, –a, pretended.
fingir (11, 2), to pretend.
fino, –a, fine, delicate.
finura, *f.*, fineness, delicacy, sensitiveness.
firmamento, *m.*, firmament.
firmar, to sign.
físico, –a, physical.
fisonomía, *f.*, face, features.
flaco, –a, thin.
flaco, *m.*, weakness.

flanco, *m.*, flank, side.

flecha, *f.*, arrow.

flema, *f.*, phlegm, coolness, calm.

flojo, –a, loose, lazy, negligent, weak, untruthful.

flor, *f.*, flower.

Florencia, *prop. noun. f.*, Florence.

flotante, *adj.*, floating.

flotar, to float.

flúido, *m.*, fluid, influence.

fondo, *m.*, bottom, rear part, back part, background.

forajido, *m.*, highwayman, outlaw.

forcejear, to struggle.

forma, *f.*, form; **bajo sus verdaderas —s**, in her true character.

formado, –a, formed, built.

formar, to form, cast, make.

formidable, *adj.*, formidable.

fortuna, *f.*, fortune, chance, luck, fate.

forzoso, –a, necessary, imperative.

fracasar, to fail.

fracción, *f.*, fraction.

fragancia, *f.*, fragrance.

fragata, *f.*, frigate.

fraile, *m.*, friar, brother.

francamente, *adv.*, frankly.

francés, –a, French; *m.*, Frenchman, French (*language*).

Francia, *prop. noun, f.*, France.

Francisco, *prop. noun. m.*, Francis, Frank.

franco, –a, frank.

franqueza, *f.*, frankness.

fraque, *m.*, dress coat.

frase, *f.*, sentence.

fraternal, *adj.*, fraternal, brotherly.

Fray, *m.*, *contraction of* fraile, Friar, Brother.

frecuencia, *f.*, frequency.

frecuentado, –a, frequented.

frecuentar, to frequent.

frecuentemente, *adv.*, frequently.

frenesí, *m.*, frenzy.

frente, *f.*, brow, forehead, face; *m.*, front; **en — de** *or* **a**, in front of, opposite; **por — a**, opposite; **de —**, opposite; **— a —**, face to face.

fresco, –a, fresh, cool.

frío, –a, cold; *m.*, cold.

friso, *m.*, frieze, wainscot.

frontera, *f.*, frontier. ·

frotar, to rub.

fruncir (11, 1), to contract; **— las cejas**, to knit one's eyebrows, frown.

fruto, *m.*, fruit.

fué, *see* ir *or* ser.

fuego, *m.*, fire, light; **hacer —**, to fire, shoot.

fuente, *f.*, fountain, source, platter.

fuera, *adv.*, outside; **— de**, excepting, out of.

fuera, *see* ir *or* ser.

fueron, *see* ir *or* ser.

fuerte, *adj.*, strong, powerful, loud.

fuertemente, *adv.*, strongly, tightly, firmly, forcefully.

fuertísimo, –a, very strong, most strong.

fuerza, *f.*, force, strength, *pl.*, forces, troops; **a — de**, by dint of, **— es decirlo**, it must be said; **hacer — sobre**, to bear down hard on, **por —**, necessarily.

fuese, *see* ir *or* ser.

fuése = fué + se, *see* ir.

fuésemos, *see* ir *or* ser.

fuesen, *see* ir *or* ser.

fuga, *f.*, flight, escape.

fugar (10, 2), to flee.

fugitivo, –a, fugitive, faint, swift.

fuí, *see* ir *or* ser.

fumar, to smoke.
función, *f.*, function, demonstration, feature.
funcionar, to operate.
fundado, –a, based, founded.
fundamental, *adj.*, fundamental.
fundar, to base.
furia, *f.*, fury.
furioso, –a, furious.
furor, *m.*, fury, anger.
furtivamente, *adv.*, furtively, slyly.
fusil, *m.*, rifle, gun.
fusilar, to shoot.
futuro, –a, future.

G

gabinete, *m.*, sitting-room, cabinet, study; — de estudio, study.
galantería, *f.*, gallantry.
galera, *f.*, galley, penitentiary.
galería, *f.*, hall.
galope, *m.*, gallop.
gallego, *m.*, Galician.
gallina, *f.*, hen.
gana, *f.*, desire.
ganado, –a, won.
ganar, to gain, win, earn.
garantía, *f.*, guarantee, safeguard.
garganta, *f.*, throat.
gastar, to spend, waste, use, wear.
gasto, *m.*, expense.
gata, *f.*, cat; **andar a** —s, to creep.
gauchito, *m.*, *see the grammatical note to page 35, line 2.*
gaucho, *m.*, cowboy, herdsman.
generación, *f.*, generation.
general, *m.*, general.
general, *adj.*, general, comprehensive; **en** —, generally.
generalidad, *f.*, generality, majority.
generalmente, *adv.*, generally.

género, *m.*, cloth, material, kind; — de hilo, linen.
generosidad, *f.*, generosity, nobility.
generoso, –a, noble, generous.
genio, *m.*, genius, nature.
gente, *f.*, people.
germen, *m.*, germ.
gesto, *m.*, gesture, movement.
gigante, *m.*, giant.
ginebrino, –a, Genevan.
girar, to turn.
giro, *m.*, turn.
gloria, *f.*, glory.
gobernador, *m.*, governor.
gobierno, *m.*, government.
golpe, *m.*, blow, thrust, stroke, shock.
golpear, to strike, beat upon.
gordo, –a, fat.
gorra, *f.*, bonnet, cap.
gota, *f.*, drop.
gozar (10, 4), to enjoy; — de, to enjoy.
gozne, *m.*, hinge.
grabado, *m.*, engraving, picture.
grabar, to engrave, impress.
gracia, *f.*, grace, pardon, wit; *pl.* thanks.
gracioso, –a, gracious, graceful, pleasant, cute, funny.
grado, *m.*, degree.
gráfico, –a, graphic.
gran, *see* **grande**.
grana, *f.*, scarlet color.
grande, *adj.*, large, rapid, strong.
grandeza, *f.*, greatness, grandeur.
grano, *m.*, grain.
grasiento, –a, greasy.
grave, *adj.*, grave, serious.
gravedad, *f.*, gravity, seriousness, extent, importance.
gravemente, *adv.*, gravely, seriously.

gringo, *m.*, **gringa**, *f.*, Gringo, *nickname for English and Americans.*

grita, *f.*, clamor, uproar, shout, cry.

gritar, to shout, cry, cry out, yell.

gritería, *f.*, outcry, vociferation, shouting.

grito, *m.*, cry, shout.

grosería, *f.*, coarseness.

grueso, **-a**, thick, big, heavy, full (*of lips*).

grupa, *f.*, rump, hind quarters.

grupo, *m.*, group.

gruta, *f.*, grotto.

guante, *m.*, glove, gauntlet; **tirar el —**, to throw down the gauntlet, challenge.

guardacostas, *m.*, coast guard.

guardar, to keep, protect, guard; **—se de**, to avoid.

guardarropa, *m.*, wardrobe.

guarnición, *f.*, hilt, guard, trimming.

guerra, *f.*, war.

guerrero, *m.*, warrior.

guillotina, *f.*, guillotine.

gustar, to taste, please; **le gusta a él**, he likes; **¿le gusta a Vd.?** do you like?

gusto, *m.*, taste, pleasure.

H

ha, *see* **haber**.

haber (**31**), to have, be; **— de +** *inf.*, to be (destined *or* going) to + *inf.*, to be probably + *inf.*; **ha de estar** *or* **ser**, must be, needs to be; **lo que había de hacer**, what was to be done; **hay**, there is, there are; **¿Qué hay?** What is the matter? **no hay de qué**, don't mention it.

habíase = **había** + **se**, *see* **haber**.

hábilmente, *adv.*, ably, skillfully.

habitación, *f.*, room.

habitante, *m.*, inhabitant.

habitar, to inhabit, occupy, live, live in.

hábito, *m.*, habit, custom.

habituado, **-a**, accustomed.

habitual, *adj.*, habitual, usual, customary.

habitualmente, *adv.*, usually, habitually, naturally.

habitud, *f.*, habit.

habla, *f.*, speech.

hablar, to speak, talk.

habrá, *see* **haber**.

habrán, *see* **haber**.

habré, *see* **haber**.

habremos, *see* **haber**.

habría, *see* **haber**.

habrían, *see* **haber**.

hace, *see* **hacer**.

hacendado, *m.*, landholder, planter.

hacer (**32**), to do, make, lead (*a life*), act; **— fuerza**, to exert oneself; **— fuego**, to shoot, fire; **— las veces de uno**, to take one's place; **— un papel**, to play a rôle; **—venir**, to make come, send for, call; **— entrar**, to make enter, lead, conduct, show in; **hace cuatro meses**, four months ago; **hace mucho tiempo**, for a long time; **—se**, to become; **— que**, to make, see to it that.

hacia, *prep.*, toward.

hachazo, *m.*, blow with an ax, gash.

hada, *f.*, fairy.

haga, *see* **hacer**.

hágale = **haga** + **le**, *see* **hacer**.

hágalo = **haga** + **lo**, *see* **hacer**.

hagamos, *see* **hacer**.

hagan, *see* **hacer**.

hagas, *see* hacer.
hago, *see* hacer.
halda, *f.*, flap, skirt.
hálito, *m.*, breath.
hallado, -a, found, new-found.
hallar, to find, consider; —se, to be, be situated.
hambre, *f.*, hunger.
han, *see* haber.
hará, *see* hacer.
harán, *see* hacer.
harás, *see* hacer.
haremos, *see* hacer.
harías, *see* hacer.
harmonía, *f.*, harmony, accord.
has, *see* haber.
hasta, *prep.*, to, until; *adv.*, even; — que, *conj.*, until.
hay, *see* haber.
haya, *see* haber.
hayamos, *see* haber.
hayan, *see* haber.
haz, *see* hacer.
hazaña, *f.*, deed.
he, *see* haber.
¡ hé ! *interj.*, behold !
Hebe, *prop. noun*, *f.*, Hebe, cup-bearer of Olympus.
hebra, *f.*, thread.
hechicero, -a, charming.
hecho, -a, *p. p. of* hacer, done, made; manos hechas pedazos, mutilated hands; *m.*, deed, fact; de —, real, de facto.
hécholes = hecho + les, *see* hacer.
helar (18), to freeze.
hemisferio, *m.*, hemisphere.
hemorragia, *f.*, flow of blood.
hemos, *see* haber.
heredado, -a, inherited.
heredar, to inherit.
hereditario, -a, hereditary.

hereje, *m. and f.*, heretic.
herida, *f.*, wound.
herido, -a, wounded.
herir (21), to wound.
hermana, *f.*, sister; prima —, first cousin; — política, sister-in-law.
hermanar, to unite, join; —se, to fraternize, resemble, belong to.
hermano, *m.*, brother.
hermosísimo, -a, very beautiful.
hermoso, -a, beautiful, splendid.
hermosura, *f.*, handsomeness, beauty.
heroico, -a, heroic.
heroína, *f.*, heroine.
herradura, *f.*, horseshoe.
hesitación, *f.*, hesitation.
hesitar, to hesitate.
hiciese, *see* hacer.
hidalgo, *m.*, gentleman.
hiel, *f.*, bitterness.
hielo, *m.*, frost, ice.
hiere, *see* herir.
hierro, *m.*, iron.
hígado, *m.*, liver; color de —, liver-colored.
higiénico, -a, hygienic.
hija, *f.*, daughter.
hijita, *f.*, little daughter, my dear.
hijo, *m.*, son, child, creature.
hila, *f.*, line, row; *f. pl.*, lint.
hilo, *m.*, thread, yarn; género de — linen.
himno, *m.*, hymn.
hincar (10, 1) to press, force.
hinchar, to swell, inflate.
hiperbólico, -a, extreme, exagerated.
hipocresía, *f.*, hypocrisy.
hiriese, *see* herir.
hiriesen, *see* herir.
hirviente, *adj.*, hot, boiling.

historia, *f.*, history, story.
histórico, –a, historical.
hizo, *see* hacer.
hízole = hizo + le, *see* hacer.
hogar, *m.*, hearth.
hoja, *f.*, leaf, petal.
¡hola! *interj.*, hello!
holgazán, –a, lazy, idle, shiftless.
hombre, *m.*, man; — de estado, statesman.
hombro, *m.*, shoulder.
hondo, –a, deep.
honor, *m.*, honor.
honradez, *f.*, honor, honesty.
honrado, –a, honest, honorable.
honrar, to honor.
hora, *f.*, hour, time.
horca, *f.*, gallows.
horno, *m.*, oven, furnace.
horrible, *adj.*, horrible.
horriblemente, *adv.*, horribly, terribly, fiercely.
hospital, *m.*, hospital.
hospitalidad, *f.*, hospitality.
hostigar (10, 2), to beset, harass.
hostilizar (10, 4), to engage, combat.
hotentote, *m.*, Hottentot.
hoy, *adv.*, to-day; — día, at the present time.
hubiera, *see* haber.
hubiese, *see* haber.
hubiésemos, *see* haber.
hubiesen, *see* haber.
hubo, *see* haber.
hueso, *m.*, bone.
huesoso, –a, bony.
huésped, *m.*, guest.
huéspeda, *f.*, guest.
huida, *f.*, flight, escape.
huir (23), to flee, escape.
hule, *m.*, oilcloth, oilskin.
humanidad, *f.*, humanity.

humano, –a, human.
humedad, *f.*, dampness, moisture.
húmedo, –a, damp, humid, wet.
humilde, *adj.*, humble.
humillación, *f.*, humiliation.
humillar, to humble.
humo, *m.*, smoke.
humor, *m.*, humor, temper.
hundir, to sink, imbed, drive in, thrust in; —se, to sink.
huye, *see* huir.

I

iba, *see* ir.
iban, *see* ir.
ida, *f.*, going, departure.
idea, *f.*, idea, thought.
identificar (10, 1), to identify.
identifiquen, *see* identificar.
idioma, *m.*, language.
ido, *p. p. of* ir, gone.
idolatría, *f.*, idolatry.
ídolo, *m.*, idol.
ignorancia, *f.*, ignorance.
ignorar, to be ignorant of, not to know.
igual, *adj.*, like, equal.
iluminado, –a, lighted.
iluminar, to illuminate, light up, illumine.
ilusión, *f.*, illusion.
ilustradamente, *adv.*, intelligently.
ilustrado, –a, educated, genteel.
ilustrar, to instruct, enlighten, illustrate.
ilustre, *adj.*, illustrious.
ilustrísimo, –a, very *or* most illustrious.
imagen, *f.*, image, picture, scene.
imaginación, *f.*, imagination, thought, mind, intelligence.
imaginádose = imaginado + se, *see* imaginar.

imaginar, to imagine, think; —se, to imagine, think.

imbécil, *adj.*, imbecile.

imbecilidad, *f.*, imbecility.

imitar, to imitate, emulate.

impaciente, *adj.*, impatient.

impedir (22), to hinder.

impelido, –a, impelled.

imperante, *adj.*, commanding, imperious.

imperativo, –a, commanding, authoritative.

imperatriz, *adj.*, commanding.

imperio, *m.*, empire, control.

impertinente, *adj.*, impertinent.

imperturbable, *adj.*, imperturbable, impassive.

impetuoso, –a, impetuous, rapid.

impiden, *see* impedir.

implorar, to implore.

imponente, *adj.*, imposing.

imponer (34), to impose; —se de, to learn.

importancia, *f.*, importance.

importante, *adj.*, important.

importantísimo, –a, very important.

importar, to concern, be important, matter, make a difference.

importunado, –a, bothered.

imposibilitado, –a, unable.

imposible, *adj.*, impossible.

impotencia, *f.*, helplessness.

impotente, *adj.*, powerless, helpless.

impresión, *f.*, impression, force, effect, touch, contact.

impresionabilidad, *f.*, sensitiveness.

impresionable, *adj.*, impressive, imposing, impressionable, emotional.

impreso, –a, *p. p. of* imprimir, printed.

imprimir (54), to stamp, impress, press, print, communicate.

improviso, –a, sudden, unexpected; de —, suddenly, unexpectedly.

impulsión, *f.*, impulse, stroke.

impulso, *m.*, force, stroke.

impuso, *see* imponer.

inacción, *f.*, inaction.

inapercibido, –a, unperceived.

inaudito, –a, unheard of.

incertidumbre, *f.*, doubt, uncertainty.

incidente, *m.*, incident, event, accident.

incierto, –a, uncertain.

incitar, to incite, urge.

inclinar, to incline, bow, bend, lower; —se, to lean.

incluso, –a, included; *adv.*, inclusive.

incomodar, to inconvenience, bother, disturb.

incomodidad, *f.*, inconvenience.

incompatible, *adj.*, incompatible.

incompleto, –a, incomplete.

incorporar, to incorporate, unite; —se, to sit up, raise oneself; —se a, to join.

increíble, *adj.*, incredible.

indecible, *adj.*, unspeakable, ineffable, great.

indefenso, –a, defenseless.

indefinible, *adj.*, indefinable, indistinct.

independencia, *f.*, independence; *prop. noun*, War of Independence.

independiente, *adj.*, independent.

indicación, *f.*, indication, suggestion, sign.

indicar (10, 1), to indicate, point out, hint.

índice, *m.*, index finger.

indicio, *m.*, indication, clue.

indiferencia, *f.*, indifference.

indiferente, *adj.*, indifferent, of no importance, commonplace.
indigesto, -a, indigestible.
indignación, *f.*, indignation.
indigno, -a, unworthy.
indio, *m.*, Indian.
indirecto, -a, indirect.
indispensable, *adj.*, indispensable.
indispuesto, -a, indisposed.
individual, *adj.*, individual.
individualidad, *f.*, peculiarity.
individuo, *m.*, individual, person.
indolencia, *f.*, indolence, indifference.
indolente, *adj.*, indolent, careless.
indudablemente, *adv.*, undoubtedly, doubtless, certainly.
indulgencia,*f.*, indulgence, kindness.
inequívoco, -a, unmistakable.
inesperado, -a, unexpected.
inexperto, -a, inexperienced, innocent.
infalible, *adj.*, sure.
infame, *adj.*, infamous.
infancia, *f.*, infancy.
infelices, *see* infeliz.
infeliz, *adj.*, unfortunate, unhappy.
inferior, *adj.*, inferior, weaker, lower.
inferir (21), to infer, inflict.
infernal, *adj.*, infernal, hellish, fiendish.
infierno, *m.*, inferno, hell; *pl.*, infernal regions.
infinitamente, *adv.*, infinitely.
infinito, -a, infinite; al —, in detail.
influencia, *f.*, influence.
influir (23), to influence; — en, to influence.
influjo, *m.*, urging, insistence, influence.
influyó, *see* influir.
informado, -a, informed.

informar, to inform, report.
informativo, -a, instructive.
informe, *adj.*, irregular, deformed, formless.
informe, *m.*, information, report; *pl.*, information.
infundir, to infuse, inspire.
infusión, *f.*, infusion.
ingenuidad, *f.*, ingenuousness.
Inglaterra, *prop. noun, f.*, England.
inglés, -a, English; *m.*, Englishman, English (*language*).
ingrato, -a, ungrateful.
inhumano, -a, inhuman.
iniciativa, *f.*, initiative, lead.
injusticia, *f.*, injustice.
injusto, -a, unjust, unfair.
inmediación, *f.*, proximity.
inmediatamente, *adv.*, immediately.
inmediato, -a, immediate, near, close, next, adjoining, personal.
inmenso, -a, immense, vast, big.
inminente, *adj.*, imminent.
inmovible, *adj.*, motionless, expressionless.
inmueble, *adj.*, immovable, *m.*, real estate.
inmundo, -a, filthy.
innato, -a, inborn, innate.
inocente, *adj.*, innocent.
inocular, to inoculate, contaminate, inspire.
inofensivo, -a, harmless.
inquietar, to trouble, worry, fret; —se, to be restless.
inquieto, -a, disturbed, worried.
inquietud, *f.*, concern, anxiety, uneasiness.
inquisitorial, *adj.*, inquisitorial.
insensato, -a, mad, unreasoning.
insinuación, *f.*, hint, suggestion.

insinuar (24, *a*), to insinuate; **—se,** to ingratiate, wheedle.

insinuativo, -a, ingratiating.

insistir, to insist.

insolente, *adj.,* insolent.

insoportable, *adj.,* unbearable.

inspeccionar, to inspect.

inspiración, *f.,* inspiration, impulse, instinct.

inspirar, to inspire.

instalar, to install, set up.

instantáneamente, *adv.,* instantly.

instantáneo, -a, instantaneous.

instante, *m.,* instant; **al —,** instantly; **por instantes,** every instant.

instintivamente, *adv.,* instinctively.

instrucción, *f.,* instruction.

instrumento, *m.,* instrument, weapon.

insufrible, *adj.,* unbearable.

insultar, to insult.

intacto, -a, intact.

integrar, to compose.

inteligencia, *f.,* intelligence, understanding.

inteligente, *adj.,* intelligent.

intención, *f.,* intention, purpose, thought; **de primera —,** first aid.

intencionalmente, *adv.,* purposely.

interés, *m.,* interest.

interesado, -a, interested, affected.

interesante, *adj.,* interesting.

interesar, to affect, interest, matter, be important.

interior, *m.,* interior.

interior, *adj.,* inner, interior, inside.

internacional, *adj.,* international.

interno, -a, internal.

interpondría, *see* **interponer.**

interponer (34), to interpose; **—se,** to get between, intervene.

interposición, *f.,* intervention.

interpuso, *see* **interponer.**

interrogación, *f.,* question.

interrogar (10, 2), to question.

interrumpir, to interrupt, intercept, break.

íntimo, -a, intimate, personal.

intransigible, *adj.,* uncompromising.

intransitable, *adj.,* impassable.

intriga, *f.,* intrigue.

intrigado, -a, puzzled.

intrigar (10, 2), to puzzle.

introducción, *f.,* introduction.

introducir (43), to introduce, put in, carry in; **—se a,** to usher oneself into.

introdujo, *see* **introducir.**

inundar, to inundate, spread over.

inútil, *adj.,* useless.

inútilmente, *adv.,* in vain.

invadido, -a, invaded.

invadir, to invade, go into.

invasión, *f.,* invasion.

inventado, -a, invented.

inverso, -a, inverse, reverse.

invertir (21), to reverse.

invierno, *m.,* winter.

invitación, *f.,* invitation.

inyectar, to inject, fill.

ir (45), to go; **—se,** to go away; **—se a fondo,** to lunge; **me va la vida,** my life is at stake; **¡vaya!** aha! pshaw! all right! well! **¡vaya, pues!** all right then! **vamos a,** let us; **vamos a ver,** let's see; **vamos,** let's go, well! look here! **— a,** to be going to, be about to, go to.

irguiendo, *see* **erguir.**

ironía, *f.,* irony.

irracional, *adj.,* unreasonable.

irradiar (24, *b*), to glisten, shine, radiate.
irreflexivo, -a, unreflecting, immediate.
irregularidad, *f.*, irregularity.
irremediablemente, *adv.*, irremediably.
irresistible, *adj.*, irresistible.
irresolución, *f.*, indecision.
irritado, -a, vexed, irritated.
irritar, to irritate, anger, excite.
isla, *f.*, island.
isleño, -a, island, of an island.
izquierdo, -a, left.

J

jacarandá, *m.*, jacaranda wood (*of a tropical American tree of the same name*).
jacinto, *m.*, hyacinth.
jactancia, *f.*, boast, boasting.
jamás, *adv.*, never, ever.
jardín, *m.*, garden.
jarra, *f.*, vase.
jaspeado, -a, mottled, veined.
jaula, *f.*, cage.
jazmín, *m.*, jasmine.
jefe, *m.*, chief, head.
jerarquía, *f.*, hierarchy.
Jerusalén, *prop. noun,f.*, Jerusalem.
¡Jesús! *interj.*, Goodness! Dear me!
jilguero, *m.*, linnet.
jinete, *m.*, rider, horseman.
José, *prop. noun, m.*, Joseph.
Josefa, *prop. noun, f.*, Josephine.
joven, *adj.*, young; *m. or f.*, young man *or* woman.
Juan, *prop. noun, m.*, John.
Juancito, *prop. noun, m.*, dear John.
juego, *see* **jugar.**
jugar (18, *Note* 2), to play, stake, risk; — **la vida,** to risk one's life.

juguete, *m.*, plaything.
juicio, *m.*, judgment, opinion, right mind.
juntar, to join, unite, bring near; **—se,** to join, unite.
junto, -a, near, together; **— a,** near; **— con,** with, together with.
juramento, *m.*, oath.
jurar, to swear.
jurisprudencia, *f.*, jurisprudence, law.
justamente, *adv.*, justly, just, exactly.
justicia, *f.*, justice, law.
justo, -a, right, just.
juventud, *f.*, youth, young people.

K

kilómetro, *m.*, kilometer.

L

la, the, that.
la, *pron.*, her, it, to her, to it.
laberinto, *m.*, labyrinth, maze.
labio, *m.*, lip.
labrar, to inflict, cause, work.
lacayo, *m.*, footman, lackey.
lacio, -a, wilted, straight (*of hair*).
laconismo, *m.*, brevity.
lado, *m.*, side, quarter, direction; **de un — a otro,** on both sides.
ladrillo, *m.*, brick.
lágrima, *f.*, tear.
lamentable, *adj.*, lamentable.
lámina, *f.*, plate.
lámpara, *f.*, lamp.
lancha, *f.*, launch, boat.
lanzar (10, 4), to throw.
largo, -a, long; **trote —,** rapid trot; **a lo — de,** along.
largo, *m.*, length; **al —,** along, in the open.

las, the; a — diez y media, at half past ten o'clock.

las, *pron.*, them, to them.

lástima, *f.*, pity.

lastimar, to hurt, damage, wound, offend.

lateral, *adj.*, side, lateral.

latinoamericano, -a, Latin-American.

latir, to beat.

latón, *m.*, brass.

lavandera, *f.*, washwoman, laundress.

lavar, to wash; —se, to bathe, wash.

lazo, *m.*, bow, knot, bond.

le, *pron.*, him, it, to him, to her, to it.

leal, *adj.*, loyal.

lealtad, *f.*, loyalty.

lección, *f.*, lesson.

lector, *m.*, reader.

lectura, *f.*, reading.

leche, *f.*, milk.

lecho, *m.*, bed, couch.

leer (13), to read.

legación, *f.*, legation.

legítimo, -a, legitimate, genuine.

lejos, *adv.*, far.

lengua, *f.*, tongue, language.

lentamente, *adv.*, slowly.

leño, *m.*, log.

les, *pron.*, them, to them, from them, for them.

letra, *f.*, handwriting, letter (*of the alphabet*).

letrero, *m.*, notice, placard.

leva, *f.*, levy.

levantado, -a, raised, uplifted.

levantar, to raise, lift, take; —se, to get up, rise; — de, to take out.

leve, *adj.*, light, slight.

levita, *f.*, frock coat.

ley, *f.*, law.

leyenda, *f.*, legend.

leyó, *see* leer.

liberación, *f.*, liberation.

libertad, *f.*, liberty.

libertado, -a, delivered.

libertador, -a, liberating.

libertador, *m.*, liberator.

libertar, to free, rid; —se, to escape.

libra, *f.*, pound.

librar, to free; —se, to escape.

libre, *adj.*, free, at liberty.

librería, *f.*, library, book collection.

libro, *m.*, book.

licencia, *f.*, license, permission.

liga, *f.*, league.

ligar (10, 2), to bind, join.

ligeramente, *adj.*, lightly, slightly.

ligereza, *f.*, levity, haste.

ligerísimamente, *adv.*, very lightly, most lightly.

ligero, -a, light, slight.

límite, *m.*, boundary.

limosna, *f.*, charity.

limpiar (24, *b*), to clean.

limpieza, *f.*, cleanliness.

lindísimo, -a, very pretty, very beautiful.

lindo, -a, beautiful, pretty.

línea, *f.*, line.

linterna, *f.*, lantern.

lío, *m.*, bundle, package.

líquido, *m.*, liquid, liquor.

lisonja, *f.*, flattery.

lisonjear, to flatter.

lisonjero, -a, flattering.

lista, *f.*, list, line, stripe.

listo, -a, ready.

litoral, *m.*, littoral, coast.

lo, *def. art.*, *see* el.

lo, *pron.*, it, him, you.

loco, -a, crazy, mad.

locura, *f.*, foolishness, folly, madness, insanity.

lodo, *m.*, mud, mire, dregs.

logia, *f.*, lodge; en — con, in consultation with.

lógica, *f.*, logic.

lógico, -a, logical, reasonable.

lograr, to succeed.

lomo, *m.*, loin; *pl.*, back.

lona, *f.*, canvas.

lord, *m.*, lord.

Lorenzo, *prop. noun, m.*, Lawrence.

los, the.

los, *pron.*, them.

loza, *f.*, chinaware, crockery.

lozanía, *f.*, luxuriance.

lozano, -a, luxuriant.

luces, *see* luz.

lucha, *f.*, struggle.

luchar, to struggle, fight.

luego, *adv.*, afterwards, then, immediately, before long, soon; — de, after; — que, when, as soon as; *interj.*, well then!

lugar, *m.*, place, village; dar —, to give occasion, allow; tener —, to take place.

lugarteniente, *m.*, lieutenant.

lúgubremente, *adv.*, sadly.

Luisa, *prop. noun, f.*, Louise.

luna, *f.*, moon; hay —, it is moonlight.

lustrado, -a, polished.

lustroso, -a, lustrous.

luto, *m.*, mourning.

luz, *f.*, light, brightness.

LL

llama, *f.*, flame.

llamador, *m.*, knocker.

llamamiento, *m.*, summons.

llamar, to call, knock; —se, to be called, be named.

llano, -a, plain, flat, homely, honest; una fisonomía llana, a plain, honest face.

llanto, *m.*, weeping, tears.

llave, *f.*, key.

llegado, -a, arrived.

llegar (10, 2), to arrive, reach, extend; —se, to go.

llenar, to fill.

lleno, -a, full.

llevar, to carry, carry away, take, pass, raise, wear.

llorar, to cry, weep.

lloroso, -a, tearful.

M

macilento,-a,emaciated,extenuated.

Madama, *f.*, Madam.

madera, *f.*, wood.

madre, *f.*, mother.

madrugada, *f.*, early dawn; de —, early, at dawn.

maestro, *m.*, master, teacher.

mágico, -a, magic.

magistrado, *m.*, magistrate.

magnánimo, -a, magnanimous.

magnético, -a, magnetic.

magnífico, -a, splendid.

majestad, *f.*, majesty.

majestuoso, -a, majestic, noble.

mal, *m.*, harm, evil; hacer — a uno, to hurt one.

mal, *adv.*, badly, poorly, unfavorably; *adj.*, *see* malo.

maldad, *f.*, evil, wickedness.

maldito, -a, accursed, confounded.

maledicencia, *f.*, slander.

malestar, *m.*, discomfort, unrest, uneasiness.

malhadado, -a, wretched, unfortunate.

malicioso, -a, malicious, mischievous.

malignidad, *f.*, malignity, wickedness.

maligno, -a, wicked.

malo, -a, bad, ill.

malsano, -a, unhealthy, unhealthful.

mamá, *f.*, mamma.

mamar, to suckle.

mancha, *f.*, spot, stain.

manchado, -a, spotted, stained, smeared.

manchar, to spot, soil, smear.

mandado, -a, commanded, ordered.

mandar, to send, command.

mando, *m.*, command, leadership.

manecita, *f.*, little hand.

manejo, *m.*, trick, intrigue.

manera, *f.*, manner, way; **¿de qué —?** how?

Manfredo, *prop. noun, m.*, Manfred.

manga, *f.*, sleeve; **en —s de camisa,** in one's shirt-sleeves.

manifestar (18), to manifest, show.

manifiesta, *see* **manifestar.**

mano, *f.*, hand.

manta, *f.*, blanket.

mantel, *m.*, table-cloth.

mantener (38), to maintain, support.

manteo, *m.*, mantle, long cloak.

manto, *m.*, mantle.

Manuel, *prop. noun, m.*, Emanuel.

Manuela, *prop. noun, f.*, Emma.

Manuelita, *prop. noun, f.*, dear Emma.

manufactura, *f.*, manufacture.

maña, *f.*, ruse, cunning.

mañana, *f.*, morning; **por la —,** in the morning.

mañana, *adv.*, to-morrow.

mapa, *m.*, map.

máquina, *f.*, machine.

maquinalmente, *adv.*, mechanically.

mar, *m. or f.*, sea.

marca, *f.*, mark.

marcado, -a, marked, emphatic.

marcar (10, 1), to mark, make the mark of, indicate, distinguish, show, stamp, emphasize; **—se,** to be visible.

marco, *m.*, frame, door-case.

Marco, *prop. noun, m.*, Mark, Marcus.

marcha, *f.*, march, step, walk, traveling, progress, speed.

marchar, to march, go, walk; **— al paso,** to go at a walk.

marea, *f.*, tide.

marfil, *m.*, ivory.

marginal, *adj.*, marginal.

María, *prop. noun, f.*, Mary.

marinero, *m.*, sailor.

marino, *m.*, sailor.

marítimo, -a, maritime, of the sea.

mármol, *m.*, marble.

martillo, *m.*, hammer, stroke.

martirio, *m.*, martyrdom.

martirizar (10, 4), to martyrize, torture, pain.

martirologio, *m.*, martyrology, list of condemned.

marzo, *m.*, March.

más, *adv.*, more, other, further, besides; **no —,** just, only; **a lo —,** at most; **— bien,** rather; **otro —,** still another; **a — de,** besides; **— adelante,** later, further on, below (*in a book*).

masa, *f.*, mass.

Mashorca, *prop. noun, f., see footnote* 2, *page* 3.

mashorquero, *m.,* member of the Mashorca society (*see footnote 2, page 3*).

matadero, *m.,* slaughter-house.

matanza, *f.,* massacre.

matar, to kill.

mate, *m.,* Paraguay tea *or* the gourd in which it is served; **tomar —** *or* **tomar un —,** to drink Paraguay tea; **— amargo,** Paraguay tea without sugar; **— dulce,** Paraguay tea with sugar.

materia, *f.,* matter, subject.

matizado, -**a,** varied.

matrimonio, *m.,* marriage.

mayo, *m.,* May.

mayor, *adj.,* greater, older.

mayordomo, *m.,* butler, steward, superintendent.

mayoría, *f.,* majority.

me, *pron.,* me, myself, to me.

media, *f.,* stocking, hose; *adj., see* **medio.**

mediano, -**a,** medium.

mediante, *prep.,* by means of, for.

medicamento, *m.,* medicine.

médico, *m.,* doctor, physician.

medida, *f.,* measure; **a — que,** as.

medio, -**a,** half, middle; **media noche,** midnight; **a medias,** by halves, partially; *m.,* middle, means; **en — de** *or* **a,** in the middle of; **por en — de,** through the midst of; **por — de,** by means of; *pl.,* means, resources; *adv.,* half.

mediodía, *m.,* midday, noon.

medir (**22**), to measure, scrutinize, scan.

meditabundo, -**a,** meditative.

meditación, *f.,* meditation, reflection.

mejilla, *f.,* cheek.

mejor, *adv. and adj.,* better; **el —,** the best; **a lo —,** when least expected.

mejorar, to improve; **—se,** to recover, feel better; **mejorando lo presente,** present company excepted.

melancólico, -**a,** melancholy, sad.

memoria, *f.,* memory; **—s a,** remember me to.

memorialista, *m.,* petitioner.

mendigar (**10, 2**), to beg.

menear, to shake, wave, nod.

menor, *adj.,* smaller, younger, less; **el** *or* **la —,** the slightest, the least; **a lo —,** at least; *see* **Asia Menor.**

menos, *adv.,* less; **lo —,** the least; **a lo —,** at least.

mensual, *adj.,* monthly.

mensualidad, *f.,* monthly allowance.

mentira, *f.,* lie.

menudo, -**a,** minute, detailed; **a —,** often.

mercader, *m.,* merchant.

mercado, *m.,* market.

merced, *f.,* grace; **su —,** your grace.

merecer (**15**), to deserve.

merino, *m.,* merino.

mes, *m.,* month.

mesa, *f.,* table.

metáfora, *f.,* metaphor.

metálico, -**a,** metallic, hard.

meter, to put, place.

metido, -**a,** put, placed.

metrópoli, *f.,* mother country.

mezclado, -**a,** mixed, blended, mingled.

mezclar, to mix, associate.

mi, *adj.,* my.

mí, *pron.,* me, myself; **para —,** towards me.

midiendo, *see* **medir.**

midió, *see* medir.

miedo, *m.*, fear; tener —, to be afraid.

miembro, *m.*, member, limb.

mientras, *adv. and conj.*, while, until; — que, while.

mil, *adj.*, a thousand.

mil, *m.*, thousand.

milagro, *m.*, miracle.

milagrosamente, *adv.*, miraculously.

militar, *adj.*, military.

milla, *f.*, mile.

millar, *m.*, thousand.

millón, *m.*, million.

minar, to mine, undermine.

mínimo, -a, least, slightest.

ministro, *m.*, minister.

minuto, *m.*, minute.

mío, -a, my, mine, of mine; el —, mine.

mira, *f.*, purpose, intention.

mirada, *f.*, glance, gaze.

mirar, to look at, look, observe; ¡mire! *or* ¡mira! look! look you! look here!

mis, *see* mi.

miserable, *adj.*, miserable, wretched.

miseria, *f.*, misery, poverty.

misericordia, *f.*, pity.

Misiá = mi señora, my lady, Madam.

misión, *f.*, errand, mission.

mismo, -a, same, himself, herself, itself, even, very, selfsame; ahora mismo, right now.

misterio, *m.*, mystery, secret.

misterioso, -a, mysterious.

mitad, *f.*, half.

moda, *f.*, way, fashion, style.

modelo, *m.*, model, pattern.

moderado, -a, moderate, conservative.

moderno, -a, modern.

modestamente, *adv.*, modestly.

modo, *m.*, way, manner; de ese —, in that way; de todos —, in any case; de otro —, otherwise; ¿de qué —? in what way?

modular, to modulate, form, articulate.

mojar, to wet; —se, to get wet.

mojigata, *f.*, hypocrite, prude.

molestar, to worry, fatigue, trouble; —se, to worry.

momentáneo, -a, momentary.

momento, *m.*, moment; en el — *or* al —, at once; en el — en que, the moment that.

monótono, -a, monotonous.

monstruoso, -a, monstrous.

montaña, *f.*, mountain.

montar, to mount, ride; — a caballo, to ride.

monte, *m.*, mountain, mount.

montón, *m.*, heap.

montonero, *m.*, guerilla, soldier.

montura, *f.*, saddle and trappings (*of a horse*).

monumento, *m.*, monument.

moño, *m.*, knot, tuft.

morada, *f.*, dwelling place.

moral, *adj.*, moral.

moral, *f.*, spirit, stamina, morale.

mordaz, *adj.*, keen, sarcastic.

morder (18), to bite.

mordiéndose = mordiendo + se, *see* morder.

moreno, -a, brown, dark, brunette.

moribundo, -a, in a dying condition.

morir (21 *and* 21, *note* 1), to die, kill.

moro, *m.*, Moor.

mortal, *adj.*, deadly, mortal, fatal.

mortificar (10, 1), to mortify.

mostrar (18), to show, indicate.
motivo, *m.*, motive, cause, reason.
mover (18), to move.
movimiento, *m.*, movement, motion.
moza, *f.*, lass; **buena —**, pretty girl.
mozo, *m.*, lad, youth, young man, young fellow, waiter; **buen —**, handsome young fellow.
Mr., *English title*, Mr.
muchacha, *f.*, girl.
muchacho, *m.*, boy.
muchísimo, **-a**, very much; *adv.*, very much.
mucho, **-a**, much; *pl.*, many; *adv.*, a great deal.
mudar, to change, change one's clothes; **—se**, to change one's clothes.
mueble, *m.*, piece of furniture.
mueran, *see* **morir**.
muerte, *f.*, death; **de —**, mortally.
muerto, **-a**, *p. p.* of **morir**, dead.
muestra, *f.*, sign.
muevas, *see* **mover**.
mueve, *see* **mover**.
mugriento, **-a**, greasy, grimy.
mujer, *f.*, woman.
mulato, **-a**, mulatto.
multiplicar (10, 1), to multiply.
multipliquen, *see* **multiplicar**.
multitud, *f.*, multitude, crowd.
mundo, *m.*, world; **este — de Dios**, this world; **todo el —**, everybody.
muriese, *see* **morir**.
murió, *see* **morir**.
muro, *m.*, wall.
músculo, *m.*, muscle.
muselina, *f.*, muslin.
museo, *m.*, museum.
música, *f.*, music.
muslo, *m.*, thigh.
mutilado, **-a**, mutilated.

T

mutilar, to mutilate, slash.
muy, *adv.*, very; **— amigo de**, very good friend of.

N

nacer (15), to be born, spring up, arise.
nacido, **-a**, born, sprung.
nacimiento, *m.*, birth.
nación, *f.*, nation.
nacional, *adj.*, national.
nacionalidad, *f.*, nationality.
nada, *pron.*, nothing, no part, anything; *adv.*, not at all.
nadie, *pron.*, nobody, no one, any one.
napoleonista, *m.*, partizan of Napoleon.
narices, *see* **nariz**.
nariz, *f.*, nose; *pl.*, nostrils, noses.
narración, *f.*, narrative.
nata, *f.*, cream; *pl.*, sweetened whipped cream.
natal, *adj.*, native.
natalicio, *m.*, birthday.
natural, *adj.*, natural, usual, native.
naturaleza, *f.*, nature, disposition.
naturalidad, *f.*, naturalness.
naturalmente, *adv.*, naturally.
náutico, **-a**, nautical; **rosa —a**, compass.
nave, *f.*, vessel, ship.
navío, *m.*, vessel, ship.
nebuloso, **-a**, foggy, cloudy.
necedad, *f.*, foolishness, foolish thing.
necesario, **-a**, necessary.
necesidad, *f.*, need, necessity.
necesitar, to need; **— de**, to need.
negar (18 *and* 10, 2), to refuse, deny.
negativa, *f.*, refusal.
negligente, *adj.*, negligent.
negocio, *m.*, business, affair.

negrilla, *f.,* little negress.
negro, -a, black.
nerviosamente, *adv.,* nervously.
nervioso, -a, nervous, strong.
neutral, *adj.,* neutral.
ni, *adv.,* neither, not even, even, nor, or.
niega, *see* **negar.**
ningún, *see* **ninguno.**
ninguno, -a, no, none, any; *pron.,* no one, any one.
niña, *f.,* girl.
niñez, *f.,* childhood.
niño, *m.,* child, boy; **desde —,** since being a child.
no, *adv.,* no, not; *often not to be translated;* ¿—? isn't it? doesn't it? etc.; ¿— es verdad? is it not so? doesn't it? etc.
noble, *adj.,* noble.
nobleza, *f.,* nobility.
nocturno, -a, nocturnal, night.
noche, *f.,* night; **media —,** midnight; **de —,** at night; **mañana a la —,** to-morrow night; **buenas —s,** good night *or* good evening; **dar las buenas —s,** to say good evening; **— de luna,** moonlight night.
nombrar, to name, call by name.
nombre, *m.,* name, renown.
nordeste, *m.,* north-east.
noroeste, *m.,* north-west.
norte, *m.,* north.
Norteamérica, *prop. noun, f.,* North America.
nos, *pron.,* us, to us, each other.
nosotros, -as, *pron.,* we, us.
nota, *f.,* note.
notable, *adj.,* noticeable, remarkable.
notablemente, *adv.,* notably.
notar, to notice, observe, note.

noticia, *f.,* notice, piece of news, information.
novedad, *f.,* novelty, surprise, something unusual, change.
novela, *f.,* novel.
novia, *f.,* sweetheart, fiancée.
noviembre, *m.,* November.
nube, *f.,* cloud.
nuca, *f.,* nape of the neck.
nuestro, -a, our, ours.
nueve, nine.
nuevo, -a, new; **de —,** again.
numéricamente, *adv.,* numerically.
número, *m.,* number, figure.
numeroso, -a, numerous, large, extensive.
nunca, *adv.,* never, ever.

O

o, *conj.,* or; **— . . ., — . . .,** either . . ., or . . ..
obedecer (15), to obey.
obediencia, *f.,* obedience.
objeto, *m.,* object, purpose, thing.
obligación, *f.,* obligation, duty.
obligar (10, 2), to oblige, compel.
obra, *f.,* work, product, effect.
obrar, to work, operate, act, bring about.
obscuridad, *f.,* darkness.
obscuro, -a, dark, obscure.
obsequio, *m.,* respect, compliment.
observación, *f.,* observation.
observar, to observe, remark, watch.
obstáculo, *m.,* obstacle, difficulty, hindrance.
obstante, *adj.,* withstanding; **no —,** notwithstanding.
obtener (38), to obtain, get.
obtuvieron, *see* **obtener.**
ocasión, *f.,* occasion, opportunity, chance.

ocasionado, –a, caused.

occidental, *adj.*, western.

océano, *m.*, ocean.

octubre, *m.*, October.

ocultar, to hide, conceal; —se, to hide oneself.

oculto, –a, hidden, secret.

ocupado, –a, busy.

ocupar, to occupy, take; —se, to busy one's self.

ocurrencia, *f.*, occurrence, event, incident, idea.

ocurrido, –a, occurred.

ocurrir, to occur, happen.

ocho, eight.

odiar (24, *b*), to hate.

odio, *m.*, hatred.

oeste, *m.*, west.

ofender, to offend, take the offensive, attack, injure.

ofendido, –a, offended.

ofensa, *f.*, insult, offense.

oficial, *m.*, officer.

oficial, *adj.*, official, by order of the authorities.

oficialidad, *f.*, staff of officers.

oficialmente, *adv.*, officially.

oficina, *f.*, office.

oficio, *m.*, official letter.

oficioso, –a, useful, accommodating, officious.

ofrecer (15), to offer, present; — la casa, to offer the freedom of the house, ask to come again.

ofrecérmelos = ofrecer + me + los, *see* ofrecer.

ofrenda, *f.*, offering, eulogy.

¡oh! *interj.*, oh!

oído, *m.*, ear, hearing.

oiga, *see* oír.

óigalos = oiga + los, *see* oír.

óigame = oiga + me, *see* oír.

oigo, *see* oír.

oír (46), to hear.

ojal, *m.*, buttonhole.

ojeroso, –a, with rings under the eyes.

ojito, *m.*, little eye.

ojo, *m.*, eye.

ola, *f.*, wave.

olor, *m.*, odor.

olvidado, –a, forgotten.

olvidar, to forget; —se de, to forget.

olvido, *m.*, forgetfulness, neglect.

omisión, *f.*, omission, neglect.

once, eleven.

ondeado, –a, wavy.

onza, *f.*, ounce, doubloon (*Spanish gold coin*); — de oro, Spanish doubloon.

ópera, *f.*, opera.

operación, *f.*, operation.

opinión, *f.*, opinion.

oponer (34), to oppose.

oposición, *f.*, opposition.

opresión, *f.*, oppression.

opresor, *m.*, oppressor.

oprimido, –a, burdened, oppressed, overpowered.

oprimir (55), to press, oppress, hold fast, bind, contract.

óptica, *f.*, optics, sight; de —, optical.

opuesto, –a, *p. p. of* oponer, opposed, opposite; — a, opposite.

opulencia, *f.*, wealth.

oración, *f.*, sentence, prayer.

orden, *f.*, order, command, instruction; *m.*, order, arrangement.

ordenanza, *m.*, orderly.

ordenar, to command, order, direct.

ordinario, –a, ordinary

oreja, *f.*, ear.

organización, *f.*, organization, constitution, being.

organizado, –a, organized.

organizar (10, 4), to organize.

órgano, *m.*, organ.

orgullo, *m.*, pride.

oriental, *adj.*, eastern, Uruguayan; *m.*, Uruguayan.

oriente, *m.*, east.

origen, *m.*, origin, beginning, cause.

originado, –a, originated, caused.

original, *adj.*, original.

originalidad, *f.*, originality, peculiarity.

originar, to cause.

orilla, *f.*, shore, edge, side.

oro, *m.*, gold.

osar, to dare.

oso, *m.*, bear.

ostensible, *adj.*, visible, exterior, evident.

ostentar, to show, manifest.

otorgar (10, 2), to grant.

otro, –a, other, another, else, next; otra vez, again; — más, still another.

oye, *see* oír.

oyes, *see* oír.

oyó, *see* oír.

P

paces, *see* paz.

paciencia, *f.*, patience.

pacto, *m.*, pact, agreement, treaty.

padre, *m.*, father; *pl.*, parents, forefathers.

pagar (10, 2), to pay; — una visita, to return a visit.

página, *f.*, page.

país, *m.*, country.

paisano, *m.*, fellow-countryman, peasant, farmer; sombrero de —, peasant's hat.

paja, *f.*, straw.

pájaro, *m.*, bird.

paje, *m.*, page; — de introducción, usher.

pala, *f.*, blade of an oar.

palabra, *f.*, word.

palabreo, *m.*, wordiness.

palacio, *m.*, palace.

palangana, *f.*, wash-basin.

palidecer (15), to grow pale.

palidez, *f.*, paleness, pallor.

pálido, –a, pale, pallid, colorless.

paliza, *f.*, cudgeling, whipping.

palma, *f.*, palm.

palmada, *f.*, handclap, slap, stroke with the hand.

palmadita, *f.*, little handclap *or* slap.

palmear, to clap.

paloma, *f.*, dove.

palpar, to touch, feel.

pampa, *f.*, plain, pampa.

pan, *m.*, bread.

pánico, *m.*, panic.

pantalón, *m.*, trousers.

pantanoso, –a, muddy, boggy.

paño, *m.*, cloth, canvas, sails of a vessel.

pañuelo, *m.*, handkerchief.

papel, *m.*, paper, rôle; hacer un —, to play a rôle.

papeleta, *f.*, check, slip, ticket, card.

paquete, *m.*, package.

par, *m.*, pair, couple.

para, *prep.*, for, to, in order to; — con, towards; — que, that, in order that; — mí, towards me.

parábase = paraba + se, *see* parar.

paradero, *m.*, stopping place.

parado, –a, stopped, standing.

paradoja, *f.*, paradox.

paraíso, *m.*, paradise.

paraje, *m.*, place, spot.

paralelo, –a, parallel, similar; *m.*, parallel.

parar, to stop, parry; —**se,** to stop, stand up.

parcial, *adj.,* partial; **ataque —,** feint.

pardo, -a, brown, dark gray.

parecer, *m.,* opinion.

parecer (15), to seem; —**se,** to resemble; **al —,** apparently; **me parece,** I think; ¿ **Qué le parece a Vd.?** What do you think? ¿**Le parece a usted?** Do you think so? — **bien,** to please, be suitable, make a good impression.

parecido, -a, similar, like.

pared, *f.,* wall.

parentesco, *m.,* kindred, relationship.

parezca, *see* **parecer.**

parezco, *see* **parecer.**

pariente, *m.,* relative.

parlamentario, -a, parliamentary.

párpado, *m.,* eyelid.

parque, *m.,* park.

parte, *f.,* part, place, direction; **por otra —,** on the other hand; **de — de,** on the side, on behalf of; **la mayor —,** the greater part, the majority; **por todas —s,** in all directions.

particular, *adj.,* particular, special, peculiar, private.

partida, *f.,* group, gang, departure.

partidario, *m.,* partizan.

partido, -a, separated, cut, severed.

partido, *m.,* party, faction.

partir, to divide, depart, set out.

parva, *f.,* heap of unthreshed grain.

pasa, *f.,* raisin; **color —,** light brown.

pasablemente, *adv.,* fairly well.

pasadizo, *m.,* passage-way.

pasado, -a, passed, past, last, placed.

pasador, *m.,* bolt.

pasaje, *m.,* passage.

pasar, to pass, go over, change over, hand, happen, leave, send, give; — **por,** to go through, experience, occur to; — **por alto,** to pass over lightly, neglect.

paseandero, -a, fond of walking.

pasear, to take a walk, take a ride, drive, take for a walk, take walking, walk through; —**se,** to walk *or* drive, go walking, take a walk, stroll; — **del brazo,** to walk arm in arm.

paseo, *m.,* walk, promenade, excursion.

pasión, *f.,* passion.

pasmo, *m.,* astonishment.

paso, *m.,* step, pace, walk; **a pocos —s,** at a distance of a few paces; **al —,** at a walk; **hacer tomar el —,** to make . . . walk.

pastilla, *f.,* tablet.

patada, *f.,* kick.

patagón, -a, Patagonian.

paternidad, *f.,* paternity; **Su Paternidad,** Your *or* His Reverence.

patio, *m.,* court, courtyard, yard.

pato, *m.,* duck.

patria, *f.,* native land, fatherland, country.

patrio, -a, native, patriotic.

patriota, *m.,* patriot.

patriótico, -a, patriotic.

patrón, *m.,* proprietor, master, owner, skipper.

patrona, *f.,* mistress.

patrulla, *f.,* patrol, squad.

pavesa, *f.,* snuff (*charred portion of a candle-wick*).

pavor, *m.,* fear.

paz, *f.,* peace.

pebetero, *m.*, perfume censer.

pecar (10, 1), to sin.

peculiaridad, *f.*, peculiarity.

pecho, *m.*, breast.

pedazo, *m.*, piece, bit, portion.

pedir (22), to ask, ask for, beseech;
— a, to ask of; — prestado, to
ask a loan of.

Pedro, *prop. noun, m.*, Peter.

pegado, –a, stuck.

pegar (10, 2), to stick, stick on,
place near, strike, hit, slap, apply,
deliver, besmear, cling, hug; —
con, to suit.

pegue, *see* pegar.

pegué, *see* pegar.

peguen, *see* pegar.

peinador, *m.*, dressing-gown.

peinar, to comb.

pelear, to fight.

peligrar, to be in danger.

peligro, *m.*, danger.

peligroso, –a, dangerous.

pellizcar (10, 1), to pinch.

pena, *f.*, trouble.

pender, to hang.

pendiente, *adj.*, hanging, suspended,
depending; *m. or f.*, slope.

penetración, *f.*, penetration, intelligence.

penetrante, *adj.*, penetrating,
searching.

penetrar, to penetrate, enter.

penosamente, *adv.*, painfully, with
difficulty.

penoso, –a, painful, troublesome.

pensado, –a, thought, premeditated.

pensamiento, *m.*, thought, mind.

pensar (18), to think, intend; —
en, to think of.

peña, *f.*, rock.

peor, *adj. and adv.*, worse, worse

off; los —es, the worst ones; lo
—, the worst.

pequeñeces, *see* pequenez.

pequeñez, *f.*, littleness, meanness.

pequeñito, –a, very small, tiny.

pequeño, –a, little, small.

percibir, to perceive, hear.

perceptible, *adj.*, audible, plain, perceptible.

perder (18), to lose, waste, destroy,
ruin, kill; —se, to disappear.

pérdida, *f.*, loss.

perdido, –a, lost.

perdón, *m.*, pardon.

perdonar, to pardon, excuse.

pereza, *f.*, laziness, nonchalance.

perezoso, –a, lazy.

perfectamente, *adv.*, perfectly, completely, entirely.

perfectísimamente, *adv.*, most perfectly.

perfecto, –a, perfect.

perfil, *m.*, profile, edge.

perfilado, –a, elongated, high.

perfumado, –a, perfumed.

perfume, *m.*, perfume.

periódico, *m.*, newspaper.

período, *m.*, period.

perjudicar (10, 1), to injure.

perjuicio, *m.*, loss.

perla, *f.*, pearl.

permanecer (15), to remain, stand,
stay.

permanente, *adj.*, permanent.

permanezca, *see* permanecer.

permanezcamos, *see* permanecer.

permiso, *m.*, permission, leave.

permitir, to permit, allow.

pero, *conj.*, but.

perpendicular, *adj.*, perpendicular.

perpetuar (24, *a*), to perpetuate.

perplejidad, *f.*, perplexity.

perplejo, –a, perplexed.

perro, *m.*, dog.

persecución, *f.*, persecution, pursuit.

perseguido, –a, persecuted.

perseguidor, *m.*, pursuer.

perseguir (22 *and* 11, 3), to pursue, persecute.

perseverancia, *f.*, perseverance.

persigue, *see* perseguir.

persona, *f.*, person, partizan.

personaje, *m.*, person, personage.

personal, *adj.*, personal.

personalidad, *f.*, personality.

personalmente, *adv.*, personally, in person.

personero, *m.*, deputy, agent, recruiting officer.

personificación, *f.*, personification.

perspectiva, *f.*, perspective.

perspicacia, *f.*, insight, wisdom.

persuadido, –a, persuaded, convinced.

pertenecer (15), to belong.

perteneciente, *adj.*, belonging.

pertenezcan, *see* pertenecer.

perverso, –a, perverse.

pesado, –a, heavy, irksome, difficult.

pesar, to weigh, feel heavy, trouble; me pesa, I regret.

pesar, *m.*, regret, concern, trouble, worry; a — de, in spite of.

pescador, –a, fishing.

pescuezo, *m.*, neck.

peso, *m.*, weight, peso, dollar.

pestañear, to wink.

pestífero, –a, pestiferous, loathsome.

pestillo, *m.*, door latch, bolt.

petrificado, –a, petrified.

petulancia, *f.*, petulance, insolence.

piano, *m.*, piano.

picantería, *f.*, mischief, roguishness.

picaporte, *m.*, spring-latch, latch-key, latch.

picar (10, 1), to prick, arouse, ruffle.

picaresco, –a, roguish, mischievous.

pícaro, *m.*, rascal, rogue.

picaruelo, –a, mischievous.

pida, *see* pedir.

pide, *see* pedir.

piden, *see* pedir.

pides, *see* pedir.

pidiendo, *see* pedir.

pidiéndole = pidiendo + le, *see* pedir.

pidieron, *see* pedir.

pidió, *see* pedir.

pido, *see* pedir.

pie, *m.*, foot; de — *or* en —, standing.

piedra, *f.*, stone.

piel, *f.*, skin.

piensa, *see* pensar.

piensas, *see* pensar.

pierda, *see* perder.

pierdas, *see* perder.

pierna, *f.*, leg.

pieza, *f.*, piece, room.

pincel, *m.*, brush.

pinta, *f.*, spot, blotch.

pintado, –a, depicted, painted.

pintar, to paint, depict, sprinkle, color.

pisada, *f.*, footstep, step.

pisar, to step, step on, step into, tread; — la casa, to enter the house.

piso, *m.*, floor, story; — de popa, poop-deck.

pistola, *f.*, pistol.

placer (15, 3 *and* 50), to please.

placer, *m.*, pleasure.

plan, *m.*, plan, system.

plano, –a, level, flat, smooth.

plano, *m.*, plan, map.

planta, *f.*, sole of the foot, step, plant; a sus —s, at his feet.

plata, *f.*, silver, money.

Plata, *prop. noun, m.*, the River Plate.

plato, *m.*, plate.

playa, *f.*, shore.

plaza, *f.*, plaza, square.

plazca, *see* placer.

plebe, *f.*, common people.

plenipotenciario, *m.*, plenipotentiary.

pliego, *m.*, sheet of paper.

pliegue, *m.*, fold.

pluma, *f.*, feather, pen.

población, *f.*, population.

pobre, *adj.*, poor; ¡— de . . .! alas for . . .!

pobrecita, *f.*, poor little thing.

poco, –a, little; *pl.*, few; un —, a little; *adv.*, little.

poder (33), to be able; no — menos de, to be unable to help —; puede ser, it may be, perhaps.

poder, *m.*, power.

poderoso, –a, powerful.

podrá, *see* poder.

podrán, *see* poder.

podré, *see* poder.

podremos, *see* poder.

podría, *see* poder.

poesía, *f.*, poetry.

poeta, *m.*, poet.

poéticamente, *adv.*, poetically.

poético, –a, poetic.

poetizado, –a, poetic.

policía, *f.*, police, police force, police headquarters.

política, *f.*, politics.

político, –a, political; hermana —a, sister-in-law.

polvo, *m.*, dust.

ponchera, *f.*, punch bowl.

poncho, *m.*, traveling cloak, military cape, poncho.

ponderar, to esteem, eulogize.

pondrás, *see* poner.

poner (34), to put, place, put on make; —se, to place oneself become; —se de pie, to arise stand up; —se colorado, t blush; — mal a, to compromise bring under suspicion; —se a to begin to.

ponga, *see* poner.

ponle = pon + le, *see* poner.

popa, *f.*, stern.

popular, *adj.*, popular.

popularidad, *f.*, popularity.

popularizar (10, 4), to popularize.

por, *prep.*, by, along, to, into through, on, in, with regard to over, at, for, about, around, o account of, with, during, on th side of, as; — donde, throug which; — entre, through; — s in case that; ¿— qué? why — ahí, thereabouts; — aqu here, hereabouts.

porcelana, *f.*, porcelain.

porción, *f.*, portion, bundle, lo number.

porque, *conj.*, because, that, in ord that.

porqué, *m.*, reason.

portador, *m.*, wearer, bearer.

portar, to carry, bear; —se, behave.

porteño, –a, of Buenos Aires (*b cause Buenos Aires is the mo important port of Argentina; po teño is derived from* puerto); l —s, the inhabitants of Buen Aires.

ortezuela, *f.*, small door, carriage door.

ortón, *m.*, large door, outer door.

ortugués, –a, Portuguese.

orvenir, *m.*, future.

os : en — de, behind.

osado, –a, placed.

oseedor, *m.*, possessor, owner.

oseer (13), to possess.

osesión, *f.*, possession.

osible, *adj.*, possible.

osición, *f.*, position, situation, attitude, rank.

ositivamente, *adv.*, positively, surely.

ositivo, –a, positive.

ostigo, *m.*, wicket, peephole, shutter.

ostrado, –a, prostrate.

ostrar, to prostrate, exhaust, lay low, cast down.

otencia, *f.*, power.

otestad, *f.*, power.

otro, *m.*, colt.

ozo, *m.*, well.

ácticamente, *adv.*, practically, from experience.

eámbulo, *m.*, preamble, preface, exordium.

ecaución, *f.*, precaution.

eceder, to precede.

ecio, *m.*, price.

ecioso, –a, precious, pretty, beautiful.

ecipicio, *m.*, precipice.

ecipitación, *f.*, haste.

ecipitadamente, *adv.*, precipitately, hastily.

ecipitado, –a, rushed, hastened, impulsive.

ecipitar, to precipitate, cast ; —se, to hurry, hasten, rush.

precisamente, *adv.*, just, exactly.

preciso, –a, precise, necessary.

precursor, –a, preceding.

predecesor, *m.*, predecessor.

predestinado, –a, predestined.

predilecto, –a, chosen, favored.

predisponer (34), to predispose, destine.

predispuso, *see* predisponer.

preferencia, *f.*, preference.

preferir (21), to prefer.

prefieren, *see* preferir.

pregunta, *f.*, question.

preguntar, to ask ; — por, to ask for, ask to see.

premeditación, *f.*, premeditation, design.

prender (55), to fasten, seize, pin.

prendido, –a, caught, fastened.

prensa, *f.*, press.

preñado, –a, impregnated, full.

preocupación, *f.*, preoccupation, care.

preocupar, to preoccupy ; —se, to worry.

preparar, to get ready, prepare.

preponderancia, *f.*, preponderance.

presa, *f.*, prey, booty.

prescindir, to dispense with.

presencia, *f.*, presence.

presentación, *f.*, introduction.

presentado, –a, presented.

presentar, to present, represent, furnish, introduce, offer, form ; — el flanco, to be on the outside.

presente, *adj.*, present ; tener —, to remember.

presidencia, *f.*, presidency.

presidente, *m.*, president.

presión, *f.*, pressure.

preso, –a, *p. p. of* prender, caught, imprisoned ; *m.*, prisoner.

prestado,–a, lent ; pedir —, to borrow.

prestar, to lend, render.

prestigio, *m.*, prestige.

presunción, *f.*, presumption, conjecture.

pretención, *f.*, claim.

pretender, to pretend, claim, try.

pretexto, *m.*, pretext.

prever (41), to foresee.

prevención, *f.*, prejudice.

prevenir (48), to warn, give notice, announce, tell.

primer, *see* primero.

primeramente, *adv.*, first.

primero, -a, first; *adv.*, first. *See* corte.

primo, -a, first; *m. and f.*, cousin.

primoroso,-a, elegant, exquisite, fine.

principal, *adj.*, principal.

principio, *m.*, beginning, principle, basis; dar —, to begin.

prioridad, *f.*, priority, precedence.

prisa, *f.*, haste, hurry; darse —, to hurry.

privilegiado, -a, privileged, favored, endowed, bestowed.

proa, *f.*, bow.

probabilidad, *f.*, probability.

probable, *adj.*, probable.

probar (18), to prove.

proceder, to proceed, act.

proceder, *m.*, proceeding, plan, procedure, behavior.

procedimiento, *m.*, procedure.

prócer, *m.*, important personage.

proclamar, to proclaim.

procurar, to try, bring about.

prodigar (10, 2), to furnish in abundance, lavish.

producir (43), to produce.

produjo, *see* producir.

profanación, *f.*, profanation, violation. sacrilege.

profesión, *f.*, profession.

profetizar (10, 4), to prophesy.

prófugo, *m.*, fugitive.

profundamente, *adv.*, profoundly, deeply.

profundidad, *f.*, depth.

profundísimo, -a, very deep.

profundo, -a, deep.

prohibir, to prohibit, forbid.

prójimo, *m.*, fellow-man, neighbor.

prolijamente, *adv.*, tediously, carefully.

prolijidad, *f.*, minuteness.

prolijo, -a, prolix, careful, detailed

prolongado, -a, prolonged.

prolongar (10, 2), to prolong.

promesa, *f.*, promise.

prometer, to promise.

prometido, -a, promised.

prontitud, *f.*, promptitude, promptness, speed; con —, promptly.

pronto, -a, prompt, ready.

pronto, *adv.*, quickly, soon, promptly

pronunciado, -a, pronounced spoken, decided.

pronunciamiento, *m.*, decision.

pronunciar (24, *b*), to pronounce.

propaganda, *f.*, propaganda.

propagar (10, 2), to extend.

propensión, *f.*, propensity, tendency

propiamente, *adv.*, really, properly

propiedad, *f.*, characteristic.

propio, -a, one's own, natural amor —, vanity, self-love.

proponer (34), to propose.

proposición, *f.*, proposal.

propósito, *m.*, purpose, intention a —, suitable, by the way; a - de, speaking of.

proscripción, *f.*, banishment.

proseguir (22 *and* 11, 3), to pursu follow, continue.

prosiguió, *see* proseguir.

próspero, –a, prosperous, favorable.

prostituido, –a, debased, corrupt.

protección, *f.*, protection.

protector, –a, protecting; *m.*, protector.

proteger (11, 2), to protect, defend, cover, take care of, look out for.

protegido, –a, protected, favored.

protestante, *m.*, protestant.

protocolo, *m.*, official record.

provecho, *m.*, profit, advantage.

provechoso, –a, advantageous.

provenir (48), to spring, originate.

providencia, *f.*, providence; **Providencia**, Providence.

proviene, *see* provenir.

provincia, *f.*, province, state.

provisoriamente, *adv.*, provisionally.

provocar (10, 1), to provoke.

próximo, –a, next, approaching, proximate, near, near-by, close.

proyectado, –a, projected.

proyectar, to project, cast.

prudencia, *f.*, prudence.

prueba, *f.*, proof.

Prusia, *prop. name, f.*, Prussia.

publicación, *f.*, publication.

publicado, –a, published.

publicar (10, 1), to publish.

público, –a, public; **espíritu —**, spirit of the people.

pude, *see* poder.

pudiendo, *see* poder.

pudiera, *see* poder.

pudieron, *see* poder.

pudo, *see* poder.

pudor, *m.*, modesty, honor.

pueblo, *m.*, town, people, nation, common people.

pueda, *see* poder.

puedan, *see* poder.

puedas, *see* poder.

puede, *see* poder.

pueden, *see* poder.

puedes, *see* poder.

puedo, *see* poder.

puente, *m.*, bridge.

pueril, *adj.*, childish, of little importance.

puerta, *f.*, door, doorway.

puerto, *m.*, port.

pues, *conj.*, because, for, since, then, therefore, why; — **que**, since; — **bien**, all right then; ¡pues! humph! of course! well then!

puesto, –a, *p. p. of* poner, put, placed, put on.

puesto, *m.*, post, position.

pulgada, *f.*, inch.

pulmón, *m.*, lung.

pulmonar, *adj.*, pulmonary, of the lungs.

pulpería, *f.*, grocery.

pulso, *m.*, pulse.

punta, *f.*, point, end, tip.

puntiagudo, –a, sharp.

punto, *m.*, point, place; a — de, on the point of.

punzador, –a, stinging, cruel.

punzó, *adj.*, dark red.

puñal, *m.*, dagger.

pupila, *f.*, pupil.

purísimo, –a, very pure, purest.

puro, –a, pure.

pusieron, *see* poner.

pusiese, *see* poner.

puso, *see* poner.

púsolas = puso + las, *see* poner.

Q

Q. B. S. M. = que besa su mano. who kisses your hand.

que, *pron.*, that, who, whom, which; *conj.*, that, as, because, for; — **le diga usted**, tell him; **alguno — otro**, an occasional; *comparative particle*, than.

¿qué? *interr.*, what? why? **¿— le parece a usted?** what do you think? **¿por —?** why? **¿— tal?** how? what kind of? **un no sé —**, a sort of, a certain; **no hay de —**, don't mention it.

¡qué! *interj.*, what! what a! what of it! how!

quebrantado, -a, shattered, weakened, broken, mottled, rough.

quebrantar, to break.

quebrar (18), to break, interrupt.

quedar, to stay, remain, be; **—se**, to remain.

quejarse, to complain, regret.

quejumbroso, -a, complaining.

quemar, to burn.

querella, *f.*, quarrel.

querer (35), to want, wish, desire, try, strive, love; **— decir**, to mean; **— a**, to love, like; **como quiera que**, however, whatever, inasmuch as.

querido, -a, dear, loved, precious, beloved; *m.*, lover.

querrá, *see* **querer**.

querría, *see* **querer**.

quien, *pron.*, who, the one who, whom.

¿quién? *interr. pron.*, who? whom?

quiera, *see* **querer**.

quieran, *see* **querer**.

quieras, *see* **querer**.

quiere, *see* **querer**.

quieres, *see* **querer**.

quiero, *see* **querer**.

quieto, -a, quiet, still; **¡—!** *interj*, stop! be quiet!

quince, fifteen.

quinientos, -as, five hundred.

quinta, *f.*, villa.

quinto, -a, fifth.

quisiera, *see* **querer**.

quisieran, *see* **querer**.

quisiese, *see* **querer**.

quiso, *see* **querer**.

quitar, to take away, remove; **—s** to take off.

quizá, *adv.*, perhaps.

R

rabia, *f.*, rage; **tener — a**, to furious at.

raciocinio, *m.*, reason.

rada, *f.*, roadstead.

radiante, *adj.*, radiant.

ralo, -a, thin, worn.

ramillete, *m.*, bouquet.

ramo, *m.*, branch, bouquet, line.

rápidamente, *adv.*, rapidly.

rapidez, *f.*, rapidity, speed.

rápido, -a, rapid, swift, steep.

rapto, *m.*, rapture.

rarísimo, -a, very *or* most rare.

raro, -a, rare; **rara vez**, rarel seldom.

rascar (10, 1), to scratch.

rasgado, -a, wide open.

rasgo, *m.*, trait, stroke, act, resem blance.

raso, *m.*, satin.

rastrear, to trace, rake, inquire in

ratificar (10, 1), to ratify, confirm

rato, *m.*, period, space, time; **poco —**, in a short while; **de en —**, from time to time.

raudal, *m.*, torrent, abundance.

aya, *f.*, limit, mark.
ayar, to border; — en, to approach, border on.
ayo, *m.*, ray, light.
aza, *f.*, race.
azón, *f.*, reason; tener —, to be right.
eacción, *f.*, reaction.
eaccionario, –a, reactionary.
eal, *adj.*, real, true.
eal, *m.*, real (*a small coin*).
ealidad, *f.*, reality.
ealmente, *adv.*, really, truly, indeed.
eanimado, –a, revived.
eanimar, to reanimate, revive; —se, to recover.
eaparecer (15), to reappear.
ebelar, to rebel.
ebelión, *f.*, rebellion.
ebencazo, *m.*, blow with a lash.
ebenque, *m.*, lash.
ebosar, to overflow, overflow with, teem.
ecado, *m.*, message.
ecelo, *m.*, fear, uneasiness.
ecepción, *f.*, reception.
ecibido, –a, received.
ecibir, to receive.
ecién, *see* reciente.
eciente, *adj.*, recent; recién llegado, –a *or* venido, –a, newly-arrived, newcomer.
ecinto, *m.*, enclosure, bower.
ecio, –a, vigorous.
ecíprocamente, *adv.*, reciprocally, mutually.
eclamación, *f.*, complaint, remonstrance.
eclamar, to claim, demand, require.
eclinado, –a, reclined, reclining, lying, resting.
eclinar, to recline, lean, lay; —se en *or* sobre, to recline on, lean on.

reclutar, to recruit.
recoger (11, 2), to gather, gather up, collect, receive, pick up; —se, to go home, withdraw, retire, go to bed.
recogido, –a, gathered, obtained.
recoja, *see* recoger.
recomendación, *f.*, recommendation.
recomendar (18), to recommend, advise.
recomiendan, *see* recomendar.
recompensado, –a, rewarded.
reconcentrar, to concentrate.
reconciliación, *f.*, reconciliation.
reconocer (15), to recognize, inspect, examine, reconnoitre.
reconocimiento, *m.*, recognition, gratitude.
Reconquista, *prop. noun, f.*, Reconquest.
reconstrucción, *f.*, reconstruction.
reconvención, *f.*, reproof.
reconvenir (48), to chide, reprimand.
recordación, *f.*, recollection.
recordar (18), to remind, remember.
recorrer, to pass through.
recostar (18), to lean, lay; —se, to lie back, fall back, cling to, keep to, hug.
recto, –a, straight.
recuerda, *see* recordar.
recuerdas, *see* recordar.
recuérdese = recuerde + se, *see* recordar.
recuerdo, *see* recordar.
recuerdo, *m.*, recollection, remembrance.
recuesta, *see* recostar.
recurrir, to have recourse, apply, resort.
recurso, *m.*, resource, means.

rededor, *m.*, environs; **al** *or* **en —
de**, around, about.

redondo, **-a**, round.

redor, *m.*, environs; **en — de**, round
about, around; **en — suyo**,
round about itself.

reducido, **-a**, reduced, limited.

reducir (**43**), to reduce.

referir (**21**), to relate, report, tell,
refer; **—se**, to refer.

refiere, *see* **referir**.

refirió, *see* **referir**.

refirióle = **refirió** + **le**, *see* **referir**.

reflectar, to reflect, glitter.

reflejar, to reflect; **—se**, to be
reflected.

reflejo, *m.*, light, ray, reflection.

reflexión, *f.*, reflection, remark.

reflexionar, to reflect.

reformar, to change, remake, cor-
rect.

refuerzo, *m.*, reinforcement.

refugiado, *m.*, refugee.

refugiar (**24**, *b*), to shelter; **—se**, to
take refuge.

refugio, *m.*, refuge.

refundido, **-a**, recast, contained.

regalar, to present, give, bestow.

regalo, *m.*, gift.

regenerar, to regenerate.

regio, **-a**, royal, noble.

región, *f.*, region.

regla, *f.*, rule.

regresar, to return.

regreso, *m.*, return.

regularmente, *adv.*, regularly, quite
well, fairly well.

rehacer (**32**), to remake.

rehaga, *see* **rehacer**.

reina, *f.*, queen.

reinar, to reign.

reír (**22**, c), to laugh; **—se**, to laugh.

reja, *f.*, grating, railing.

relación, *f.*, narrative, account,
report, relation, connection, inter-
course, acquaintance, company;
pl., affairs.

relacionado, **-a**, in relations with,
on intimate terms with.

relajación, *f.*, looseness, laxity
idleness.

relámpago, *m.*, flash, lightning flash
outburst.

relativo, **-a**, relative, relating; **— a**
concerning, relating to.

relato, *m.*, narrative, story.

religioso, **-a**, religious.

reloj, *m.*, watch, clock.

reluciente, *adj.*, shining, gleaming
bright.

remachar, to fasten, rivet.

remarcable, *adj.*, remarkable, striking.

remedio, *m.*, remedy, help.

remo, *m.*, oar.

remordimiento, *m.*, remorse.

rencor, *m.*, grudge, ill-will.

rendija, *f.*, crack, crevice.

renegrido, **-a**, darkened, dark.

renglón, *m.*, line.

renombre, *m.*, renown.

reparar, to notice; **— en**, to notic

repartir, to divide, count out, allc

repente, *m.*, sudden movement
de —, suddenly.

repentinamente, *adv.*, suddenly.

repentino, **-a**, sudden.

repetición, *f.*, repetition.

repetido, **-a**, repeated, frequent.

repetir (**22**), to repeat.

repítalo = **repita** + **lo**, *see* **repetir**

repite, *see* **repetir**.

repiten, *see* **repetir**.

repitiendo, *see* **repetir**.

repitiéndole = repitiendo + le, *see* repetir.

repitieron, *see* repetir.

repitió, *see* repetir.

repito, *see* repetir.

repleto, –a, full, satisfied.

replicar (10, 1), to reply.

reponer (34), to answer.

reposar, to repose, rest, lie.

representación, *f.*, portrayal, presentation, authority, dignity.

representante, *m.*, representative.

representar, to present, represent.

reprochar, to reproach.

reproducir (43), to reproduce.

república, *f.*, republic.

republicano, –a, republican; *m.*, Republican.

repugnancia, *f.*, repugnance, horror.

repugnante, *adj.*, repulsive, repugnant.

repulsivo, –a, repulsive.

repuso, *see* reponer.

reputación, *f.*, reputation.

requerir (21), to require, demand.

resaltar, to be evident, stand out; hacer —, to enhance, increase.

resarcir (11, 1), to compensate; —se, to be compensated.

resbalar, to slip, glance.

resentimiento, *m.*, resentment.

resentirse (21), to resent, ache, be pained.

reserva, *f.*, reserve, hesitation.

resfriar (24, *a*), to chill; —se, to catch cold.

residencia, *f.*, residence, dwelling; fijar su — en, to go to live in.

resintieron, *see* resentirse.

resistir, to resist, combat.

resolución, *f.*, resolution, decision, determination.

resolver (18, *Note* 1), to resolve.

resonar (18), to sound, resound.

respaldo, *m.*, back.

respectivo, –a, respective.

respecto, *m.*, respect, relation; — a *or* con — a, as regards; — con *or* de, with regard to; a este —, with regard to this.

respetable, *adj.*, respected, worthy.

respetar, to respect.

respeto, *m.*, respect.

respetuoso, –a, respectful.

respiración, *f.*, breathing.

respirar, to breathe.

resplandor, *m.*, light, gleam.

responder, to respond, answer, vouch, assure.

responsable, *adj.*, responsible.

respuesta, *f.*, answer.

restablecer (15), to restore, reestablish; —se, to convalesce, recuperate.

restante, *adj.*, remaining.

restar, to subtract.

restaurador, –a, restoring; *m.*, restorer.

resto, *m.*, remnant, remainder, rest.

resuelto, *p. p. of* resolver, resolved.

resultado, *m.*, result, fruit.

retar, to challenge, reprimand, scold.

retener (38), to detain.

reticencia, *f.*, reticence, reserve.

retirada, *f.*, withdrawal.

retirado, –a, remote, retired.

retirar, to retire, put away, hide, deprive, withdraw; —se, to retire, depart, go away, withdraw.

retiro, *m.*, retreat.

retrato, *m.*, portrait.

retrete, *m.*, alcove, boudoir.

retroceder, to draw back, retreat.

retrogradar, to recede.

reunido, –a, united, together.

reunión, *f.*, reunion, union, meeting, crowd, party, group.

reunir, to join, unite, reunite; —**se**, to meet; —**se con**, to join.

revelación, *f.*, revelation.

revelar, to reveal, give evidence of, make known, inform.

reverencia, *f.*, reverence; **profunda** —, low bow.

revivir, to revive, freshen.

revolcar (18 *and* 10, 1), to trample upon; —**se**, to wallow, writhe.

revolución, *f.*, revolution.

revolucionado, –a, revolted, in rebellion.

revolucionario, –a, revolutionary; *m. and f.*, revolutionist.

revuelcan, *see* **revolcar**.

revuelto, –a, mixed, confused.

rezar (10, 4), to pray.

riachuelo, *m.*, small river, rivulet.

ríanse, *see* **reír**.

rico, –a, rich, wealthy.

ridículo, *m.*, ridicule.

rienda, *f.*, rein, bridle reins.

riéndose = **riendo** + **se**, *see* **reír**.

rifa, *f.*, raffle, lottery.

rifle, *m.*, rifle.

rigor, *m.*, force, severity.

rigoroso, –a, rigorous, severe, imperative.

rincón, *m.*, corner.

rinconera, *f.*, corner-stand, bracket.

rió, *see* **reír**.

río, *m.*, river.

Río de la Plata, *prop. noun*, *m.*, River Plate.

riquísimo, –a, very fine, very rich.

risa, *f.*, laugh, laughter.

risueño, –a, smiling, pleasant.

rivalidad, *f.*, rivalry.

rizado, –a, curly, wavy.

rizo, *m.*, curl, lock.

robado, –a, robbed.

robar, to rob, steal.

robusto, –a, robust, vigorous, flourishing, strong.

roce, *m.*, rub, touch.

rociar (24, *a*), to sprinkle, wash down.

rodaja, *f.*, disk, rowel, wheel.

rodar (18), to roll, go around, patrol, fall, tumble, sprawl.

rodeado, –a, surrounded.

rodear, to surround.

rodilla, *f.*, knee; **de** —**s**, on one's knees.

rogar (18 *and* 10, 2), to beseech.

rojo, –a, red; — **obscuro**, dark red.

rollo, *m.*, roll.

romper (55), to break, tear.

rompimiento, *m.*, breaking.

ronco, –a, hoarse.

rondar, to patrol, watch.

ropa, *f.*, clothing; — **interior**, underclothing.

ropero, *m.*, wardrobe.

rosa, *f.*, rose, rose color; — **náutica**, compass.

rosado, –a, pink, rosy, flushed.

rostro, *m.*, face.

roto, –a, *p. p. of* **romper**, broken.

rótulo, *m.*, label, heading.

rozar (10, 4), to rub, brush, touch.

rubor, *m.*, blush, modesty, shame.

rueda, *f.*, wheel, circle.

rueda, *see* **rodar**.

ruego, *m.*, request, supplication.

ruego, *see* **rogar**.

ruido, *m.*, noise, sound, rumor.

ruin, *adj*, mean, humble.

ruina, *f.*, ruin.

rumbo, *m.*, route.

rumor, *m.*, noise, murmur, sound, rustling.

Rusia, *prop. noun, f.*, Russia.

ruso, -a, Russian.

S

sábana, *f.*, sheet.

saber (36), to know, know about, be able, learn, find out; un no sé qué, a certain.

saber, *m.*, ability, wisdom.

sabio, -a, learned, educated.

sablazo, *m.*, saber stroke.

sable, *m.*, saber, cutlass.

saborear, to enjoy, relish.

sabrá, *see* saber.

sabremos, *see* saber.

sabría, *see* saber.

sacado, -a, drawn out, brought.

sacar (10, 1), to take, draw, get, take out, take off; — fuego, to strike a light.

sacerdote, *m.*, priest.

saciar (24, *b*), to quench.

sacrificar (10, 1), to sacrifice.

sacrificio, *m.*, sacrifice.

sacudir, to shake, shake off; —se, to shake one's self, tremble.

sagrado, -a, sacred, holy.

sajón, -a, Saxon.

sala, *f.*, room, parlor, chamber, audience; Sala de Representantes, House of Representatives.

saldrán, *see* salir.

saldré, *see* salir.

saldremos, *see* salir.

salga, *see* salir.

salgamos, *see* salir.

salida, *f.*, exit, egress, departure, projection.

saliéramos, *see* salir.

salir (47), to leave, go, go out, go away, come out, get out; — de, to leave; para — victorioso, to come out victorious.

salón, *m.*, parlor.

saltar, to jump, leap, spring.

salteño, -a, of Salta.

salto, *m.*, leap, spring, jump; de un —, quickly.

salud, *f.*, health; bueno de —, well.

saludar, to salute, greet, bow.

saludo, *m.*, bow.

salvación, *f.*, safety, rescue, salvation.

salvado, -a, saved.

salvador, -a, rescuing.

salvaje, *adj.*, savage, wild; *m.*, savage.

salvar, to save, leap over, pass over, skip.

salvo, -a, safe, saved; en —, safe.

San, *see* santo.

sanar, to cure, recover.

sancionar, to sanction.

sangre, *f.*, blood.

sangriento, -a, bloody.

sanguinario, -a, sanguinary, bloody.

San Juan, *prop. noun, m.*, Saint John.

San Lorenzo, *prop. noun, m.*, Saint Lawrence.

sano, -a, well.

santo, -a, sacred, holy.

santo, *m.*, saint. (Santo *is abbreviated to* San *when standing before a name.*)

saque, *see* sacar.

sáquelo = saque + lo, *see* sacar.

saquemos, *see* sacar.

sarcasmo, *m.*, sarcasm.

sardónico, -a, sardonic, sarcastic.

satánico, -a, satanic.

satisfacción, *f.*, satisfaction, pleasure.

satisfacer (32), to satisfy.

satisfactorio, -a, satisfactory.

satisfecho, -a, *p. p. of* satisfacer, satisfied.

sauce, *m.*, willow-tree.

se, *pron.*, himself, itself, herself, yourself, yourselves, themselves, one, they, you.

sé, *see* saber.

S. E. = Su Excelencia, His *or* Your Excellency.

sea, *see* ser.

sean, *see* ser.

sebo, *m.*, tallow.

secar (10, 1), to dry.

secretario, *m.*, secretary.

secreto, *m.*, secret, secrecy, secret drawer; en los —s de, in the privacy of.

sed, *f.*, thirst.

seda, *f.*, silk.

sedoso, -a, silky.

seductor, -a, fascinating.

seguida, *f.*, continuation; en —, immediately, right away, then; en — de, following, after.

seguido, -a, followed, continued.

seguir (22 *and* 11, 3), to follow, continue, lie beyond, proceed.

según, *prep.*, according to *or* as.

segundo, *m.*, second.

seguridad, *f.*, safety, certainty.

seguro, -a, sure, certain, steady.

seis, six.

seiscientos, -as, six hundred.

sellado, -a, stamped.

sellar, to seal, stamp.

sello, *m.*, stamp, type.

semana, *f.*, week; por —, per week.

semblante, *m.*, face, countenance.

sembrar (18), to sow.

semejante, *adj.*, such, similar, like.

semilla, *f.*, seed.

sencillo, -a, simple.

senda, *f.*, path.

sendero, *m.*, path, byway.

seno, *m.*, breast.

sensación, *f.*, sensation, experience.

sensibilidad, *f.*, sensitiveness, soreness, feeling, emotion.

sensible, *adj.*, sensitive, impressionable, perceptible, evident.

sensitivo, -a, sensitive.

sentado, -a, seated, sitting.

sentar (18), to seat, place, draw up, bring up; —se, to sit down.

sentido, -a, heard, felt.

sentido, *m.*, meaning, sense, way.

sentimiento, *m.*, feeling, sentiment, regret.

sentir (21), to feel, be sensible of, regret, hear; —se, to feel.

seña, *f.*, sign; *f. pl.*, address, description.

señal, *f.*, signal, sign, indication.

señalado, -a, indicated.

señalar, to point out *or* at, indicate.

señor, *m.*, gentleman; *title*, Mr., Sir.

señora, *f.*, lady, wife; *title*, Mrs., Madam.

señorita, *f.*, young lady; *title*, Miss.

sepa, *see* saber.

sepan, *see* saber.

separación, *f.*, separation, departure.

separado, -a, separated.

separar, to separate, set aside; —se, to separate.

septiembre, *m.*, September.

sepulcral, *adj.*, sepulchral.

sequedad, *f.*, dryness; **con —,** dryly, tersely.

ser (37), to be; **— de,** to become of; **a no — que,** unless.

ser, *m.*, nature, being, creature.

serenidad, *f.*, serenity, calm.

sereno, –a, tranquil, calm.

sereno, *m.*, night watchman.

seriedad, *f.*, seriousness, gravity.

serio, –a, serious, important.

servicio, *m.*, service, attendance; **mujer de —,** serving woman.

servido, –a, served.

servidor, *m.*, servant, inferior.

servilismo, *m.*, servility.

servir (22), to serve, serve in the army; **— de,** to serve as; **—se de,** to use.

sesenta, sixty.

setenta, seventy.

severidad, *f.*, severity.

sexo, *m.*, sex.

si, *conj.*, if; **por —,** in case that.

sí, *pron.*, himself, herself, itself, themselves.

sí, *adv.*, yes.

Sicilia, *prop. noun, f.*, Sicily.

siciliano, –a, Sicilian.

siempre, *adv.*, always, still; **— que,** whenever.

sien, *f.*, temple, brow.

siendo, *see* **ser**.

sienta, *see* **sentir** *or* **sentar**.

siente, *see* **sentir** *or* **sentar**.

sienten, *see* **sentir** *or* **sentar**.

sientes, *see* **sentir** *or* **sentar**.

siéntese = siente + se, *see* **sentar**.

siento, *see* **sentir** *or* **sentar**.

siervo, *m.*, servant, slave.

siete, seven.

siga, *see* **seguir**.

sigámosla = sigamos + la, *see* **seguir**.

sigiloso, –a, silent, secret.

siglo, *m.*, century.

significar (10, 1), to signify, mean.

signo, *m.*, sign, character.

sigue, *see* **seguir**.

siguiendo, *see* **seguir**.

siguiente, *adj.*, following.

siguieron, *see* **seguir**.

siguió, *see* **seguir**.

sílaba, *f.*, syllable.

silbido, *m.*, whistle.

silencio, *m.*, silence.

silogismo, *m.*, syllogism.

silla, *f.*, chair.

sillón, *m.*, large chair, armchair.

similitud, *f.*, similarity.

simpatía, *f.*, sympathy.

simpático, –a, sympathetic.

simple, *adj.*, simple.

simplemente, *adv.*, simply.

simultaneidad, *f.*, simultaneity, coördination.

sin, *prep.*, without; **— embargo,** nevertheless, however.

sinceridad, *f.*, sincerity.

sincero, –a, sincere, true, loyal, honest.

siniestro, –a, sinister, left, vicious.

sino *and* **sino que**, *conj.*, but, except, but rather, only, unless, if not; **no . . . sino,** only.

sintieron, *see* **sentir**.

sintió, *see* **sentir**.

siquiera, *adv.*, at least, even.

sirve, *see* **servir**.

sírvele = sirve + le, *see* **servir**.

sírvelo = sirve + lo, *see* **servir**.

sirven, *see* **servir**.

sírvese = sirve + se, *see* **servir**.

sirviendo, *see* **servir**.

sirviente, *m.*, servant.

sirviera, *see* **servir**.

sirvió, *see* servir.
sirvo, *see* servir.
sistema, *m.*, system, plan.
sistemático, -a, systematic.
situación, *f.*, situation.
situado, -a, situated.
S. M. B. = Su Majestad Británica, His Britannic Majesty.
soberana, *f.*, sovereign.
sobre, *prep.*, on, upon, over, above, against, in, about, concerning; — todo, especially.
sobre, *m.*, envelope.
sobrevenir (48), to happen to, happen, occur, follow.
sobreviniese, *see* sobrevenir.
sobrevino, *see* sobrevenir.
sobrino, *m.*, nephew.
socarrón, -a, cunning, crafty.
social, *adj.*, social, civil.
sociedad, *f.*, society.
sofá, *m.*, sofa, lounge.
sofocar (10, 1), to suffocate.
sol, *m.*, sun.
solamente, *adv.*, solely, only.
soldado, *m.*, soldier.
soledad, *f.*, solitude.
solemne, *adj.*, solemn, serious.
solemnidad, *f.*, solemnity.
soler (51), to be accustomed.
solicitar, to solicit, ask for.
solicitud, *f.*, demand, petition.
solidar, to bolster up, strengthen.
sólido, -a, solid, firm.
solitario, -a, solitary, alone, lonely.
solo, -a, single, sole, alone, only, empty, deserted; por sí —, alone.
sólo, *adv.*, solely, only, alone.
soltar (18), to loose, free, turn loose, set free, let go; — la carcajada, to burst out laughing.

sombra, *f.*, shadow, darkness, resemblance; ser una — de, to be a poor imitation of.
sombrero, *m.*, hat.
sombrío, -a, sombre, dark.
somos, *see* ser.
son, *see* ser.
sonado, -a, sounded, famous.
sonar (18), to sound, resound, clank.
sondar, to sound, probe.
sonido, *m.*, sound, tone.
sonoro, -a, sonorous, loud, clear.
sonreír (22, *c*), to smile; —se, to smile.
sonriendo, *see* sonreír.
sonriéndose = sonriendo + se, *see* sonreír.
sonrió, *see* sonreír.
sonrisa, *f.*, smile.
sonrosado, -a, ruddy, rosy.
soñado, -a, dreamed.
soñar (18), to dream.
soplar, to blow, fan.
soportar, to bear, stand.
sordo, -a, deaf, indistinct, muffled.
sorprender, to surprise.
sorprendido, -a, surprised, astonished, startled.
sorpresa, *f.*, surprise.
sosiego, *m.*, peace.
sospecha, *f.*, suspicion.
sospechar, to suspect.
sostén, *see* sostener.
sostenedor, *m.*, partisan.
sostener (38), to sustain, support, maintain, hold up, keep up.
sostengas, *see* sostener.
sostengo, *see* sostener.
sostenido, -a, supported, held up, prolonged.
sostiene, *see* sostener.

sostuvieron, *see* **sostener**.
soterrado, -a, hidden, confined.
soy, *see* **ser**.
Sr. = **Señor**.
su, *adj.*, his, her, its, your, their.
suave, *adj.*, soft, gentle, quiet.
suavemente, *adv.*, gently, softly.
subalterno, *m.*, subaltern, inferior.
subir, to go up, take up, carry up,
  make go up, enter.
súbitamente, *adv.*, suddenly.
súbito, -a, sudden, quick; *adv.*,
  suddenly.
sublevación, *f.*, uprising, revolt.
sublime, *adj.*, sublime.
sublimidad, *f.*, sublimity.
subversión, *f.*, overthrow, violent
  change.
suceder, to happen, result, follow.
suceso, *m.*, event, outcome.
sucio, -a, soiled, dirty.
sud, *m.*, south.
sudamericano, -a, South American.
suelen, *see* **soler**.
sueles, *see* **soler**.
suelo, *m.*, ground, floor.
suelo, *see* **soler**.
suelto, -a, loose, loosened, unre-
  strained.
sueño, *m.*, sleep, dream.
suerte, *f.*, luck, fate, destiny, fortune.
suficiente, *adj.*, sufficient, enough.
sufrir, to suffer.
sugerir (21), to suggest.
sugiere, *see* **sugerir**.
sujetar, to fasten, hold down.
sumamente, *adv.*, very, greatly,
  extremely.
sumar, to add, come to, amount to.
sumergido, -a, sunk, absorbed,
  submerged.

sumergir (11, 2), to submerge,
  bury; **—se**, to be lost, be sunk.
sumiso, -a, submissive.
superficie, *f.*, surface, area.
superior, *adj.*, superior, upper.
superstición, *f.*, superstition.
supiesen, *see* **saber**.
súplica, *f.*, entreaty.
suplicar (10, 1), to beg, request.
suplique, *see* **suplicar**.
supliqué, *see* **suplicar**.
suplir, to take the place of.
supo, *see* **saber**.
suponer (34), to suppose.
supongo, *see* **suponer**.
supremo, -a, supreme.
supuesto, -a, *p. p. of* **suponer**,
  supposed; **por —**, of course.
sur, *m.*, south.
surcar (10, 1), to plow through.
surgir (11, 2), to arise.
sus, *see* **su**.
susceptibilidad, *f.*, susceptibility,
  sensitiveness.
suscrición, *f.*, subscription.
susodicho, -a, above-mentioned,
  aforesaid.
suspender, to suspend, raise, lift,
  support, hold, arrest, stop.
suspendido, -a, hung, held, drawn,
  attracted, engaged, arrested.
sustantivo, *m.*, noun.
susto, *m.*, fright.
sutil, *adj.*, subtle, cunning.
suyo, -a, his, her, its, their, your;
  el suyo, la suya, *etc.*, *pron.*, his,
  hers, its, theirs, yours; **los suyos**,
  one's relatives.

T

tabique, *m.*, partition-wall, partition.
taburete, *m.*, stool.

taimado, –a, crafty, wily.

taja, *f.*, cut.

tajada, *f.*, slice.

tal, *adj. and adv.*, so, such, such a; — cual, such as; — como, just as; — vez, perhaps; ¿qué —? how? what kind of? how goes it? no —, not so; con — que, provided that.

talento, *m.*, talent, ability, intelligence.

talle, *m.*, form, figure, waist.

también, *adv.*, also, too.

tampoco, *adv.*, either, not either, neither, nor, nor that, besides.

tan, *see* tanto.

tanto, –a, *adj. and adv.*, so, so much, as, as much; *pl.*, so many; en — que, while; — . . . como, as well . . . as; ciento y tantos, a hundred and a little more, a hundred odd.

tardar, to be late, delay; — en, to be long in, delay in.

tarde, *f.*, afternoon; *adv.*, late.

tarea, *f.*, task.

Tatita, *term of endearment*, *m.*, Daddy.

taza, *f.*, cup.

te, *pron.*, you, to you, yourself.

teatro, *m.*, theater.

techo, *m.*, roof.

tejido, –a, woven.

telégrafo, *m.*, telegraph.

Telémaco, *prop. noun*, *m.*, Telemachus.

telón, *m.*, curtain.

tema, *m.*, subject.

temblar (18), to tremble; — de que, to tremble lest.

temer, to fear, be afraid.

temeridad, *f.*, temerity, rashness.

temor, *m.*, fear.

temperamento, *m.*, temperament.

tempestad, *f.*, tempest, storm.

templado, –a, tempered.

temporal, *adj.*, temporary.

temprano, *adv.*, early; desde — early.

ten, *see* tener.

tenaz, *adj.*, tenacious.

tender (18), to stretch, extend.

tendido, –a, stretched, sustained.

tendrán, *see* tener.

tendré, *see* tener.

tendría, *see* tener.

tendrías, *see* tener.

tener (38), to have; — lugar, to take place; — en cuenta, to take into consideration; — que, to have to; — . . . años, to be . . . years of age; ¿Qué edad tenía? How old was he? — hambre, to be hungry.

tenga, *see* tener.

tengan, *see* tener.

tengo, *see* tener.

tenor, *m.*, tenor.

tenue, *adj.*, pale, faint, subdued.

teñir (22 *and* 12), to stain.

tercer, *see* tercero.

tercero, –a, third. *See* corte.

tercerola, *f.*, carbine.

tercio, —a, third; en —, in tierce (*i.e. third position in fencing*); *m.*, third.

terciopelo, *m.*, velvet.

terco, –a, obstinate, willful.

Teresa, *prop. noun*, *f.*, Theresa.

terminación, *f.*, end.

terminado, –a, finished.

terminar, to end, finish, terminate.

término, *m.*, end, term; primer —, foreground.

ternura, *f.*, tenderness.
terreno, *m.*, land, ground.
terrible, *adj.*, terrible.
terriblemente, *adv.*, terribly, extremely, greatly.
territorio, *m.*, territory.
terror, *m.*, terror.
terrorismo, *m.*, terrorism.
terrorista, *adj.*, terrorist; *m.*, terrorist.
terso, –a, brilliant, smooth.
tertulia, *f.*, party, reception.
tesón, *m.*, tenacity.
testera, *f.*, crown piece of a bridle.
testigo, *m.*, witness.
testimonio, *m.*, testimony, witness.
tez, *f.*, color, complexion.
ti, *pron.*, you, yourself.
tibio, –a, lukewarm, warm.
tiemblo, *see* temblar.
tiempo, *m.*, time; de algún — a aquí, from some time past until now; al mismo — que, at the same time that.
tiene, *see* tener.
tienen, *see* tener.
tienes, *see* tener.
tienta, *f.*, probe, feeling; a —s, by groping.
tiernamente, *adv.*, tenderly.
tierno, –a, tender.
tierra, *f.*, land, ground, earth; a —, ashore.
tímido, –a, timid.
timón, *m.*, rudder, helm.
timonero, *m.*, helmsman.
tiniebla, *f.*, shadow, darkness.
tinta, *f.*, ink, tint, shade.
tintero, *m.*, inkstand, inkwell.
tío, *m.*, uncle.
típico, –a, typical.
tipo, *m.*, type.

tirado, –a, drawn, long.
tiranía, *f.*, tyranny.
tirano, *m.*, tyrant.
tirar, to throw, throw away, cast, draw, pull, deliver; — el guante, to challenge; —se de, to jump off.
tiro, *m.*, shot; escopeta de dos —s, double-barrelled shotgun.
tisis, *f.*, consumption.
titulado, –a, entitled, called, so-called, styled, titulary.
título, *m.*, title.
toalla, *f.*, towel.
tocador, *m.*, boudoir, dressing-room.
tocante, *adj.*, touching, impressive.
tocar (10, 1), to touch, play; — a, to be the turn of, fall to the lot of.
todavía, *adv.*, still, yet.
todo, –a, *adj. and pron.*, all, each, every, everything, whole; — el mundo, everybody; — . . . cuanto, all the . . . which; en — caso, in any case.
todopoderoso, –a, all-powerful.
tomar, to take, drink; —se, to drink down; — a la derecha, to turn to the right; — el galope, to gallop, go at a gallop; — el paso, to go at a walk; — mate, to drink Paraguay tea; ¡toma! *interj.*, well! all right! aha!
tonel, *m.*, barrel.
tónico, *m.*, tonic.
tono, *m.*, tone.
tontería, *f.*, foolishness.
tonto, –a, foolish.
tonto, *m.*, fool.
tontuela, *f.*, foolish little one.
toque, *see* tocar.
toquen, *see* tocar.

torcedor, *m.*, twisting-mill, torture.

torcer (18 *and* 11, 1), to twist.

torcido, -a, twisted, thwarted, opposed.

tormenta, *f.*, storm, adversity.

tormento, *m.*, torment.

torpe, *adj.*, stupid, infamous.

torrente, *m.*, torrent.

torturar, to torture.

tosca, *f.*, limestone rock.

tostado, -a, sunburned, roasted, toasted.

total, *adj.*, total, complete.

totalidad, *f.*, whole, entirety.

totalmente, *adv.*, totally.

trabajar, to work; — de, to work as.

trabajo, *m.*, work, labor, effort.

tradición, *f.*, tradition.

tradicional, *adj.*, traditional.

traducir (43), to translate.

traer (39), to bring, cause, wear, carry.

tráfico, *m.*, traffic.

trago, *m.*, swallow.

traición, *f.*, treason, betrayal.

traidor, *m.*, traitor.

traiga, *see* traer.

traigas, *see* traer.

traigo, *see* traer.

traje, *m.*, suit, dress, costume.

trajera, *see* traer.

trajo, *see* traer.

trance, *m.*, peril.

tranquilamente, *adv.*, tranquilly.

tranquilidad, *f.*, tranquillity, quiet.

tranquilizar (10, 4), to quiet, calm.

tranquilo, -a, calm, tranquil.

transido, -a, shocked, oppressed, afflicted, pierced.

tránsito, *m.*, crossing, transit, journey, passage.

transparentarse, to be transparent, shine through, show through.

transparente, *adj.*, transparent.

tras, *prep.*, after, behind; — de, behind.

traslucir (15), to become apparent.

trasparentarse, to be transparent, shine through, show through.

trastornar, to upset, daze.

trastorno, *m.*, overthrow.

tratado, *m.*, treaty.

tratar, to treat, deal, try, address, talk with; —se de, to concern, be a question of; — de, to talk about; — de + *infinitive*, to try to.

trato, *m.*, treatment.

través, *m.*, bias; al — de, through.

travesar (18), to cross, pass.

travesía, *f.*, crossing.

traviesa, *see* travesar.

travieso, -a, mischievous, shrewd transverse; calle traviesa, cross street.

trayendo, *see* traer.

trazar (10, 4), to trace, draw.

treinta, thirty.

trémulo, -a, tremulous, unsteady.

tres, three.

tributo, *m.*, tribute.

trigo, *m.*, wheat.

triste, *adj.*, sad.

tristeza, *f.*, sadness.

tristísimo, -a, very *or* most sad.

triunfar, to triumph.

triunfo, *m.*, triumph.

trono, *m.*, throne.

tropa, *f.*, troops, army; *pl.*, troops.

trópico, -a, tropical.

trote, *m.*, trot; — largo, rapi trot; tomar el — largo, to tr fast; a gran —, at a rapid trot.

trueno, *m.*, thunder.

tu, *adj.*, your.

tú, *pron.*, you.

tucumano, -a, of Tucumán; *m. and f.*, native of Tucumán.

tul, *m.*, tulle.

tulipán, *m.*, tulip.

tumba, *f.*, tomb, grave.

tumultuario, -a, tumultuous.

tuna, *f.*, prickly pear.

turbado, -a, disturbed, worried.

turbar, to disturb.

tus, *see* tu.

tuve, see tener.

tuviera, *see* tener.

tuviere, *see* tener.

tuvieron, *see* tener.

tuviese, *see* tener.

tuviésemos, *see* tener.

tuvo, *see* tener.

tuyo, -a, your; el tuyo, la tuya, *etc.*, *pron.*, yours.

U

u, *conj.*, or.

últimamente, *adv.*, last, lastly, finally, lately, recently, of late.

último, -a, last, latter, deep.

umbral, *m.*, threshold.

un, *see* uno.

únicamente, *adv.*, only, solely.

único, -a, unique, sole, single, only; lo —, the only thing.

unidad, *f.*, unity.

unificación, *f.*, union.

unión, *f.*, union.

unir, to unite, join.

unitario, -a, unitarian, favoring a central government; *m.*, a Unitarian (*political*).

universalmente, *adv.*, universally.

universidad, *f.*, university.

universo, *m.*, universe.

uno, -a, a, an, one; *pl.*, some, a lot of, a pair of; — que otro, one or another; apenas —s, scarcely any.

uña, *f.*, nail.

uruguayo, -a, Uruguayan, of Uruguay.

usado, -a, used, worn, worn out.

usar, to use, wear; — de, to use.

Usía = Vuestra Señoría, Your Lordship *or* Your Ladyship.

uso, *m.*, use.

usted, *pron.*, you.

útil, *adj.*, useful.

V

va, *see* ir.

vaca, *f.*, cow, beef.

vacilante, *adj.*, hesitating.

vacilar, to hesitate.

vagar (10, 2), to wander, be perceptible.

vago, -a, vague.

vaina, *f.*, scabbard, sheath.

valer (40), to be worth; —se de, to avail one's self of, take control of.

valgo, *see* valer.

valiente, *adj.*, valiant, courageous, brave.

valor, *m.*, value, courage.

vamos, *see* ir.

van, *see* ir.

vano, -a, vain.

vaporoso, -a, impalpable.

vara, *f.*, yard.

vario, -a, different, various.

varonil, *adj.*, manly.

vas, *see* ir.

vasija, *f.*, vessel.

vaso, *m.*, vase, glass, vein, artery, blood vessel.

vasto, -a, vast, large.

vaya, *see* **ir**.

vayamos, *see* **ir**.

vayan, *see* **ir**.

váyase = **vaya** + **se**, *see* **ir**.

Vd. = **usted**.

Vds. = **ustedes**.

ve, *see* **ver**.

vé, *see* **ir**.

veamos, *see* **ver**.

véase = **vea** + **se**, *see* **ver**.

veces, *see* **vez**.

vecindad, *f.*, neighborhood.

vecino, *m.*, neighbor, citizen.

veía, *see* **ver**.

veinte, twenty.

vela, *f.*, sail, candle, watch.

velado, -a, guarded, hidden.

velar, to veil, hide, watch, watch over, take care of; — **por**, to guard.

vemos, *see* **ver**.

ven, *see* **venir** *or* **ver**.

vena, *f.*, vein.

vencedor, *m.*, winner, conqueror.

vencer (11, 1), to conquer.

vencido, -a, beaten.

venda, *f.*, bandage.

vendaje, *m.*, binding, bandaging.

vendar, to bandage.

vender, to sell.

vendrá, *see* **venir**.

vendrán, *see* **venir**.

vendrían, *see* **venir**.

Venecia, *prop. noun, f.*, Venice.

veneno, *m.*, poison.

venezolano, -a, Venezuelan.

venga, *see* **venir**.

vengan, *see* **venir**.

venganza, *f.*, revenge, retaliation.

vengar (10, 2), to avenge.

vengo, *see* **venir**.

venia, *f.*, bow, obeisance, salute.

venida, *f.*, coming, arrival.

venido, -a, come.

venir (48), to come; —**se**, to come; — **a** (+ *inf.*), to come and (+ *inf.*).

ventana, *f.*, window.

venturosamente, *adv.*, luckily, safely.

venturoso, -a, happy, prosperous.

ver (41), to see, look at; —**se**, to be seen, see one another; **a** —, let me see, let's see.

veras, *f. pl.*, reality, truth; **de** —, really.

verdad, *f.*, truth; **es** —, that is true; **¿no es** —? is it not so? doesn't it? *etc.*

verdadero, -a, true, real.

verde, *adj.*, green.

verdugo, *m.*, hangman, executioner.

vereda, *f.*, sidewalk, path, pathway.

verídico, -a, authentic, truthful.

verja, *f.*, grating, screen.

verter (21), to shed, spill.

vértigo, *m.*, dizzy spell, dizziness, faintness, vertigo, violent anger.

ves, *see* **ver**.

vestido, -a, clothed, dressed, covered; — **de**, dressed as, dressed in; — **con**, dressed in; — **de colorado**, dressed in red.

vestido, *m.*, garment, clothing, dress.

vestir (22), to dress.

véte = **vé** + **te**, *see* **ir**.

veterano, -a, veteran, experienced; *m.*, veteran, old soldier.

vez, *f.*, time; **a la** —, at the same time; **rara** —, rarely, seldom; **toda** —, whenever; **hacer las veces de**, to perform the duties of; **tal** —, perhaps; **en** — **de**, instead oi; **dos veces** *or* **por dos veces**, twice; **de — en cuando**, from time to time; **muchas veces**, often; **a su —**, in one's turn; **una que otra —**, occasionally.

ví, *see* **ver**.

viaje, *m.*, journey, trip.

viajero, *m.*, traveler.

vianda, *f.*, viand, food.

víbora, *f.*, viper.

vibración, *f.*, vibration, trembling, shaking.

vibrar, to vibrate, sound.

vicio, *m.*, vice, bad habit.

víctima, *f.*, victim.

victoria, *f.*, victory.

victorioso, -a, victorious.

vida, *f.*, life; **en su —**, never.

vidrio, *m.*, glass, window-pane.

viejecito, *m.*, little old man.

viejo, -a, old.

viene, *see* **venir**.

vienen, *see* **venir**.

viento, *m.*, wind.

vientre, *m.*, stomach, abdomen.

viera, *see* **ver**.

viernes, *m.*, Friday.

vieron, *see* **ver**.

vierten, *see* **verter**.

vigilancia, *f.*, vigilance.

vigilar, to watch.

vigor, *m.*, vigor, power.

vigorizar (10, 4), to strengthen.

vigoroso, -a, vigorous, strong.

vine, *see* **venir**.

vinieron, *see* **venir**.

viniese, *see* **venir**.

vino, *m.*, wine.

vino, *see* **venir**.

vió, *see* **ver**.

violencia, *f.*, violence.

violentar, to force; **—se**, to make an effort, force one's self; **—se en**, to force oneself to.

violento, -a, violent, powerful.

violeta, *f.*, violet.

virar, to veer, tack, turn.

virgen, *f.*, virgin.

virreinato, *m.*, viceroyalty.

virtud, *f.*, virtue, quality.

virtuoso, -a, virtuous, righteous.

visible, *adj.*, visible.

visiblemente, *adv.*, visibly.

visita, *f.*, visit, call, visitor; **de —**, on a visit.

visitar, to visit.

víspera, *f.*, eve, day before; *pl.*, vespers, evening prayer hour.

vista, *f.*, sight, view, vision, look, gaze, insight; **de —**, by sight; **dirigir la —**, to look.

vísteme = **viste** + **me**, *see* **vestir**.

visto, -a, *p. p. of* **ver**, seen, clear, evident.

viuda, *f.*, widow.

vivacidad, *f.*, vivacity, alertness, quickness.

vivir, to live; **¡viva!** hurrah! hurrah for . . . ! long live . . . !

vivísimo, -a, very *or* most bright.

vivo, -a, alive, lively, quick, bright, alert, vivid, living.

voces, *see* **voz**.

voltear, to overturn, tumble.

volteriano, -a, Voltairian.

volumen, *m.*, volume.

voluntad, *f.*, will, good-will.

volver (18, *Note* 1), to return, come back, turn; **—se**, to turn about, return; **— en sí**, to recover; **— a su posición**, to recover one's position; **— a** + *infinitive means to repeat the action of the infinitive.*

vorágine, *f.*, vortex, whirlpool.

voy, *see* **ir**.

voz, *f.*, voice, sound, word.

Vuecelencia, *m. and f.* = **Vuestra Excelencia**, Your Excellency.

vuelo, *m.*, flight.

vuelta, *f.*, return, turn, wheel, fold; **de —**, returned; **estar de —**, to be back; **dar —**, to turn, turn about; **darse una —**, to take a turn; **media —**, about face.

vuelto, -a, *p. p. of* **volver**, returned, come back.

vuelva, *see* **volver**.

vuelve, *see* **volver**.

vuelves, *see* **volver**.

vuestro, -a, your; **el vuestro, la vuestra**, *etc.*, *pron.*, yours.

vulgar, *adj.*, common, low.

vulgarizado, -a, debased.

vulgarmente, *adv.*, commonly.

vulgo, *m.*, lower class, common people.

Y

y, *conj.*, and.

ya, *adv.*, already, now, soon, instantly, then, indeed; **— no, no** longer; **— que**, since, for.

yesca, *f.*, tinder.

yo, *pron.*, I.

Z

zaguán, *m.*, vestibule.

zanja, *f.*, ditch, trench.

zapato, *m.*, shoe.

zoncería, *f.*, silliness.

Printed in the United States of America.

17